L'été où ma vie a changé

Du même auteur
chez le même éditeur

Éternels, tome 1 : *Evermore*
Éternels, tome 2 : *Lune bleue*
Éternels, tome 3 : *Le Pays des ombres*
Éternels, tome 4 : *La Flamme des ténèbres*
Éternels, tome 5 : *Une étoile dans la nuit*
Éternels, tome 6 : *Pour toujours*

Radiance, tome 1 : *Ici et maintenant*
Radiance, tome 2 : *Éclat*
Radiance, tome 3 : *Au cœur des rêves*
Radiance, tome 4 : *Murmure*

L'été où ma vie a changé

1. Rendez-vous manqué
2. Une fille qui fait des vagues

alyson noël

Traduit de l'anglais (États-Unis)
par Florence Mantran

Michel LAFON

7-13, boulevard Paul-Émile-Victor – Ile de la Jatte
92521 Neuilly-sur-Seine Cedex

www.lire-en-serie.com

1

Rendez-vous manqué

13 juin

Chère tante Tally,

Quand j'ai demandé à maman ton adresse e-mail, elle s'est mise à rire et m'a dit que tu n'en avais pas. Mais elle plaisante, non ?

Évidemment, tu n'as pas besoin d'avoir d'ordinateur chez toi mais, puisque j'ai l'intention de prendre mon portable, je voudrais juste m'assurer qu'il y a du wi-fi, le haut débit et tous ces trucs, là où tu habites, car je dois absolument rester connectée, ~~parce que, voilà… je fréquente un nouveau groupe d'amis et~~

Bon, maman vient juste d'entrer dans ma chambre, et quand elle a vu que je t'écrivais, elle a dit : " Inutile de gaspiller un timbre, Dorothy. Tu seras là-bas bien avant que ta lettre lui arrive. " Mais, au cas où elle se tromperait, je te l'envoie quand même. Et, si elle a raison, bon, en fait, je crois que je n'ai plus rien d'autre à dire.

À bientôt.

Bises,

Dorothy

15 juin

Chers papa et maman,

Au cas où vous auriez décidé de mettre un terme à vos éternelles disputes pour venir me chercher, sachez que je ne suis PAS à la maison. Je suis sortie avec mes amis, et j'ai l'intention de bien profiter de MON DERNIER SOIR DE LIBERTÉ.

Je vais essayer une dernière fois de M'AMUSER, avant que vous réussissiez à me priver complètement de tout ça.

Ne vous inquiétez pas, je ne cherche pas à fuguer. Pour la bonne raison qu'une fugue ferait double emploi avec votre décision de m'envoyer loin d'ici.

J'aurai vraiment tout fait pour vous stopper dans votre élan et vous faire changer d'avis. Mais, comme je n'ai visiblement pas réussi à vous convaincre, je vais bientôt me rendre, me soumettre à votre volonté, et me résigner à ce destin que vous m'avez choisi comme ça.

Seulement, pas tout de suite, plus tard. Parce que, maintenant, je vais essayer de m'amuser, tant que c'est encore possible.

Pourtant, avant de partir, je voudrais vous dire ceci :

Il n'est pas trop tard !

On a encore le temps de reconsidérer la chose !

Vous pouvez encore revenir sur votre décision !

Prenez au moins le temps d'y réfléchir.

Dorothy

Journal de Dorothy en pleine galère, comme aujourd'hui

16 juin

Je n'arrive pas à croire que je suis en train d'écrire mon journal. ~~Tout à l'heure~~ (enfin, techniquement, hier), quand maman me l'a donné, je n'ai pas compris et j'ai demandé : « Qu'est-ce que c'est ? »

Elle a dit : « J'ai pensé qu'il te serait utile pour raconter toutes les choses passionnantes qui t'arrivent cet été. »

Alors, j'ai levé les yeux au ciel et j'ai lâché un soupir, aussi lourd que possible.

Puis je l'ai jeté sur mon bureau en le regardant glisser sur la surface jusqu'à ce qu'il tombe par terre de l'autre côté, sous les yeux de ma mère, immobile et muette, l'œil fixé sur l'espace entre le journal et moi.

J'ai froidement soutenu son regard, en me demandant si elle allait me crier dessus, pleurer, ou les deux.

Finalement, elle a secoué la tête et m'a plantée là. Aussitôt la porte refermée derrière elle, c'est moi qui me suis mise à pleurer.

Mais pas très longtemps, parce que je ne voulais pas arriver avec les yeux tout rouges et bouffis à la soirée d'adieu qu'Amanda était censée avoir préparée pour moi. Même si ce n'était pas une vraie soirée, puisqu'on s'est en fait retrouvées toutes les deux autour d'un paquet de chips et d'un pack de bières volé à son frère.

Enfin, jusqu'à ce qu'elle passe quelques coups de fil…

Sincèrement, j'allais écrire le reste de l'histoire, mais j'ai décidé d'arrêter là parce que ça fait vraiment bizarre de raconter tous ces événements. En fait, j'aimerais écrire <u>TOUT</u> ce qui s'est passé (et, croyez-moi, j'en ai des <u>TONNES</u>

à dire), je pense que ça pourrait vraiment m'aider d'étaler cette histoire sur le papier, et peut-être même m'éclaircir l'esprit, mettre les choses en perspective. L'ennui, c'est que je ne peux pas m'empêcher de penser : *Et si quelqu'un tombait sur ce journal et le lisait ?*

C'est vrai, un cahier relié de cuir, ça ne se protège pas avec un code secret !

Sans parler du fait que j'entends ENCORE mes parents se hurler dessus, en bas, ce qui, non seulement m'empêche de me concentrer, mais me fait redouter ce qui se passera quand ils monteront voir si je dors (ce qu'ils font toujours après s'être crevés à se disputer, avant d'aller eux-mêmes se coucher chacun dans leur chambre) : ils risqueraient de jeter un œil sur ce que j'ai écrit.

J'ai sans doute l'air totalement parano, mais quand je vois comment ils ont réussi à me pourrir la vie, je pense que mon manque de confiance en eux est parfaitement justifié.

Alors, avec tout ça, c'est peut-être mieux d'arrêter pour ce soir et de reprendre mon récit une autre fois… et autre part.

Ou de ne plus rien écrire du tout.

16 juin

Texto :

À : Amanda

Message : C le der sms ke jte txt pck g fé ma valise et jpar a LAX m1tNan dc je voulé te dire bye et k ier ct tro b1 mé c enkor + dur 2 partir jy croi tjs pa cke me fon mé remps di bye a Levi pr moi stp et donne lui mon mail pck g oublié

Ok ++ Dorothy

16 juin

Chers papa et maman,

J'espère vraiment qu'en rentrant, après m'avoir déposée à l'aéroport, vous trouverez cette lettre et que vous comprendrez l'énorme erreur que vous avez commise.

Parce que ce n'est PAS JUSTE !

J'ai l'impression que c'est moi qui suis punie quand c'est VOUS qui divorcez ! un divorce auquel, vous le savez, j'étais totalement opposée. N'empêche qu'à cause de ça, je suis privée de tout ce que je connais et que j'aime ; c'est franchement n'importe quoi !

Je ne suis pourtant pas responsable de tous vos problèmes. Ce n'est pas moi qui crie et qui me dispute du matin au soir. C'est VOUS ! Seulement, le billet d'avion, il est bien à mon nom.

Vous n'avez pas essayé de vous dire que ce n'est peut-être pas la BONNE PERSONNE que vous avez envoyée chez tante Tally ? Vous ne vous êtes pas imaginé que c'est peut-être l'un de VOUS DEUX qui devrait partir se rafraîchir l'esprit quelques mois dans une île grecque, histoire que moi, je puisse rester à la maison et profiter tranquillement de mes vacances d'été ?

Apparemment, non.

J'espère que, après avoir lu cette lettre, vous aurez retrouvé vos esprits, que vous arrêterez de vous crier après, que vous comprendrez votre erreur, et que vous reviendrez immédiatement me chercher.

Pour ça, il suffit de téléphoner à l'aéroport et de me faire appeler.

J'entendrai très bien mon nom dans le haut-parleur.

Et, même si c'est inutile de le préciser, je tiens à vous assurer que si vous choisissez de changer d'avis, je jurerai devant Dieu de ne plus jamais évoquer cette petite digression. Je la rangerai dans le dossier des " Choses à oublier ".

Dans le cas contraire... j'ai bien peur de ne plus rester maîtresse de mes actes.

S'il vous plaît, prenez le temps de reconsidérer votre décision. Et rappelez-vous qu'il n'est jamais trop tard pour corriger une erreur.

Je vous aime,

Votre fille triste, seule et qui a déjà le mal du pays,

Dorothy

Journal de Dorothy en pleine galère,
coincée dans les airs à 11 000 mètres,
là où il n'y a pas Internet

16 juin

J'ai essayé. J'ai vraiment tout essayé. J'ai fait de mon mieux, et pourtant, me voilà assise dans cet avion naze, près d'un vieux naze qui sent fort, au siège 37G, dans la rangée voisine des toilettes (dont l'odeur me chatouille désagréablement les narines), et près du hublot, au cas où je voudrais regarder... le néant. Sérieusement, il n'y a rien dehors que des kilomètres et des kilomètres de nuages blancs.

C'est dire si on vole haut.

C'est dire comme je suis loin de la maison.

Tout serait parfait si j'étais censée atterrir dans un endroit sympa. Mais, en jetant un œil dans le guide que mon père m'a refilé à l'aéroport, j'ai trouvé ça :

Tinos, principale destination grecque des pèlerins, reste néanmoins l'une des îles les moins touristiques.

Heu… pardon ? Des pèlerins ? La moins touristique ? Et ça devrait être bien ?

Comme si ce n'était pas déjà assez dramatique, la description continue comme ça :

Tinos est aussi réputée pour ses colombiers – des tours de pierres blanches et très travaillées, où viennent s'abriter pigeons et colombes.

Plus bas, on continue à s'extasier sur de fichues sources naturelles, au milieu d'une fichue place et dans un fichu petit village où les gens du coin, paraît-il :

Lavent leur linge à la main.

Inutile, donc, de préciser qu'il ne peut rien m'arriver de pire que ce qui m'attend.

Sans parler du fait que je n'ai absolument pas mérité ça. Je n'ai commis aucun délit, je n'ai rien commis de mal ou d'illégal, et voilà pourtant que c'est moi qui suis punie !

Franchement, ce n'est pas parce que mes parents ont décidé de détruire leur vie en divorçant qu'ils doivent aussi briser la mienne. Ça ne leur suffit pas de me priver d'une maison avec deux parents, de leurs conseils, de la stabilité et la sécurité qu'ils auraient pu m'apporter ?

EST-CE QU'ILS ONT LE DROIT DE POURRIR EN MÊME TEMPS TOUTES MES VACANCES D'ÉTÉ ????

Apparemment, oui.

Parce que, d'après le psy de ma mère – qui est aussi son « coach de vie » –, il faut me tenir « à l'écart de toute influence négative » et « me protéger de tout problème qui pourrait survenir durant cette période de turbulences », afin que mes parents puissent « gérer en privé leurs propres problèmes », et que je puisse revenir dans une « maison paisible ». Ce qui peut paraître fort raisonnable sur le papier, sauf qu'il y a un hic : comment savoir dans quel endroit je reviendrai, exactement ? Comment pourront-ils me garantir que cette maison sera redevenue PAISIBLE ?

Et, plus important encore : EST-CE QUE JE RETROUVERAI MA PROPRE VIE UNE FOIS QUE JE SERAI AUTORISÉE À REVENIR ?

Ou alors, l'auront-ils tellement mise en pièces qu'à mon retour, je ne reconnaîtrai plus rien ?

Parce que, la nuit dernière, quand je suis rentrée de chez Amanda, presque deux heures après le couvre-feu qu'on m'avait imposé, blindée, prête à me faire massacrer, mon père et ma mère étaient si absorbés par une de leurs incessantes disputes qu'ils n'ont même pas remarqué que j'étais rentrée… et très tard, en plus. Pire encore, ils n'ont sans doute même pas noté non plus que j'étais partie – voilà où ils en sont !

À l'instant où je passais devant la chambre d'amis du rez-de-chaussée (là où papa campe depuis trois mois) pour me rendre dans la mienne, je me suis littéralement figée sur place, les yeux exorbités, bouche bée, en les entendant prononcer les mots : *vendre la maison* ; *déménager* ; cyber school.

Dans. Cet. Ordre.

Maintenant, à cause d'eux, je ne pense à peu près plus qu'à ceci :

1) S'ils se disputent comme ça à peine quelques heures après mon départ, qu'est-ce que ce sera dans trois mois,

quand je reviendrai ? Pas terrible ? Insupportable ? Carrément atroce ? J'aimerais être en train de plaisanter, mais non.

2) Déménager ? Qui déménage ? Plus grave encore : *où* ?

3) En fait, cette *cyber school*, qu'est-ce que c'est ? Quel rapport ça a avec *moi* ?

4) S'ils se soucient à ce point de ma « tranquillité d'esprit », comment peuvent-ils m'exiler dans un coin au milieu de nulle part – m'envoyer vivre avec une tante que, encore quinze jours plus tôt, ils appelaient cette « folle de Tally » ?

Je ne rigole pas du tout. C'est exactement comme ça qu'ils l'ont appelée, sans rire en plus. Un jour, mon père m'a dit : « Ta dingue de tante Tally t'a envoyé une carte d'anniversaire », en déposant une enveloppe sur mon bureau. Un autre jour, c'est maman qui m'a annoncé : « Ta folle de tante Tally t'a fabriqué ça », avant de me tendre des boucles d'oreilles en perles de verre.

Et, maintenant, sous prétexte qu'ils ont décidé qu'ils ne pouvaient plus se supporter, qu'ils ne pouvaient plus communiquer sans se crier après, cette « folle de tante Tally » se retrouve soudain le parfait chaperon pour mon été ?

Non, mais ILS PLAISANTENT ?

Et moi, COMMENT je suis censée survivre un ÉTÉ ENTIER sans voiture, sans téléphone, sans Sidekick, sans Sephora, sans Abercrombie, sans soirées, sans mes amis et sans accès Internet ???

Je ne parle même pas du fait que ce devait être le meilleur été de ma vie, celui auquel je me préparais soigneusement depuis toujours. Parce que, après des années à être restée quasiment invisible, j'ai fini par pénétrer le cercle très fermé d'Amanda Harmon. Et je ne me contente pas, comme certains abrutis qui se croient acceptés, de m'accrocher aux franges de ce cercle ; non, je me trouve bien à l'intérieur de la « Terre promise », au beau milieu de ce sanctuaire glorieux et doré, parmi ceux qui ont le droit d'entrer dans sa maison, de conduire sa voiture et d'avoir son numéro en raccourci sur son portable.

À vrai dire, je ne sais pas trop comment tout ça est arrivé. Il faut dire qu'en primaire, déjà, je lui vouais une admiration sans bornes. Mais, comme ma seule amie, à l'époque, ne pouvait pas la blairer, ça me forçait à cacher que je voulais trop ressembler à Amanda. Alors, je faisais mine de me moquer de sa coupe de cheveux et de ses manières. Puis, un après-midi, par un coup de chance absolument dingue, j'ai marqué d'incroyables points au volley. Après la partie, elle est venue me voir et m'a dit : « Hé, tu as bien scoré ! »

C'est là qu'elle m'a tapé dans la main pour me féliciter, avant de me complimenter sur mes toutes nouvelles Nike.

Voilà comment, en l'espace d'un match de volley, je suis devenue sa nouvelle meilleure amie.

Ce qui m'obligeait, dès lors, à me débarrasser de mes anciennes meilleures amies.

Mais, comme on se concurrençait toutes mutuellement, j'ai préféré choisir de tourner la page avec elles pour devenir l'amie d'Amanda.

Bref, tous ces événements ont fait que je m'apprêtais à passer l'été le plus excitant de toute mon existence – dix-sept années qui, jusque-là, s'étaient plutôt avérées moroses. Mais, à cause de mes parents, de leurs avocats et du coach (ou conseiller personnel, peu importe le nom qu'on lui donne) de ma mère, le conte de fées que je commençais à vivre n'aura duré qu'une seule soirée !

Des instants assez INCROYABLES, je dois l'admettre (d'où mon retour à la maison avec deux heures de retard). Puisque ça reste vraisemblablement la seule soirée géniale que j'aurai vécue de toute ma vie, je me vois dans l'obligation de la décrire dans le détail pour ne jamais l'oublier.

Mais, pas tout de suite. Plus tard. Parce que, maintenant, les hôtesses sont en train de servir les repas, et je meurs de faim.

17 juin

Chers papa et maman,

Vous avez peut-être remarqué que cette lettre est écrite sur une serviette de Ellas Ferry Lines, tachée de Coca. Eh bien ! c'est tout bêtement que je me trouve en ce moment sur le bateau qui m'emmène à Tinos. Oui, vous avez bien lu : LE BATEAU. Parce que, apparemment, il n'y a pas d'aéroport à Tinos, ce qui veut dire que vous m'envoyez dans un endroit où les avions refusent d'atterrir.

Merci du cadeau...

En revanche, ce que vous n'avez peut-être pas réalisé, c'est que beaucoup d'avions atterrissent à Mykonos. Ce qui fait que je me demande pourquoi vous ne m'avez pas envoyée plutôt là-bas. Car, d'après ce que m'a dit l'Italien absolument canon (et son petit ami) à côté de qui j'étais assise pendant le vol entre Athènes et Mykonos, PERSONNE ne va à Tinos !

Personne sauf... ah oui ! bien sûr... MOI !

D'abord, j'ai pensé utiliser cette serviette pour cracher mon chewing-gum, mais je me suis dit qu'elle vous aiderait à comprendre peut-être la triste décision que vous avez prise en m'envoyant ici.

Je vous embrasse,

La Dorothy trop malheureuse, mais dont vous vous fichez royalement…

Journal de Dorothy en pleine galère,
quand la prise électrique est si bizarre
qu'elle ne peut même pas brancher
son ordinateur pour le recharger

18 juin

Je ne sais pas quelle heure il est, et encore moins quel jour on est. Je sais juste que je viens de me réveiller et que, dehors, c'est encore la nuit ou à peine le petit matin. La seule chose dont je suis certaine, c'est que ma chambre, c'est ça :

– des murs blancs et lisses,
– des voilages blancs à la fenêtre,
– un sol de marbre blanc,
– une peau de mouton blanche sur le sol de marbre blanc,
– un lit simple avec draps blancs et couvre-lit bleu ciel,
– une table de chevet blanche avec une petite lampe couleur argent, à l'abat-jour bleu ciel.

On pourrait donc dire que ça ressemble beaucoup à la vue que j'avais de mon siège 37G – que du blanc, du blanc et encore du blanc, avec une petite tache de bleu par-ci, par-là. Et, ah oui !… la prise au mur est bizarrement différente et refuse absolument de coopérer avec celle de mon ordinateur. Aussi, je me demande à quoi peut bien ressembler le reste de la maison. C'est vrai, je n'ai pas encore eu l'occasion de la voir, car à peine ma tante Tally m'avait-elle montré ma chambre que je me suis effondrée la tête la première sur le lit. En partie parce que j'étais morte de fatigue après ces vingt-quatre heures de voyage non-stop, et aussi parce que le fait de pleurer longtemps finit toujours par m'épuiser.

Oui, c'est vrai, j'ai pleuré.

Devant tout le monde.

Comme le bébé le plus pathétique de la Terre.

En fait, à la seconde où j'ai terminé d'écrire à mes parents sur cette serviette, j'ai senti la colère, la frustration et la tristesse m'envahir d'un coup, et j'ai fondu en larmes. J'avais beau savoir que c'était stupide, gênant et enfantin de ma part, je n'arrivais pas à m'arrêter. J'imagine qu'il fallait que ça sorte, tout simplement, et que je ne pouvais rien faire pour l'empêcher.

Une fois calmée, j'ai regardé autour de moi, et j'ai vu une vieille femme habillée de noir des pieds à la tête, qui me dévisageait, mais pas du tout comme l'aurait fait une gentille grand-mère. Alors, j'ai attrapé mes bagages et je suis sortie sur le pont, pour me planter face au paysage que je venais de quitter, en me demandant ce qui se passerait si, une fois arrivée, je faisais demi-tour, si je prenais le premier bateau pour Mykonos, me trouvais un job sur place, un endroit où habiter, et m'y installais sans dire à personne où je me trouvais ni ce que j'avais l'intention de faire. Juste histoire de repartir de zéro, de me construire une nouvelle vie, et de vieillir dans ce pays. Sans jamais retourner là d'où je venais.

Comment auraient réagi mes parents, ALORS ?

C'est drôle de constater comme le seul fait de fantasmer sur une vengeance peut faire du bien. Après avoir imaginé mon père et ma mère si dévorés par le chagrin, l'inquiétude et la culpabilité qu'ils se juraient de ne plus divorcer et de me ramener à la maison, je me suis essuyé les yeux et me suis retournée vers Tinos. C'est là que j'ai remarqué un garçon vraiment mignon, debout à quelques mètres de moi.

Au moment où je me disais que le ciel commençait à se dégager devant moi et que, peut-être, tout n'était pas aussi noir que je le croyais, j'ai baissé les yeux sur mes mains, pour découvrir qu'elles étaient pleines de traînées de rimmel, ce qui voulait dire que mon visage en était tout autant barbouillé… et que c'était sans doute aussi la raison pour laquelle ce garçon me regardait comme ça. Horrifiée, je me suis précipitée à l'intérieur, à la recherche des toilettes pour me nettoyer. Mais, alors que je venais de les trouver, la sirène du bateau a retenti et, à la façon dont tous les gens se ruaient vers la sortie, j'ai compris qu'on arrivait à quai.

C'est bizarre comme j'ai tout de suite reconnu ma tante, même si, la dernière fois que je l'ai vue, j'avais 2 ans… un moment dont, évidemment, je ne me souviens pas. Pourtant, il m'a suffi d'un regard pour savoir que c'était elle. Pas parce qu'elle avait l'air d'une « dingue de tante » mais tout simplement parce qu'elle ressemble trait pour trait à ma mère. Enfin… si maman était détendue et heureuse, si elle avait gardé son nez d'origine et rendu à ses cheveux blonds leur brun naturel, et si elle portait presque en permanence une tenue de plage, et pas seulement quand elle était sur le sable ou au bord de la piscine.

Bon, je viens de regarder une nouvelle fois par la fenêtre, et j'imagine qu'on est le matin puisqu'on dirait que le soleil se lève. Alors, je crois que je vais m'arrêter d'écrire et tenter de découvrir dans quel coin paumé je me trouve exactement.

Vingt minutes plus tard :

Voilà, pour l'instant, je ne sais qu'une chose : d'ici, je distingue très bien l'île de Mykonos, en face. Et je peux vous assurer que, même à cette distance, ça paraît nettement mieux que le bled où je me trouve.

Je suis anéantie.

Je crois que Tally est réveillée.

Douze heures plus tard :

Voici comment j'ai passé mon premier jour en prison Grèce :

1) Je me suis réveillée (ah bon ?).

2) J'ai écrit un peu mon journal.

3) J'ai fait ma petite exploration et j'ai découvert que je suis entourée de terre, de maisons blanches, de géraniums, de plus de terre encore, de cailloux, et, si je tends un peu le cou, j'ai une vue sur la mer et sur Mykonos – dont je peux dire au premier regard que c'est cent milliards de fois mieux qu'ici.

4) J'ai avalé un drôle de petit déjeuner avec ma tante Tally : du pain tartiné de beurre et de miel, accompagné

d'un épouvantable café qui, non seulement avait le goût de boue, mais S'EST RÉELLEMENT TRANSFORMÉ EN BOUE quand je l'ai laissé attendre trop longtemps. Sans rire ! Et j'ai fait tout ce que j'ai pu pour ne pas recracher ma première gorgée (parce que cela aurait été trop dégoûtant et impoli). Mais j'ai bien vu que Tally avait deviné que je détestais ce café parce qu'elle s'est mise à rire, en ajoutant que je n'étais pas obligée de le finir. Tout ce que je peux dire, c'est que, si le reste de la Grèce est aussi mauvais que cette boisson, mon été ici va être bien plus pourri que ce que je craignais.

5) Pendant le petit déjeuner, Tally a essayé d'évoquer le divorce de mes parents mais, par chance, quand je lui ai fait comprendre que ce n'était pas mon sujet de conversation préféré, elle a laissé tomber. Elle a commencé ensuite à me parler d'elle, à me raconter comment elle avait atterri ici il y a quatorze ans, sans jamais en repartir. Quand je lui ai demandé pourquoi elle ne s'était pas installée à Mykonos plutôt qu'ici, elle a juste secoué la tête en disant que ce n'était pas son truc. Ce qui, d'après moi, voulait dire qu'elle supporte magnifiquement la solitude, parce que, à ce que j'ai vu, c'est à peu près tout ce que cet endroit a à offrir.

6) Le petit déjeuner fini, j'ai fait la polie en proposant d'aider à la vaisselle, mais Tally m'a gentiment chassée de la cuisine. Alors, je suis allée prendre ma douche et j'ai défait mes valises.

7) Ensuite, on est descendues en ville (enfin, si on peut appeler ça une « ville », parce que ce n'est rien de plus qu'un petit village, mais peu importe...) pour que Tally me montre où se trouvent sa boutique (elle y vend ses bijoux et autres), la banque, le marché et les quelques

endroits où j'aurais besoin d'aller – même s'ils sont situés à peu près tous dans une seule petite rue. Quand je lui ai demandé où étaient les grands magasins – comme les centres commerciaux, vous voyez –, elle a éclaté de rire en me disant : « À Athènes. »

8) Après cette petite balade en ville, on est retournées chez Tally, on est montées dans sa jeep et elle m'a fait faire le tour de l'île pour que je voie un peu plus de terre, de géraniums, de cailloux, de rochers et encore plus de maisons blanches.

9) Au bout de deux heures, elle m'a demandé si je voulais aller à la plage, mais j'ai refusé en prétextant la fatigue due au décalage horaire. Sans être réellement sûre de bien en connaître les effets, je me dis que ça doit ressembler à de la tristesse, de la déprime et un total découragement ; donc, je ne lui mentais pas vraiment.

10) Le soir, je suis sortie de ma ~~cellule~~ chambre, juste le temps de manger une salade grecque (correcte, non, bonne, en fait, mais pas extraordinaire non plus) et une sorte de ragoût grec dont je ne m'aventurerai pas à prononcer le nom, encore moins à l'épeler, mais qui ressemblait à des lasagnes sérieusement ratées. Ensuite, j'ai dit bonsoir à Tally, et je suis retournée au lit.

Fin.

PS : La bonne nouvelle, c'est que j'ai encore soixante-quinze jours devant moi, qui promettent d'être exactement les mêmes que celui-ci. Youpiii !

Journal de Dorothy en pleine galère, quand elle ne trouve aucune explication logique à ce qui lui arrive

19 juin

D'accord, apparemment, maman *ne plaisantait pas* ! Je n'en ai pas parlé plus tôt parce que j'espérais vraiment qu'elle et Tally étaient de mèche et mijotaient quelque chose contre moi. Mais, de toute évidence, je suis complètement coupée du monde extérieur. Car, non seulement ma tante n'a ni ordinateur ni accès Internet, mais elle n'a pas non plus la télé. Ce qui paraît complètement fou ; une absence à laquelle je crois que je ne m'habituerai jamais. Même si les émissions sont certainement toutes en grec et que je n'en comprendrais pas un traître mot, ne pas avoir de télévision chez soi me paraît… irréel.

D'un autre côté, ça explique un peu pourquoi mes parents traitaient Tally de « dingue ».

Malheureusement, il y a bien pire encore. Par exemple :

1) Elle parle à ses plantes. Sérieusement, elle les remercie de fleurir, de pousser et, en somme, de faire tout ce que des fleurs doivent faire. Quand elle m'a surprise à la regarder en train de murmurer de douces paroles à ses géraniums, elle m'a juste expliqué qu'ils étaient *vivants et conscients*. Quoique je ne doute pas de leur côté *vivant*, puisque les feuilles sont bien vertes, c'est le côté *conscient* qui me travaille. Conscients de *quoi*, exactement ? Alors, quand je lui ai demandé dans quelle langue ils répondaient, grecque ou anglaise, elle s'est contentée de me sourire gentiment.

2) Elle ne garde que ce qu'elle peut utiliser. Ce qui paraît tout à fait raisonnable jusqu'au moment où elle m'explique que le fait d'acquérir et de garder des choses dont on n'a pas vraiment besoin, c'est juste de l'énergie perdue. Ce qui veut dire aussi que dès qu'elle termine un bouquin (et elle en lit presque un par jour), elle le remercie de la connaissance qu'il lui fournit (croyez-moi, j'aimerais bien plaisanter, mais non), et après, elle le passe à quelqu'un d'autre. Pareil avec les CD, les habits et tout ce qui lui passe par les mains : elle ne garde aucun objet, mais les remercie tous avant de les refiler à d'autres. Ce qui veut dire que cette maison est si dépouillée et vide qu'on a l'impression de vivre dans un monastère – mais sans le silence puisqu'on y parle (surtout aux plantes et à d'autres objets inanimés). Pour être franche, le silence ne me gênerait pas beaucoup puisque je n'ai pas grand-chose à dire. Principalement parce que je suis trop occupée à me demander comment je vais réussir à vivre ces soixante-quatorze prochains jours en me concentrant sur quelque chose d'aussi trivial qu'une petite conversation.

3) Tally est totalement d'accord avec le psy de ma mère et trouve génial que je puisse échapper à l'« énergie négative » de mes parents, et que je puisse faire une pause vis-à-vis de ma « dépendance à l'ordinateur » et de mes « envies de consommation compulsives »... Tant pis si je ne comprends pas trop ce que ça veut dire.

En fait, elle est gentille et tout, elle ne me contredit jamais et a l'air bourrée de bonnes intentions. Mais, ce qui est flippant, c'est qu'elle *croit* à tous ces trucs. Enfin, si tout ça lui convient, c'est quand même elle qui A CHOISI de vivre cette existence sereine et austère sur une île paumée, alors que moi, je n'ai PAS CHOISI. J'ai beau m'y trouver aujourd'hui, il n'y a rien d'exagéré à dire que, moi, ça ne me convient pas du tout.

Parce que ma tante n'a pas l'air de comprendre que je dois impérativement rester en contact avec Amanda. Car il ne faut SURTOUT PAS qu'elle m'oublie pendant mon absence. Notre amitié est trop importante pour moi, il y a trop de choses en jeu. Si je veux m'amuser pendant ma dernière année de lycée, si je veux aller au bal de fin d'année, aux soirées et me faire inviter partout où ça vaut le coup d'aller, JE DOIS RESTER TRÈS LIÉE AVEC AMANDA !

Je NE PEUX PAS la laisser me remplacer par une fille indigne de son amitié. Je ne peux pas laisser faire une chose pareille.

Si je m'en fais tant, c'est d'abord parce que je sais, pour l'avoir constaté, qu'Amanda a le niveau d'attention d'une mouche. Sans rire, elle passe sans cesse d'un sujet à l'autre, incapable de rester concentrée sur la moindre chose. Comme si elle était atteinte de trouble déficitaire de l'attention ou quelque chose du genre. Maintenant que je suis partie, j'ai peur qu'elle jette son dévolu sur quelqu'un d'autre, et qu'en septembre je voie tout mon travail réduit à néant.

Comme vendredi, mon dernier soir en ville, quand on s'est retrouvées toutes les deux dans sa chambre à feuilleter des magazines et écouter de la musique (tout ce qu'elle a trouvé à m'offrir en guise de grande soirée d'adieu !). Alors que je venais de lire tout haut notre horoscope, elle m'a regardée, a froncé les sourcils et m'a demandé : « Attends… tu t'en vas où, déjà ? »

J'ai cru halluciner. J'avais dû le lui dire un million de fois, mais c'était comme si je n'avais rien fait. Alors, j'ai levé les yeux au ciel, j'ai ramené mes longs cheveux bruns derrière mes oreilles, j'ai regardé son visage parfait, qui s'incrustait parfaitement dans le parfait anneau de fumée qu'elle venait de souffler, et je lui ai dit : « En Grèèèce. » Je l'ai vue hausser les épaules, saisir une mèche de sa crinière peroxydée pour se l'amener sous les narines, avant d'en passer la pointe sur le bout de son nez en trompette.

« Je ne comprends pas, là, m'a-t-elle répondu. Pourquoi la Grèce ? Pourquoi pas un endroit plus fun ? Tu sais, comme Hawaï ou Cancun, par exemple ? » Après quoi, elle a lâché ses cheveux et s'est plongée dans la contemplation de ses ongles manucurés.

À mon tour, j'ai haussé les épaules. Ce n'était vraiment pas la peine de lui expliquer que j'avais une tante un peu dingue, qui vivait sur une île grecque dont personne n'avait entendu parler. Mais quand j'ai vu Amanda me regarder de cette manière, vous savez, avec ses lèvres retournées et ses sourcils relevés, j'ai compris que je lui devais au moins une petite explication. « C'est une île, et il paraît que c'est très joli », lui ai-je dit, en m'étonnant moi-même de défendre cet endroit où je redoutais d'aller. Mais c'est toujours ce que je ressens quand je suis près de cette fille, comme si j'avais à lui prouver mon droit d'exister.

Tout à coup, elle a pris son téléphone. Alors que je pensais qu'elle cherchait un moyen de m'éviter, elle a pianoté parmi ses contacts en disant : « Levi va en Grèce, lui aussi. Si on l'appelait ? »

LEVI BONHAM ! Le garçon totalement cool sur qui je fantasme depuis qu'il a emménagé près de chez nous quand je n'étais encore qu'une ridicule gamine de 11 ans et que lui, déjà irrésistible, en avait 12. Lui qui est la seule et unique raison de mon besoin désespéré de rester connectée !

Sérieusement, Levi est le garçon le plus canon que j'aie jamais vu (d'accord, ça exclut peut-être les magazines, la télé et le cinéma), le plus incroyable, le plus... irréel ! C'est un peu l'équivalent d'Amanda, en masculin. Heureusement pour moi, Amanda ne l'aime pas autant que moi, parce que, si c'était le cas, je n'aurais aucune chance. Mais, pour une raison que j'ignore, elle fantasme complètement sur son copain – bien moins sexy, mais mignon quand même –, Casey Sayers.

Il ne lui restait donc qu'à appeler Levi et, cinq minutes plus tard, comme par miracle, Levi et Casey ont fait leur apparition.

Je peux dire que je connais un peu Levi, parce que, depuis que je fréquente Amanda, j'ai accès à un tas de choses dont j'avais toujours rêvé. Malgré ça, on ne s'est pas beaucoup parlé, Levi et moi ; on a échangé quelques mots, c'est tout... ou, dans son cas, quelques marmonnements.

C'est vrai, Levi Bonham a beau être quasi parfait, je dois admettre qu'il a un tout petit défaut : il n'est pas très bavard. Il se contente de marmonner, c'est tout. Mais, encore une fois, quand on est aussi beau que lui, on n'est pas obligé d'avoir en plus de la conversation.

Néanmoins, comme je ne suis pas moi-même une beauté, mais plutôt une fille banale (d'accord, je suis juste *un tout petit peu* mieux que la moyenne, car je suis relativement mince, que j'ai la peau assez claire, que mes cheveux sont bruns et normaux, et que rien sur mon visage ne ressort de façon négative ou positive – ce qui me démarque nettement d'une Amanda blonde et bronzée aux yeux bleus), je suis plus ou moins condamnée à tenir des propos vifs et affûtés.

Je veux dire que, dans mon cas, débouler dans une pièce et rester plantée là sans rien dire ne suffit pas. Ce qui fait que les dernières fois où on s'est retrouvés, j'ai dû me démener en permanence pour essayer de le faire rire, ce qui s'est révélé impossible jusqu'à ce que je trébuche par inadvertance, pour tomber assise sur la table basse... déclenchant chez lui un fou rire qui a duré presque cinq minutes. Mais le reste du temps, j'ai juste essayé de lui poser quelques questions sur ses sports préférés, ses voitures préférées, et tout ce qui serait susceptible de l'intéresser... et dont je me moque éperdument.

Là encore, je n'ai pu obtenir de lui que quelques marmonnements ou grognements.

Jusqu'à ce fameux vendredi soir où :

JE SUIS SORTIE AVEC LEVI BONHAM !

À un moment, on était assis ensemble sur le canapé, un peu intimidés, en prétendant regarder la télé pendant qu'Amanda et Casey faisaient je ne sais quoi à l'étage, dans sa chambre, et, tout d'un coup, LEVI BONHAM S'EST RETROUVÉ PRATIQUEMENT SUR MOI !

Il ne m'a pas sauté dessus, il n'a rien fait de grossier, non, il a plutôt eu un geste romantique et même mignon, en faisant mine de prendre son verre sur la table, mais... ça s'est terminé avec ses lèvres sur les miennes.

Si c'était un petit peu maladroit au début – je veux dire, où devaient aller nos lèvres et notre langue ? –, je n'ai pas mis longtemps à craquer devant sa façon d'embrasser, en finissant par oublier totalement l'heure de mon couvre-feu !

Sauf que ce n'est pas entièrement vrai.

Parce que, pour être franche, je me suis inquiétée presque tout le temps de mon retour à la maison. Même si je planais complètement en embrassant Levi – un rêve devenu réalité –, le fait est que je n'arrêtais pas de m'inquiéter à propos de mes parents, en me demandant s'ils continuaient à se disputer, s'ils n'avaient pas déjà fini par se tuer l'un l'autre (je plaisante, mais pas entièrement).

Maintenant, avec un peu de recul, j'aurais aimé ne pas avoir été ennuyée par cette histoire avec mes parents. En fait, ils n'avaient même pas remarqué mon absence, et moi, j'ai gâché une bonne partie de cet « instant Levi Bonham » à me faire du souci pour deux personnes qui se contrefichent de moi.

Toutefois, après sa dixième tentative pour ôter ma robe, j'ai fait un signe avec ma montre en lui disant que je devais partir. Quand j'ai vu la façon dont il a levé au ciel ses incroyables yeux bleus tout en s'écartant de moi, j'ai pensé : *Mais qu'est-ce que tu fais, Dorothy ? Depuis le temps que tu attendais ce moment, tu parles de t'en aller ? Quelle importance, si tu ne l'aimes pas ? L'amour, ça ne dure pas, de toute façon – regarde tes parents ! Sans parler du fait que tu regretteras amèrement de l'avoir laissé filer !*

Alors, je lui ai pris la main et j'ai dit : « D'accord, je reste encore quelques minutes. »

Et c'est à peu près le temps que ça a pris.

Car on avait à peine fini qu'il s'était servi une autre bière avant que j'aie eu le temps de rajuster ma robe. Quand je me suis levée et que j'ai pris mon sac et mes clés, une partie de moi se demandait si tout ça s'était vraiment passé.

Pour être franche, j'avais toujours pensé que le « grand moment » serait… plus intense.

Plus romantique que ça.

Et bien plus important qu'il ne l'a été en réalité.

Voilà pourquoi j'ai cessé d'écrire jusqu'à aujourd'hui. Au début de la soirée, quand on a commencé à s'embrasser, j'ouvrais par moments mon œil gauche pour regarder Levi, pour pouvoir confirmer que, oui, aussi incroyable que cela paraisse, moi, Dorothy Catherine Cavendish, j'avais les lèvres et la langue soudées à celles du plus prodigieux garçon de l'école ! Et quand j'ai vu ses yeux fermés si fort par l'émotion, quand j'ai senti ses lèvres si puissamment collées aux miennes, je n'ai pas pu m'empêcher de me prendre pour la fille la plus heureuse du monde.

Malgré la voix insistante, au fin fond de mon cerveau, qui me demandait : *Pourquoi TOI, Dorothy ?*

Tu n'es pas hideuse, mais tu n'es pas non plus une fille canon. Tu es classe, mais qu'est-ce qu'il en a à faire ? Ce n'est pas parce que tu es amie avec Amanda que tu es cool. Alors, de toutes les filles qu'il connaît, de toutes les superbombes avec qui il pourrait fricoter en ce moment, POURQUOI TOI ?

Franchement, je ne savais pas quoi (me) répondre.

Et je ne sais toujours pas. Bien que j'aie fermement décidé de ne plus y penser.

Parce que, s'il s'ennuyait, ce vendredi soir, et cherchait comment se distraire, ça n'explique pas pourquoi, au moment où j'allais partir, il a plongé la main dans le bol de Doritos, en a pris une poignée, m'a regardée dans les yeux et m'a dit : « Hé, peut-être qu'on se verra en Grèce. Je vais sans doute y aller en croisière. »

En revanche, ça explique pourquoi je projette de passer la totalité de mon été dans un cybercafé, à attendre qu'il prenne contact ou me donne des nouvelles de son arrivée.

À attendre une preuve que je n'ai pas perdu ma virginité avec quelqu'un qui finira par m'oublier.

20 juin

Chère tante Tally,

Si tu rentres pour ~~le déjeuner~~ la sieste et que tu ne me vois pas ici, c'est que je suis au cybercafé. (Oui, je l'ai trouvé ! Même si tu aurais préféré que je ne le trouve pas !) Ça veut dire que je ne serai sans doute pas rentrée à temps pour aller à la plage avec toi aujourd'hui, et j'espère que ça ne te contrarie pas trop.

Enfin, voilà, je ne voudrais pas que tu t'inquiètes pour moi, parce que j'espère que tu m'estimes assez indépendante pour sortir toute seule, sans besoin d'un chaperon. Ce qui veut dire que tu peux continuer de mener ta vie comme avant et faire comme si je n'étais pas là, car je ne traînerai peut-être pas souvent à la maison, maintenant que je connais l'adresse de ce café.

Voilà... bonne journée, alors...

Bisous,

Dorothy

20 juin

Chers papa et maman,

Désolée de ne pas vous avoir écrit plus tôt mais, en fait, quand on s'ennuie, on perd la notion du temps.

Ne vous laissez pas avoir par la photo sur la carte postale, parce que, en réalité, ici, ce n'est pas si joli que ça, et il faut encore que je voie la plage.

Au cas où vous reviendriez sur votre décision ou si vous éprouviez quelques regrets de m'avoir envoyée ici, je voudrais vous dire que je suis prête à revenir par le premier avion, sans aucun ressentiment contre vous, et sans vous poser de questions.

Sérieusement, parole de scout !

Mais si vous persistez dans votre choix, si vous n'éprouvez aucun remords, aucun scrupule, aucun regret, aucune inquiétude, si vous ne doutez pas de vous, je dois alors vous dire ceci :

Moi, Dorothy Catherine Cavendish, jure solennellement de confier à (vous) mes parents la garde alternée de cette carte postale, afin que vous vous la partagiez un week-end sur deux et durant les vacances, ce qui vous évitera de vous rencontrer en un lieu neutre et déterminé, avec vos avocats respectifs, qui seraient trop contents de vous soutirer des milliers de dollars, juste pour déchirer cette carte en deux et vous en remettre à chacun une moitié égale.

Bises,

Votre ex-fille, à présent orpheline...

Dorothy

Date : 20 juin

À : AmandaStar

De : DorothyCat

Objet : *Ya'Sou !*

Salut, Amanda...

O cas où tu te poserais la kestion, *Ya'Sou* C à la fois slt & bye en Grèce, un peu kom *Aloha* à Hawaï. Du moins, je crois ke C ça ke ça veut dire !

Enfin, je voulais juste te dire slt paske je suis tro loin de vs tous & je ne veux pas ke vs m'oubliiez !

Je pense encore à vendredi CT troooo bien & j'aurais pu rester + longtemps paske personne n'a remarqué ke j'étais à la bourre !

Dis à Levi slt pr moi & oci de m'envoyer un SMS & dis-moi s'il vient tjs en Grèce kom il a dit.

Mè lui parle pas du gars super canon ki était assis près d moi dans l'avion ! (

A +

Dorothy

PS : G failli oublier d te dire ke je commence 1 blog alors vs pouvez tous voir mé fotos & autres ! Allez dessus & n'oubliez pa d le dire à Levi !

UN ÉTÉ CRUEL

Profil :

Nom – Dorothy Catherine (Cat)
Âge — 17
Sexe – Juste une fille
Signe – Paix
État – Adolescence
Activité – Prisonnière en Grèce
Adresse – Tinos *via* Californie ensoleillée

À propos de moi :

Je suis une fille de 17 ans qui est actuellement punie par ses parents. Interdite de tout ce qu'elle connaît et aime, et envoyée passer l'été sur une île grecque – ce qui, croyez-moi, est bien pire que ce qu'on peut imaginer.

Le but de ce blog est de raconter l'été le plus horrible de toute mon existence, en envoyant de temps en temps quelques photos qui me serviront de preuves.

Envies : rentrer à la maison le plus vite possible !

Film préféré : le meilleur jamais tourné, et je m'en fiche s'il est vieux : *Diamants sur canapé*. Peu importe si la fin dans le livre est bien plus réaliste que la version ciné, car elle n'est pas aussi cruche et rose, et qu'elle ressemble plus à la vraie vie que ce que montrent en général les films hollywoodiens. Mais quand même, Holly Golightly, elle déchire !

Chanson préférée : hum… ça change tout le temps, mais celle que je préférerai toute ma vie restera *Breathe* (on ne rit pas !) parce qu'elle résume pas mal ma vision de l'existence : des pépins vous tombent dessus, les gens vous trahissent, on fait des erreurs, nos parents divorcent et, au bout du compte, on ne peut rien faire pour effacer tout ça, pour revenir en arrière. La seule chose qu'on peut encore faire, c'est respirer. (Si même on n'arrive pas à faire ça, ce n'est pas vraiment grave, en fait.) Et, non, je ne suis pas négative, seulement réaliste.

Livre préféré : à part *Diamants sur canapé*, je dois dire que je dévore à peu près tout, sauf ces romans ENNUYEUX, bavards et qui n'en finissent jamais, écrits par de vieux Russes morts que les profs adorent vous donner à lire, pour ensuite en faire un compte-rendu ! Mais, sinon, ils sont (presque) tous bien !

20 juin

Euh… essai, 1, 2, 3, essai… D'accord, voici donc le lancement officiel de mon blog de l'été, où je vais partager toutes les choses occasionnellement sympas, mais sans doute la plupart du temps horribles et ennuyeuses que je fais et que je vis ici, sur l'île grecque de Tinos, connue pour ses pèlerins et ses palaces grand luxe pour colombes, et c'est à peu près tout.

Mais puisque, jusque-là, je n'ai pas fait grand-chose (ce n'est peut-être pas vraiment utile de décrire comment j'ai défait mes valises, comment je dors et comment j'ai cherché un endroit où me connecter), j'ai décidé de partager avec vous quelques photos à la place, pour que vous ayez une idée de ce que j'endure ici.

Vous êtes prêts ? Alors, voilà :

1) Là, c'est l'extérieur de la maison de ma tante Tally, où je crèche. Croyez-le ou non, les maisons sont à peu près toutes identiques. C'est vrai, elles sont toutes cubiques, avec des murs blancs, des portes et des volets en couleurs, et elles sont ultrasimples et fonctionnelles. Ce qui est à l'exact opposé de ce qu'on trouve chez nous.

2) Voilà ma chambre – encore une fois, remarquez le blanc partout. Ils adorent, ici ! Par chance, le lit est plus confortable qu'il n'y paraît. Je veux dire, il est bien plus étroit que le mien à la maison, mais au moins, l'oreiller a une taille correcte. Vous voyez l'œil en pendentif accroché au-dessus du lit ? C'est

pour que je n'aie pas le mauvais œil, justement. Vous savez, quand une personne haineuse ou jalouse vous lance une malédiction (ce que, bizarrement, les gens d'ici prennent comme une sérieuse menace pour le bien-être de quelqu'un). Tout ce que je peux dire à ce sujet, c'est ça : SI VOUS ÊTES ASSEZ FOUS POUR ÊTRE JALOUX DE MOI, VOUS ÊTES PLUS QUE BIENVENUS POUR QU'ON ÉCHANGE NOS PLACES, QUE JE PUISSE RENTRER CHEZ MOI ET RETROUVER MA PETITE VIE BIEN ORGANISÉE !

3) Si vous pensez voir sur cette photo une vieille dame toute vêtue de noir, assise sur un âne, regardez de plus près. Vous voyez les paniers qui pendent de chaque côté ? Vous ne devinerez jamais... Ils sont remplis d'œufs. C'est vrai, mesdames et messieurs, c'est comme ça qu'on achète ses œufs, à Tinos. *Via* un âne. Livrés tout frais devant votre porte !

4) Vous voyez cette petite masse ronde, orange et un peu baveuse ? C'est un jaune d'œuf. Vous avez déjà vu une couleur pareille pour un œuf ? Moi, jamais !

5) Ça, c'est la photo du cybercafé où je passe les trois quarts de mon temps à envoyer des e-mails, à surfer sur le Net et à écrire ce blog. Notez les murs blancs et les volets verts, puis remontez au paragraphe 1 ; comme ça, vous saurez que tout ce que vous lisez dans ce blog est vrai, que je n'invente rien.

6) Voici la table où je m'assieds toujours pour boire mon Nescafé frappé – qui ressemble en fait au préhistorique café mousseux du *Starbucks*, mais en moins bon... même si je commence à m'y habituer. D'abord et surtout parce que je n'ai pas le choix. Comme j'essaie aussi de m'habituer à tout ici, en fait ; car, croyez-moi,

tout est trop bizarre, différent et… ÉTRANGER, quoi. Bien que ce soit en général ce qu'on cherche quand on voyage dans un pays étranger, il faut quand même se rappeler que je n'ai pas exactement demandé à venir ici. J'étais parfaitement bien, chez moi, et je ne voulais pas du tout connaître autre chose.

7) Voici la chaise où je suis assise pendant que je surfe sur le Net, que j'envoie des e-mails, que j'écris des lettres et des cartes, et que je blogue. Vous voyez qu'elle est en bois, ce qui, au bout de deux heures, la rend TRÈS inconfortable. Je devrais le savoir, puisque je reste chaque jour une éternité dessus (voyez plus haut à quoi je passe le plus clair de ma journée). Au point que je songe sérieusement à apporter mon coussin, puisque Petros refuse de m'en prêter un.

8) Ça, c'est une photo de Petros, le propriétaire du café. J'aurais pu croire qu'il serait content d'avoir une cliente régulière chez lui mais, chaque matin, quand j'arrive, il m'observe de haut en bas, secoue la tête et me dit : « Tu es trop blanche. Tu dois sortir pour prendre un peu de couleurs. Ce n'est pas bon et pas sain de rester enfermée comme ça. » Alors, je lui réponds que ce ne sont pas des façons de traiter ses clients, et je lui demande de me servir un frappé parce que je dois retourner à ma vie Internet. On se met à rire ensemble, et il m'apporte ma boisson ; mais je vois bien qu'il ne plaisante pas en me disant d'aller prendre l'air.

9) Voici une photo du magasin de ma tante Tally. Il est ici, au cœur du village, à quelques maisons de la nôtre, en bas de la rue. Elle fabrique des bijoux et des T-shirts qu'elle vend aux touristes. Elle a aussi quelques poteries et sculptures de son petit ami Tassos, mais

seulement quelques pièces car sa boutique est petite, comme vous le voyez. Lui, je ne le connais pas encore parce qu'il n'est pas là en ce moment. Je ne reste jamais longtemps dans le magasin car il est souvent très rempli, et j'ai l'impression d'être dans les pattes des clients.

10) Là, c'est ma tante Tally, assise sur sa terrasse, en train de regarder le coucher du soleil, devant un verre de vin. Les couchers de soleil, ici, sont souvent très impressionnants – un ciel qui s'embrase de couleurs orange, violettes et rouges qui finissent par se faire avaler par l'eau. Mais on s'y habitue assez vite aussi.

11) Ça, c'est une photo du vent *Meltemi*. Oui, le vent est si fort, ici, que non seulement il porte un nom, mais qu'on peut réellement le photographier. Regardez ces arbustes qui se couchent presque sous le vent, et ces tourbillons de poussière. Eh bien ! il faut savoir qu'il souffle comme ça pratiquement tous les jours ! Tante Tally dit que c'est la « climatisation de la nature », et elle ajoute toujours que je transpirerai comme une bête quand il s'arrêtera. Moi, tout ce que je veux, c'est qu'il s'arrête, vraiment !

12) Oups, il n'y a pas de n° 12. Vous êtes contents ? Parce que ce blog est vraiment PATHÉTIQUE ; croyez-moi, j'en suis consciente.

Mais, s'il vous plaît, restez en ligne car, on ne sait jamais, ça pourrait s'améliorer (bien que j'en doute sérieusement !).

J'attends vos commentaires… pliiiise !

Dorothy

21 juin

Chère Tally,

Désolée, mais pas de plage pour moi, aujourd'hui, je pars au café.

Je te souhaite une bonne journée...

Bises,

Dorothy

Date : 21 juin

À : AmandaStar

De : DorothyCat

Re : Salut !

C fotos ke tu m'as envoyées d l'autre soir, tro cool ! & non Petros C pa mon pti ami paske stp il a 40 ans & crois-moi y en a d bien + sexy ici ! & les ga ici ont pa des moustaches kom lui C juste les vieux.

O fait t'as d nouvL de Levi ? Tu lui as filé mon e-mail ? Tu sais s'il fait tjrs ct croisière en Grèce ? Si tu le vois dis-lui ke j'veux un msg dak ? Paske j 2viens d1gue ici 100 KS 100 tel 100 boutik 100 MacDo etc. G vrMen besoin d contact avec mes potes j me sens si loin d vs C kom si j'étais sur une otre planète !

Oci CT ki la meuf avec lui sur la foto ? Tu sais près d la piscine... On la koné ? L avait l'R d être collée à lui (

J dois y alé.

Bizz,

Dorothy

Journal de Dorothy en pleine galère, quand l'électricité s'arrête si longtemps que le cybercafé ferme pour la sieste plus tôt que d'habitude

21 juin

Euh, pardon, mais je suis vraiment la seule ici à m'inquiéter du fait que l'eau chaude s'arrête pile au milieu de ma douche, que l'électricité marche quand elle veut (c'est-à-dire n'importe quand), et que tout dans ce bled de dingues est fermé entre 2 et 5 heures de l'après-midi ?

Parce que, tout à l'heure, j'étais dans le café en train de bloguer tout ce que j'avais sur le cœur et sans embêter personne, quand, brusquement, tout ________________

Voilà, plus de lumière, l'ordi est mort (comme ma batterie), bref, extinction des feux, calme plat ! Non seulement j'ai perdu tout le fil de mon blog (qui était plutôt brillant, les meilleures pages que j'avais écrites jusque-là, et que personne ne lira jamais !), mais quand j'ai regardé Petros en levant les mains avec l'air de dire : *Oh non ! pas encore !!*, il a juste haussé les épaules en disant : « C'est rien, c'est rien, détends-toi, ça va revenir. »

Au bout d'une bonne heure de « détente », *ça* n'était toujours pas revenu. Pourtant, Petros n'avait pas l'air trop énervé. Il semblait même plutôt content, parce qu'il m'a carrément fichue dehors – sérieusement, il s'est approché, m'a prise par la manche et m'a entraînée vers la porte (avec un énorme sourire, dois-je le préciser ?). Ensuite, il a retourné le panneau OUVERT pour le mettre côté FERMÉ (enfin, c'est en grec, mais j'imagine que c'est ce que ça dit), et je me suis retrouvée au milieu de la rue, en état de choc, en train de le regarder s'éloigner, trop content de partir faire ce qu'il fait tous les jours entre 2 et 5 heures.

Comme je ne suis pas ici depuis longtemps, je ne savais pas du tout comment m'occuper. D'habitude, je passe le plus clair de ma journée à faire la navette entre ma chambre et le café. Mais, cette fois, je ne sais pas pourquoi, j'avais envie de marcher un peu. Alors, je me suis baladée sur le port, en pensant m'arrêter prendre un autre frappé à une terrasse devant la mer, mais puisque je ne me sentais pas très à l'aise à l'idée de rester toute seule assise comme une grosse loser esseulée et sans amis (même si c'est ce quc je suis en réalité), j'ai préféré continuer jusqu'à la boutique de Tally, où elle vend bijoux et souvenirs pour les touristes. Bien qu'elle ait eu l'air contente de me voir, elle était malgré tout très occupée, alors je lui ai fait un petit signe et je suis ressortie. Je me suis attardée quelques instants sur le port, j'ai scruté Mykonos, en face, en voyant bien que, là-bas, ils n'avaient aucune coupure d'électricité, et en me demandant bien pourquoi, oui, POURQUOI je me retrouvais forcée de rester coincée dans ce trou perdu et primitif !

Comme je remontais la petite rue qui mène à la maison de Tally, deux garçons ont déboulé sur une vieille Vespa, en roulant si près de moi qu'ils ont manqué de m'accrocher au passage. Franchement, j'ai presque senti une manche me frôler le bras au moment où ils sont passés. Alors que j'allais leur crier quelque chose, celui qui était assis à l'arrière s'est retourné et m'a souri.

Je me suis arrêtée net et je l'ai regardé, croyant l'avoir déjà vu quelque part. Mais où ? Je ne sors de la maison de ma tante que pour aller au cybercafé, ce qui fait que je ne connais personne d'autre que Tally et Petros.

Ce n'est qu'une fois de retour dans ma chambre, allongée sur mon lit, le nez tourné vers la fenêtre, que j'ai compris : c'était le garçon super mignon que j'avais vu sur le bateau.

22 juin

Chère maman,

Je sais que papa est parti, mais puisque je n'ai pas son adresse (sans doute parce qu'il ne l'a pas encore envoyée), j'espère que toi ou ton avocat (oui, j'ai eu la lettre où tu me dis que toi et papa, vous ne vous parlez plus que par avocats interposés), vous pourrez lui faire passer ce message quand vous aurez fini de le lire.

Au cas où ça vous intéresserait, je suis allée sur la plage que tu vois sur la carte postale, et c'est bien à ça que ça ressemble : pas de magasins, pas de bars, pas de restaurants, pas de trottoirs en planches, rien que du sable et de l'eau. Pourtant, je trouve que c'est super joli... si on aime les paysages désertiques comme celui-ci.

S'il te plaît, n'oublie pas de faire passer ce message à papa, d'accord ?

Bises,

Ta fille qui fait de son mieux pour s'adapter à tout ce que vous lui avez imposé,

Dorothy

Date : 22 juin
À : AmandaStar
De : DorothyCat
Re : Salut !

Salut, Amanda,

Alors, cet Penelope ? CL sur la foto qui s'accrochait à Levi ? Elle va dans une autre école ? Paske j la connais pas et j me pose des questions et t'as jamais vraiment répondu.

Enfin, toutes mes p'tits news sont ds mon blog, alors tu devrais le lire et me faire tes commentaires !

Réponds !

Ciao...

Dorothy

PS : Tjrs pa de nouvL de Levi ???

UN ÉTÉ CRUEL

24 juin

Alors, voici une photo de moi (évident, je sais...) avec ma tante Tally et son petit ami, Tassos, que je viens de rencontrer parce qu'il était en « voyage d'affaires », la semaine dernière. Enfin, je pense qu'il cherchait seulement à nous laisser, Tally et moi, faire un peu mieux connaissance avant d'entrer à son tour dans le paysage.

C'est drôle comme ils ont l'air d'être frère et sœur, hein ? Ils ont tous les deux le teint mat, les cheveux noirs et ondulés, les yeux sombres, et... euh... un nez un peu gros (ce n'est pas une critique, juste une constatation). Mais je sais qu'il n'y a aucun lien de parenté entre eux car personne dans ma famille n'est grec ; en revanche, Tassos l'est bien, lui. Il est d'ici, ce qui fait de lui un Tinien. Ils sont ensemble depuis quelque chose comme douze ans, sans être mariés, ce dont ils ont l'air de se ficher éperdument. Pourtant, ils se comportent comme des gens mariés (sauf qu'ils ne se disputent pas). Quand je leur ai demandé pourquoi ils n'étaient pas passés devant le maire, ils ont haussé en même temps les épaules en disant : « Ce n'est pas la peine. » Alors, j'ai pensé à mes parents qui, tout en cherchant à se séparer, ne peuvent pas s'empêcher de se crier après... et j'ai, moi aussi, haussé les épaules.

Peut-être qu'ils ont raison, puisque maintenant, rien ne dure ; puisque tout a un début, un milieu et une fin. Alors, oui, c'est peut-être mieux de laisser la porte ouverte, car on ne sait jamais quand cela pourra servir.

Enfin, j'ai déjà oublié le nom de cette plage, mais je me dis que ça n'a pas grande importance puisqu'il ne vous dira rien, et je serais de toute façon incapable de l'écrire... dans un alphabet ou un autre. Même si tout le monde prétend que le grec est phonétique, dès l'instant où je vois toutes ces lettres bizarres, je suis paumée. Quoi qu'il en soit, ce que vous devez savoir sur cette plage, c'est qu'elle n'a absolument RIEN à voir avec nos plages à nous. Vraiment.

Pour commencer, les plages ici ne sont que des plages. On n'y trouve ni cafés ni boutiques et encore moins de complexes sportifs.

On y aperçoit souvent des habitants de la mer, des créatures vivantes qu'on ne voit jamais sur nos plages à nous.

C'est comme ça que, l'autre jour, après avoir posé nos serviettes sur le sable, Tassos m'a jeté un masque et des palmes ainsi qu'un petit filet, et m'a invitée à le suivre… en restant tout près, mais pas trop quand même !

Alors qu'on entrait dans l'eau (ce qui est nettement plus facile ici car l'eau est quasiment plate, il n'y a pas de vagues pour nous barrer le chemin), j'ai enfilé mes palmes, et j'ai nagé derrière lui entre les rochers, à la recherche de poulpes et d'oursins. Mais, là, pour être franche, je doutais réellement qu'on puisse en trouver parce que c'était trop bizarre de penser qu'il y avait des poulpes autour de nous, alors qu'on les imagine la plupart du temps LOIN, LOIN AU LARGE, dans des endroits où on ne peut accéder que par bateau ou sous-marin, mais surtout pas là où on peut nager avec un masque et des palmes.

Eh bien ! aussi incroyable que ça paraisse, il y avait tout un tas de bestioles marines, que Tassos a commencé à attraper… avec rien d'autre que ses MAINS NUES (!) avant de les jeter dans le filet que je tenais.

Je voudrais aussi préciser que, pendant tout le temps qu'on a nagé, Tassos et moi, ma tante Tally est restée étalée sur la plage, plongée dans un de ses bouquins, et COMPLÈTEMENT TORSE NU !

Vraiment !

Ce n'est pas une blague, mais à ce que j'ai pu constater en regardant autour de moi, pratiquement aucune femme ne porte de haut de maillot sur la plage.

Aucune, SAUF MOI !

Je n'imagine pas une seconde ôter le mien. C'est vraiment trop bizarre, et ça m'a mise super mal à l'aise. Je n'aurais même pas pu jeter un regard à ma tante Tally, tant qu'elle n'aurait pas remis un T-shirt avant de partir.

Plus tard, après être rentrés à la maison et avoir tous pris notre douche, Tassos s'est mis à préparer le poulpe et les fruits de mer, accompagnés d'une énorme salade grecque, pendant que j'aidais Tally à éplucher des pommes de terre pour faire des tonnes de frites. Puis ils ont servi du vin (oui, ils m'ont même laissée en boire un verre !), ont mis un CD des Beatles (ah oui ! j'ai oublié de préciser que, si elle n'aime pas la télé, elle adore la musique), et on a pris notre dîner dehors, sur la terrasse, en chantonnant *Here comes the sun*.

Seulement, on a un peu changé les paroles, parce que le soleil commençait déjà à se coucher.

Quitte à vous paraître ringarde et gnangnan (parce que c'était vraiment ringard et gnangnan), d'une certaine manière, c'était aussi super amusant.

Mais on s'ennuie tellement que la moindre petite distraction peut prendre des airs de véritable fête !

Le seul problème, c'est que je n'ai réussi à me reconnecter que maintenant. Comme il est un peu tard, Petros vient de passer cinq bonnes minutes à me faire comprendre par gestes que c'était l'heure de me casser – il est d'ailleurs en ce moment planté devant la porte, en me faisant signe de décamper. Ce qui veut dire qu'il est à deux doigts de me fondre dessus pour m'attraper par la manche et me mettre dehors.

Je peux vous dire que le service après-vente, ici, ce n'est pas top !

Avant de partir, je dois vous préciser que la dernière photo, c'est moi en train de manger du poulpe – ça se voit, évidemment, mais ça reste quand même difficile à croire, non ? Jamais je n'aurais cru ça possible, parce que… beurk !!

Pour tout dire, si vous me voyez sourire de cette façon, c'est que Tassos prenait la photo et que je ne voulais pas le décevoir.

Bref, vous savez ce qu'on dit : *En Grèce, fais comme les Grecs…*

Bon, voilà Petros qui me tire par la manche, en marmonnant quelque chose en grec. Bien que je n'aie aucune idée de ce qu'il raconte, je devine que ce n'est pas super amical.

Alors… bonsoir !

Et, par pitié, faites-moi vos commentaires !

Dorothy

25 juin

Cher papa,

Merci de m'avoir finalement envoyé ta nouvelle adresse, même si ça me paraît bizarre que tu vives maintenant dans un appartement. Est-ce que tu entends les voisins du dessus ? C'est grand comment ? Est-ce qu'il y a une chambre pour moi aussi, quand je viendrai te voir ?

Je me suis dit, maintenant que tu as officiellement quitté la maison et que toi et maman, vous ne vous disputez plus qu'à travers vos avocats respectifs, que je pourrais peut-être rentrer. Pas seulement parce que j'ai le mal du pays (non, je ne te mentirai pas, papa, j'ai le mal du pays !), mais aussi parce que je crois que maman a réellement besoin de moi pour l'aider à surmonter ces moments difficiles. Je veux dire, puisque vous refusez de vous parler, tu ne le sais sûrement pas mais, dans sa dernière lettre, j'ai sincèrement senti sa solitude, et je crois vraiment qu'elle a besoin de moi.

Mais bien sûr, papa, ce que je te dis, ça reste entre nous, car je suis sûre qu'elle ne voudrait pas que tu saches tout ça. Alors, on le garde pour nous et, surtout, je t'en supplie, n'en parle ni à elle ni à ton avocat.

Si tu veux, tu peux m'envoyer un billet d'avion, ou on peut s'arranger pour que je le prenne directement au comptoir de la compagnie, à l'aéroport.

Quoi qu'il en soit, je suis sûre que tante Tally comprendra.

À bientôt...

Bises,

Dorothy

25 juin

Chère maman,

Je voulais juste te souhaiter un bon séjour pendant ta retraite de yoga !

J'ai pensé aussi, maintenant que papa a officiellement quitté la maison et que vous ne vous disputez plus qu'à travers vos avocats, que ce serait bien si je rentrais à la maison. Pas seulement parce que j'ai le mal du pays (je ne mentirai pas, maman, j'ai le mal du pays !), mais aussi parce que je pense que papa peut réellement avoir besoin de ma présence pour l'aider à passer ce cap difficile. Puisque vous refusez de vous parler, tu ne le sais peut-être pas, mais dans sa dernière lettre, j'ai cru comprendre qu'il se sentait très seul, et je crois qu'il a réellement besoin de moi.

Mais il faut que tu saches que si je te confie ça, c'est en étant sûre que tu le garderas pour toi, parce qu'il n'aimerait pas apprendre que je t'ai raconté tout ça. Alors, autant que ça reste entre nous et, surtout, n'en parle ni à lui ni à ton avocat.

Si tu veux bien, tu peux me faire parvenir un billet d'avion, ou on s'arrange pour que je passe le prendre au comptoir de l'aéroport.

Ne t'inquiète pas, je suis certaine que tante Tally comprendra.

À bientôt...

Bises,

Dorothy

Date : 26 juin

À : AmandaStar

De : DorothyCat

Objet : Hum... tu ne m'as pas oubliée ?

Salut, Amanda,

Juste un pti cc paske j n'ai aucune nouvL !

Tu m'oublies pa, j'espère ? (

J'espère oci ke tu vas bien...

Moi C super !
Enfin, pa vrMen car G le mal du pays !
Écris-moi !
Dorothy

PS : Salue Levi pour moi stp !

UN ÉTÉ CRUEL

26 juin

J'allais poster un paquet de photos de cette fête des prénoms où Tally et Tassos m'ont traînée, mais puisque, apparemment, personne ne commente sur ce blog et qu'on le lit encore moins, je ne vois pas pourquoi je m'embêterais avec ça.

Histoire que vous sachiez ce que vous perdez, une fête des prénoms, c'est une grosse fiesta en l'honneur des Grecs à qui on a donné le prénom d'un saint (c'est-à-dire tous, en fait). Comme à peu près chaque jour de l'année est dédié à la mémoire d'un saint, ils célèbrent leur fête comme ils célèbrent un anniversaire, avec du cochon grillé, de la musique, du *baklava* (un gros dessert bizarre, super croquant et imbibé de miel) et tout plein d'autres gâteries.

Au cas où vous vous inquiéteriez (ce dont je doute fort) pour les malheureux qui ne portent pas un nom de saint, eh bien ! il leur reste le jour de la Toussaint, qui se déroule quelque part après la Pâques grecque (oui, ils ont même leur propre jour de Pâques, ici).

Bon… alors, je vous souhaite à tous un été génial, bien excitant et super chaud.

Parce que le mien, ça s'annonce plutôt comme le contraire…

Dorothy

Journal de Dorothy en pleine galère, quand elle est si déprimée qu'elle refuse de sortir de sa chambre

27 juin

Voici la liste des GENS QUE JE TROUVE NULS ET TOUTES LES BONNES RAISONS que j'ai de les trouver nuls :

1) Amanda – Non seulement elle n'a pas répondu à mes deux derniers mails, mais en plus, elle ne commente rien sur mon blog, ce qui me fait penser qu'elle ne l'a pas lu, et elle m'a enquiquinée avec cette photo de Petros, s'est moquée de ses moustaches et m'a demandé si je sortais avec lui, et plein d'autres choses nazes de ce genre. J'en conclus donc qu'elle n'est plus du tout l'amie que ~~je pensais~~ j'espérais qu'elle était.

2) Levi Bonham – Aucun e-mail. Aucun contact. Pas un seul commentaire.

3) Penelope – Je n'ai pas besoin de la CONNAÎTRE pour savoir que c'est une pétasse. Cette photo d'elle, collée-serrée avec Levi, à la soirée où je n'ai pas pu aller (parce que je suis COINCÉE ici !), ça en dit des tonnes !

4) Ma mère – Euh… pardon, mais je ne sais même pas par où commencer.

5) Mon père – Même combat.

6) Tinos – Oui, je sais, Tinos est une île et pas une personne, mais ce n'est pas non plus Mykonos, et donc, ça craint. Ça craint grave ! Ça ne pouvait arriver qu'à moi d'atterrir dans l'île la plus ennuyeuse du monde.

7) ~~Tally~~

8) ~~Tassos~~

D'accord, si j'ai barré Tally et Tassos, c'est qu'en fait, eux, ils sont cool. C'est clair, ils sont un peu bizarres avec leurs plantes à qui il faut parler, leurs séances de méditation, leur musique hippie et tout le reste. Mais ils ne m'embêtent pas tant que ça, finalement. Mieux, ils me fichent une paix royale.

Comme en ce moment, par exemple. Ça fait pratiquement deux jours que je reste cloîtrée dans ma chambre, et Tally a juste trouvé le temps de passer la tête à la porte pour me demander : « Alors, pas d'Internet aujourd'hui ? »

Pour toute réponse, j'ai haussé les épaules, soupiré, levé les yeux au ciel et fixé un peu plus longtemps le plafond.

Alors, elle m'a dit : « Bon, comme tu veux… Sache seulement que Tassos part à son atelier. » (Il est artiste, sculpte du marbre et fabrique aussi des céramiques. Il est assez bon, je dois dire, et un peu connu dans le coin, du moins dans l'univers du marbre et de la céramique.) « Et moi, je vais à la boutique. Mais on sera tous les deux rentrés pour 2 heures, au cas où tu voudrais aller à la plage. Sinon, c'est bien aussi. »

Le plus amusant, c'est qu'elle a dit tout ça comme si je n'avais pas noté leur programme, depuis le temps. Chaque jour, c'est à peu près pareil – travail le matin, pause plage vers 2 heures, retour à la maison pour le déjeuner (avec ce que Tassos a pu pêcher et ce qui pousse dans le verger de Tally), douche rapide avant de repartir au boulot pour quelques heures, et deuxième retour à la maison pour un dîner assez tard, avec la bande d'amis qu'ils ont l'habitude d'inviter.

Même si ça paraît une vie simple et sans problèmes (enfin, si on la veut simple et tranquille, donc finalement, plus ennuyeuse qu'autre chose), même si, parfois, je cède et que je les accompagne à la plage, ces deux derniers jours, j'ai choisi de ne pas y aller.

Pour quoi faire ?

À quoi ça sert de se bouger ?

Car, le truc, c'est que :

1) Amanda est passée à autre chose. Ce qui veut dire que mon année de terminale va être atroce. Ce qui veut dire que j'ai fait tout ça pour rien. Ce qui veut dire que ma hausse de popularité est foutue. Ce qui veut dire que je vais redevenir une pauvre naze qui s'est crue arrivée et qui va retomber dans l'oubli. Ce qui veut dire que quand je vais débouler à la réunion des anciens élèves, tout le monde va dire : « Dorothy… ? Dorothy QUI ? On te connaît ? »

2) Levi a oublié que j'existe. Parce que, même si j'ai dépassé l'heure de mon couvre-feu pour rester avec lui, même si j'ai dormi avec lui, j'ai malgré tout refusé d'enlever ma robe. Et, à cause de ça, il est passé à une blondasse maigrichonne du nom de Penelope, qui n'a sans doute aucun problème de couvre-feu, et encore moins de nudité. Pourtant, je suis à peu près sûre que si ce n'était pas Penelope, ce serait une autre ; parce que, à la base, je sais

très bien que Levi ne m'a jamais vraiment aimée. Il a fait ça par pur désœuvrement, pour passer le temps. Bien que je n'aie pas été assez idiote pour croire qu'on était amoureux (déjà, parce que je ne crois pas à ce genre d'ineptie), j'estime qu'il aurait pu prendre vingt secondes de sa précieuse journée pour m'envoyer un e-mail ou un SMS, ne serait-ce que par gratitude… parce qu'il savait très bien que j'étais encore vierge.

3) Mes parents sont apparemment capables de très bien surmonter leur mésentente quand il s'agit de me tomber dessus. Je me suis fait littéralement incendier à cause de ma petite lettre-arnaque, lors d'une audioconférence super embarrassante (hum… pour MOI, pas pour EUX, car ils étaient totalement cool, calmes, détendus et sûrs d'eux), où ils m'ont appris, en des termes on ne peut plus clairs, que je devais rester à Tinos jusqu'à ce que j'aie effectué la totalité de ma condamnation – oui, ma condamnation ! –, c'est-à-dire jusqu'au 31 août ; que je n'aurais droit à aucune réduction ni remise de peine pour bonne conduite ; et que je devais arrêter de les monter l'un contre l'autre parce qu'ils avaient très bien compris mon petit jeu.

Alors, en un mot, voilà pourquoi je laisse tomber.

J'ai pourtant tout essayé pour tirer le meilleur de cette quasi-réclusion : garder le contact avec mes amis en créant ce blog, en envoyant des mails, en écrivant des lettres et des cartes postales pour que personne ne m'oublie mais, au bout du compte, ça n'a servi à rien.

Parce que tout le monde m'a oubliée.

Parce qu'au fond, personne ne m'a jamais vraiment aimée.

Plutôt que de continuer à me taper la tête contre les murs, j'ai décidé de passer le reste de l'été assise dans cette petite chambre, dont je ne sors que pour me doucher ou croquer de temps en temps un morceau. Voilà, s'ils tiennent absolument à me mettre en prison, c'est bon : j'effectuerai ma peine.

Mais, dès le 31 août, je SERAI dans l'avion.

Et DE RETOUR dans l'Orange County.

Pour y REPRENDRE ma minable petite existence.

UN ÉTÉ CRUEL

1er juillet

D'accord, je sais que j'ai dit que j'arrêtais ce blog puisque personne ne le lit, mais le truc, c'est que, si je le garde actif, ça m'aide MOI AUSSI à rester en vie.

Sincèrement.

Non seulement ça me procure l'occasion de sortir, mais ça me donne aussi un but.

Même si ce but – écrire un blog dont tout le monde se fout éperdument – n'est en fait qu'une perte de temps.

Comme je commence à en avoir réellement marre de rester cloîtrée dans cette chambre, je me suis dit : *Oh ! et puis merde…* Et j'ai repris ma petite vie à Tinos.

Même si je suis la seule à savoir que ce blog existe.

Même si je suis la seule à m'en soucier.

Alors, donc, on se remet au boulot :

1) Voici une photo de mon chat !

C'est vrai, j'ai adopté un chaton, et il (ou elle... je n'ai pas encore vraiment vérifié) est encore plus adorable au naturel. Franchement ! Mais j'espère de tout mon cœur qu'il va devenir une fille car je l'ai appelé(e) Holly, le prénom d'Audrey Hepburn dans *Diamants sur canapé*. D'abord parce que j'adore ce film, et aussi parce que cet animal est tout noir, avec une fine raie blanche qui lui descend du front sur le nez – euh... est-ce que les chats ont un front ?

Bref, elle me rappelle incroyablement Audrey Hepburn, car elle portait toujours d'adorables petites robes noires.

Elle – l'actrice – était également très maigre et, quand j'ai trouvé Holly, elle aussi l'était vraiment. Elle semblait avoir un immense besoin de protection – comme Holly dans le livre et dans le film !

Le seul truc, c'est que je ne l'ai pas encore dit à Tally et Tassos. Tout simplement parce que je sais que ce n'était pas la chose la plus intelligente à faire, puisque je m'en vais à la fin de l'été (YOUPIII !). Mais Holly était toute seule et abandonnée quand je l'ai trouvée, assise au milieu de la route, toute perdue et complètement apeurée. Dès que je me suis accroupie en face d'elle, elle a couru vers moi et m'a regardée avec ses grands yeux bleus, tristes et affamés ; quand elle a commencé à se frotter contre ma jambe et à ronronner, là, je n'avais plus le choix : l'adoption était obligatoire.

Car, si je l'avais laissée toute seule pour se défendre, elle avait toutes les chances de ne pas connaître la fin de la journée. Le mieux que je puisse lui offrir, ce sont trois mois agréables, heureux et confortables. Eh bien ! autant les lui offrir ; ce seront trois mois qu'elle n'aurait jamais vécus.

Tout a un début, un milieu et une fin, non ? Quand il sera temps de se dire au revoir, je serai prête.

Mais, pour l'instant, j'ai bien l'intention d'en parler dès ce soir à Tally et Tassos. Souhaitez-moi bonne chance.

Tant pis si je sais que je suis la seule à lire ça !

Dorothy

UN ÉTÉ CRUEL

Commentaires :

Anonyme :

Ravi de voir que tu reprends ton blog.

De quelqu'un qui a lu tous tes courriers.

DorothyCat :

Maman, c'est toi ?

Je sais que c'est toi, alors arrête de faire la mystérieuse. C'est trop nul.

Anonyme :

Non, je ne suis pas ta mère.

Et je trouve dommage que tu me traites de nul.

DorothyCat :

Hum… en fait, ce n'est pas toi que je trouve nul – qui que tu sois –, c'est juste ce truc de rester ANONYME que je trouve nul.

Anonyme :

Merci de clarifier la chose. Cependant, je préfère rester ANONYME, et tant pis si tu trouves ça nul.

PS : J'aime bien ton chat.

Journal de Dorothy en pleine galère, quand elle ne peut plus rien poster sur son blog, maintenant qu'elle sait qu'un mystérieux blogueur le lit

2 juillet

D'accord, je reconnais que tout récemment encore, je me plaignais que personne ne lisait mon blog. Eh bien ! maintenant, il semblerait que quelqu'un le lise. Seulement, je ne sais pas qui puisque tout le monde peut signer ANONYME. Si j'ai songé un moment à restreindre tous les commentaires anonymes, je n'ai finalement pas pu le faire. Principalement parce que ce serait comme lourder mon meilleur (et seul !) client – un peu comme Petros le fait avec moi.

C'est bizarre de constater qu'au début, j'espérais avoir beaucoup de lecteurs et qu'aujourd'hui, je ne suis pas sûre que ça me fasse très plaisir. Maintenant que je vois que quelqu'un le lit, je ne sais plus trop quoi écrire. Peut-être que si je savais QUI le lit, ça me faciliterait les choses. Si c'était, par exemple, mon père ou ma mère, je pourrais utiliser ce blog pour un effet maximal. En leur montrant ma terrible solitude, je les pousserais à croire qu'ils manqueraient totalement d'humanité (ce que je vais d'ailleurs finir par penser) en ne se sentant pas coupables de m'avoir envoyée ici et de refuser mon retour à la maison.

En revanche, si c'était Levi qui lisait ce blog, j'éviterais d'office le côté pathétique. Je ne montrerais aucune sorte d'enthousiasme (parce qu'il penserait que tout se passe trop bien ici et que, donc, je n'ai pas besoin qu'il vienne me voir – ce qui serait totalement faux !), mais je ne laisserais jamais non plus sous-entendre que je m'ennuie ici ou que je suis déprimée.

J'imagine que le bon équilibre, ce serait de paraître m'enquiquiner juste un peu, mais seulement parce que je suis bien trop cool pour me trouver dans ce coin perdu (transformant mon blog en bon essai de fiction !).

Si c'était Amanda, je devrais lui laisser croire que je m'amuse comme une folle avec un groupe d'amis géniaux, pour qu'elle ne regrette pas de s'être un jour tournée vers moi (même si elle le regrette probablement aujourd'hui).

C'est dire si le fait d'avoir un lecteur/commentateur rend maintenant les choses compliquées.

À la vérité, c'était nettement plus simple quand je n'avais que moi pour lecteur.

Pour changer de sujet, Tally et Tassos ont très bien accueilli Holly. En fait, non seulement ils la trouvent adorable, mais Tally l'a carrément prise sous son aile : elle lui a acheté un collier et une litière, et elle lui donne de la nourriture bio… censée faire d'elle un chat sain et solide. Ils sont tout à fait d'accord pour lui garder son nom… bien qu'on vienne de découvrir qu'en fait, ce chaton est un garçon !

Donc, en raison de leur gentillesse et tout, j'ai décidé d'aller plus souvent à la plage avec eux et d'y rester aussi longtemps qu'eux. C'est vrai, je me sens un peu honteuse de m'être montrée tellement à l'écoute de ma mauvaise humeur quand ça n'allait pas, au point que je suis maintenant un peu obligée au moins de prétendre que je m'amuse en leur compagnie (même si ce n'est pas le cas).

Je commence à réaliser à quel point j'ai été intrusive en déboulant comme ça chez eux. C'est vrai, ma tante a traversé l'océan pour se retirer dans une petite île grecque tranquille et isolée, sans doute dans le seul but de fuir le monde prétendument civilisé, dont ma mère, mon père, ma grand-mère et moi-même… tout ça pour se coltiner ma présence pendant presque trois mois.

Car, même si leur vie est un peu trop <u>BIO</u> à mon goût, un peu trop <u>LENTE</u>, <u>PAS TRÈS EXALTANTE</u>, et ne représente absolument <u>RIEN</u> de ce que j'ai choisi pour moi, ça marche manifestement bien pour eux.

Alors qu'ils vivent une existence cool et sont fermement ancrés dans un bonheur tranquille, voilà que je débarque dans leur vie, sans me priver de faire la moue, de claquer les portes, de rester muette pendant des semaines, et, cerise sur le gâteau, de ramener un bébé chat qui, une fois sur deux, fait pipi à côté de sa litière !

À propos de Tally, je dois reconnaître que je suis à moitié gênée de la façon dont mes parents se moquent d'elle. D'accord, elle est un peu décalée, et même plus que bizarre parfois, mais franchement, quelle importance ?

Parce qu'elle est aussi très gentille, généreuse, douce et compréhensive, sans parler du fait qu'elle m'a ouvert la porte quand mes parents me la fermaient au nez. Tout de suite, elle m'a fait comprendre qu'elle était là pour moi si j'avais besoin d'elle, mais qu'elle me ficherait la paix si tout allait bien. Elle m'a précisé aussi que la seule règle à la maison, c'était qu'on se respecte chacun comme on se respectait soi-même.

C'est tout !

Pas de couvre-feu.

Pas de corvées obligatoires.

Pas de règlement juste pour le principe d'avoir un règlement.

Alors, oui, peut-être que Tally est à l'opposé de mes parents, mais je commence à penser que ce n'est peut-être pas si mal…

Enfin, demain, Tassos devrait me montrer comment attraper un poulpe à mains nues ! Apparemment, c'est assez difficile à faire, même si ça a l'air de ne lui poser aucun problème. Mais je pense que je devrais me contenter de nager derrière lui et de lui tendre le panier, parce que, pour ça, je deviens vraiment bonne. Et je ne suis pas certaine de devoir ajouter « Bonne pêcheuse de poulpe » à mon CV.

UN ÉTÉ CRUEL

4 juillet

Alors, apparemment, le 4 juillet, jour férié pour nous, Américains, ne se célèbre pas chez les Grecs. Dommage, car c'est ma fête préférée, et, aussi loin que je me souvienne, les barbecues et les feux d'artifice ont toujours fait partie de mes étés. Ça fait vraiment bizarre (et triste) de ne pas marquer d'une croix ce grand jour, cette année.

En fait, je comprends très bien que les Grecs se moquent parfaitement de notre fête de l'Indépendance. Ce qui ne m'empêche pas d'avoir toujours autant le mal du pays ; car j'imagine toutes les festivités, tous les barbecues sur la plage que vont vivre mes amis et que je vais manquer. Sans parler du fait que je m'achetais toujours pour l'occasion un nouveau maillot de bain, des tongs et une nouvelle tenue pour me rendre à toutes les soirées qui se donnent à droite et à gauche. Mais, après un petit coup d'œil au contenu des boutiques, ici, j'estime que je peux FAIRE UNE CROIX sur tout ça !

Pourtant, Tally et Tassos prévoient de quitter plus tôt leur boulot, aujourd'hui, pour organiser une grosse soirée avec leurs amis. Je dois admettre que, quand ils m'en ont touché un mot, j'ai cru qu'ils faisaient ça uniquement pour moi. Alors, me voilà en train de leur dire : « Oh ! ne vous donnez pas tant de mal pour… et bla-bla-bla… » Mais ils se sont mis à rire en m'expliquant qu'ils font ça chaque année, car ma tante n'est pas la seule Américaine à vivre ici (oui, il y a d'autres fous à être venus s'enterrer dans le coin !), alors ils vont inviter une flopée d'amis à un barbecue géant, pour faire la fête… mais sans feux d'artifice, m'ont-ils précisé.

Enfin, je devrais peut-être rentrer à la maison, maintenant, pour les aider à préparer tout ça. Alors, à tous ceux qui, chez eux, là-bas, liront ça : Heureux 4-Juillet !

Dorothy

Date : 4 juillet
À : AmandaStar
De : DorothyCat
Objet : 4 Juillet !

Ok1 nouvL de toi alors j'espère ke t va bien. Oci bon 4 Juillet Je sé ke tu vas sans doute aller à la plage ou à 1 soirée ou fR la fet kLqpart !

Envoie-moi un msg, stp ! (kan tu peux)

Dorothy

PS : Des nouvL de Levi ? Dis-le-moi !

Journal de Dorothy en pleine galère,
quand les choses prennent tout à coup
une tournure sympa

5 juillet

Après un verre et demi du vin d'ici, et plusieurs gorgées d'ouzo (pour goûter, et ensuite m'assurer que c'était aussi mauvais que je le pensais), je reconnais que ce n'est peut-être pas le meilleur moment pour écrire – ou faire quoi que ce soit d'autre, d'ailleurs. Mais j'ai peur que, si j'attends demain, je ne me souvienne plus de rien, alors, je me lance :

J'AI BIEN KIFFÉ !

Surprenant mais vrai. Franchement, je ne m'y attendais pas, car l'idée de pouvoir prendre du plaisir ici était à des années-lumière de mon esprit.

Pour être honnête, je ne pensais pas non plus passer une soirée épouvantable, et peut-être même que, tout au fond de moi, j'espérais m'amuser un peu. Mais sans aucun ami sur cette île, je m'attendais à me retrouver coincée au milieu d'une bande d'adultes plus ou moins ringards.

Même si ça a fini par virer de temps en temps à ça, j'ai quand même réussi à m'amuser un peu. Deux fois seulement (d'accord, peut-être trois), j'ai fait une comparaison négative avec les soirées qu'on donne chez nous le soir du 4-Juillet. Peut-être parce qu'il n'y avait pas de feux d'artifice.

Bien qu'il y en ait quand même eu un… d'un autre genre.

Du genre qui vous explose dans la poitrine.

Et, ce feu d'artifice, c'est que :

J'AI RENCONTRÉ QUELQU'UN.

Enfin, rien de fracassant non plus, puisque les seules personnes que je connaissais jusque-là étaient Tally et Tassos, et quelques-uns de leurs amis. Mais ce que je veux dire, c'est que j'ai rencontré quelqu'un ~~de spécial~~.

Bon, je viens de relire ce que j'ai écrit, et ça a l'air stupide et nunuche. Alors, je recommence en disant que j'ai rencontré un garçon super mignon, qui m'a souri du fond du jardin pendant près de deux heures avant de se décider à venir me parler.

En se plantant devant moi, il m'a dit : « *Ya'Sou*, je m'appelle Yannis. » Avant de m'offrir un immense sourire.

Alors, j'ai dit : « Bonjour, moi, c'est Dorothy. Ton copain m'a presque roulé dessus, l'autre jour, sur sa Vespa. »

Je me suis mise à rire, et lui, par chance, s'est mis à rire aussi.

Alors, il a dit : « Je t'ai vue pleurer, sur le bateau. »

Ce qui, j'avoue, m'a vraiment gênée. Mais j'ai quand même gardé mon sourire, en partie parce qu'effectivement je PLEURAIS, donc je ne pouvais pas revenir en arrière et effacer ça ; mais, surtout... il est trop mignon, il a un sourire tellement craquant que je ne savais pas trop comment réagir.

Au fait, je vous ai dit qu'il était mignon ? Eh bien ! voilà à quoi il ressemble :

1) Cheveux bouclés et sombres – pas tout à fait noirs, mais presque. Sur n'importe qui d'autre, ça demanderait une bonne coupe, mais sur lui, ce petit air sauvage et négligé devient ravageur.

2) Un joli teint bronzé.

3) Un regard vert perçant (oui, vraiment, des yeux qui semblent vous pénétrer l'âme).

4) Des cils épais et immenses – qui pourraient rivaliser sans problème avec ceux de la marque Maybelline.

5) De beaux sourcils bien dessinés – il s'amuse parfois à n'en soulever qu'un seul, et là, c'est mortel.

6) Un corps d'apollon – racé, nerveux et musclé juste ce qu'il faut, ni trop grand ni trop petit... l'idéal, quoi.

7) Un joli et gentil sourire, avec des dents de devant légèrement irrégulières, ce qui ne m'ennuie pas autant que je l'aurais cru, parce que ça lui donne un petit air décalé, donc encore plus mignon.

8) Assez doué en anglais, avec un accent aussi adorable que sexy. (Même si ça ne fait pas exactement partie de son apparence, j'estime bon de le mentionner.)

9) Euh... j'ai dit qu'il avait un corps à se damner ? Oui... ? Eh bien ! tant pis ! Il est si beau que ça mérite bien d'être dit deux fois !

Après avoir bien ri ensemble (de moi, évidemment), on est restés tous les deux comme ça, un peu gênés, à se regarder dans le blanc des yeux. J'ai même eu l'impression qu'on est restés des siècles sans parler, au point que j'ai cru entendre mon propre cœur cogner d'émotion dans ma poitrine.

Franchement !

Enfin, c'était tout comme…

Alors sont arrivées deux filles qui paraissaient avoir mon âge. Elles m'ont regardée une seconde avant de se tourner vers Yannis pour lui dire quelque chose dont je n'ai pas saisi un traître mot (ce qui me rappelle que je devrais arrêter de lutter et me mettre sérieusement à apprendre le grec).

Alors, il s'est tourné vers moi et m'a dit : « C'était sympa de faire ta connaissance. »

Après ça, les deux filles l'ont embarqué à l'autre bout du jardin. Je veux dire littéralement, PRESQUE DE FORCE, en lui tirant chacune un bras, pour l'entraîner le plus loin possible de l'endroit où je me trouvais.

Bien que ce « mini-enlèvement » puisse être considéré comme le point négatif de la soirée, heureusement, ça n'a pas duré. Parce que, plus tard, une fois la nuit tombée et les adultes bien pompettes à cause du vin bio qu'ils engloutissaient, Tassos a proposé de la musique grecque, et tout le monde s'est mis à danser. Mais pas du tout le genre auquel on est habitués ; plutôt en se tenant tous les mains bien haut pour former un grand cercle. Moi, je restais à l'écart, Holly sur mes genoux, à siroter l'ouzo que Tassos m'avait donné, et à lutter contre une irrépressible envie de vomir (c'est franchement HORRIBLE), quand tout le monde a fini par me crier : « Hé, Dorothy, viens danser avec nous ! »

J'ai refusé, bien décidée à ne pas bouger car, primo, je ne connais aucun de ces pas de danse et, secundo, il était hors de question que je me ridiculise devant le TROP SEXY YANNIS. Les deux filles continuaient de me lorgner d'un air féroce, je leur aurais fait BIEN TROP PLAISIR en me vautrant devant elles et le reste des invités.

C'est alors que Yannis s'est détaché du cercle, m'a pris la main et m'a entraînée au milieu des danseurs. Bien qu'au début, j'aie eu un peu l'air idiote, j'étais tellement occupée à rire et à m'amuser (avec ma main dans la sienne !) que j'ai complètement oublié de quoi je pouvais avoir l'air.

On a dansé pratiquement tout le reste de la nuit, ou du moins, jusqu'à ce que Tassos arrête la musique et fasse comprendre aux gens qu'il était temps d'aller dormir.

Même si Yannis et moi, on n'avait fait que se tenir la main… parce que la danse l'exigeait, la façon dont il m'a regardée quand on s'est dit au revoir, c'était (presque) aussi délicieux qu'un baiser.

Bon, il est près de 3 heures maintenant, et je n'arrive plus à garder les yeux ouverts, alors…

Kalinichta !

(Ça veut dire « bonne nuit », en grec !)

5 juillet

Qui a dit que les Grecs ne savaient pas fêter le 4-Juillet ?

Certainement pas moi !

C'est vrai qu'il n'y a pas eu de feux d'artifice, mais ça ne veut pas dire non plus qu'on ne s'est pas amusés – et, si vous ne me croyez pas, voyez par vous-mêmes :

1) Là, c'est moi en train de manger une énorme tranche de pastèque. Je vous jure, les fruits ici sont tellement plus sucrés que chez nous ! Franchement, ils sont mille fois meilleurs, et je n'en ai jamais assez. Oh ! et regardez le bronzage que je m'offre, et les mèches blondes dans mes cheveux ! Incroyable, non ? C'est juste après SEULEMENT QUELQUES JOURS de plage. Comme si les rayons du soleil étaient plus sucrés ici aussi !

2) Lui, c'est M. Holly Golightly, assis sur une chaise, et qui ne perd pas une seconde de ce qui se passe devant lui. Il est peut-être un peu distant, parfois, et préfère regarder plutôt que de se joindre aux autres.

3) Ici, c'est Tassos en train de griller un agneau. Oui, un agneau entier ! Et ils le mangent en entier aussi ! Je ne rigole pas ; ils mangent la cervelle, le foie, la langue… TOUT ! Rien ne se perd. C'est vrai que c'est un peu triste et que ça donne le frisson de le voir comme ça, à nu, sans sa laine ; mais, en fait, au bout d'un moment, on s'habitue. L'autre matin, quand j'ai ouvert le frigo de la remise et que j'ai vu le même agneau sans un poil sur lui, plié en deux et rangé là,

comme ça, je n'ai même pas crié ! Alors que les deux premières fois, vous m'auriez entendue !

4) Là, c'est tout le monde en train de danser – une danse grecque, qui ferait plutôt penser à une activité de groupe.

5) Et, sur celle-là, c'est moi en train de danser !

6) Voilà, c'est tout !

Date : 6 juillet

À : NatalieZee

De : DorothyCat

Re : Tu déménages ?

Salut, Nat,

En réponse à ton mail au sujet du panneau À VENDRE que tu as vu dans mon jardin, je préfère te dire que C un malentendu. Mais, merci de t'en inquiéter.

Tu dois être étonnée de voir que je te réponds. Surtout après toute cette histoire avec Amanda et la façon dont tu m'as accusée de « me renier » pour devenir « populaire et superficielle ».

C bien ça que tu as dit, Nat ?

Pourtant, voilà, je te réponds, et en employant en plus un langage correct, car je sais que tu détestes ces raccourcis qu'on utilise dans les messages et les e-mails.

Tu penses toujours que je suis superficielle ?

Au fait, tu ne le sais peut-être pas, parce qu'on ne s'est pas vues depuis des mois, mais je passe l'été sur l'île de Tinos, avec ma tante Tally (et, non, elle n'est pas vraiment folle, mes parents plaisantaient). Je ne te réécrirai peut-être pas tout de suite, car je suis super occupée avec la plage et les boîtes où je vais avec les vrais bons amis que je me suis faits ici.

Et, tu ne me croiras peut-être pas, mais LEVI BONHAM va venir ici ! Sérieusement, j'ai oublié quand, exactement, mais il sera là très bientôt ! C'est parce que, lui et moi, on a pratiquement passé ensemble ma dernière nuit avant de partir ; alors, maintenant, il prend un bateau pour venir me voir en Grèce ! En fait, je dois lui manquer, c'est ça.

Enfin, merci pour l'avertissement, mais ce n'est pas du tout ce que tu penses. Je NE DÉMÉNAGE PAS.

Allez, à plus tard…

Bises,

Dorothy

---

7 juillet

Chère maman,

LA MAISON EST À VENDRE ???

Tu croyais me cacher ça longtemps ? Parce que, pour ton info, j'ai encore plein d'amis près de chez nous qui m'envoient régulièrement des nouvelles, et il y en a une qui m'a dit que LA MAISON EST À VENDRE !

Et, comme je sais que c'est IMPOSSIBLE, j'aimerais bien que tu me répondes très vite, ou mieux : je vais t'appeler puisque, manifestement, on a des choses à se dire.

Bises,

Ta fille, bientôt SDF, et trop CHOQUÉE et CONSTERNÉE de voir comment ses parents jouent avec son avenir.

Dorothy

7 juillet

Cher papa,

Je me suis laissé dire que la maison de mon enfance arbore sur sa pelouse un superbe panneau À VENDRE, et j'espère que tu pourras m'éclaircir là-dessus.

J'ai parlé à maman au téléphone et, d'après elle, c'est une idée qui vient de toi. Elle dit que c'est un des accords du divorce, parce que tu voulais en obtenir de l'argent à distribuer entre vous deux.

Mais tu as peut-être oublié de considérer une petite chose :

QU'EST-CE QUE J'AI, MOI, DANS TOUT ÇA ?

C'est vrai, si pour vous c'est facile de tout couper en deux pour vous séparer et partir chacun à un coin opposé de la planète, vous n'avez pas essayé de réfléchir et de VOUS DEMANDER...

OH ! ET DOROTHY ?

Tu te souviens, TA FILLE, Dorothy ?

Celle que tu as ENVOYÉE DE FORCE en Grèce ?

Comment elle prend la chose ? Comment ça l'affecte, ELLE ?

Car je commence à penser que ni toi ni maman, vous n'avez eu l'idée de penser à moi, pendant que vous preniez toutes vos décisions totalement illogiques et fiévreuses.

Alors que vous auriez peut-être dû.

Ce n'est pas parce que vous avez décidé de bouleverser votre vie que je suis obligée de suivre. Ça vous est arrivé de vous dire que, peut-être, moi, je ne voulais pas changer de vie ? Vous avez pris le temps de PENSER à ça ?

Parce que, si tu veux tout savoir, papa, J'AIME vivre dans ma maison bien confortable, dans mon quartier bien agréable, d'où je peux aller à pied à l'école et chez tous mes amis. Je me sentais bien chez nous, À L'ABRI, avec mes deux parents qui rentraient tous les soirs à la maison. Sans parler du toit qui me protégeait.

Car, maintenant, d'après maman, une fois que la maison sera vendue, on n'aura plus les moyens de vivre dans l'Orange County, et peut-être même qu'on devra déménager DANS UN AUTRE ÉTAT ! Elle a même parlé de quelque chose comme L'ARIZONA ! et tu ne le sais peut-être pas, mais je ne connais PERSONNE en Arizona ! Tout ce que je sais de cet État, c'est qu'il y fait 49 °C À L'OMBRE ! Ce qui, tu l'admettras, n'est pas vraiment un atout.

Alors, je vous conseille fortement de revoir votre copie, je ne sais pas... avant qu'il soit trop tard pour arrêter les dégâts.

Quant à moi, je n'ai rien d'autre à faire qu'à vous regarder, impuissante, en train de détruire ma vie.

Bises,

Votre fille dont le désespoir a l'air de vous laisser complètement indifférents...

Dorothy

Date : 8 juillet

À : AmandaStar

De : DorothyCat

Re : Besoin d'un service

Salut, Amanda,

Euh... j sé ke tu dois être très OQP & tt car ça fait longtemps ke tu m'as pa écrit mè j me 2mand si tu pourrais me rendre un service. La prochaine x ke tu passes 2van ma kaze peut-être ke tu pourrais t'arrêter 1 seconde pour oT le panneau À VENDRE 2van chez moi ? J'apprécierais bc.

Tu peux juste le jeT ds ton coffre ou ds 1 poubL ds la rue.

Merci,

Dorothy

PS : O fait, t'as des nouvL de Levi ? Il fait tjrs sa croisière ? Dis-le-moi car j n'ai aucune nouvL et j me 2mand... !

Rstp !

Journal de Dorothy en pleine galère,
quand la vie devient un tourbillon
qui refuse de s'arrêter

8 juillet

Je ne pige rien. Franchement, je ne comprends rien. Au début, je déteste carrément ma vie et je n'y vois que les côtés négatifs – qui sont assez nombreux, je dois dire. Mais, un beau jour, je me réveille, je regarde autour de moi et je décide de cesser de me comporter comme une loser geignarde, de me mettre à aider un peu dans la maison (surtout que le temps passe plus vite quand on s'occupe), et d'essayer aussi de montrer un peu de gratitude envers Tally et Tassos pour qu'ils ne me prennent pas pour un lourd fardeau doublé d'une grosse égoïste.

Peu de temps après cette grande décision, je fais la connaissance d'un garçon totalement génial du nom de Yannis, qui me fait presque oublier Levi, et qui – d'après ce que je peux voir – semble bien m'apprécier aussi.

Et je me mets à penser : Youpiii !

Ma vie commence enfin à devenir cool !

Peut-être que ce que Tally et Tassos disent toujours est vrai, finalement : « Le bonheur attire le bonheur. »

Mais, alors que je retrouve mon sourire, je reçois un e-mail de Natalie Zippenhoffer, mon ancienne meilleure amie depuis la sixième, devenue ensuite la fille que je ne reconnais plus et à qui je ne parle pratiquement plus. Et elle, trop contente, m'annonce que MA MAISON EST EN VENTE !

D'accord, pour être honnête, je ne peux pas savoir si elle était « trop contente » de m'apprendre ça. Parce que, tout au fond de moi, je continue à croire qu'elle a pu s'inquiéter ; ce qui, dans ce cas, me semble encore pire… pour beaucoup trop de raisons que je ne préciserai pas.

Tout ce que je sais, c'est ça :

à un moment, j'étais super heureuse.

Et, maintenant, je me retrouve comme une SDF.

Franchement, je n'exagère pas, car non seulement ma mère a récemment fait preuve d'une incroyable maladresse dans ses décisions, mais aussi, quand je lui ai demandé ce qu'elle avait en tête pour nous deux, après la vente, et où elle envisageait de s'installer avec moi, elle s'est contentée de me répondre par un vague haussement d'épaules, quelques « hum… », quelques « on verra », un toussotement par-ci, par-là, ainsi que des marmonnements sur le prix d'une maison moyenne dans l'Orange County, les taux d'intérêt, et tout ce qui s'ensuit. Ce que moi, je traduirais par ça : « Enfin, Dorothy, comment veux-tu que je sache ce que tu vas devenir ? Je n'y ai absolument pas pensé, jusqu'à ce que tu m'en parles ! »

Alors que je me disais que ça ne pouvait pas être pire, elle m'a tout d'un coup balancé qu'on pourrait peut-être s'installer en ARIZONA ! Juste comme ça, en s'imaginant peut-être que je ne ferais pas attention à sa remarque.

Alors, je le répète,

JE NE M'INSTALLERAI PAS EN ARIZONA !

C'est hors de question.

Je N'IRAI JAMAIS LÀ-BAS !

Elle ne pourra JAMAIS M'Y FORCER !

Quant à Yannis… eh bien ! je n'ai aucune nouvelle de lui depuis la soirée du 4 juillet, ce qui veut dire que je suis encore plus nulle que ce que je croyais pour juger de ce genre de trucs, car j'étais intimement persuadée qu'il m'aimait bien. Mais là aussi, quand je repense à l'erreur monumentale que j'ai commise avec Levi (ce qui m'arrive pratiquement tout le temps… je n'y peux rien, je n'arrête pas d'y penser), j'imagine que ça ne devrait pas me surprendre autant que ça.

Tout ce que je sais avec certitude, c'est que ce fameux « le bonheur attire le bonheur », eh bien ! c'est une vaste connerie !

UN ÉTÉ CRUEL

Commentaires :

Anonyme :
Pourquoi tu appelles ça « un été cruel » ?
Tu détestes tellement Tinos ?
De la part de quelqu'un qui t'aime bien.

DorothyCat :

Cruel Summer, c'est une chanson des années 1980, chantée par un groupe de filles appelé « Bananarama ». Mais tu le savais déjà puisque ta mère la chantait en faisant le ménage.

Oui, je sais que c'est TOI, Natalie. Alors, pourquoi tu ne te dévoiles pas ? C'est franchement nul de ta part !

Anonyme :

Non, je ne suis pas Natalie, même si sa mère a l'air plutôt cool !

Peut-être que tu devrais arrêter de bloguer autant et sortir un peu. Tu t'amuserais plus.

C'est juste une idée, comme ça.

Dommage que tu me prennes pour quelqu'un de nul.

DorothyCat :

SORTIR UN PEU ?

J'aurais dû deviner que c'était TOI, Petros.

Alors, je te rappelle que je suis ta MEILLEURE CLIENTE, et que, sans moi, je ne sais pas où tu en serais.

Tu devrais peut-être passer ta prochaine sieste à essayer d'améliorer ton « service clients ».

Sérieusement, penses-y. Ça ne fera de mal à personne.

Anonyme :

Non, je ne suis pas non plus Petros.

Qui est Petros, d'ailleurs ?

Je devrais succomber à la jalousie ?

Journal de Dorothy en pleine galère, quand la vie redevient si génialement cool qu'elle n'arrive pas à l'exprimer dans son blog

9 juillet

OMG ! Je sais maintenant qui est cet ANONYME !

C'est Levi Bonham !

!!!!!!!!!!!!!!!!!!!!!!!!!!!!!!!!!!

Sinon, qui d'autre cela pourrait-il être ?

C'est évident : il ne m'a pas écrit ni envoyé de mails car il est bien trop occupé à commenter mon blog, en essayant de savoir si j'ai rencontré quelqu'un dont il devrait être jaloux ! Ce qui veut dire qu'il ne m'a pas oubliée ! Ce qui veut dire aussi que je peux arrêter de me torturer pour avoir fait une énorme erreur de jugement, parce que, manifestement, je n'en ai pas fait !

Et même si ça paraît délirant ou dingue, en voici la preuve :

1) Ce n'est pas Natalie, car elle est trop honnête, trop franche, trop directe pour jouer à ce genre de jeu.

2) Ce n'est pas maman, car elle ne sait même pas allumer un ordi, et donc encore moins poster un commentaire.

3) Ce n'est pas Amanda, car elle ne prend même pas la peine de répondre à mes e-mails, et encore moins de commenter mon blog. En plus, ce genre de bavardages *via* un blog, ce n'est pas son truc.

4) Ce n'est pas papa, car il a déjà assez de soucis avec moi et mes lettres pour prendre le temps de plaisanter en plus.

5) Ce n'est personne de Tinos, car le seul qui soit au courant de mon blog, c'est Petros, et son anglais est assez limité. Quant à Tally et Tassos, ils n'ont pas accès à un ordi.

6) Alors, au fond, la seule possibilité qui reste encore, c'est Levi ! Et même s'il est incapable de soutenir une conversation, je suis prête à parier que, comme beaucoup de gens, il est meilleur sur le papier (ou, dans le cas présent, sur l'écran).

Mais avant de lui répondre ou même d'écrire quoi que ce soit, je dois bien réfléchir à la façon de procéder.

En fait, je pourrais :

1) Continuer, comme d'habitude, à bloguer sur toutes les choses quotidiennes, banales et ennuyeuses de ma petite vie ici, agir comme si j'ignorais parfaitement que LEVI BONHAM LIT MON BLOG. Et alors, chaque fois qu'il décidera de laisser un commentaire, je ferai semblant de penser qu'il s'agit de n'importe qui SAUF lui, jusqu'à ce qu'il finisse par lâcher l'affaire et se dévoiler. Alors, on pourra bien en rigoler ensemble quand il viendra me voir ici pendant sa croisière !

2) Mentir. Ce qui veut dire que je vais raconter une vie bien plus fascinante que celle que je vis actuellement. Quand il fera ses commentaires, je ferai semblant de croire qu'il n'est qu'un des superbes Grecs de l'île qui font le pied de grue pour sortir avec moi. Mais, pour ça, je dois m'appliquer à ne pas en faire trop pour que ça reste crédible. C'est vrai, ce n'est pas parce que je suis loin que tout le monde va se mettre à croire que je suis subitement devenue Amanda.

3) Agir avec assurance et franchise (ce qui est un peu à l'opposé de moi). Et la prochaine fois qu'il fera un

commentaire, je lui répondrai par un : « Salut, Levi ! Dis-moi ce qu'il en est de ta croisière, pour qu'on puisse ESSAYER de se voir. » Mais je n'écrirai évidemment pas le mot « essayer » en capitales. L'important, c'est qu'il capte le sens de ma phrase.

Après avoir relu les trois choix, je pense que je vais opter pour le n° 2. Parce que ce serait trop difficile pour moi de jouer le jeu du n° 3 ; et je ne veux pas non plus prendre l'approche n° 1 en continuant ce blog de loser car, voilà, c'est un peu déprimant. Ça ne me laisse donc que le n° 2.

Par ailleurs, ça ne fera de mal à personne de faire paraître ma vie un peu meilleure qu'elle n'est.

* * MISE À JOUR TOUTE RÉCENTE * *
(Techniquement le 10 juillet)

Il y a du nouveau !

OMG ! Écoutez... ou plutôt, lisez ! Juste après le dîner, je suis allée dans ma chambre, et j'y étais tout juste entrée quand Tally a frappé à ma porte en disant : « Yannis est ici. »

Même si son visage s'est tout de suite imposé à mon esprit, même si je savais parfaitement de qui elle parlait, j'ai décidé de jouer mon personnage de l'option n° 2 de mon blog. Donc, j'ai froncé les sourcils, et j'ai demandé : « Qui ? »

Mais je crois que Tally est bien trop futée, car elle s'est mise à rire et m'a répondu : « Allez, ne traîne pas, il t'attend devant la maison. »

Alors, j'ai pris Holly dans mes bras, j'ai jeté un coup d'œil dans la glace, je me suis passé une main rapide dans les cheveux pour les gonfler un peu et leur donner un petit air sympa, et je suis sortie rejoindre Yannis qui attendait, assis sur sa Vespa, carrément aussi mignon (et même plus) que le soir du 4 juillet. C'était trop incroyable de le voir là, venu pour moi, surtout que je m'étais persuadée que je ne le verrais jamais plus.

Tenant Holly très fort contre mon cœur, j'ai vu le sourire de Yannis s'orner d'adorables fossettes tandis que son intense regard vert plongeait dans le mien. Mais mon chat a dû trouver que je le serrais de trop près, car il a commencé à miauler et à se débattre en me griffant pour s'échapper de mes bras. Alors, en le reposant par terre, j'ai dit :

— Tu voulais me voir ?

Yannis a répondu, sans lâcher mon regard :

— Oui, pour te proposer de faire une petite balade.

J'ai accepté, bien sûr. Mais c'est seulement après avoir grimpé à l'arrière de son scooter et passé les bras autour de sa taille que je me suis dit que j'avais oublié de demander où on allait.

En fait, on a fini en ville, dans un club qui avait l'air d'être rempli de tous les membres de sa famille et de ses amis. En me prenant la main pour m'entraîner à l'intérieur, il m'a demandé :

— Tu es déjà venue ici ?

Et moi, toujours prête à jouer les filles cool et pleines d'expériences, j'ai haussé les épaules et j'ai dit :

— Euh… peut-être, mais je ne me rappelle pas.

Là, j'ai baissé les yeux sur mon short kaki et mon petit haut blanc, et j'ai regretté de ne pas avoir pris le temps de me changer avant d'accepter de partir avec lui.

Mais il a souri, et il a dit :

— Cette boîte est à mon cousin.

Il m'a présentée à au moins cent trente personnes différentes, mais qui semblaient toutes plus ou moins parentes :

— Si j'ai bien compris, tout le monde sur l'île est ton cousin ?

Évidemment incapable de retenir tous les noms qu'il me citait, je me suis contentée de sourire et de continuer à dire bonjour.

Yannis s'est mis à rire et m'a répondu :

— Ça en a l'air, mais non !

Après que j'ai serré toutes les mains qu'il me présentait, il m'a entraînée sur la piste de danse, où on est restés presque toute la nuit. Mais, cette fois, c'était une façon « normale » de danser – pas comme les danses traditionnelles au soir du 4 juillet. Ce qui veut dire aussi que je n'avais pas l'excuse de lui tenir la main. Mais c'était bien de se retrouver dans un club, de pouvoir boire quelques cocktails et, surtout, d'être traitée en adulte. Même si, en fait, on n'a pas bu une goutte d'alcool. Néanmoins, ce qui faisait plaisir, c'était le seul fait de SAVOIR qu'on pouvait commander ce qu'on voulait, bien que j'imagine que Yannis doit être assez habitué à boire des alcools forts, vu qu'il a grandi ici. Enfin, ici et à Athènes puisque, comme il me l'a dit, sa famille ne vient ici que l'été (c'est sans doute pour ça que je l'ai vu sur le bateau : il venait passer l'été sur l'île), et après, il retourne étudier à Athènes. Ça ressemble à une vie assez cool, finalement. Sauf qu'il ne sera probablement pas là l'été prochain parce qu'il est en dernière année de lycée et qu'ensuite, il va devoir faire son service militaire pendant au moins un an.

C'est exactement ce qu'il m'a dit : il est <u>OBLIGÉ</u> de le faire.

Comme s'il n'avait pas le choix.

Enfin, si, il en a un : il peut choisir <u>QUAND</u> il le fera. Juste après le lycée ou après l'université, ou même le décaler jusqu'à la quarantaine, s'il le veut. Mais, à la fin, il sera bien <u>FORCÉ</u> de l'effectuer, ce service. Il n'y a aucune exception. Ce que je trouve vraiment nul ; mais, lui, ça n'a pas l'air de l'ennuyer.

Donc, à un moment, on était assis sur une banquette pour souffler un peu, quand la musique s'est mise à jouer des chants traditionnels grecs. Tout d'un coup, comme surgie de nulle part (du moins, c'est ce qui m'a semblé), une des filles de la soirée du 4 juillet s'est plantée devant nous, m'a jeté un regard mauvais et s'est tournée vers Yannis pour lui demander quelque chose en grec. Ce que j'ai interprété comme une proposition de danser.

Franchement ! pile devant moi ! Même si on s'amusait bien tous les deux, sans avoir à chercher d'autres distractions, je n'ai rien pu faire contre ça... puisqu'on ne sort pas ensemble.

Le cœur battant follement, j'ai regardé la fille puis Yannis, en me demandant comment il allait réagir. C'est là que je l'ai vu sourire, secouer doucement la tête et... rester assis.

Puis, comme dans un film, elle m'a fixée de ses yeux ultracernés de khôl, a rejeté en arrière ses longues boucles brunes et a traversé la salle jusqu'au coin où l'attendait son amie de la soirée barbecue, celle dont la teinture ratée donnait à ses cheveux une improbable couleur mandarine.

Alors, je me suis tournée vers Yannis, et je lui ai demandé :

— Hum... c'était qui ? Une autre cousine ?

Il s'est mis à rire, mais d'un rire plus nerveux qu'autre chose, et c'était tellement embarrassant que je n'osais plus faire ni dire quoi que ce soit.

Il a haussé les épaules, puis s'est levé pour aller nous chercher deux Coca. Quand il est revenu, on est passés à autre chose, et j'ai même carrément oublié ce petit incident... jusqu'à maintenant.

Quand le club a fermé et qu'on a dû partir, j'ai grimpé sur la Vespa de Yannis, je lui ai passé les bras autour de la taille, et j'ai fourré ma tête dans le creux de sa nuque, j'ai fermé les yeux devant les maisons qui défilaient, la pleine lune qui étincelait, l'air frais de la nuit... préférant m'abandonner à la tiédeur de son corps et au discret parfum qui s'en dégageait.

Mais, en arrivant devant chez Tally, je me suis sentie soudain si gênée, bizarre et nerveuse que j'ai sauté du scooter et foncé vers la maison. Pile à l'instant où je me rendais compte que j'oubliais de le remercier et de lui dire bonne nuit, il m'a lancé :

— Hé, tu oublies quelque chose !

J'ai baissé les yeux sur moi, mes vêtements, mes tongs : tout était là. Donc, je ne comprenais pas ce qu'il voulait me dire. Mais en levant de nouveau les yeux vers lui, j'ai vu qu'il me faisait signe de revenir vers lui. J'ai cru alors que ce n'était qu'une ruse pour... je ne sais pas, tenter quelque chose.

Au lieu de quoi, il a mis la main dans sa poche et en a retiré le bracelet Tiffany en argent que j'avais perdu en dansant, et dont j'avais complètement oublié l'existence avant qu'il me le balance sous le nez.

Immobile, je lui ai tendu la main (tout en retenant mon souffle), j'ai regardé ses doigts m'effleurer le poignet tandis qu'il me passait le bracelet, j'ai entendu le petit clic de la fermeture, et ma tête s'est subitement mise à tourner si fort que j'ai vraiment cru que j'allais tomber dans les pommes.

Au moment où j'ai reposé les yeux sur lui, j'ai su qu'il allait m'embrasser. Mais, alors que j'allais fermer les paupières et me pencher vers lui, il a souri, a marmonné quelque chose en grec, a redémarré sa Vespa et s'est éloigné.

Il avait à peine disparu que je me suis précipitée dans la maison, en me répétant dix fois les mots qu'il venait de prononcer, pour que Tally ou Tassos puissent me les traduire. Mais une fois à l'intérieur, j'ai constaté qu'ils dormaient déjà, et le temps d'atteindre ma chambre et d'attraper ce journal, les mots m'avaient évidemment échappé.

10 juillet

Chers Tally et Tassos,

Il faut ABSOLUMENT que j'apprenne le grec ! Tout de suite ! Et vous ne pourrez m'aider qu'en vous adressant à moi en grec SEULEMENT, à partir d'aujourd'hui.

Je parle sérieusement.

Ça veut dire que si vous vous parlez et que j'entre dans la pièce, ça m'aiderait beaucoup si vous passiez immédiatement au grec.

C'est ce qu'on appelle la méthode d'« immersion totale ».

C'est ce que fait mon prof d'espagnol.

Et voilà pourquoi j'ai été première en espagnol, au dernier trimestre.

J'aimerais aussi savoir si vous connaissez bien les deux filles qui étaient là le soir du 4 juillet. Il y en a une qui a de longs cheveux noirs, et l'autre a vaguement coloré les siens en orange (comme si elle avait essayé le blond en se ratant un peu). Enfin, j'apprécierais vraiment que vous m'en disiez un peu plus sur elles deux... quitte à ce que cette conversation avec vous se fasse exceptionnellement en anglais, car, là, j'aurai besoin de tout comprendre.

Bon, je file au cybercafé maintenant, où je resterai jusqu'à ce soir, je pense.

Alors... bonne séance de plage !

Bises,

Dorothy

11 juillet

Cher papa,

Je sais, je viens de raccrocher avec toi, mais je réalise que j'ai oublié de te dire deux ou trois petites choses. Alors, les voici :

1) Je trouve injuste que tu m'estimes incapable de comprendre certains événements qui arrivent aux adultes. Parce que, oui, JE COMPRENDS, papa ! et bien plus que tu le crois. En fait, c'est TOI qui n'essaies jamais de ME comprendre.

2) Si maman et moi, on doit s'installer en ARIZONA, alors quand est-ce qu'on se verra, toi et moi ? Tu as pensé à

ça ? Parce qu'il s'agit d'un autre État quand même, et la garde alternée et les week-ends chez l'un ou l'autre, ça va être compliqué.

3) La dernière fois que j'ai parlé à maman, elle m'a appris que tu avais une nouvelle amie. J'ai eu beau attendre jusqu'à la fin de notre conversation, tout à l'heure au téléphone, pas un instant tu ne m'en as parlé. Et au moment où j'allais aborder la question, j'ai eu l'impression que tu avais senti ce que j'allais te demander ; c'est pour ça que tu as prétendu avoir un appel sur une autre ligne. Détrompe-toi, j'ai tout pigé.

J'aimerais vraiment que tu me répondes dès que tu pourras car, comme tu peux le deviner, j'ai besoin de réponses.

Si tu es trop occupé pour écrire, peut-être que tu peux juste m'envoyer un billet d'avion pour que je rentre et qu'on discute de tout ça de vive voix.

C'est vrai, papa, je parle sérieusement.

Bises,

Dorothy

11 juillet

Chère maman,

Oui, j'ai parlé à papa au téléphone et, non, je n'ai rien appris sur sa nouvelle amie car il a inventé un appel sur une autre ligne, et il a raccroché sans me laisser le temps de lui poser la question. Mais pour être honnête, je n'ai pas franchement envie de lui parler de tout ça. Je trouve que ce serait assez maladroit et, pour tout dire, un peu flippant.

Parce que, si quelqu'un dans cette famille doit avoir un petit ami, c'est MOI !

C'est moi, l'ADO.

C'est moi qui suis supposée n'avoir personne, en ce moment.

C'est vrai, papa et toi, vous avez eu votre chance, vous avez eu 16 ans, alors ça paraît plutôt injuste que vous choisissiez CE MOMENT pour vous remettre sur le marché, comme on dit.

Vous n'avez pas à revivre votre adolescence, maman. Ça ne se fait pas.

Au rythme où vont les choses, je suis sûre qu'en un rien de temps, tu te trouveras quelqu'un aussi. Alors, autant que tu le saches tout de suite, je n'ai pas du tout envie de t'entendre m'exposer tous les détails de votre relation.

Parce que je ne suis pas prête pour ça.

Peut-être parce que je ne l'ai jamais DEMANDÉ.

Pardon de te dire ça, mais vu les récents événements, je ne peux pas m'empêcher de penser que la seule raison pour laquelle vous m'avez envoyée ici, c'est pour avoir la paix, voir qui vous voulez, faire la fête et, en gros, profiter de toutes les choses dont je devrais profiter, moi. Sauf que je ne le PEUX PAS, parce que VOUS m'avez envoyée ICI !

Une énorme erreur de votre part !

Demande à ton psy : je suis sûre qu'il sera d'accord.

Bises,

Dorothy, totalement désespérée et absolument sérieuse.

PS : Je te joins une photo de cette fameuse église, la Panagia Evangelistria, où on dit que la Vierge Marie est apparue, ou du moins, où on a trouvé une très ancienne icône d'elle, ou quelque chose du genre (d'accord, je ne connais pas très bien cette histoire, mais ce n'est pas ça, l'important). L'intéressant, c'est que, chaque année, des ~~centaines~~, non, des MILLIERS de pèlerins effectuent à genoux le chemin du port à l'église (ce qui fait une sacrée distance, si tu la parcours à genoux !), juste pour prier. Comme je ne l'ai pas encore visitée, je crois que je vais y aller aujourd'hui... car, comme tu peux l'imaginer, je n'ai plus d'options, et j'ai désespérément besoin d'un MIRACLE.

Date : 11 juillet
À : AmandaStar
De : DorothyCat
Re : Merci kan mm

Salut, Amanda,

C bien d'avoir enfin de tê nouvL &, oui, G bien pensé ke ton coffre serait tellement plein de sacs de shopping k'il ne resterait plus 1 place pour y (M) le panneau À VENDRE.

Mè j suis contente de savoir ke tu T amusée. Ces fotos de toi & Jenna & sa cousine Penelope (j ne savais pa kL avait 1 cousine, & j ne savais pa ke vous étiez redevenues amies. Ça date de kan ? Paske la dernière fois tu disais ke tu la DtST) à Fashion Island étaient super.

Ici, ça va mieux, j me suis fait 1 tonne d'amis & G rencontré kelkun. Mè, si Levi veut tjrs venir, j suis sûre ke j lui ferai de la place ! (

En fait, ne lui dis ri1, dak ?

A +

Dorothy

Date : 11 juillet

À : NatalieZee

De : DorothyCat

Re : Tu déménages ?

Salut, Nat,

Je ne suis pas sûre que le panneau À VENDRE soit toujours sur ma pelouse mais, à ce stade, c'est vraiment entre mon père et ma mère maintenant, puisque, comme je te l'ai écrit dans mon dernier mail, je passe l'été en Grèce, et je suis bien trop occupée à m'amuser pour m'inquiéter de tout ce qui se passe de votre côté.

Bien que j'apprécie que tu te fasses du souci pour moi, ce n'est plus la peine de continuer à me tenir au courant.

En revanche, si tu as le courage de passer à la maison et d'ôter toi-même le panneau, ce serait super sympa.

J'espère que tu profites bien de tes vacances.

Bises,

Dorothy

UN CERCLE DANS LE SABLE (ANCIENNEMENT UN ÉTÉ CRUEL

14 juillet

Depuis que quelqu'un du nom d'ANONYME m'a récemment accusée de détester Tinos à cause du titre de ce blog, j'ai décidé de le changer. Ce qui ne devrait pas déranger beaucoup de monde car personne sauf

ANONYME ne le lit, et j'assume qu'il ou elle l'ait déjà mis en marque-page.

C'est amusant parce que c'est aussi le nom d'une chanson qu'une amie (plus exactement, une ancienne amie) de ma mère chantait tout le temps. J'imagine qu'elle adorait les chansons sur l'été.

Alors, j'espère, ANONYME, que tu conviendras que ce titre est bien plus neutre et beaucoup moins négatif, même s'il n'est pas aussi optimiste que tu l'aurais souhaité.

Mais peut-être que j'aurais dû l'appeler UN CERCLE DANS LA TERRE, parce que, comme tu l'as peut-être vu sur les photos que j'ai postées, ça ne manque pas ici. J'ai récemment appris que « Cyclades » (le nom qu'on donne au groupe d'îles dont Tinos fait partie) est en fait le mot en grec ancien pour « cercle » ; ça me semblait donc parfaitement approprié. Sans avoir besoin de préciser que les cercles sont continus et n'ont pas de fin, c'est à peu près ce que je commence à ressentir de cet été – une boucle éternelle de jours continuels et interminables.

J'espère néanmoins que tu n'interpréteras pas mal ce que je viens d'écrire, parce que je voudrais quand même préciser que je suis loin de détester cet endroit mais que, si j'avais le choix, je préférerais ne pas être ici.

Enfin, les choses ont quand même l'air de s'arranger un peu puisqu'il y a deux secondes de ça, Petros a souri et m'a apporté un Nescafé frappé…

À LA MAISON !

Peut-être parce que j'ai fini par bronzer un peu.

Peut-être aussi parce que je ne me suis pas pointée au cybercafé depuis plusieurs jours car je fréquente plutôt les clubs et la plage, et je sors avec tous mes amis ici, ce qui lui a donné tout le temps de ruminer sur le fait qu'il a vraiment besoin de moi et que je lui manque… puisque je suis sa meilleure cliente. Mais, quelle que soit la raison, ce n'est vraiment pas aussi mal ici que je l'ai cru au début. Ça ne veut pas dire non plus que c'est le paradis. Ça veut juste dire que ce n'est plus l'opposé du paradis !

Et, maintenant, rien que pour vos yeux :

1) Voici la photo (téléchargée sur un site Web puisque je n'avais pas encore mon appareil) d'un club où je suis allée l'autre soir avec un ami. Comme vous le savez, il n'y a pas de limite d'âge ici, pas de vérification d'identité, pas de videurs, pas de cordes en velours, pas de règles, pas d'absurdité de ce genre. Juste du bon temps pour tout le monde et tous les âges ! Vive Tinos !

2) Là, c'est une photo de la griffure que Holly m'a faite sur le bras le même soir, juste avant de partir pour le club. Ce n'est pas aussi grave qu'il y paraît. Ce n'était pas sa faute, car je le tenais trop serré, et j'aurais dû savoir qu'il déteste ça. Pourtant, ça me fait encore un mal de chien… si j'ose dire.

3) Ici, c'est la photo de ma tante Tally et de son compagnon, Tassos, en train de manger des oursins pêchés à la plage. Incroyable ! Ils les ont sortis de l'eau, les ont ouverts (avec un outil spécialement fait pour ça), et chacun a pris une coquille pour s'en faire une cuiller et manger l'intérieur. Moi, je les ai regardés et photographiés en train de les déguster CRUS ! Je reconnais que j'en ai même goûté un tout petit

peu, mais seulement pour leur faire plaisir et parce qu'ils passent leur temps à me dire que c'est bien d'avoir l'esprit ouvert et de faire de nouvelles expériences. Bien que je n'aille pas jusqu'à affirmer que j'aime ça (parce que, non, je n'ai PAS AIMÉ ça), je dois aussi admettre que ce n'était pas aussi répugnant que vous le pensez peut-être ! Mais c'était quand même un peu dégoûtant !

4) Ici, vous avez une photo d'Agios Fokas, la plage où je compte me rendre dans cinq minutes pour parfaire mon bronzage… et peut-être me faire offrir, demain matin, un autre frappé !

Bonne journée !

Bises à vous,

Dorothy

Date : 15 juillet

À : NatalieZee

De : DorothyCat

Re : Tu déménages ?

Merci d'avoir essayé d'enlever ce stupide panneau À VENDRE.

J'apprécie vraiment.

Mais je me demande bien pourquoi on l'a remplacé par un autre.

Merci quand même d'avoir essayé.

Dorothy

Journal de Dorothy en pleine galère,
quand elle ne comprend rien à sa vie

16 juillet

Ceci pour vous montrer à quel point je suis désespérée. J'ai feuilleté un des bouquins New Age de Tally – censés vous apprendre comment devenir responsable ou des trucs de ce genre –, car je cherchais des réponses à la situation délicate dans laquelle je me trouve, et même EUX ne m'ont rien appris.

C'est peut-être parce que je ne savais pas exactement quoi chercher. C'est vrai qu'il n'y avait aucun chapitre qui aurait annoncé :

QUE FAIRE QUAND VOTRE VIE ENTIÈRE
PART EN VRILLE ET QUE, MANIFESTEMENT,
TOUT EST DE VOTRE FAUTE ?

C'est pareil, quand mes parents ont décidé de m'envoyer ici, ils ont voulu me persuader que c'était SURTOUT pour que je fasse l'expérience d'une vie à l'étranger tout en profitant de mon été, alors que c'était AUSSI pour me protéger de ce qui devenait une bataille sordide entre eux.

Déjà, je ne crois pas une seconde à la partie « SURTOUT » de leur histoire, en me disant que c'était plutôt la partie « AUSSI » qui comptait pour eux, mais le plus bizarre, c'est que, dans un endroit censé être simple et tranquille, ma vie soit devenue plus compliquée qu'avant.

Par exemple :

1) Si, quand j'étais encore là-bas, je croyais stresser à l'idée de perdre ma place de meilleure amie d'Amanda, eh bien ! ce n'est rien comparé à la peur que je ressens main-

tenant. Parce que non seulement elle n'a pas lu mon blog dès la première fois (ce qui, je le reconnais, peut être un accident, un coup de malchance ou une malchance accidentelle), mais les seules fois où elle a daigné répondre à mes e-mails, elle y a joint des photos qui, pour être honnête, m'ont un peu blessée. Comme celle de Levi et Penelope, à cette soirée. Je n'avais VRAIMENT PAS besoin de voir ça ! C'est vrai que je ne lui avais rien dit quant à ce qui s'était passé entre Levi et moi (principalement parce que je n'ai pas confiance en elle), MAIS QUAND MÊME, elle aurait pu s'abstenir ! Ensuite, quand elle m'a envoyé cette photo d'elle avec Jenna et Penelope, chargées de leurs sacs de chez *Bloomingdale's*, à Fashion Island, et en train de profiter à mort d'un été que, moi, je ratais totalement... franchement, c'était plutôt déplacé, non ? Sans parler du fait qu'elle ne parlait plus à Jenna. Comme moi, je ne parlais plus à Natalie. Un peu comme si on se les était échangées. C'était notre accord. Mais, à les voir aussi gaies, sur cette photo, elles ont l'air hyper copines, moi, je suis l'orpheline abandonnée au coin de la rue. Non, je n'arrive pas à croire qu'elle se soit rapprochée de Jenna, après toutes les HORREURS qu'elle m'a rapportées sur elle, et qu'elle traîne avec la cousine de Jenna, Penelope (*alias* l'aventure d'été de Levi). Sans préciser que si elle prend le temps de s'occuper ainsi, c'est qu'elle peut aussi consacrer quelques minutes de sa précieuse journée pour m'envoyer un mail et me décrire une bonne fois pour toutes ce qui se passe avec Levi et sa SUPPOSÉE CROISIÈRE ; et pourquoi il ne m'a envoyé aucun mail ; et ce qu'il a raconté sur moi. Parce que je commence vraiment à entrer en mode fusion. Mais non, PLUTÔT MOURIR que de lever le petit doigt !

2) Quand j'ai appris que j'allais venir ici, ma plus grosse terreur a été que mes parents tentent de se tuer pendant que je n'étais pas là. Sans rire, ils se battaient tellement et si souvent qu'ils me rappelaient les bagarres entre Michael Douglas et Kathleen Turner dans *La Guerre des Rose*. J'ai l'impression que ça empire sans arrêt ! Apparemment, mon père vient de s'offrir un studio et une nouvelle petite amie pour aller avec. Or, ma mère est si jalouse qu'elle se met à m'appeler pour me faire ses confidences et me raconter toutes sortes de trucs horribles sur mon papa. Comme si elle était plus mon amie que ma maman ! Même si, en ce moment, je me trouve un peu à court d'amies, ce n'est pas non plus la crise, et ce n'est pas à elle de remplir ce vide.

3) Il y a également l'histoire du panneau À VENDRE, que ma prétendue meilleure amie Amanda ne s'est pas donné la peine d'enlever, ce que mon ancienne amie Natalie a accepté de faire tout de suite. Résultat : j'ai mal au cœur de voir la façon dont notre amitié s'est terminée, et comment elle m'a accusée de la laisser tomber et de la traiter comme une merde. Ce qui est parfaitement injuste car, tout d'abord, ce n'est pas ENTIÈREMENT ma faute. C'est vrai, on commençait toutes les deux à s'éloigner l'une de l'autre, à ne plus avoir les mêmes goûts, ce que, en y réfléchissant, on ne peut reprocher à personne car les gens changent, évoluent. C'est la vie. (D'accord, je viens de relire ce dernier bout de texte, et je me sens vraiment nulle, car c'est à peu près le discours que m'a tenu mon père pour m'expliquer leur divorce.) Enfin, ce sont toutes ces choses qui m'amènent à cette dernière réflexion :

4) La plupart du temps, j'ai l'impression de ne plus savoir qui je suis. Je ne plaisante pas. C'est comme si j'errais en essayant de m'accrocher à une maison que je ne

reverrai sans doute jamais, de m'accrocher à un papa qui s'intéresse plus à sa nouvelle vie qu'à celle qu'il menait avant, de m'accrocher à une amie qui, finalement, n'en a jamais vraiment été une, et de m'accrocher à un garçon qui ne se souvient sans doute pas de mon nom et encore moins d'avoir passé plus de quatre heures à m'embrasser et essayer de m'enlever ma robe, avant de consacrer notre dernière minute et demie à me voler ma virginité. Et, non, je ne pense décidément pas que ce soit lui mon ANONYME, car cette option est non seulement complètement délirante, mais exige aussi une certaine dose d'OPTIMISME et d'ESPOIR… ce que je suis loin d'avoir ! Pour être franche, je n'ai pas la moindre idée de qui peut être cet ANONYME. Mais, au train où vont les choses, je me demande si je ne suis pas tout bêtement victime d'un sinistre désaxé du Net, recherché dans tous les États d'Amérique !

5) Cerise sur le gâteau, je ne pense pas avoir eu beaucoup d'impact, ici. Parce que j'avais vraiment cru que Yannis serait passé ou aurait appelé, à l'heure qu'il est. Mais, surprise, il ne s'est pas manifesté !

MISE À JOUR !

Vous n'allez pas le croire, mais je viens de passer à une situation ENCORE PIRE !

Apparemment, je suis devenue si pitoyable que même mon propre chat ne veut plus être avec moi. Sérieusement, alors que je terminais d'écrire le texte ci-dessus, Holly m'a regardée, a reniflé mon short et mon T-shirt, a sauté de mon lit et a filé de ma chambre à la vitesse de la lumière.

Comme s'il avait un sixième sens, ou quelque chose.

Comme s'il SAVAIT ce que je suis et ne voulait pas appartenir à un loser.

C'est donc, de toute évidence, le moment d'arrêter d'écrire, pour cette nuit.

UN CERCLE
DANS LE SABLE

Commentaires :

Anonyme :

Je ne comprends pas. À voir tes photos, on dirait que tu es au paradis.

Mer, sable et soleil, et un chaton… qu'est-ce qu'il te faut de plus ?

S'il te plaît, explique-moi dès que tu pourras.

DorothyCat :

Je ne sais vraiment pas comment t'expliquer ça, parce que, pour être franche, tu as raison, c'est très joli, ici. Les plages sont superbes (sauf celles qui sont pleines de rochers), et mon chat est adorable (comme tu peux le voir). C'est un peu plus sec et accidenté que ce dont j'ai l'habitude, mais on ne peut pas tout avoir, pas vrai ?

C'est sans doute que le paradis est davantage un état d'esprit qu'un endroit précis…

Anonyme :

Intéressant… je n'avais jamais pensé à ça.

Merci de ton explication.

Date : 18 juillet

À : AmandaStar

De : Dorothycat

Re : !!!!!!!

OMG tu es CriEz ? Levi vient vrMen ici & tu lui as donné mon mél ???

Tu es tro forte !

!!!!!!!

Merci merci merci !

(Tu es sûre ke C réel & ke tu n'es pa en train d te ficher d moi, hein ?)

Dorothy

Date : 18 juillet

À : NatalieZee

De : DorothyCat

Re : Tu déménages ?

Salut, Nat,

Désolée, mais je ne peux vraiment pas te dire pourquoi il y avait une journée porte ouverte à la maison aujourd'hui. Cela dit, je te remercie d'avoir rapporté et remis sur mon étagère les livres et les CD que tu m'avais empruntés.

Pour répondre à ta question, oui, je m'éclate complètement, ici. Au cas où tu t'ennuierais ou tu serais curieuse, ou si tu veux juste connaître tous les détails juteux, tu peux tout lire sur mon blog. Ça s'appelle « Un cercle dans le sable ». Et, non, ce n'est pas à cause de toi, de ta mère ou des chansons qu'elle chantait souvent que je l'ai appelé ainsi.

Il me fallait juste un nom pour un blog d'été, et c'est le seul titre que j'ai pu trouver aussi vite.

Enfin, celui-ci, c'est le 2e nom que je lui ai donné. Mais, tu peux vérifier, si tu veux...

À bi1to (désolée, je sais que tu n'aimes pas ça, mais je n'ai pas pu résister !)

Dorothy

PS : Levi sera là bientôt !!!! J'ai hâte !

---

18 juillet

Chère maman,

Pour ton info, je suis parfaitement au courant pour la JOURNÉE PORTE OUVERTE, ce qui veut dire qu'on doit avoir une sérieuse discussion, toi et moi. Parce que moi, je ne BOUGERAI PAS !

Je croyais qu'on en avait fini avec cette histoire.

Ça ne peut pas continuer.

Il faut que tu arrêtes.

S'il te plaît, contacte-moi au plus vite.

Bises,

Dorothy

18 juillet

Cher papa,

Maman a organisé une JOURNÉE PORTE OUVERTE, et je t'en tiens pour responsable.

Tu dois absolument faire quelque chose pour l'arrêter parce que moi, je ne BOUGERAI PAS de là !

Je pensais que la discussion était close sur le sujet.

Ça ne peut pas continuer.

Ça doit s'arrêter.

S'il te plaît, contacte-moi dès que tu le pourras.

Bises,

Dorothy

Journal de Dorothy en pleine galère,
quand la situation exige des mesures draconiennes

20 juillet

Je ne sais pas ce qui m'arrive. Franchement, on pourrait croire que je suis heureuse, d'abord parce que LEVI ARRIVE. Enfin… d'après Amanda, qui sort toujours avec Casey, qui est le meilleur ami de Levi, qui lui-même a dit quelque chose comme ne pas pouvoir aller à la soirée parce qu'il partait en croisière en Méditerranée.

YANNIS VIENT aussi. Ce soir. Pour un barbecue. Quant à ses deux amies, Maria (cheveux noirs) et Christina (cheveux orange), qui sont en fait parentes de l'un des meilleurs amis de Tassos (Christina est l'amie de sa fille, et Maria, sa cousine), elles ne sont PAS invitées (j'ai tout fait pour !). Enfin, apparemment, la seule raison pour laquelle il n'a pas appelé ou n'est pas arrivé plus tôt, c'est qu'il a dû partir à Athènes pour quelques jours, et NON PAS parce qu'il a soudain décidé qu'il ne m'aimait pas, ou quelque chose du genre.

Notez le manque de points d'exclamation même si je suis trop ravie de ce qui se prépare.

Mais je dois admettre que si je me suis contentée d'une ponctuation neutre, c'est que ma joie est un peu assombrie par le dernier appel de papa et de maman, qui m'ont tous les deux annoncé avec certitude qu'ils avaient encore chacun le droit de divorcer, de faire des rencontres, de vendre leur maison et de prendre toute une série de décisions irresponsables... qui risquent de bousiller complètement ma vie et, très certainement, mon avenir.

On m'a aussi rappelé que, en tant que mineure, je ne peux absolument rien faire contre ça, puisque ce sont eux les ADULTES, alors que je ne suis que leur ENFANT. Et ils ont continué en m'assurant que je ne devrais pas prendre les choses aussi PERSONNELLEMENT, car nulle part je ne suis visée.

Ils s'attachent simplement à faire « ce qui est le mieux pour tout le monde ».

Tout ce que je peux répondre à ÇA, c'est :

si c'est tellement vrai, s'ils sont si dévoués, comment se fait-il qu'ils n'aient pas encore trouvé ce qui est mieux pour MOI ?

Comment est-ce qu'ils ne voient pas qu'ils devraient :

ME LAISSER TERMINER

MA DERNIÈRE ANNÉE DE LYCÉE

À PEU PRÈS INDEMNE ?

Sérieusement.

Encore une année, quoi ! C'est tout ce que je demande. Après ça, quand j'aurai eu mon diplôme et que je serai à la fac, ils pourront bien faire ce qu'ils veulent, se détruire mutuellement, ça me sera bien égal !

Mais qu'ils me laissent d'abord achever tranquillement mon enfance.

Au fond, est-ce que moi, je pourrais divorcer d'eux ?

Journal de Dorothy en pleine galère,
quand elle est si heureuse qu'elle arrive
à peine à respirer !

27 juillet,

Je ne blogue plus. Je n'envoie plus d'e-mails. Je ne poste plus de lettres ni de cartes postales. Je ne vais plus au cybercafé. Je n'ai pas allumé mon ordinateur depuis ce qui me semble être une éternité… alors que ça ne fait qu'une semaine. Et tout ça, parce que :

JE SUIS ACTUELLEMENT EN IMMERSION TOTALE
DANS CE QUI RESSEMBLE À…
UNE AMITIÉ RÉCIPROQUE !

Depuis le soir du barbecue, quand Yannis est arrivé sur son scooter et m'a souri, j'ai senti mon ventre palpiter et, pour être franche, ça n'a pas vraiment cessé depuis.

Mais ce n'est pas la même nervosité, le même sentiment anxieux que j'éprouvais avec Levi. C'est une espèce de picotement, la sensation que JE N'ARRIVE PAS À CROIRE CE QUI M'ARRIVE. Et même si j'ai un peu ressenti ça quand Levi m'a embrassée pour la première fois, j'ai la sensation que c'est encore mieux avec Yannis.

Sans doute parce qu'avec lui, tout me paraît plus réel, moins artificiel.

Enfin, voilà, il a garé son scooter, s'est assis à côté de moi et ne m'a pratiquement pas quittée de toute la soirée. Pendant tout le temps où on a parlé, rigolé et appris à mieux se connaître, j'ai eu l'impression que la moitié seulement de mon cerveau était concentrée sur ce qu'on disait et faisait. Car l'autre moitié ne cessait pas de penser : *J'aimerais qu'il arrête de parler et qu'il m'embrasse !*

Mais puisque Tally, Tassos et tous leurs amis ne nous laissaient pas beaucoup d'intimité, je me suis résignée à passer une autre nuit pleine de fun mais sans passion.

Pourtant, après avoir dîné et alors que la nuit tombait, Yannis s'est penché vers moi et m'a murmuré : « Tu voudrais aller faire un tour ? »

J'ai dit oui, bien sûr.

Même si je m'attendais à atterrir de nouveau dans ce club, cette fois, après avoir roulé quelques kilomètres, on s'est retrouvés sur sa plage préférée. On a garé la Vespa sur la route et on a couru ensemble sur le sable, où il a étalé une serviette pour qu'on regarde ensemble les étoiles. On a essayé de repérer les différentes constellations… jusqu'à ce qu'il trouve enfin le courage d'oser m'embrasser.

Exactement : il a dû TROUVER LE COURAGE pour oser m'embrasser !

Ce qui veut dire que je le rendais aussi nerveux que lui me donnait le vertige !

Le parfait opposé, donc, de Levi, qui pensait que toutes les filles, où qu'elles soient, étaient prêtes à le suivre au lit. (Ce qui, pour être objectif, n'est pas forcément faux.)

Même si c'est probablement valable pour Yannis aussi, il n'a tout simplement pas le même genre de confiance et d'arrogance que Levi. Il est infiniment plus poli, plus respectueux, et il n'essaierait jamais de forcer quelqu'un à faire des choses pour lesquelles il n'est pas prêt.

Quoi qu'il en soit, on était en train de parler de la Petite et de la Grande Ourse, et, tout d'un coup, il m'a embrassée. Je ne peux vous dire qu'une chose : c'était HALLUCINANT !

Pas du tout embarrassant. Même pas au début du baiser, qui est normalement un moment tendu puisque les deux acteurs essaient de chorégraphier au mieux un duo qu'aucun d'eux n'a jamais répété (du moins, pas ensemble).

Mais avec Yannis, c'était comme si nos lèvres savaient EXACTEMENT quoi faire et où se poser, et c'était carrément magique.

En fait, c'était si incroyable et délicieux qu'on est restés trois heures sur cette plage, juste à s'embrasser et à parler… mais surtout à s'embrasser. Jusqu'à ce qu'il commence à faire trop froid pour nos T-shirts et nos shorts et que Yannis décide de me raccompagner chez moi.

Cette fois, quand il m'a déposée devant la porte, il m'a embrassée pour me dire au revoir, avant d'ajouter : « On se voit demain ? »

Je lui ai répondu par un sourire et un signe de tête, et je suis rentrée en me disant que je devrais tout écrire sans attendre dans ce journal.

Mais pour finir, j'ai préféré m'allonger sur mon lit, fermer les yeux et tout revivre en décalé, jusqu'à ce que je m'endorme enfin, pour rêver encore de lui !

Évidemment, le lendemain, il est venu me voir. Et il continue de le faire pratiquement tous les jours, depuis !

Alors, après avoir passé en revue tous mes premiers titres, j'ai du mal à croire à quel point j'ai pu me lamenter sur mon sort. C'est tellement gênant de relire tout ça que je pense déchirer toutes ces pages et les brûler lors du prochain barbecue de Tally et Tassos.

C'est vrai, franchement, à quoi je pensais ? Cet endroit est MAGNIFIQUE ! Ça ressemble à un PARADIS, mais j'étais trop aveugle pour le voir.

Bon, ça n'est peut-être pas aussi excitant, branché, tendance, jet-set et paillettes que Mykonos, mais quand on est en bonne compagnie, on n'a pas besoin de tout ce côté « bling-bling ».

C'est exactement comme ce que j'ai écrit dans mon blog : le paradis est un état d'esprit !

Et Yannis est trop génial, gentil et mignon ; en plus, il m'apprend le grec ! Voici quelques mots que j'ai déjà appris :

Koukla Mou – (Je n'utilise évidemment pas les lettres grecques parce que, avec le peu de leçons qu'il m'a données, je n'en suis pas encore là.) Ça signifie littéralement quelque chose comme « ma chérie ». Ce qui peut paraître vieillot, donc autant éviter une traduction directe et prendre plutôt le sens général de la phrase ou du mot. Dans ce cas, ça donnerait quelque chose comme « mon cœur » ou « ma belle ». (D'accord, ça reste un peu démodé, mais je sais que dans la bouche de Yannis, ça veut dire quelque chose de doux et gentil !)

Omorphos – Ça veut dire « joli ». (Il a dit ça de mes cheveux, un jour où je ne trouvais pas qu'ils étaient si *omorphos*, justement !)

Apothe – C'est « ce soir ». (C'est ça, en fait, on sort à peu près tous les *apothe* !)

Efcharisto – Ça signifie « merci ». Mais, comme je n'arrivais absolument pas à le prononcer, Yannis m'a dit de le visualiser comme le nom d'une personne nommée F. Harry Stowe. Ce qui est nettement plus facile !

Et *Yannis* – qui n'est autre que l'équivalent de John. (Mais je préfère l'appeler Yannis ; ça sonne tellement plus exotique.)

Quant à *Dorothy*, qui ne veut rien dire de spécial, ça restera Dorothy. C'est comme ça qu'il m'appelle quand ce n'est pas *Koukla Mou*.

Ah !... oui, il y a aussi *S'agapo*, qui veut dire « Je t'aime ». Non, bien sûr, Yannis ne l'a pas prononcé. Mais j'ai demandé à Tassos comment ça se traduisait, juste au cas où Yannis se déciderait ; comme ça, je saurais... mais j'espère qu'il ne le fera pas, parce que ça gâcherait tout. C'est vraiment mieux de garder les choses informelles, de ne pas se prendre trop au sérieux ni d'avoir l'air de trop s'engager ; essayer seulement de prendre du plaisir, sans se lancer dans tout un tas de fausses déclarations et de promesses qu'on ne tiendra jamais.

Quoi qu'il en soit, on se voit si souvent qu'on a mis au point un petit programme. Le matin, il va toujours travailler, en aidant sa famille à la construction d'un hôtel ; et l'après-midi, il nous rejoint, Tally, Tassos et moi, à la plage pour la sieste. Ou alors, on s'y retrouve tout seuls, et il est toujours mort de rire en voyant que je refuse systématiquement d'enlever le haut de mon maillot. Mais, puisque je ne l'ai encore jamais fait seule avec lui, ce n'est pas sur la plage, devant tout le monde, que je vais le faire pour la première fois. Je veux dire, j'ai déjà réussi à perdre ma virginité sans même enlever mon soutien-gorge, alors je ne vois pas pourquoi je commencerais maintenant.

Enfin, le soir, on va généralement dans ce club où il m'a emmenée la toute première fois. Ou alors, on part en scooter chercher un endroit tranquille où on pourra être seuls et se faire des câlins.

Je dois admettre que si c'est amusant de sortir avec tous ses amis, ses cousins et autres, les moments que je préfère sont toujours ceux où on se retrouve seuls, lui et moi, pour regarder les étoiles, s'embrasser ou seulement bavarder. C'est étrange comme je me sens tranquille et détendue avec Yannis, moi qui, d'habitude, suis plutôt nerveuse avec les garçons (surtout quand on est aussi mignon que lui !). Car, c'est vrai, je n'ai pas une énorme expérience dans ce domaine. Mais, avec Yannis, tout paraît tellement naturel, facile et agréable.

Ce qui, encore une fois, est à l'exact opposé de ce que je ressentais avec Levi.

Or, voilà qu'au moment où j'ai enfin décidé de lâcher l'affaire, de passer à autre chose et de l'oublier, Levi décide tout d'un coup de m'envoyer un e-mail pour m'annoncer son arrivée. Alors, qu'est-ce que je fais, moi ? Heureusement, il ne vient pas ICI, car là, ça serait vraiment embêtant, maintenant que je sors avec Yannis. Mais il sera quand même à Mykonos, à quelques minutes de bateau.

Si je choisis de faire le voyage…

C'est clair que je MEURS D'ENVIE de visiter Mykonos ; du moins, depuis que je suis ici et que mon voisin, dans l'avion, m'a dit que c'était la seule île qui valait le coup. Mais maintenant que j'ai une bonne excuse pour prendre le ferry et me rendre là-bas, je ne suis plus certaine d'en avoir autant envie.

Par chance, j'ai un peu plus d'une semaine pour me décider.

Ah ! j'entends la Vespa de Yannis ronronner devant la maison, mais j'ai encore deux ou trois lignes à écrire. Sur quelque chose qui me tracasse un peu, au milieu de cet incroyable bonheur.

Je ne sais pas exactement pourquoi, mais je n'ai pas été tout à fait franche avec Yannis quant à ma vie aux États-Unis. Si j'hésite à tout lui raconter, c'est sans doute parce que c'est un vrai soulagement de sortir et de m'amuser sans penser à mes problèmes.

Pour être honnête, je dois aussi avouer que l'autre raison qui m'empêche de tout lui dire, c'est que je ne veux pas qu'il me considère comme une fille triste, pitoyable ou je ne sais quoi encore. Car, bien que je n'aie rencontré que ses cousins et son petit frère, Christos, sans avoir encore fait la connaissance de ses parents, quand il parle d'eux, il en dit toujours tant de bien que ça me fait tout drôle de devoir ensuite parler des miens. Surtout qu'en ce moment, je ne les porte pas vraiment dans mon cœur, c'est le moins qu'on puisse dire. Je leur en veux tant, je suis si dégoûtée par leur attitude que je serais incapable de jouer la comédie à leur sujet, même si j'essayais. Et je ne supporte pas l'idée que Yannis me prenne pour une loser, ou découvre que ma vie de famille est une catastrophe.

Même si c'est la vérité.

Car, en ce moment, il me considère comme une Californienne heureuse de vivre, insouciante. (D'accord, aussi comme une fille qui ne veut pas ôter son haut de maillot, mais bon...) Et c'est comme ça que je voudrais rester, à ses yeux.

Bon, il est en train de frapper à ma porte, alors… il faut vraiment que j'y aille.

Journal de Dorothy en pleine galère,
quand elle éprouve un sentiment délirant, incroyable
et très sérieux pour quelqu'un

1er août

Alors, hier soir, Yannis m'a invitée à dîner. Si ce n'était pas la première fois qu'on prenait un repas ensemble, c'était la première fois qu'on le faisait sans Tally, Tassos, son petit frère ou l'un de ses cent cousins ou amis. On est même allés dans un restaurant qui n'appartenait à aucun membre de sa famille. Je le sais, car j'ai vérifié.

Enfin, c'était génial.

Paradisiaque.

Magique !

Mais la vraie « magie » a commencé quand il est venu me chercher et qu'en ouvrant la porte, j'ai senti mon cœur sauter un battement ! Je veux dire, même si on se voit tous les jours, le fait de le voir comme ça, debout sur le seuil de ma chambre, habillé comme un prince, un bouquet à la main (oui, il m'a apporté des fleurs !), souriant comme s'il était super heureux de me voir… eh bien ! j'ai vraiment eu l'impression de revivre mon tout premier rendez-vous !

Est-ce que c'était son jean totalement cool, sa chemise fraîchement repassée, ou ses profonds yeux verts qui plongeaient dans les miens ? Ou alors son sourire, tellement sincère et séduisant à la fois ? Ou encore le fait de sentir son bras se glisser langoureusement autour de ma taille ?

Je ne sais pas, mais j'ai presque dû me pincer pour m'assurer que je ne rêvais pas ; que ce garçon si merveilleux, si mignon, si gentil, si incroyable était là pour moi !

Bref, à notre arrivée au restaurant, on nous a conduits à une table dans un adorable petit patio éclairé par des bougies et baigné par le clair de lune. Il y avait de la musique dans le fond, et tout était si parfait, romantique, magique ! Le genre de soirée dont on rêve, qu'on voit dans les films mais qu'on ne vit jamais dans la vraie vie.

Après cet incroyable dîner, où j'ai pu goûter à toutes sortes de plats dont, évidemment, j'ai oublié les noms, on a fait un petit tour à pied et on s'est rendus dans notre club favori pour dire bonsoir à quelques-uns de ses amis. Avant de repartir en scooter vers notre petite plage à nous.

Là, je ne sais pas si c'était la caféine (j'ai bu près de trois Coca), la lune (elle était pleine et super brillante), ou juste le sublime sentiment d'être si loin de chez moi et si libre, mais sans réfléchir plus loin que ça, j'ai ôté ma robe et j'ai couru dans l'eau.

Bien sûr, Yannis a ôté ses vêtements avant de m'y rejoindre.

On a nagé, on a barboté en s'aspergeant comme des enfants, en se poursuivant à travers les vagues, jusqu'à ce que, finalement, Yannis m'attrape. Quand il m'a poussée à me retourner pour lui faire face, il m'a embrassée d'une façon qui m'a rappelé ce tout premier soir, lorsqu'on était si hésitants, tous les deux, encore sous le choc de notre rencontre.

Puis, j'ai rouvert les yeux et son visage était là, tout près du mien, auréolé de boucles noires et humides luisant sous la lune, et animé par son regard vert si intense.

Il était si beau, si attirant, si séduisant, si VIVANT que je me suis arrachée à ses bras pour courir vers la plage et vite remettre ma robe, vite avant que quelque chose me fasse changer d'avis. Je ne voulais surtout pas commettre deux fois la même erreur.

Alors, on s'est couchés sur le sable et, main dans la main, on s'est laissé envelopper par la nuit et le silence. Les yeux fermés, j'ai essayé de capturer cet instant magique, de l'imprimer dans mon esprit pour qu'il y reste à tout jamais.

Date : 3 août
À : Levi501
De : DorothyCat
Re : Ta croisière

Salut, Levi,

J viens d recevoir ton msg & pr rép à ta kestion j ne suis pa à Mykonos mè à Tinos. Mè j peux venir à Mykonos paske ce n'est pa très loin. Alors, oui, j vé essayer d te voir. Dis-moi juste le jr & l'hr, K ?

Ciao,
Dorothy

UN CERCLE
DANS LE SABLE

Commentaires :

Anonyme :
Où es-tu ?
Non, ne me dis pas que tu as lâché ton blog !

DorothyCat :
Je suis là. C'était juste un petit break, je t'assure !

UN CERCLE
DANS LE SABLE

3 août

Je suis là ! Et, non, ANONYME, je n'ai pas lâché mon blog. Bien que j'aie découvert un petit quelque chose que j'appelle AVOIR UNE VIE. Maintenant que j'en ai une, je me rends compte que ça me prend tout mon temps. Apparemment, tu n'es pas le seul à qui j'ai manqué, parce que Petros m'a vraiment SERRÉE DANS SES BRAS quand je suis entrée dans son café ! Il a joué le gars persuadé que j'étais repartie en Californie sans dire au revoir (j'en serais parfaitement incapable !). Ça ne l'a pas empêché, après avoir hurlé haut et fort qu'il était soulagé et heureux de me voir, de me faire payer mon frappé. (Même si, d'après son fils, Stavros, c'est déjà un miracle qu'il m'ait offert un verre !)

Alors, sans vous faire languir plus longtemps, voilà quelques photos :

1) Ici, c'est moi en train d'essayer de surfer. Vous y croyez ? Mon ami Yannis est très doué dans ce sport, et il me donne des leçons ; un jour, j'y arriverai peut-être, moi aussi, qui sait ? Mais ne vous laissez pas impressionner par ce que vous voyez, parce que cette photo a été

prise pendant les deux secondes et demie où j'ai réussi à rester debout sur ma planche ! Effectivement, une seconde plus tard, je faisais le grand plongeon !

2) Ça, c'est une photo de M. Holly Golightly – notez comme il a grandi et comme il est devenu mignon ! Mais il continue à s'énerver chaque fois que j'essaie de le câliner.

3) Et, là, c'est une photo de l'atelier de Tassos, qui sculpte divinement le marbre (Tinos possède une école de sculpture très connue, et Tassos y donne parfois des cours). Il fait aussi de la poterie. Mais ne vous fiez pas à la simplicité de ses créations ; c'est nettement plus DIFFICILE à réaliser que ça en a l'air. Je ne mens pas. Quand il m'a fait asseoir devant son tour de potier et qu'il a essayé de m'apprendre quelque chose, je n'ai rien su faire. Carrément NULLE j'ai été ! Mon premier vase s'est complètement effondré pour ne plus former qu'un gros tas de glaise.

4) Vous voyez, là, cette masse informe ? Eh bien ! c'est mon vase ! Pour vous dire que je ne plaisantais pas.

5) Ça, c'est une photo de Yannis en train de caresser Holly. Lui, il n'a aucune trace de griffures sur les bras. Je soupçonne mon adorable chaton de le préférer à moi, qui l'ai pourtant sauvé d'une mort certaine ! Apparemment, les chats ont la mémoire courte. Ce qui veut dire que mon prochain animal de compagnie sera un éléphant.

6) Ici, c'est Yannis et moi, au club, avec des amis. Vous voyez le garçon debout derrière moi ? C'est son cousin. Et celui qui se trouve à côté ? C'est aussi son cousin. Et la fille dans le coin, au fond ? Oui, vous avez deviné, c'est encore une cousine. Et le garçon,

près de moi ? C'est son frère cadet, Christos. Ha, ha ! vous pensiez que c'était un autre cousin, hein ?

7) Ici, c'est Yannis et moi, à la plage. Vous voyez comme on a l'air d'être tout seuls ? En fait non, car c'était un de ses cousins qui prenait la photo.

8) Là, c'est encore moi et Yannis, à l'un des barbecues du samedi de Tally et Tassos. Il est en train de m'apprendre les pas d'une danse grecque que je croyais connaître. Parce que, contrairement à ce que je pensais, on ne danse pas simplement en cercle ; il y a des mouvements bien précis, et c'est plus compliqué que je l'aurais imaginé.

9) Là, c'est moi et Yannis, aussi, devant des cafés frappés préparés par ses cousins, dans un petit bar du port. Les frappés, c'est le pied ! Ça me plaît de plus en plus. Surtout celui que Petros m'a offert, un jour. Le meilleur que j'aie jamais bu !

Bon, je crois que c'est tout.

J'espère que ça te fera oublier la petite pause que je m'étais autorisée, ANONYME !

Bises,

Dorothy

---

4 août

À : NatalieZee

De : DorothyCat

Re : Qui est Yannis ?

Salut, Nat,

Yannis est un ami.

Un très bon ami.

En fait, c'est un peu mon petit ami… disons. Mais pas besoin d'en parler ou de le crier sur tous les toits, d'accord ?

Je ne t'accuse de rien, bien sûr, mais je préfère te le dire, car ça pourrait faire bizarre si ça se savait… au moment où Levi doit venir me voir ici.

Encore que, ça fait peut-être plus bizarre ICI que LÀ-BAS, je ne sais pas…

Tu vois, je n'ai pas changé autant que tu le crois. Je suis toujours aussi folle et un peu paumée !

Enfin, merci de lire mon blog !

J'espère que ton été se passe bien…

Dorothy

---

4 août

À : AmandaStar

De : DorothyCat

Re : Ton blog/Sandal dé ga

Salut, Amanda,

Merci d jT 1 œil sur mon blog. & no Yannis n'est pa du tt mon pti ami. C juste 1 ami, tu sé, kLk1 avec ki sortir de tps en tps pour ne pa mourir d'ennui.

& pr rep à ta kestion, oui les ga portent des sandal kom ça Mè ça fait si longtemps ke j suis ici ke j les remark mm plus.

Ce ki est plutôt flippant, kan on y pense !

Alors Levi sera à Mykonos ds 3 jr & g tellement hâte !

J t dirai cmt ça s passe (

K A +

Dorothy

UN CERCLE
DANS LE SABLE

Commentaires :

Anonyme :
Qui est Yannis ?

DorothyCat :
Un ami.

Anonyme :
Parle-moi de lui.

DorothyCat :
Qu'est-ce que tu veux savoir ?

Anonyme :
C'est ton petit ami ?

DorothyCat :
Qu'est-ce que tu entends par « petit ami » ?

Anonyme :
L'opposé d'un ami.

DorothyCat :
Qu'est-ce que tu entends par « ami » ?

Anonyme :
Tu aimes bien jouer, on dirait.

DorothyCat :
C'est toi qui t'amuses à t'appeler ANONYME !

Anonyme :
C'est vrai.

DorothyCat :
Tu as pensé à arrêter d'utiliser ce nom ?

Anonyme :
Oui, j'y ai pensé.

DorothyCat :
Et, alors ???

Anonyme :
Je continue d'y penser.

DorothyCat :
D'accord, dis-moi quand tu te seras décidé.

Journal de Dorothy en pleine galère,
quand elle s'est fourrée dans un tel pétrin
qu'elle n'arrive plus à s'en sortir

7 août

Pour ce qui est de faire quelque chose de génial et de tout gâcher ensuite, je suis championne ! Au moment où je commençais à être vraiment heureuse, où je trouvais ma vie presque trop belle pour être vraie, VLAN ! je trouve le moyen de tout foutre en l'air.

C'est vrai, soyons lucides, j'ai déjà du mal à gérer un garçon, alors deux, encore plus ; ça ne devrait donc étonner personne, surtout pas moi. Je ne suis pas le genre de fille qu'on séduit pour ensuite la laisser mariner sans rien offrir, comme Amanda et pratiquement toutes les autres filles de mon groupe (enfin, j'aurais dû écrire ANCIEN groupe car, en ce moment, je n'en fais plus exactement partie, et on ne m'a pas vraiment précisé que je manquais à qui que ce soit ou même qu'on se souvenait de moi).

J'imagine que je suis trop sérieuse, bête, anxieuse, débile et honnête – sauf quand je mens. C'est vrai, chaque fois que j'essaie de mentir, mon mensonge finit par échapper à tout contrôle et par devenir si énorme qu'il prend une vie propre et en arrive à détruire la mienne.

Je crois que c'est ça que Tally et Tassos appellent le *karma.*

Récolter ce qu'on sème.

Donc, pour en revenir à hier soir, quand Yannis est passé me prendre, il a joué les grands mystérieux, il ne m'a rien dit sur l'endroit où il m'emmenait et, chaque fois que j'essayais de deviner, il secouait la tête en répondant : « Tu verras. »

Alors, quand on a atterri devant une espèce de grand chantier, j'ai sauté du scooter, regardé un peu autour de moi et lâché : « D'accord, j'abandonne. »

Il s'est mis à rire, m'a pris la main et a fait mine de m'entraîner à l'intérieur. Mais, comme j'hésitais un peu devant l'entrée, il m'a embrassée sur la joue en disant : « Tranquille, ça appartient à ma famille, je voudrais juste te montrer un peu l'endroit. » Alors, il m'a fait faire le tour de l'hôtel en construction sur lequel il bosse depuis le début de l'été, mais qui ne sera sans doute terminé qu'en hiver. À la façon dont il souriait et me montrait chaque petit détail, tout ce qui venait de lui ou sur quoi il avait personnellement travaillé, ou qu'il avait construit lui-même, j'ai bien vu qu'il en était tout fier.

En même temps, moi, je ne regardais qu'une chose : ses sandales.

Oui, les fameuses sandales que je n'avais pas remarquées... jusqu'au méchant commentaire d'Amanda dans son mail.

Maintenant qu'elle en avait parlé, je ne pouvais plus détacher mes yeux des pieds de Yannis, tout en pensant : *Mais, qu'est-ce qui te prend, Dorothy ?*

Et je savais que c'était complètement FUTILE de ma part. TELLEMENT FUTILE ET SUPERFICIEL !

Pourtant, je ne pouvais pas m'en empêcher.

Alors que j'aurais préféré regarder ailleurs, parce que, inévitablement, ça devenait pire.

Soudain, son accent, qu'hier encore je trouvais si adorable et sexy, a commencé à m'agacer. Et je me suis surprise à grimacer chaque fois qu'il me disait quelque chose qui semblait sortir tout droit du manuel américain de la « coolitude ».

Des trucs du genre :

Tranquille, ce n'est pas un problème.

Ou : *On se calme.*

Ou encore : *Il n'y a pas de soucis.*

Même sa propre langue finissait par m'irriter, comme quand, pour la cent millionième fois, il m'appelait *Koukla Mou.*

Un peu comme si, en l'espace d'une nuit, et à cause d'un stupide et méchant mail d'Amanda, je remettais en question tout ce qui le concernait, ce qui NOUS concernait ! Comme si j'avais complètement perdu la faculté de regarder Yannis avec mes yeux d'avant. Comme si j'étais passée de l'idée que je pouvais vraiment, vraiment l'aimer, à celle de ne même plus répondre quand il me disait qu'il m'aimait.

Car, oui, c'est vrai, il m'a dit qu'il m'aimait.

Après avoir fait le tour de la réception, des cuisines, du bar, de la salle de gym et de quelques chambres ou suites, Yannis m'a emmenée vers la piscine, qu'ils viennent tout juste d'installer avec les chaises longues, le bar, la musique, les bougies et les fleurs. Tout ça aurait dû me paraître des plus ROMANTIQUES, parce que ça l'était absolument… sauf que je continuais bêtement à faire une fixette sur ses sandales, à m'agacer de son accent et à penser : *Mais qu'est-ce qui te prend, Dorothy ? L'été se termine bientôt, le 31 août arrive à grands pas, Levi sera là demain et, toi, tu dois faire un choix.*

Tu peux, SOIT :

1) Cesser d'être aussi futile et te laisser aller à tomber amoureuse d'un garçon que, jusqu'à hier encore, tu croyais vraiment, vraiment apprécier, et qui est tout à fait mignon, gentil, cool, sympa et drôle, et qui – oui, bien sûr – a tendance à abuser d'expressions un peu bizarres, avec un accent bizarre dont tu viens de décider qu'il commençait à te taper sur les nerfs ; un garçon qui – c'est clair – porte des sandales si particulières que tu ne supportes plus de regarder ses pieds.

SOIT :

2) Penser à ton avenir et ficher le camp d'ici ! Parce que, si Amanda est indiscutablement superficielle au point de te contaminer, le fait qu'elle ait daigné te répondre et lire ton blog prouve que tu es toujours LÀ. En plus, Levi a fait

tout ce chemin pour venir te voir ; ou, du moins, avec tout le chemin qu'il fait, il pense effectuer un petit crochet pour venir te voir. Bref, s'il reste un peu de matière en activité dans le brouillard de ton cerveau, tu choisiras Levi et Amanda, les soirées et les sorties qui vont avec, car c'est le seul plan de SÉCURITÉ SOCIALE dont tu disposes en ce moment. PARCE QUE TON AVENIR, CE N'EST PAS LA GRÈCE, C'EST LA CALIFORNIE !

3) Sans ajouter que, s'il y a quelqu'un de bien placé pour savoir que L'AMOUR NE DURE PAS, c'est TOI ! C'est juste une illusion dont les gens aiment se bercer. Même si, par chance, cet amour prend réellement forme et devient mutuel, il finira par s'évanouir un jour ou l'autre, tu le sais. Alors, pourquoi aller jusque-là ? Regarde tes parents, s'il te faut une preuve. Ou, tout simplement, la moitié d'Hollywood ! Tout a un début, un milieu et une fin ; tu serais complètement folle de croire autre chose !

Mais ce que je n'ai pas précisé jusque-là, c'est que, plus tôt dans la journée, alors que je m'apprêtais à quitter le cybercafé, j'ai vu Yannis sur le port, près du marché, en train de parler avec Maria. Et s'ils ne faisaient rien d'autre que parler, le seul fait de les voir ensemble m'a donné comme un coup de poing en plein ventre.

Juste après ça, j'ai pensé : *Pourquoi est-ce qu'il est là, à parler à Maria, alors qu'hier soir, il me disait qu'il devait travailler toute la journée ?*

J'ai pensé aussi : *Pourquoi est-ce que ça me fait quelque chose ? Je ne VIS PAS ici. Ce qui se passe entre nous, ce n'est qu'un petit flirt d'été qui m'empêche de mourir d'ennui ! Bientôt, je rentre à la maison, et je ne le verrai plus. Alors, si Yannis veut être avec Maria, qu'est-ce que ça peut me faire ? Je n'ai qu'à en regarder un autre et considérer où sont mes priorités ! Je me suis bien amusée, mais il est temps maintenant de m'éclipser, de ficher le camp d'ici avant de commencer à croire que j'éprouve des sentiments qui n'existent pas !*

Pourtant, j'avais beau savoir que j'avais raison de me méfier, ce n'est pas ça qui a stoppé la douleur qui me tordait le ventre, qui m'a aidée à mieux respirer ou qui m'a calmé le cœur pendant que je regardais Maria se pencher vers Yannis pour l'embrasser sur les deux joues.

Donc, après avoir allumé les bougies et mis de la musique, il m'a prise dans ses bras, a effleuré mes cheveux de ses lèvres et a murmuré *S'agapo*, si doucement que je l'ai à peine entendu.

Mais je l'ai entendu quand même.

Tout en faisant mine de ne pas l'avoir entendu.

Au lieu de répondre, je me suis tournée vers le bar, j'ai pris deux Coca, et je nous ai rempli deux verres. Puis j'ai passé le reste de la soirée à bouger, à jouer celle qui appréciait juste un rendez-vous romantique et léger.

Pourtant, tout au fond de moi, je pensais au ferry que j'allais prendre ~~demain~~ (non, aujourd'hui, maintenant), et qui m'emmènerait à Mykonos pour retrouver Levi.

Aussi horrible, futile, stupide et écœurant que ça puisse paraître…

Au fond, je faisais juste preuve de pragmatisme.

Car ce n'est pas Yannis qui fréquente le lycée de Harbor High, c'est Levi.

Et, pour commencer, je n'aurais jamais dû laisser les choses aller aussi loin.

Date : 7 août

À : Levi501

De : DorothyCat

Re : Mykonos !

Salut, Levi,

J vais prendre le ferry d 13 h alors on s retrouve sur le quai kan tu arriV.

A +

Dorothy

UN CERCLE DANS LE SABLE

7 août

Je passe en coup de vent pour un petit coucou car, dans pas longtemps, je serai ICI !

Oui, c'est une photo de MYKONOS !!!

Et j'ai vraiment hâte de voir ça par moi-même, car je mourais d'envie d'y aller depuis des siècles !

À vrai dire, voilà, j'ai un très bon ami qui fait une croisière en Grèce et qui vient visiter Mykonos, alors je saute dans un ferry pour aller le voir là-bas. J'espère avoir tout plein de photos à partager avec vous demain ! (Ou après-demain, car je ne sais pas exactement quand je rentre !)

Alors...

Kalo Takseethee à moi !

(Phonétiquement, « bon voyage ! ».)

Dorothy

UN CERCLE DANS LE SABLE

Commentaires :

Anonyme :
Qu'est-ce qu'il y a à Mykonos ?

DorothyCat :
Des moulins, paraît-il.

Anonyme :
Et quoi d'autre ?

DorothyCat :
Un pélican connu dans le monde entier !

Anonyme :
Et quoi d'autre ?

DorothyCat :
Une vie nocturne débridée !

Anonyme :
Qu'est-ce que tu as hâte de connaître en premier ? Les moulins, le pélican connu dans le monde entier ou la vie nocturne débridée ?

DorothyCat :
Quoi, c'est un test ?

Anonyme :
Non, juste une question.

DorothyCat :
Eh bien ! je te dirai ça à mon retour. Mais j'y vais surtout pour voir mon ami.

Anonyme :
Quel ami ?

DorothyCat :
Dis-moi qui tu es, et je te dirai qui c'est, d'accord ?

Anonyme :
Pas question.

DorothyCat :
Comme tu veux…

7 août

Chers Tally et Tassos,

Je vous laisse un mot sur le frigo, car c'est là où vous allez en premier quand vous rentrez de la plage, aussi je me dis que vous le trouverez tout de suite.

Enfin, j'aurais peut-être dû vous le dire plus tôt, mais je prends le ferry pour Mykonos. SURTOUT, ne vous précipitez pas au port pour venir me chercher, car je serai sans doute partie quand vous lirez ce message.

Et s'il vous plaît, ne vous en faites pas, ne stressez pas ou quelque chose du genre parce que tout ira bien, ce n'est pas comme si je m'enfuyais ou que je ne voulais plus vous voir. Je... disons que je vais retrouver UN AMI, là-bas, quelqu'un que j'ai connu à l'école. Et je ne rentrerai sans doute que ce soir, ou peut-être même demain matin, car je ne sais pas vraiment combien de temps il reste à Mykonos. Je lui tiendrai donc compagnie parce que, en fait, je ne sais pas s'il voyage seul ou avec des copains.

Alors, on se verra soit ce soir, soit demain, mais j'insiste, ne venez pas me chercher à Mykonos parce que :

1) Tout va très bien se passer.

2) Ce serait très gênant pour moi.

Enfin, voilà... merci de votre compréhension. (J'espère vraiment que vous comprendrez, sinon je vous expliquerai tout à mon retour, ce soir ou demain, je vous le promets.)

Bises,

Dorothy

PS : Si Yannis passe à la maison, dites-lui juste que je suis mal fichue ou quelque chose comme ça. Et s'il insiste pour me voir quand même, dites-lui que je suis si malade que je ne me sens pas capable de voir qui que ce soit, mais que je le verrai demain, promis.

PPS : Désolée de vous demander de mentir, car je sais que vous pensez que ce n'est pas du bon karma. Mais croyez-moi, c'est pour une très bonne cause, que je vous expliquerai aussi demain.

7 août

Chère maman,

Cette carte postale ne ment pas car, c'est vrai, je suis bien à Mykonos. Et d'après ce que j'ai vu jusqu'ici, c'est là que papa et toi auriez dû m'envoyer. Non seulement c'est super beau mais aussi sympa et cool, et nettement plus excitant que Tinos. Je n'ai rien contre tante Tally, car elle est très gentille et PAS DU TOUT DINGUE, comme vous le prétendez tous les deux, et ce n'est pas sa faute si Tinos est franchement ennuyeux, comparé à Mykonos.

Si tu te demandes pourquoi je suis là, je ne te le dirai pas. Car on ne peut pas prétendre que de ton côté, tu as été franche avec moi ; c'est clair, je suis parfaitement au courant pour ton nouveau petit ami, même si tu crois le contraire ! Mais, bon, on parlera de tout ça dans une vraie lettre, où il y a plus de place pour écrire.

Bises,
Ta fille totalement désabusée,
Dorothy

7 août

Cher papa,

La photo de cette carte représente les fameux moulins de Mykonos, l'île où je me trouve en ce moment. Mais je ne te dirai pas pourquoi puisque, même si tu m'as parlé du petit ami de maman, tu as négligé de me préciser que toi, tu vivais maintenant avec ta petite amie. Mais je ne doute pas qu'on aura encore une fois une de ces petites conversations téléphoniques familiales que toi et maman avez l'air d'apprécier.

Merci de me faire partager ton optimisme débridé.

Bises,

Dorothy

7 août

Chère Nat,

Tu seras sans doute surprise de recevoir une carte de moi, mais je suis à Mykonos, assise sur le port, en train d'attendre l'arrivée du bateau de Levi. Comme je m'ennuie un peu et que j'avais besoin de faire quelque chose, j'ai décidé de t'envoyer cette petite carte.

Tu sais, c'est très joli, ici ; ça ressemble à la photo, en fait. Mais j'ai l'impression de voir le bateau arriver, alors…

À bientôt,

Dorothy

7 août

Chère Amanda,

OMG ! Le bateau de Levi vient d'arriver, mais je voulais quand même te faire un petit COUCOU ! puisque je n'ai pas envoyé de carte depuis que je suis ici.

Enfin, je ne suis pas encore allée sur la plage que tu vois en photo, mais… peut-être que j'irai avec Levi… qui sait ?

Bon, il est là, alors...
À plus tard,
Dorothy

UN CERCLE DANS LE SABLE

8 août

Ce message va être bref parce que je suis MORTE DE FATIGUE ! C'est peut-être parce qu'à peine descendue du bateau qui me ramenait de Mykonos, je suis allée tout droit au cybercafé pour télécharger ces quelques photos ; sans doute pas une bonne idée, car je n'ai pas dormi de la nuit et que j'ai vraiment une sale mine. D'ailleurs, Petros me regarde d'un air de reproche derrière son comptoir, et il a même refusé de me préparer le frappé que je lui ai commandé. Il m'a dit : « Non, pas de café pour toi ! Tu as une mine épouvantable ! On dirait une Tzigane ! Rentre chez toi ! »

Oui, avec Petros, on sait très vite à quoi s'en tenir.

Puisqu'il n'a pas l'air de rigoler quand il me dit de rentrer et qu'il est prêt à me mettre dehors, je vais faire vite !

1) Regardez les fameux moulins de Mykonos. Jolis, non ?

2) Et le fameux pélican de Mykonos, vu de loin ! Et oui, je sais qu'il y a aussi des pélicans à Tinos, mais ils ne sont pas aussi connus, non ?

3) La fameuse vie nocturne débridée de Mykonos ! Autant que tu le saches, j'ai pris cette photo

spécialement pour TOI, ANONYME. Mais, pour être franche, je dois avouer que ce que je préfère, c'est le 4) de mon blog !

4) Voici la Petite Venise, mon endroit préféré ! Peut-être parce que c'est trop romantique, avec cette eau qui vient lécher les maisons, comme dans la vraie Venise (je sais, je n'y suis jamais allée, mais j'ai vu des photos). Le plus drôle, c'est qu'à l'origine, ce n'était pas sur ma liste de choses à voir. Mais mon copain avait un guide qui recommandait fortement d'aller visiter cet endroit. Bien que ce ne soit pas la meilleure photo, je pense que vous voyez pourquoi cette visite est très conseillée.

5) Ici, c'est la plage *Super Paradise*, où on n'est restés que le temps pour moi de prendre cette photo, parce qu'elle était pleine de gays presque ou intégralement nus, ce qui a bien fait flipper mon copain.

6) Voici une photo de mon copain et moi devant cette plage. À noter qu'elle a été gentiment prise par une vieille Allemande, totalement nue. Croyez-moi, c'est Levi qui lui a demandé de nous photographier, pas moi ! Notez aussi que Levi et moi, on est habillés. Et je peux vous assurer qu'on était les seuls !

7) Voici un club dont j'ai oublié le nom, mais sachez qu'il est encore plus bondé et dingue que ce qu'on voit sur la photo. Le gars qui danse sur le comptoir ne porte rien d'autre qu'un STRING en cuir noir et des bottes de moto – oui, oui, vous voyez bien… même si vous auriez préféré vous tromper !

8) Là, c'est une photo du scooter que Levi a bousillé deux fois, même s'il jure que ce n'était pas sa faute. Les éraflures, c'est bien nous, mais je jure que cette

grosse trace sur le côté était déjà là quand on a loué le scooter ! Parole de scout !

9) Ici, c'est moi, allongée sur le sable, devant le lever du soleil.

10) Et là, c'est Levi en train de me dire au revoir avant d'embarquer sur son bateau.

11) Voici une photo du ferry qui m'a ramenée à Tinos.

12) Là, c'est Petros en train de me faire la grimace, une seconde avant de me dire de rentrer chez moi. Vous voyez comme ses moustaches ont l'air de remuer ? C'est pour ça que je sais qu'il ne rigole pas. Mais là, il avait peut-être raison. Je dors debout, alors…

À plus tard,
Dorothy

UN CERCLE DANS LE SABLE

Commentaires :

Anonyme :
On dirait que tu t'es bien amusée. Moi aussi, je m'en vais. Mais c'était sympa de te connaître.

DorothyCat :
Tu pars où ?

Anonyme :
Loin.

DorothyCat :
D'accord… mais, tu reviens ?

Anonyme :
Non.

DorothyCat :
Alors, c'est fini ? Tu vas disparaître de ce blog sans même révéler qui tu es ?

Anonyme :
On dirait, oui.

DorothyCat :
Ce n'est pas juste.

Anonyme :
C'est la vie.

Journal de Dorothy en pleine galère,
quand elle a tellement tout fichu en l'air
qu'elle ne sait plus où aller à part ici

10 août
D'après un bouquin de ma tante Tally, voici comment marche le karma :

On agit – on réagit

On récolte ce qu'on a semé

Mais franchement, je n'ai pas besoin d'un livre pour m'expliquer ça parce que, croyez-moi, en ce moment, je le vis à fond, cet adage. Tout ce que je peux dire, c'est que je dois avoir amassé un bon paquet d'énergie négative car je sens le retour, maintenant.

Voilà donc ce que je récolte :

1) Une tante Tally et un oncle Tassos pas trop heureux que je sois partie sans leur permission.

2) Un petit ami (?) qui ne passe plus me voir, qui ne me parle plus, qui ne m'a sans doute jamais aimée, et j'ignore pourquoi… même si je l'ai vu en train de parler avec Maria (encore !) sur le port, avant-hier, à mon retour de Mykonos, quand je sortais du café (mais lui ne m'a pas vue), alors, peut-être, oui, je sais pourquoi.

3) Un e-mail de Natalie me disant que le panneau À VENDRE devant ma maison a été échangé contre un autre qui annonce : VENDU.

4) Un bref coup de fil de ma mère, qui m'assure qu'elle ne veut plus déménager en Arizona maintenant qu'elle est tombée amoureuse de son (nettement plus jeune) coach perso… qui, me dit-elle, est en fait une PERSONNE TRÈS VIVANTE et non pas le cliché que je crois.

5) Un père trop occupé pour m'appeler ou m'envoyer un message car, apparemment, il ne fait pas que se mettre en couple, mais se fiance carrément (avec une fille nettement plus jeune, du moins d'après ma mère), bien que le divorce ne soit pas encore finalisé – et ne le sera peut-être jamais, vu la façon dont ils se battent sur pratiquement TOUT.

6) Un anonyme trop content de faire partie des « Gens Qui Aimeraient Porter Plainte Contre Une Dorothy Qui Craint Vraiment », puisqu'il (elle) a complètement laissé tomber mon blog sans la moindre explication.

7) Un chat qui, lui aussi, doit trouver que je « crains », car je viens de m'apercevoir qu'en partant pour Mykonos, j'étais tellement pressée que j'ai oublié de lui laisser une fenêtre ouverte – depuis, il n'a pas encore réapparu !

Tout ça irait encore si ma petite virée clandestine m'avait apporté quelque chose. Mais pour être franche, je n'en ai rien tiré. Tout ce que j'ai à montrer, c'est :

____________________________________(Rien)

Sans rire, je me sens aussi vide que le jour où je suis arrivée ici. Sauf que, maintenant, je dois rentrer chez moi avec encore moins que ce que j'avais au départ.

Alors, pour tout dire, Mykonos, c'est un ratage total, et voilà pourquoi.

J'avoue, j'ai été sidérée de voir Levi descendre du bateau… avec son père et sa mère, sa petite sœur et son petit frère ! J'étais même totalement PÉTRIFIÉE. C'est vrai, avec le recul, ça semble assez évident qu'un Américain de 17 ans n'embarque pas seul pour une croisière en Méditerranée. Pourtant, pour je ne sais quelle raison, j'avais réussi à m'en persuader. J'étais trop sûre que Levi ne faisait tout ce voyage – en n'acceptant que les escales à Capri et en Crète – que pour arriver à Mykonos et profiter d'une longue soirée romantique avec moi.

Franchement nul, je sais. Mais comme ce n'est que la première de la longue série des âneries que j'aurai commises, ces derniers temps, on va juste dire que c'est l'option naze n° 1.

D'un autre côté, on ne peut pas dire que je m'attendais à ce genre de famille pour Levi. Sans vraiment me choquer pour autant… car je ne m'attendais à rien du tout ! J'avoue que je ne m'étais jamais posé de questions quant à leur existence, avant de les avoir devant moi, en chair et en os.

Si j'avais un peu pensé à eux, j'espère que j'aurais eu la générosité de les imaginer mieux que ce que j'avais devant moi car, au final, ce n'était pas le genre à vous mettre à l'aise.

Première chose, le père de Levi est VRAIMENT LOURD. Franchement. Maintenant, je sais pourquoi les étrangers disent toujours des Américains qu'ils sont lourds : beaucoup d'entre nous le sont. Par exemple, il s'imaginait que, s'il parlait fort, au point de hurler carrément, les Grecs le comprendraient mieux. Même si cette tactique semblait marcher un peu, la plupart du temps, ça s'avérait inutile car, d'après ce que j'ai vu, les gens de Mykonos parlent relativement bien l'anglais, et n'ont donc pas besoin de se faire crier dessus.

Quant à la mère de Levi – sans être méchante ni porter de jugements, car ma mère n'est pas non plus d'une grande délicatesse –, tout ce qui l'intéressait à Mykonos, c'était de se trouver un guide qui puisse l'emmener faire le tour des bijouteries. Comme si le seul intérêt des voyages à l'étranger tournait autour des boutiques. C'est vrai, quand j'ai parlé de visiter Paraportiani, ou d'aller voir les moulins ou les plages, elle s'est tournée vers son mari avant de lâcher : « C'est loin, Jim ? »

En revanche, je ne dirai rien contre son petit frère ou sa petite sœur. Car, s'ils m'apparaissaient un peu comme de sales gosses gâtés, c'était facile de voir d'où ça leur venait.

Donc, pour en revenir à leur arrivée, à l'instant où j'ai aperçu les parents de Levi sur la passerelle, j'ai ravalé ma déception et le choc que je ressentais, sans évidemment rien montrer. Alors, j'ai fait de grands signes avec les bras jusqu'à ce que Levi m'aperçoive et s'approche. Il a marmonné quelque chose comme un vague « salut... », puis son père est arrivé derrière lui, et m'a fermement serré la main comme si on venait tous les deux de conclure un marché. Quant à sa mère, elle s'est contentée de rester derrière son mari, m'a regardée de haut en bas et s'est enfin décidée à ôter ses lunettes pour me dévisager avec encore plus d'intensité.

Tout d'un coup, son petit frère s'est mis à rire, pendant que sa petite sœur me scrutait elle aussi du regard. Sous les yeux de toute sa famille, Levi s'est alors décidé à m'embrasser, mais de la façon la plus maladroite et gênée qui soit.

Comme son père levait les bras devant lui, j'ai cru que c'était pour me donner une accolade également ; mais non, c'était juste pour se protéger les yeux du soleil afin d'observer les alentours. Il les a relâchés tout aussi rapidement, et s'est tourné vers moi pour me demander : « Alors, qu'est-ce que tu comptes nous montrer en premier ? »

Arrivée à Mykonos seulement vingt minutes avant eux, je ne connaissais rien d'autre que le magasin de souvenirs où j'avais acheté des cartes postales, et le quai où j'étais assise. Alors, je lui ai expliqué que moi aussi, c'était ma première visite, que je résidais en fait sur une petite île qu'on distinguait tout là-bas, de l'autre côté de la mer.

Ils ont tous tendu le cou pour apercevoir Tinos, puis se sont retournés vers moi, manifestement déçus de ne pas pouvoir profiter d'une visite privée de l'île.

Puis, Mme Bonham a tendu à M. Bonham le guide qu'elle trimballait dans son sac et, après une lecture approfondie de la section intitulée : OÙ FAIRE DU SHOPPING ET DÎNER, on est partis tous les six effectuer un rudimentaire tour de ville à pied, en se baladant à travers des rues si étroites et sinueuses que, parfois, on était obligés de marcher en file indienne. À intervalles réguliers, M. Bonham (notre guide intrépide) se tournait vers moi et disait : « Les maisons de Tinos sont aussi comme ça ? Parce qu'elles se ressemblent toutes, en fait. Elles sont vraiment toutes pareilles ! »

Ou alors, la mère de Levi me jetait un coup d'œil en plissant les paupières, retroussait les lèvres et lançait : « Est-ce que Tinos est aussi... *vieillot* ? » À la façon dont elle prononçait le mot « vieillot », c'était évident qu'elle voulait dire « insignifiant ».

Mais quand ils ont commencé à me demander pourquoi tous les Grecs__________ REMPLISSEZ VOUS-MÊMES LES BLANCS, j'ai lâché l'affaire ; j'ai arrêté de chercher à les distraire, à leur fournir des réponses, et je me suis contentée de hausser les épaules.

D'abord, je ne connais pratiquement rien aux Grecs, ni à leurs îles, ni à pourquoi ils font ce qu'ils font. Pour être franche, j'avais passé la majorité de l'été branchée sur une seule chose : essayer de rester connectée avec la maison (ce qui pourrait être mon option naze n° 2). Quant au seul Grec de qui je m'étais autorisée à me rapprocher, j'étais en train de le trahir (option naze n° 3). Alors, vous m'excuserez de ne pas avoir envie de parler en son nom ou en celui de ses compatriotes.

Donc, après un tour accéléré de tous les magasins d'or que la ville de Mykonos avait à proposer, après que M. Bonham avait réussi à économiser 5 dollars en marchandant d'une voix de stentor sur le prix d'un collier grec design, les cinq Bonham ont décidé qu'ils mouraient de faim et ont consulté le guide pour trouver où ils pourraient dévorer un hamburger.

Oui, parfaitement, un HAMBURGER ! Comme celui du MacDo ou ceux qu'ils avaient sur le bateau, peut-être.

— Vous ne voulez pas essayer un *gyro* ? leur ai-je suggéré. C'est délicieux, un peu comme un hamburger grec.

— Oh oui ! j'adorerais faire l'expérience, a répondu Mme Bonham avec ce sourire pincé dont je commençais à avoir l'habitude. Mais Salem et Duncan préféreraient faire simple. Ce genre de nourriture étrangère, ça ne leur réussissait pas trop, en général.

Avec un soupir, elle a alors indiqué les deux créatures de 12 et 13 ans qui lui servaient d'enfants.

Alors, on est entrés dans une *taverna*, évidemment bourrée de gens qu'ils ont reconnus comme étant du bateau. Pendant qu'on était tous occupés à manger sans prononcer un mot, je n'ai pas pu m'empêcher de découvrir un autre Levi, à l'opposé de ce que je connaissais de lui.

C'est que, chez lui, il est considéré comme une déité super cool, un roi à l'autorité indiscutable qui règne sur le lycée. Mais, à le voir là, en face de moi, plonger ses frites dans du ketchup tout en admirant sa nouvelle bague en argent, j'ai réalisé à quel point il pouvait être faux et creux, finalement. Il avait l'air si super préoccupé par ses habits, sa coupe, ses bijoux, son image, quoi, qu'il ne restait plus de place pour autre chose.

Alors, évidemment, dès que j'ai compris ça, je me suis sentie affreusement coupable. Jusque-là, je n'avais rien fait d'autre que passer l'après-midi à les juger. Comme j'avais passé les soirs précédents à juger Yannis. Et je me suis dit, tout d'un coup : si c'était à moi d'être jugée ? Peut-être que le problème, ce n'était pas eux, après tout. Peut-être que c'était MOI. Peut-être que c'était moi qui n'avais aucune personnalité ni identité. Peut-être que c'était moi qui étais creuse à l'intérieur.

Parce que, quand je les ai tous observés une nouvelle fois en train de manger en silence, visiblement contents de leur vie, j'ai compris que moi, j'étais tout sauf heureuse ; alors que ces gens savaient exactement qui ils étaient, où ils se tenaient, et semblaient être totalement en paix avec eux-mêmes, moi, j'étais plus paumée que jamais.

Je n'avais aucune idée de ce que je faisais.

Plus tard, j'ai eu l'impression de ne même plus savoir où je me trouvais.

En fait, ici, je m'étais en quelque sorte persuadée que j'allais bien, que je progressais, alors que je m'effilochais lentement et que j'étais trop idiote pour le remarquer.

Par exemple : option naze n° 4 (manifestement, aucune de ces options n'est dans l'ordre chronologique). J'avais été amie avec Natalie Zippenhoffer pratiquement toute ma vie, or, même si elle est sympa, intelligente, intéressante et vraie (et, oui, bien geek aussi), même si on a des tonnes de choses en commun (comme le fait que je suis aussi une vraie geek, et qu'on apprécie les mêmes livres, les mêmes chansons, les mêmes films – que, pour la plupart, les gens ne connaissent pas), je n'ai pas hésité, le moment venu, à la faire passer par-dessus bord. Comme si, dès l'instant où j'étais devenue visible et cool en me montrant avec Amanda, Natalie était tombée à l'eau.

J'ai dû me sentir trop flattée que quelqu'un d'aussi populaire et important qu'Amanda accepte de me parler et de devenir mon « amie ». Bien sûr, j'ai dû aussi espérer que, grâce à elle, je deviendrais aussi populaire et importante qu'elle. Je voulais juste être connue pour autre chose que mes bonnes notes. Alors, chaque fois qu'elle n'était pas gentille (ce qui arrivait assez fréquemment), chaque fois qu'elle se moquait des choses que j'aimais (ce qui arrivait à peu près tout le temps), soit je l'ignorais, soit je prétendais ne plus les apprécier. Alors, je m'organisais pour éviter Natalie quand je la croisais dans les couloirs ; comme ça, Amanda m'avait toujours à la bonne.

Aussi, quand j'ai jeté mon dévolu sur Levi Bonham, je savais que là, j'allais toucher le gros lot.

C'est seulement après avoir passé la journée avec sa famille, dans un pays étranger, à des milliers de kilomètres de tout ce qui faisait de lui un garçon si cool, que je n'arrivais même plus à voir ce qui pouvait m'attirer chez lui.

Bien sûr, il était encore super beau, n'importe qui pouvait le voir puisque ni la distance ni le décalage horaire n'affectaient son look de star. Mais tout ça me paraissait maintenant si calculé, trop fabriqué, comme si le fait d'être mignon était devenu un effort à plein temps. Et ça, franchement, je n'aimais pas.

Après avoir fini notre repas – payé par son père –, ils ont décidé que pour Mykonos, ils pouvaient « cocher », et ils n'avaient qu'une envie : remonter sur le bateau.

Laissant clairement entendre que Levi, lui, était libre de rester et de passer la nuit à danser avec moi.

C'est ce qu'il a fait. Enfin, ce qu'on a fait. Mais on n'a pas dansé tout de suite parce qu'il était encore tôt et qu'il faisait très chaud dehors. Alors, j'ai pensé que ce serait fun d'aller faire le tour des plages ; j'ai réussi à le convaincre de louer une Vespa ensemble. Mais, après l'avoir accrochée deux fois (pas très grave même si c'était sa faute), j'ai insisté pour conduire moi-même car, visiblement, il n'avait pas compris que l'embrayage se trouvait au niveau de la pédale ; ce que moi, je savais grâce à Yannis et ses leçons de « conduite en toute sécurité ».

Même si on n'a pas eu d'autre accrochage, c'était assez évident que, moi à l'avant en train de conduire et lui bêtement assis derrière, ça ne lui plaisait pas plus que ça ! Comme si son alpha mâle, sa virilité et son côté mec sportif en prenaient un coup ; il ne supportait pas d'être contrôlé par une fille.

Quand on a fini par atterrir sur la fameuse plage de *Super Paradise*, il a complètement flippé en voyant qu'elle était pleine de types nus comme des vers, gays pour la plupart. Et je ne plaisante quand je dis qu'il a FLIPPÉ à mort. Comme s'il croyait que toute cette nudité et cette homosexualité étaient contagieuses.

Alors, on est remontés en vitesse sur le scooter et on s'est dirigés vers la bonne vieille plage de *Paradise*, remplie, elle, d'une nuée de filles topless ou carrément nues. Là, bien sûr, Levi a insisté pour que j'ôte, moi aussi, mon haut de maillot… mais juste un tout petit moment, du fait qu'il était entouré de tant de poitrines nues à mater. Et, croyez-moi, il ne s'en est pas privé ! C'était si évident avec sa langue pendante et ses yeux exorbités que j'ai fini par me sentir gênée d'être assise à côté de lui. Je ne compte plus les fois où je suis allée à la plage avec Yannis, mais jamais je ne l'ai vu se comporter comme ça. Bien sûr, il est habitué parce qu'il connaît ça depuis son enfance, ça n'empêche pas que Levi était totalement RIDICULE. C'est vrai, même après le coucher du soleil, alors qu'il ne restait que trois pelés et quatre tondus sur la plage, j'ai dû pratiquement le tirer par les bras et les jambes pour le faire sortir de là !

Après ça, sous prétexte qu'on se trouvait à Mykonos et qu'à Mykonos on est censé se lâcher, on a fait tous les clubs du coin. On avait beau être tout pleins de sable et de sel, après deux ou trois cocktails dans un joli petit bar du front de mer, croyez-moi, on n'en avait absolument rien à faire.

À vrai dire, je commençais réellement à me foutre de tout.

Je me foutais du divorce de mes parents.

Je me foutais de devoir déménager.

Je me foutais d'être sur le point de tromper Yannis.

Je me foutais d'être sur le point de tromper Yannis avec quelqu'un que je n'aimais plus.

Parce que, subitement, avec mon cerveau embrumé et la musique qui nous hurlait dans les oreilles, et Levi avec qui je dansais serrée-collée… je planais complètement.

C'était mieux que bien, c'était…

Lumineux !

Incandescent !

Entêtant, brûlant, sexy, glamour, excitant, fascinant !

Tout à coup, j'ai senti ma bouche se poser sur les lèvres de Levi, sa langue se mêler à la mienne, ses mains glisser sur mes reins, mes paupières se fermer doucement et la salle se mettre à tourner autour de nous, ce qui était super cool au début parce que je pensais qu'on tournoyait ensemble, comme deux personnes si amoureuses qu'elles s'envolent littéralement dans les bras l'une de l'autre. Mais quand j'ai rouvert les yeux, j'ai vu que c'était encore Levi en face de moi, et j'ai essayé de me rappeler comment je l'avais aimé, à quel point il était mignon et populaire ; quelle chance aussi j'avais de me trouver dans ses bras ; qu'aucune fille du lycée, aucune fille NULLE PART ne l'avait embrassé dans un club de Mykonos. Même pas cette crétine de Penelope. Personne. Alors, j'ai revu Yannis en train de parler et de rire avec Maria, sur le port ; je l'ai entendu me murmurer *S'agapo*, et je me suis souvenue avoir pensé que ça n'avait pas d'importance car je partais bientôt. Que l'amour, en fait, n'existait pas. Que les gens prétendaient seulement être amoureux… alors que c'était totalement faux, irréel et impossible.

J'ai fini par tellement me persuader de tout ça que j'ai repris mon baiser avec Levi. J'ai refermé les yeux, j'ai bloqué toute pensée extérieure, j'ai laissé une espèce de silence cotonneux m'envelopper, tout en me disant que ce qui m'entourait était malgré tout BIEN RÉEL. Que ces instants légers et vaporeux étaient les meilleurs qu'on puisse espérer vivre.

Alors, on a continué à s'embrasser, toute la nuit, entre deux verres, deux chansons, et après la fermeture du club, on s'est trouvé un petit coin tranquille sur une plage où on a remis ça de plus belle. On s'embrassait encore quand le soleil s'est levé. On s'embrassait quand il m'a dit qu'il devait regagner sa cabine. On s'embrassait quand il a promis de m'envoyer des e-mails. On s'est embrassés une dernière fois avant que je le laisse pour aller prendre mon ferry. J'ai acheté un billet, je suis montée à bord et, du quai, j'ai regardé son bateau s'éloigner, le front collé à la vitre sale et rayée, en me demandant quelle connerie j'avais faite.

UN CERCLE
DANS LE SABLE

0 commentaire

11 août

Chère maman,

Pour ton info, JE SAIS que tu as VENDU la maison. Je tiens ça d'une source bien informée. Donc, ce qui est fait est fait, et on ne peut plus revenir en arrière.

Désolée que ça n'ait pas marché avec ton petit ami (euh... pardon, son nom m'échappe). Mais je voudrais savoir maintenant : est-ce que ça veut dire que l'Arizona est de nouveau d'actualité ?

J'attends ta réponse...

Bises,

Dorothy

11 août

Cher papa,

Désolée de t'avoir accusé de t'être trouvé une petite amie alors que ce n'est pas vrai. Mes sources ne doivent pas être aussi fiables que je le pensais.

On se voit dans quelques semaines donc.

(Ça fait drôle d'écrire ça..)

Bises,

Dorothy

Date : 11 août

À : NatalieZee

De : DorothyCat

Re : La triste vérité

C'est vrai.

Ma mère a vendu la maison. Qu'est-ce que je peux dire ?

Je voudrais quand même te remercier d'avoir tout fait pour saboter la chose. Vraiment, rien que pour ça, je te serai éternellement reconnaissante.

Et, tu t'en fiches peut-être, après tout ce qui s'est passé, mais je voudrais quand même que tu saches que je te suis reconnaissante pour tout un tas de choses. Désolée d'avoir agi comme une grosse pétasse (pardon, mais c'est le mot !).

Et, oui, tu le croiras ou pas, mais Levi était bien là. Pourtant, au final, ce n'était pas aussi top qu'on pourrait le penser. D'accord, peut-être que TOI, tu n'as jamais pensé que ça risquait d'être bien, mais tout le monde sait que moi, je le croyais !

Enfin, si tu veux, je me dis qu'on pourrait se retrouver quand je rentrerai, avant que maman m'embarque de force en Arizona. (Oui, tu as bien lu, mais je te l'expliquerai dans un autre mail, un autre jour.)

Ya'Sou...

Dorothy

---

12 août

Chère tante Tally, cher Tassos,

Je regrette vraiment :

1) De vous avoir inquiétés.
2) De ne pas vous avoir dit que j'allais à Mykonos.
3) De vous avoir demandé de mentir à Yannis.
4) D'avoir enfreint la seule et unique règle de la maison.
5) Que mes parents m'aient envoyée de force chez vous, ce qui, je le sais, a bien troublé votre vie si paisible et tranquille.
6) Etc. (Je veux dire, je sais que je devrais demander pardon pour bien d'autres choses, mais j'espère que vous accepterez mes plates excuses pour toutes les infractions que j'ai omis de citer.)

Sachez seulement que je suis sincèrement désolée.

Je vous embrasse,

Dorothy

Date : 12 août

À : AmandaStar

De : DorothyCat

Re : Amour d'été

Salut, Amanda,

Je réponds seulement à ton mail, et je voulais te dire que ces photos de toi, Jenna, Penelope et Casey sur la plage sont vraiment sympas.

Pour répondre à tes questions :

— Oui, c'était super de voir Levi.

— Et, oui, les cocktails qu'on boit sur les photos qu'il t'a envoyées sont bien réels. Il n'y a pas d'âge limite, ici, pour boire de l'alcool, alors on peut faire ce qu'on veut.

Enfin, je rentre à la fin du mois, mais je ne suis pas sûre de revenir au lycée car, tu le sais peut-être, ma mère a vendu la maison, et je n'ai absolument aucune idée de l'endroit où on va atterrir.

Enfin, voilà, à bientôt peut-être, et merci d'avoir écrit...

Dorothy

Date : 12 août

À : Levi501

De : DorothyCat

Re : photos

Salut, Levi,

Merci pour ces photos. J'avais complètement oublié notre virée dans ce bar, mais pas les boissons bleues qu'on y a bues ! J'ai l'impression de les sentir encore sur ma langue... non, je blague ! (Pas tant que ça, en fait.)

Pour répondre à ta question, je rentre le 31 août, mais après ça, je ne sais absolument pas où je serai car ma mère a vendu la maison, et je ne sais pas où on ira.

Enfin, c'était bien sympa de te voir…

Bonne fin d'été !

Dorothy

~~12 août~~

~~Cher Yannis,~~

~~Je sais que tu refuses de me parler, alors je vais faire court et te dire que je regrette.~~

~~Oui, je regrette vraiment ce qui s'est passé.~~

~~Mais je dois avouer que je ne sais pas exactement de quoi je suis en train de m'excuser, et je voudrais juste que tu acceptes qu'on se parle pour que j'aie le temps de m'expliquer.~~

~~Je suis ici jusqu'à la fin du mois, au cas où tu changerais d'avis.~~

~~Dorothy~~

~~PS : Ç'aurait été bien si tu m'avais dit où tu habites, ou si tu m'avais invitée chez toi, comme ça je saurais où envoyer cette stupide lettre. J'imagine que tu ne me S'AGAPO pas autant que tu le disais ! Et aussi, il est hors de question que je demande ton adresse à Tally ou Tassos !~~

UN ÉTÉ CRUEL

13 août,

Oui, voilà, UN ÉTÉ CRUEL, le retour... mais juste le temps de dire au revoir. Après une brève éclaircie, les nuages sont revenus, et la météo ne prévoit plus que du gris et encore du gris.

Mais ce n'est peut-être qu'un autre signe annonciateur de la fin de l'été, de la fin de mon séjour à Tinos et de mon prochain retour à la maison... où qu'elle soit.

Alors, merci à ceux qui ont pris le temps de faire un tour sur ce blog, de le lire et/ou de poster leurs commentaires.

Ça fait vraiment plaisir.

Bises,

Dorothy

Journal de Dorothy en pleine galère,
quand elle se sent réellement en pleine galère

14 août

Alors, hier, juste après avoir mis un terme à ce blog déprimant de loser, je rentrais à la maison en traînant les pieds, sans savoir si je devais me haïr ou m'apitoyer sur moi-même, quand j'ai décidé d'arrêter de jouer les gamines pathétiques et d'aller plutôt à l'hôtel pour y trouver Yannis, afin de nous expliquer une bonne fois pour toutes, tous les deux.

C'est vrai, je quitterais Tinos dans deux semaines et demie, sans aucune chance d'y revenir un jour, alors quelle importance si je me ridiculisais, si je prononçais des paroles stupides et si je passais pour la plus grosse demeurée du monde ? Personne ne le saurait chez moi, je n'avais rien à perdre.

Je ne supportais pas l'idée de retourner en Californie en laissant la situation ainsi – dans un état pas possible, inachevé, en suspens. Si Yannis m'avait laissée tomber pour Maria, je voulais l'entendre me le dire en face. Et si c'était pour une autre raison, j'avais besoin de le savoir aussi.

Tout avait été si soudain, si inattendu que je devais comprendre. Car, d'après Tally et Tassos, il n'était pas passé à la maison, ce soir-là.

Ce qui veut dire qu'ils n'avaient pas eu à lui mentir.

Ce qui veut dire qu'il n'avait pas pu savoir que j'étais partie voir Levi à Mykonos.

Ce qui veut dire encore qu'il était RESPONSABLE de tout ce qui arrivait.

Ça signifie aussi que, techniquement, je m'étais fait larguer bien avant de monter sur le ferry.

Mais, à ce moment-là, bien sûr, je n'en savais rien.

Une fois que j'ai fini par comprendre, je me suis autorisée à ne plus me flageller, à ne plus culpabiliser sur tout, puisque, au bout du compte, ça n'avait plus d'importance. Apparemment, j'étais libre et de nouveau seule, sauf que je ne le savais pas.

Mais, même si le fait de me débarrasser de toute culpabilité m'a aidée à me sentir mieux, ça n'a pas duré. Sans doute parce qu'il me restait une sale vérité à affronter : j'avais été larguée pour une espèce de mégère grecque portant le doux prénom de Maria !

Même si l'idée me révulsait, j'avais besoin d'en recevoir la confirmation. J'avais besoin de faire face à la vérité pour ensuite la ranger dans un coin de ma tête et continuer ma vie. Puisque mon été avait déjà un début et un milieu, je sentais qu'il était temps de lui donner une fin.

Quoique, si je veux être TOUT À FAIT honnête, je dois aussi admettre une autre réalité, un peu plus embarrassante : il fallait que je revoie Yannis – au moins une dernière fois, avant de m'en aller et de terminer pour de bon notre histoire. Peut-être pour m'assurer que c'était réellement fini entre nous. Pour en faire définitivement mon deuil.

Au lieu de rentrer à la maison chez Tally, j'ai sauté dans un taxi et filé vers son hôtel, en espérant qu'il soit assez tôt pour qu'il y travaille encore, et qu'il ne soit pas assez tard pour que je le surprenne en train de barboter dans la piscine avec Maria – une situation qui m'aurait crevé le cœur.

Après avoir réglé le taxi, je suis descendue de voiture et je suis restée là, immobile, les yeux rivés sur ce chantier qui semblait ne jamais devoir se terminer puisque l'hôtel est composé de bungalows qui s'étalent le long du front de mer.

Sans vraiment savoir par où commencer, je me suis avancée vers un groupe d'ouvriers et leur ai demandé : « *Poo ee neh Yannis ?* » Ce qui, avec le peu de grec que je savais, était censé signifier : « Où est Yannis ? » Mais avec les haussements d'épaules, les rires et les coups de coude qui ont suivi, je me suis dit que j'avais peut-être confondu avec d'autres mots.

Pourtant, un vieil homme s'est alors approché de moi, m'a prise par le coude et m'a conduite dans l'autre partie de l'hôtel, avant de m'entraîner dans une pièce où il a crié : « *Ela ! Yannis !* » Puis il a secoué la tête, s'est mis à rire et m'a plantée là.

À ce stade, j'adorerais écrire que Yannis s'est retourné et m'a prise dans ses bras pour m'étreindre avec force. Mais ça, on ne le voit que dans les livres ou au ciné, jamais dans la vraie vie. Parce qu'en fait, il s'est bien retourné, oui, mais pour me regarder longuement avant de se remettre au travail.

Moi, je suis restée là, les yeux rivés sur son dos bronzé et trempé de sueur, sur ses bras musclés, sur ses hanches moulées dans un jean qui aurait bien fait rigoler Amanda (mais ça, c'est parce qu'elle est idiote). J'avais la gorge si serrée, le cœur si lourd et si triste, que j'ai fermé les yeux en priant le bon Dieu pour qu'il se retourne, mais sans avoir la moindre idée de ce que je dirais s'il le faisait.

Au fond, que dire à un garçon que j'aurais pu aimer... si seulement je n'avais pas été aussi superficielle, aussi peu sûre de moi, aussi terrifiée de le lui avouer en face ? Comment expliquer que le fait de chercher l'approbation de personnes qui n'étaient pas de vraies amies avait fini par l'emporter sur mes propres sentiments ? Comment expliquer qu'à cause de tout ça, je m'étais précipitée à Mykonos pour retrouver quelqu'un qui n'en valait absolument pas la peine ?

C'est alors que je me suis rappelé que je n'avais pas besoin de tous ces mots.

Parce que Yannis n'était finalement pas au courant de mon escapade à Mykonos.

Ce qui voulait dire que je n'avais aucune raison de reconnaître mes torts, puisque c'était à lui de reconnaître les siens.

Le fait est qu'il avait retrouvé Maria sur le port bien avant que j'embarque sur le ferry.

C'était lui qui bavardait, riait et se la coulait douce avec cette fille.

C'était lui qui l'avait laissée lui toucher le bras pendant qu'elle se penchait vers lui pour l'embrasser sur les joues.

Devant tout le monde, en pleine lumière.

Sous mon nez.

Alors que la veille, il m'avait dit qu'il travaillerait même pendant la sieste, raison pour laquelle il ne pourrait pas m'accompagner à la plage.

Ce qui a achevé de me décider à monter sur ce bateau.

Donc, si quelqu'un avait des explications à fournir, c'était bien lui.

J'ai alors rouvert les yeux, et j'ai dit :

— Bonsoir, Yannis. Euh... tu m'ignores ou quoi ? (L'évidence même !)

J'ai attendu sa réponse, sans bouger, en le regardant planter un clou d'un coup de marteau rageur, puis un autre, et encore un autre, comme si je n'existais pas.

Bon, je me suis raclé la gorge, et j'ai continué :

— S'il te plaît, Yannis, écoute... je sais que tu m'en veux à mort, mais je sais aussi que tu m'entends ; alors, si tu pouvais arrêter de planter tes clous et m'accorder dix petites minutes de ton précieux temps...

Il a continué à marteler comme un malade.

Mais, moi, j'ai insisté :

— Cinq minutes, alors ?

Je savais pourtant que je n'étais pas en situation de marchander, puisque je me trouvais sur son territoire et que je serais bien obligée d'accepter les quelques miettes qu'il daignerait m'offrir.

Les coups de marteau ont redoublé.

Alors, j'ai proposé :

— D'accord, une minute et demie ; ce sera ma dernière offre.

Et là, quand il a reposé son marteau, j'ai réalisé que j'étais en apnée totale.

Même s'il refusait de me regarder, je savais que je devais profiter du moment pour faire quelque chose, et sans perdre de temps, j'ai inspiré tout l'air que je pouvais et j'ai lâché :

— Pourquoi tu ne veux pas me parler ?

Voyant qu'il ne se retournait pas, j'ai continué :

— Tu ne passes plus me voir, tu ne réponds plus à mes messages... pourquoi ? Tu m'en veux, c'est ça ? Pourquoi ? QU'EST-CE QUI EST ARRIVÉ ? Je mérite quand même une explication, non ? Tu ne peux pas me faire des déclarations, me murmurer *je t'aime*, et puis faire comme si tu n'avais rien dit.

Alors, je me suis mise à trembler comme une feuille, et mon cœur s'est emballé... tout bêtement à cause de ce JE T'AIME que je venais de lui sortir, et que j'avais répété des centaines de fois dans ma tête.

Quand il s'est finalement décidé à se retourner, mes yeux ont plongé dans les siens dans l'espoir d'y retrouver la douceur et la gentillesse qu'ils avaient montrées la semaine précédente. Mais, à présent, son regard avait changé ; il était différent, étranger presque. Pas de mystère : la froideur et la dureté qu'il dégageait fournissaient la réponse à mes questions.

Alors, il a secoué la tête en déclarant :

— Écoute, Dorothy, tu pars dans combien de temps ? Deux semaines ?

— Deux semaines et demie.

Déjà, j'avais l'estomac en vrac.

— D'accord, on s'est bien amusés, mais c'est fini, tout ça. Tu retournes à ta vie, et moi à la mienne. C'est juste un autre été qui se termine.

— Alors, c'est tout ?

Les larmes aux yeux, je ne m'attendais pas à me faire rembarrer aussi facilement.

Mais ce garçon, qui est-ce, en fait ? Est-ce que je le connais vraiment ? J'aurais donc été assez naïve pour croire que je représentais plus qu'un stupide flirt d'été ?

Comme il ne répondait pas, je lui ai demandé d'une voix à demi étranglée :

— C'est pour ça que tu as décidé de me laisser tomber ? Parce que l'été est fini ? Ça veut dire, pas de grands adieux sur le port ? Pas de cartes ni d'e-mails ? Tu arrêtes tout d'un seul coup ? Tu me largues comme ça, deux semaines à l'avance, sans prévenir ?

Alors, j'ai essayé de rire, de lui faire croire que j'avais le cœur bien moins lourd qu'en réalité. Mais en pure perte, car ce que je disais avait l'air trop faux.

Pourtant, même après ma tirade, tout ce qu'il a su faire, c'était hausser les épaules.

Ce qui s'est avéré un très mauvais choix.

Les mains sur les hanches, j'ai inspiré profondément, et j'ai attaqué :

— Parce que je me demande, en fait, si ce n'est pas autre chose, tu vois ? Je me demande si ça a quelque chose à voir avec le jour où je t'ai vu parler avec Maria, sur le port.

Mes paumes devenaient moites sur mon short, mais j'ai continué comme si de rien n'était :

— Je vous ai vus, tous les deux, près de la jetée, ce même jour où tu prétendais ne pas pouvoir aller à la plage parce que tu devais travailler à l'heure de la sieste. Et c'est à partir de ce moment que tu as arrêté de passer à la maison, de répondre à mes messages, que tu as commencé à m'ignorer, en fait.

Pendant que j'attendais sa réponse, Yannis a fait quelque chose de tout à fait inattendu : il a éclaté de rire !

Oui, ÉCLATÉ DE RIRE !

Ça m'a tellement surprise qu'il m'a fallu quelques bonnes secondes pour comprendre que ce rire-là était une invitation à faire pareil. À rire de NOUS, en fait. De nous, debout dans cette pièce, en train de partager un moment si nul que cela en devenait ridicule. Comme si nous deux ensemble, ça ne voulait rien dire ; comme si ce n'était qu'une vaste blague.

Quand il s'est enfin arrêté de rire, il a dit :

— Ça n'a plus grande importance, non ?

Je suis restée immobile, fixant mes doigts de pied bronzés aux ongles couleur pêche, ornés d'un anneau d'argent et d'une petite étoile tatouée dont ma mère ignorait encore l'existence. Car, tout en sachant que ça ne durerait pas entre nous, je n'aurais jamais imaginé que son aveu me fasse autant de mal.

Alors, après m'être mordu la lèvre pratiquement jusqu'au sang, après avoir cligné des yeux à mort pour en chasser les larmes, j'ai balayé d'un coup de main mes cheveux en arrière, et j'ai dit :

— Tu as raison, ça n'a plus d'importance, maintenant. Alors…

Je voulais terminer ma phrase avec quelque chose de léger, de piquant, peut-être même de sarcastique. Quelque chose qui lui dirait que j'étais là, avec lui, que je trouvais ça drôle aussi et que, malgré les apparences, j'étais parfaitement d'accord avec ce qu'il disait.

Mais, finalement, je n'ai rien dit. Parce que la gorge me brûlait et que ma vision s'était complètement troublée. Comme il n'était pas question de le laisser me voir dans cet état, j'ai tourné les talons et je me suis précipitée hors de cette horrible pièce pleine de poussière blanche, pour courir jusqu'à la maison.

Du moins, ce qui était ma maison de vacances.

Celle de Tally et de Tassos.

Parce que je ne sais plus vraiment où est ma véritable maison.

UN ÉTÉ CRUEL

17 août

D'accord, je sais qu'il y a à peine quelques jours, j'ai juré que ce blog, c'était terminé, mort, kaput ! Mais comme il me reste encore deux semaines de vacances, je me suis dit qu'il valait mieux aller jusqu'au bout de l'amertume. En partie parce que ça me donne de quoi m'occuper, mais surtout parce que je tourne une nouvelle page – façon de parler –, ce qui veut dire que je m'engage dès maintenant à finir les choses que j'ai commencées.

J'ai aussi décidé de rester le client n° 1 de Petros. Ce qui exige de passer pas mal de temps (et de dépenser pas mal d'argent !) dans ce café.

Même si ça paraît un peu dingue, surtout après avoir passé mon premier mois ici à pratiquement tout détester de Tinos, maintenant que je ne suis pas loin de quitter cet endroit, je me sens un peu triste.

Ce qui fait que je passe moins de temps enfermée dans ma chambre, pour aller plus souvent à la plage ou visiter l'île, parfois avec Tally et Tassos, parfois toute seule, en photographiant tout ce que je découvre – et dont vous avez un aperçu ici :

1) Ça, c'est M. Holly Golightly, mon chat (toujours pas réapparu). C'est un mâle noir aux yeux bleus, avec une fine raie blanche qui lui descend du front jusqu'au nez. Il aime être caressé, mais pas trop, car il préfère être libre. Si vous le trouvez (j'espère, car ça fait maintenant plus d'une semaine qu'il a disparu, et je suis TRÈS inquiète), prenez-le doucement dans vos bras (sans le serrer trop fort parce qu'il risque de se débattre et de vous griffer), et s'il vous plaît, ramenez-le direct au cybercafé de Petros, ou au magasin de souvenirs de ma tante Tally (tout au bout de la même rue).

2) Voici le premier vase que j'ai fabriqué et qui ne s'est pas effondré ! Il m'a fallu seulement 185 essais avant de le faire tenir debout, et croyez-moi, j'exagère à peine. Si je suis allée aussi loin, c'est que Tassos est le prof le plus patient, le plus gentil, le plus savant et le plus généreux (est-ce que j'ai dit PATIENT ?) que je connaisse. Aujourd'hui, il va m'apprendre à le vernir et à le cuire. J'ai hâte de voir ce que ça va donner. (Et s'il est réussi, je vous mets une photo !)

3) Voici des boucles d'oreilles que j'ai réalisées hier avec Tally, dehors sur la terrasse, tout en mangeant une espèce de riz au lait très bon (dont je n'arrive évidemment pas à prononcer le nom), en écoutant les Beatles et en regardant le soleil se coucher. Même si je les trouve très jolies, je pense les offrir à une de mes amies car, comme Tally le dit souvent : « On devrait toujours offrir à quelqu'un ce qu'on voudrait pour nous. » Bref, j'espère juste qu'elle l'aimera aussi.

4) Là, c'est la photo d'un endroit nommé l'Exombourgo, une montagne incroyable où un ami m'a emmenée un jour. Et j'ai trouvé ça si beau que j'ai décidé d'y retourner toute seule. Il faut compter quinze à vingt minutes pour y grimper, et une fois qu'on est là-haut, la vue est splendide ! C'est vrai, on voit Tinos en entier, et aussi d'autres Cyclades. C'est vraiment magique et, si vous ne me croyez pas, allez au 5).

5) Vous voyez ? Ce n'est pas MORTEL, comme vue ? J'ai pris cette photo de tout en haut de l'Exombourgo, et je dois dire que jamais je n'ai vu ça chez nous ! Regardez comme cette eau turquoise paraît calme, comme les petites maisons blanches ressemblent à des morceaux de sucre, et comme les autres îles paraissent scintiller comme des bijoux ! C'est tellement sublime que j'aimerais que vous le voyiez par vous-mêmes, mais pour le moment, ma photo fera l'affaire !

6) Sinon, puisque le reste, ce ne sont que des photos de paysage, je ne vais pas les commenter chacune. De toute façon, si vous avez suivi ce blog, vous devriez

connaître maintenant la terre rocailleuse, les rochers et les géraniums de Tinos. Moi, je les connais bien !

Allez, amusez-vous…
Dorothy

Date : 17 août
À : NatalieZee
De : DorothyCat
Re : Arizona ?
Salut, Nat,

J'aurais aimé répondre à ta question, mais impossible : je ne sais même pas si je retourne à Harbor, si je déménage en Arizona, si je m'inscris à cette *cyber school* (aucune idée de ce que c'est, cette école, mais j'ai entendu mes parents en parler une fois pendant une de leurs énièmes disputes, alors je ne sais pas si c'est toujours d'actualité). Comme maman me l'a expliqué, elle ignorait que la maison se vendrait aussi vite et, pour la citer : « Je fais tout ce que je peux, je cours les agences pour dénicher tout ce qu'il y a de joli et de pas cher, alors NE M'ACCUSE PAS de ne pas chercher, de ne pas prendre la chose au sérieux, de m'en foutre, Dorothy ! »

Elle me promet aussi de me prévenir dès qu'elle aura trouvé quelque chose, pour que j'arrête de l'enquiquiner, de penser à sa place, pour que je lui lâche les baskets, quoi.

N'importe quoi.

Bref, c'est vraiment sympa à toi et à ta mère de proposer de m'héberger pour que je puisse rester à Harbor, mais je ne veux pas m'imposer ni vous créer des ennuis. En fait, je ne sais même pas si ce sera nécessaire. Mais, sincèrement, merci.

Et aussi, pour répondre à ta question, NON, Amanda ne m'a pas proposé de dormir chez elle. Alors, je te laisse en tirer tes propres conclusions.

Bon, Petros est en train de fermer boutique pour la sacro-sainte sieste, alors il faut que j'y aille !

Dorothy

Journal de Dorothy en pleine galère

19 août

Alors, voilà, hier a commencé comme n'importe quel autre jour. Je me suis levée, j'ai pris mon petit déjeuner, je me suis douchée et j'ai fait le tour de la maison, dedans comme dehors, pour voir si Holly était rentré (toujours pas). Ensuite, je suis partie au cybercafé, en appréciant comme d'habitude le soleil et le vent qui m'accompagnaient, mais tout en me disant que cette journée n'était pas différente des autres jours. Je m'en souviens parfaitement.

En fait, je me trompais lourdement.

Car, en arrivant au café, la main sur la poignée de la porte, je ne pensais à rien, je ne voyais rien autour de moi, j'étais en pilotage automatique, m'attendant à entrer, à saluer Petros, à commander mon frappé et à m'asseoir à ma table habituelle pour me connecter et reprendre mon blog.

Voilà pourquoi j'ai été trop surprise de trouver la porte fermée.

J'ai insisté, mais non, elle était bien fermée. Alors, j'ai reculé d'un pas pour mieux voir le panneau sur la vitre à côté, qui annonçait clairement FERMÉ, et NON OUVERT. Je n'arrivais pas à y croire. J'ai regardé à l'intérieur et, même si je ne voyais personne, ça ne m'a pas empêchée de frapper fort sur la vitre et d'appeler Petros pour qu'il vienne m'ouvrir.

Comme il ne répondait pas, je suis restée plantée là, à regarder à l'intérieur, en me demandant s'il avait pris un congé sans m'en avertir.

Mais, au bout d'un moment, quand la lanière de mon ordi portable a commencé à sérieusement me marquer l'épaule, j'ai décidé de laisser tomber. Je faisais donc demi-tour pour m'en aller, quand j'ai vu Yannis sortir d'une boutique, à quelques portes de là.

Mon cœur s'est mis à battre à un rythme d'enfer, et j'ai tellement paniqué (en me sentant en même temps totalement ridicule) que mon premier réflexe a été de chercher autour de moi quelque part où me cacher.

Mais je n'ai rien trouvé, évidemment. J'étais piégée en pleine rue, et voilà qu'il se dirigeait vers moi, maintenant ! Alors, sans autre choix que de l'affronter, j'ai pris une longue inspiration et je me suis forcée à me détendre, à redresser la tête en attendant de le voir se planter devant moi. Alors que je commençais à perdre mes moyens, j'ai cru comprendre qu'il ne venait pas du tout vers MOI. Il était simplement en train de remonter la rue, une rue où il se trouvait que j'étais aussi !

Alors, comme il approchait, je me suis retournée, et j'ai démarré dans l'autre sens, d'un pas décidé, en faisant bien claquer mes sandales pour montrer ma détermination.

Il a eu beau me crier : « Dorothy ! hé ! attends ! », j'ai continué sans me retourner. Je commençais à m'essouffler, mais j'ai poursuivi. Pas question de ralentir pour savoir ce qu'il voulait. Encore toute secouée par le souvenir de notre dernière rencontre, je n'allais pas remettre ça.

Apparemment, son travail de maçon lui donnait la forme car, l'instant d'après, j'étais brusquement arrêtée dans mon élan par une main ferme posée sur mon épaule. Alors, j'ai craqué. Avec un profond soupir, je me suis retournée pour découvrir un visage si triste, si sérieux que mon cœur a manqué de lâcher.

Car, à cet instant précis, j'ai compris qu'il allait S'EXCUSER. Je savais, j'étais certaine qu'il allait retirer tout ce qu'il m'avait dit, gommer aussi ce rire affreux qui l'avait saisi à propos de moi/nous. C'était tellement évident, la preuve était là, devant moi. Il me suffisait de le regarder ; je la voyais briller dans ses yeux.

La seule chose qui me restait à faire était d'accepter ou de refuser ses excuses.

Mais, contrairement à toute attente, il m'a dit :

— Dorothy, je suis désolé… c'est terrible… Petros est mort.

Je l'ai fixé pendant une seconde qui a semblé durer une éternité, et j'ai lâché :

— Non, il n'est pas mort.

Et j'ai repris ma marche.

Je n'avais pas fait deux pas qu'il se retrouvait déjà devant moi, pour me mettre, cette fois, les mains sur les épaules, plonger son regard dans le mien et me dire :

— Dorothy, Petros a eu une crise cardiaque. Il ne s'en est pas sorti.

J'ai secoué la tête en m'écartant de Yannis.

— Non, tu te trompes ! Je l'ai vu hier, il allait parfaitement bien.

Je ne comprenais pas pourquoi il se montrait si cruel avec moi. Qu'est-ce qu'il espérait en tirer ? Pourquoi cherchait-il tellement à me faire du mal ?

Pourtant, il a insisté :

— Dorothy, s'il te plaît, écoute-moi : c'est vrai ! Ils parlaient même de le transporter jusqu'à Athènes en avion, mais il n'a pas tenu le choc. Je suis sincèrement désolé de te dire tout ça...

Moi, j'ai tourné les talons, et je suis rentrée en courant à la maison.

Quand j'ai vu Tally et Tassos, ce soir-là, ils m'ont confirmé ce que Yannis m'avait confié. Mais, alors qu'ils me demandaient si ça allait et qu'ils me persuadaient de laisser libre cours à mes larmes, j'ai été incapable de pleurer. Car, au fond, je ne le connaissais pas si bien, ce Petros, je n'étais pas spécialement attachée à lui, c'était juste un gars qui me servait des cafés et me fournissait une connexion Internet. Rien de plus.

Et Yannis était juste un garçon avec qui je m'étais baignée à poil.

Et Holly était juste un chat que j'avais secouru jusqu'à ce qu'il se sente assez costaud pour mener sa vie tout seul.

Et si j'avais eu un temps la faiblesse de donner à ces événements plus de valeur qu'ils en avaient, c'était bien terminé, maintenant. Parce que c'est toujours tellement mieux de ne pas s'attacher à quelqu'un ou à quelque chose.

Car, au bout du compte... tout a une fin.

21 août

Cher papa,

Je ne sais pas si je te l'ai dit, mais aujourd'hui, il y a l'enterrement ~~d'un ami~~ d'une personne que j'ai rencontrée ici. En fait, je vais plutôt aller à la plage car je ne le connaissais pas vraiment, et comme il me reste juste dix jours à passer ici, autant profiter de la mer. Je ne sais pas pourquoi je t'écris ça ; peut-être parce que l'été est presque fini, et que je n'ai pas grand-chose d'autre à te raconter.

Bon, alors, on se voit bientôt.

Bises,

Dorothy

PS : Oh oui ! je voulais te demander s'il y a encore de la place pour moi, quand je viendrai te voir... maintenant que ton amie habite avec toi. Préviens-moi.

21 août

Chère maman,

J'aimerais vraiment beaucoup que la prochaine fois qu'on se parle au téléphone, tu arrêtes de me raconter des trucs sur papa, car je pense qu'il est assez grand pour me le dire lui-même, s'il veut réellement que je le sache. Et, honnêtement, pour l'instant, les seules nouvelles que je voudrais entendre de toi, c'est où je vais habiter quand je rentrerai. Voilà, rien de plus. Enfin, évidemment, j'aimerais aussi savoir comment tu vas, mais je ne veux rien savoir d'autre que ça... tu me comprends ?

Désolée de te paraître un peu dure, mais je ne sais pas comment le dire autrement.

Bises,

Dorothy

~~PS : Un gars que j'ai rencontré ici vient de mourir, et son enterrement a lieu aujourd'hui, mais je crois que j'irai à la plage, plutôt.~~ Désolée, ignore ce que je viens de te raconter ! Je ne sais même pas pourquoi j'ai écrit ça.

21 août

Chère Nat,

Je t'écris cette carte postale car le gars qui tient le café Internet (Petros) est mort d'une crise cardiaque, et son enterrement a lieu aujourd'hui. Ce qui veut dire que le café est fermé ; alors, j'ai pensé t'écrire à la place. Et je crois que j'irai à la plage, car je ne vois pas l'intérêt d'aller à l'enterrement de quelqu'un que je connaissais à peine et qui n'était pas vraiment un ami.

Toujours aucune nouvelle quant à l'endroit où je vais habiter, tu y crois, toi ?

Bon, eh bien ! à plus, alors...

Dorothy

21 août

Chère Amanda,

Je ne sais pas si tu as essayé de me poster des e-mails, mais je n'ai pas accès à Internet en ce moment, car le gars qui tenait le café (Petros, tu sais, celui dont la moustache t'avait fait tant rigoler), eh bien ! il a eu une crise cardiaque hier, et il est mort sur le coup. Ça veut dire que sa boutique est fermée, donc plus de blog ni d'e-mails pendant un bout de temps, peut-être toujours, je n'en sais rien. En tout cas, c'est sûr que c'est fermé aujourd'hui à cause de son enterrement, mais moi, je vais aller à la plage, pendant ce temps.

Enfin, voilà, je voulais juste te dire pourquoi je ne te réponds pas, au cas où tu aurais envoyé un message.

À +...

Dorothy

21 août

Chers Tally et Tassos,

Je vais à la plage aujourd'hui, donc je ne vous verrai sans doute pas avant ce soir. Bonne journée.

Bises,

Dorothy

Journal de Dorothy en pleine galère, quand elle ne sait pas pourquoi elle se trouve dans une telle galère

21 août

C'est peut-être difficile à croire, mais c'est la première fois que j'emporte mon journal à la plage. C'est aussi une des premières fois où je vais à la plage toute seule. Je ne sais même pas pourquoi j'ai décidé ça aujourd'hui : peut-être que j'avais besoin d'être seule et tranquille. C'est vrai que j'avais déjà gaspillé beaucoup de temps à ruminer toute seule dans ma chambre, mais là, j'avais envie de me retrouver dans un endroit beau, agréable et ensoleillé, et quand même à l'écart des autres.

Et c'est drôle de constater que le fait d'écrire tout ça, assise sur ma serviette de plage, ça me donne l'impression d'observer ma petite routine, puisque je passais mes matinées à écrire mon blog, à envoyer des mails, des lettres et des cartes – même si c'était au café et toujours en sirotant un frappé, et non en buvant de l'eau à la bouteille, comme ici. Pourtant, j'ai le sentiment que rien n'a changé, que tout est normal, que tout est resté pareil.

Même si je ne délire pas assez pour le croire vraiment.

Beaucoup plus tard :

Bon, juste après avoir écrit tout ça, j'ai commencé à me sentir vraiment mal. Sans rigoler, ma gorge s'est mise à brûler, mes yeux se sont mis à piquer, mais cette fois, je n'ai rien pu y faire. J'avais beau essayer de lutter, de tout garder en moi, je me suis tout d'un coup retrouvée en larmes. Alors, j'ai bondi sur mes pieds et j'ai couru vers l'eau, avant de plonger sous les vagues pour nager aussi loin que possible, les yeux fermés pour les protéger du sel, à l'aveugle, complètement indifférente à ce qui se passait autour de moi. Quand je me suis retrouvée à bout de souffle, j'ai sorti la tête de l'eau pour avaler une grande goulée d'air, avant de replonger et de continuer de nager loin, très loin, les bras et les jambes crispés par l'effort, jusqu'à ne plus en pouvoir.

Quand je me suis finalement arrêtée, j'ai fait la planche, les yeux clos, le visage offert au soleil et au sel qui séchaient doucement ma peau. Je me suis fermée à toute pensée négative, me laissant bercer par le doux clapotis des vagues, jusqu'à ce que mes émotions s'apaisent et me laissent tranquille.

Plus tard, alors que je nageais vers la rive, j'ai cru défaillir en voyant Tally assise à côté de ma serviette. Mais je suis sortie calmement de l'eau, j'ai marché vers elle et, une fois à sa hauteur, j'ai souri et dit :

— Salut, Tally, tout va bien ?

J'ai attrapé mes cheveux pour les essorer en les regardant goutter devant moi sur le sable.

Elle a souri puis a prononcé quelque chose du genre : *c'est une bonne journée pour aller à la plage*, et, soudain, j'ai sursauté en apercevant mon journal, oublié là, sur ma serviette, ouvert aux regards de tous.

Comme je m'empressais de l'attraper, je me suis rappelé que c'était Tally, ma tante amoureuse de la paix, respectueuse de l'intimité des autres, et qui n'aurait jamais osé poser ne serait-ce qu'un œil sur le journal d'un autre.

Ce qui fait d'elle l'exact opposé de sa sœur/ma mère qui, elle, se serait littéralement jetée dessus, sans aucune arrière-pensée.

Alors, je me suis contentée de le repousser d'un coup de pied, comme s'il n'avait aucune valeur, je me suis assise à côté de Tally et j'ai fait mine d'admirer le bronzage de mes jambes (mais pas de mes pieds, dont les ongles avaient nettement besoin d'un bon coup de vernis). Comme elle restait sans dire un mot, je me suis tournée vers elle, et je lui ai demandé :

— Où est Tassos ?

Je me disais bien qu'il devait être en train de bosser dans son atelier, mais je me fichais un peu de sa réponse ; je voulais juste rompre le silence.

Mais elle a répondu :

— À la maison, en train de se préparer.

Comme j'allais lui demander à quoi il se préparait, je me suis brusquement SOUVENUE. Alors, j'ai fermé la bouche et, au bout d'un instant, Tally a laissé tomber :

— Je me suis dit que j'irais bien faire un petit tour à la plage et m'asseoir un peu avec toi, ça ne te gêne pas ?

Elle me dévisageait d'un air grave, ce qui m'a pas mal embarrassée, puis elle a ajouté :

— Tu pars bientôt, et j'ai réalisé qu'on n'avait pas passé beaucoup de temps ensemble, tu vois...

Elle a eu un petit rire avant d'enchaîner :

— C'est fou, non ? On a vécu côte à côte pendant près de trois mois, mais j'ai l'impression que c'est passé à une telle vitesse...

Elle a souri, je l'ai regardée, puis je me suis de nouveau concentrée sur mes doigts de pied, en partie car je sentais ma gorge se serrer trop fort pour parler, et aussi parce que je me demandais comment elle allait passer de cette petite conversation à l'enterrement de Petros, en soulignant qu'aucune de nous ne s'y trouvait. Surtout pas moi.

Mais elle s'est contentée de lâcher un soupir en disant :

— J'espère que tu ne t'es pas trop embêtée, ici, Dorothy. Je sais que pour tes vacances, tu ne t'attendais pas à vivre le genre de vie que je mène.

J'ai haussé les épaules, l'air de ne pas lui en vouloir, car c'est vrai que la plus grande partie de mon été avait été décevante, mais ce n'était certainement pas à cause d'elle.

— Je dois avouer que quand ta mère a appelé pour me demander si je voulais bien te prendre chez moi pendant l'été, ça m'a beaucoup surprise. Alors, elle m'a parlé du divorce, et j'ai pensé que ça te changerait les idées de t'offrir un peu de temps ici. Parce que, crois-moi, je suis passée par là.

Je me suis tournée vers elle, en me demandant de quoi elle parlait exactement. Comment pouvait-elle être « passée par là » alors que la seule raison pour laquelle Grandma était seule, c'était parce que Grandpa était mort ? Comment savait-elle que c'était horrible quand vos parents se réveillaient un beau matin et décidaient qu'à partir de cet instant, ils se détesteraient cordialement ?

— J'ai été mariée, m'a-t-elle annoncé en souriant, pour répondre à la question que je ne lui avais pas encore posée. Il y a longtemps, juste avant de venir m'installer ici. Ça n'a duré qu'un an, et toi, tu n'étais qu'un bébé ; c'est sans doute pour ça que tu n'en as rien su.

— Mais… ça a dû être horrible, non ? lui ai-je demandé en m'attendant à ce qu'elle me fasse un récit absolument tragique.

— Non, pas vraiment.

Quand elle a vu mon expression à la fois dépitée et incrédule, Tally a ri avant d'ajouter :

— Tu sais, Dorothy, tout ne se termine pas forcément mal. Et tout ne se termine pas forcément bien non plus. Mais, ça arrive… parfois. On finit toujours par en sortir à peu près indemne.

Alors, malgré moi, j'ai pensé : *Elle va encore me sortir une connerie du style « amour et paix » !*

Mais j'ai aussitôt culpabilisé d'avoir pensé ça. Alors, j'ai pris une poignée de sable dans ma paume, et je l'ai regardée couler entre mes doigts pour retomber sur le sol sans laisser aucune trace. Après un trop long instant de silence, j'ai déclaré :

— Eh bien ! ça a peut-être marché pour toi, Tally, mais, comme tu le sais, le divorce de mes parents n'est pas encore finalisé que, déjà, mon père vit avec quelqu'un d'autre, et ma mère, elle, a vendu la maison. Ce qui fait que je ne sais même pas où on va habiter parce qu'elle est trop obsédée par cette nouvelle petite amie de papa, et qu'ils continuent de se disputer en bousillant joyeusement notre existence à tous, et moi, je suis complètement impuissante là-dedans ! Alors, oui, je crois que tu as raison : il faut que je l'accepte parce que c'est comme ça, mais ça ne veut pas dire que je m'en sentirai mieux. C'est vrai, tu ne peux pas me PROUVER ça, il n'y a aucune garantie…

J'étais prête à continuer mon laïus, mais je me suis interrompue tout net, car je ne savais pas si j'allais faire une connerie comme éclater en sanglots devant Tally, ou pire.

Elle a secoué doucement la tête et s'est contentée de me répondre :

— Tu as raison, Dorothy. Tu n'avais pas le choix, et tu ne maîtrises rien de ce que tu traverses en ce moment. Mais, dis-toi que même si tu as subi tout ça, tu as survécu, et que tout va bien pour toi. Ta mère va vous trouver une maison où habiter, toutes les deux, et vous vous en sortirez très bien. Et si tu dois aller dans une nouvelle école, tu ne tarderas pas à t'adapter, à te faire de nouveaux amis, crois-moi. Tu vas faire aussi la connaissance de la nouvelle amie de ton père, et que tu l'aimes ou non, ça n'aura pas grande importance, parce que toi, tu seras bien dans ta tête. La vie ne nous apporte que bouleversements, Dorothy. Notre boulot, c'est de faire les ajustements nécessaires… pour continuer sur la bonne voie.

Elle n'avait pas terminé son petit speech que, déjà, je secouais la tête.

— Euh… excuse-moi, mais comment tu le sais, que le changement profite à la vie ?

Elle habitait un endroit si incroyablement figé qu'il semblait que rien n'avait changé depuis des siècles.

— C'est vrai, tu achètes tes œufs à une vieille bonne femme sur un âne, ton poisson directement à un pêcheur sur son bateau dans le port, tu n'as pas d'ordinateur, encore moins de télé, et toi et Tassos, vous gardez les mêmes habitudes, jour après jour, qu'il pleuve ou qu'il souffle du *meltemi*. Alors, sans vouloir te vexer, je ne pige pas comment tu peux prétendre me donner des conseils. Tu te rends compte que vous vivez pratiquement un ou deux siècles en arrière ?

Indifférente à mon air agacé, Tally a éclaté de rire et, les bras posés sur ses jambes croisées, elle m'a dit, aussi sereine que la statue de Bouddha qu'elle a dans son jardin :

— Tu as raison, et c'est exactement pourquoi je me suis installée ici. Je cherchais un endroit calme, paisible et stable. Et tu sais ce que j'ai obtenu ? Encore un changement. Peut-être pas aussi intense qu'avant, mais ça reste le flux et le reflux, comme dans n'importe quelle autre vie. Parfois, le changement est minime, parfois, non, mais, au final, tu en ressors toujours meilleure ou plus sage. Et, avec un peu de chance, tu as les deux.

C'est là que j'ai levé les yeux au ciel.

Je sais que je n'aurais pas dû faire ça, mais je n'ai pas pu m'en empêcher parce que, autant j'avais appris à l'aimer, autant j'avais appris à tolérer nos énormes différences, autant elle me semblait parfois juste trop pleine de « ça ».

Je l'ai regardée se lever lentement, prendre ses clés, se tourner vers moi et me dire :

— Le truc, c'est d'apprendre à voir avec ton cœur, pas avec tes yeux, Dorothy.

Quand je l'ai appelée pour lui demander où elle allait, elle a souri et m'a dit :

— J'ai un enterrement qui m'attend.

21 août

Chère Tally, cher Tassos,

Le facteur vient de vous livrer votre nouvel ORDINATEUR !
J'ai laissé le carton dans la cuisine, près de la table.
C'est un vrai ?
Dites-moi si vous voulez que je vous montre comment on s'en sert !
Dorothy

Journal de Dorothy

22 août

Quand j'ai entendu la jeep de Tally démarrer, j'ai bondi de ma serviette, et j'ai tenté de la rattraper en lui faisant de grands signes et en criant, mais trop tard, elle était déjà partie. Alors, j'ai couru récupérer mes affaires restées sur le sable, j'ai tout fourré dans mon sac à la va-vite, et j'ai rejoint la maison au petit trot. Je ne pensais qu'à une chose : prendre une douche et passer quelque chose de correct à porter pour l'enterrement de Petros.

Parce que, Tally à peine disparue, j'ai compris qu'elle avait raison ; qu'il était grand temps que j'arrête de faire une fixette sur l'APPARENCE des choses, que j'arrête de me demander comment tout ça FINIRAIT, et que j'apprenne à aimer ce que j'ai – tant que je l'ai encore.

Alors que j'arrivais à la maison, un camion de livraison s'est arrêté devant, et un homme en est descendu pour sortir un énorme carton qu'il a déposé devant la porte avant de me demander une signature. Quand j'ai vu que c'était un ordinateur, j'ai failli tomber à la renverse.

Mais je n'avais pas le temps de regarder à l'intérieur puisque je devais aller à cet enterrement qui avait sans doute déjà commencé. Et je ne voulais pas être plus en retard, car je savais les Grecs très pointilleux quant à leurs traditions.

Donc, après une douche rapide, je me suis fait un chignon boule, j'ai enfilé une robe noire, passé des sandales, et je suis repartie en catastrophe… vers l'église où j'espérais ardemment que la cérémonie se déroulait. Car, si ce n'était pas celle-là, j'avais le choix entre 699 autres ! Quand je me suis glissée à l'intérieur, l'endroit était si sombre et enfumé par l'encens que mes yeux ont mis plusieurs longues secondes à s'adapter. J'ai fini par repérer Tally et Tassos, assis quelque part au milieu, mais j'ai préféré rester dans le fond pour ne pas attirer l'attention de tous ces gens venus se recueillir.

Je me suis appuyée contre le mur, j'ai écouté les prêtres vêtus de leurs longues robes chanter des prières interminables dans une langue dont je ne reconnaissais pas le moindre mot. J'ai un peu observé l'assistance : Stavros, le fils de Petros, manifestement submergé de chagrin, son bras passé autour d'une petite femme tremblante, au teint très pâle, qui devait être sa mère. J'ai reconnu aussi le gars qui travaille à la banque, celui qui tient la boutique de *gyros*, et bien d'autres encore, et je me suis dit alors que j'avais beau essayer de lutter contre cette idée, je faisais maintenant partie intégrante de cette communauté.

Soudain, je me suis figée. Sérieusement, je ne pouvais plus respirer, plus cligner des yeux ni faire le moindre geste, car je venais d'apercevoir Yannis, debout près de Maria. Mais ça n'a duré qu'une seconde car, même si j'ai ressenti comme un coup de poing en pleine poitrine, je me suis forcée à regarder ailleurs, à me rappeler que j'étais là pour rendre hommage à Petros au lieu de passer en revue la longue liste de mes griefs.

À la fin de la cérémonie, tout le monde est sorti de l'église pour se diriger vers le cimetière, et je me tenais près de la porte en attendant Tally et Tassos, quand Yannis s'est approché de moi et m'a soupiré :

— On y va ensemble.

Ce n'était ni une question ni un ordre, mais plutôt comme une suggestion.

J'ai accepté et on a marché tous les deux, sans prononcer le moindre mot, en suivant le cortège, puis il m'a pris la main et m'a attirée contre le mur en laissant passer tous les autres jusqu'à ce qu'on se retrouve seuls à l'écart.

Alors, il m'a soufflé :

— Ça va ?

Son regard était plongé dans le mien, et il avait l'air si grave, si préoccupé que je n'ai pas pu résister : j'ai pouffé de rire.

Il n'y avait pourtant rien de risible, sa question était complètement normale, étant donné les circonstances. Mais, après avoir écouté le discours de Tally, sur la plage, tout ça me paraissait drôle. Parce que, avant qu'il me pose cette question, je n'avais pas réalisé que oui, j'allais bien. Que même si j'étais sincèrement triste à cause de Petros, assez inquiète quant à mon avenir, toujours en colère contre mes parents, et agacée du fait que je n'arrivais pas à faire le tri entre les bons et les mauvais amis, moi, Dorothy Catherine Cavendish, j'allais très bien. Et qu'il y avait de bonnes chances pour que je reste comme ça, quoi qu'il arrive, et que la plupart des erreurs que j'avais commises soient réparées.

Et pour le reste ? Eh bien ! j'apprendrais à gérer les événements. Pour une raison idiote, que je serais incapable d'expliquer, tout ça m'a donné envie de rire, même si ce n'était visiblement PAS la réponse que Yannis attendait (et pas non plus la conduite qu'il aurait dû avoir en sortant d'un enterrement). Mais il faut croire que j'avais besoin de recommencer à rire. Ça faisait trop longtemps que ça ne m'était pas arrivé.

Comme le rire est souvent contagieux, Yannis m'a accompagnée, mais de façon plus hésitante, un peu sans comprendre ce qui me prenait. Quand j'ai enfin réussi à me calmer, je l'ai regardé dans les yeux et, subitement, j'ai lâché :

— Mon Dieu ! mais… l'*anonyme*, c'est toi, non ?!

Il a hoché la tête sans rien dire, et j'ai enchaîné :

— Et c'est pour ça que tu m'as larguée ? Parce que tu as appris que j'allais à Mykonos ?

Comme je le voyais hocher de nouveau la tête, je n'arrivais pas à croire que j'avais mis tout ce temps à le comprendre. Pourtant, je ne savais pas comment il avait pu avoir connaissance de mon blog, car je ne lui en avais jamais parlé. Mais, au fond, ça n'avait pas d'importance. Une seule chose comptait : je l'avais blessé. Alors, à mon tour, j'ai plongé mon regard dans le sien pour lui murmurer :

— Je suis désolée.

Ce qui ne semblait pas hyper approprié. Aussi, j'ai ajouté :

— Ce n'est pas ce que tu crois, parce qu'il ne s'est rien passé, je te le jure. Bon, allez, je ne vais pas te mentir… je l'ai embrassé.

Sur ces mots, je me suis vivement détournée, car le chagrin que je lisais dans ses yeux m'était insupportable.

— Mais, c'est tout. *Vraiment…*

J'ai baissé la tête et fixé mes pieds, en regrettant de ne pas pouvoir remonter le temps, changer le cours des choses. Mais il fallait que j'avance. Alors, j'ai pris une longue inspiration avant de conclure :

— En fait, j'ai eu si peur de ce que je pouvais perdre, de ce qui pourrait me manquer après, que j'ai carrément oublié d'apprécier ce que j'avais déjà. Et j'ai cru qu'en te repoussant, en rejetant tout, ici, je pourrais retrouver mon ancienne vie, celle que j'avais laissée derrière moi. Mais ça n'a pas marché. Ça n'a fait que me rendre triste, mal dans ma peau et totalement vide à l'intérieur.

Quand j'ai relevé le visage vers lui, il me fixait avec une telle intensité que j'ai eu le plus grand mal à soutenir son regard.

Soudain, il m'a demandé :

— C'est ton petit ami ?

— Non, je ne l'aime même pas.

— Et... il ne s'est rien passé ?

Une boule dans la gorge, j'ai dû me résoudre à lui avouer :

— On s'est embrassés, mais rien de plus.

J'avais les mains qui tremblaient, et mes lèvres étaient si serrées qu'elles me faisaient mal. Quand j'ai vu son expression, juste avant qu'il secoue la tête et détourne son regard, j'ai su que tout ça ne servait à rien, que c'était fini entre nous.

Mais, à ce moment-là, il a articulé :

— Moi aussi, je suis désolé.

Je suis restée pétrifiée. Est-ce que lui aussi avait un aveu à me faire... à propos de Maria ? Sans être certaine de vouloir entendre les détails, mais sachant qu'il méritait que je l'écoute aussi, j'ai demandé :

— Pourquoi es-tu désolé ?

— C'était un jeu stupide de jouer les anonymes dans ton blog. J'aurais dû te le dire. Je voulais juste te connaître mieux. C'est vrai, tu as toujours l'air de garder quelque chose pour toi. Tu aurais pu me parler de tes parents, et de ton ami qui venait à Mykonos. Pourquoi avoir gardé ça secret ?

Sa question avait beau être normale, raisonnable et valable, ça ne voulait pas dire que je devais lui répondre. Alors, j'ai haussé les épaules et j'ai lâché :

— Eh bien ! maintenant, tu sais. Mais, comment est-ce que tu as su que je faisais un blog ? Petros est encore un cousin, c'est ça ?

Yannis s'est mis à rire et a répliqué :

— C'est un cousin de mon cousin, oui, mais pas direct. Je suis entré dans son café un jour où tu y étais, et je t'ai reconnue après t'avoir vue sur le bateau. Mais tu ne m'as pas vu, tellement tu étais occupée à taper. Quand j'ai demandé à Petros qui tu étais, il m'a parlé de ton blog. Alors, j'ai commencé à le lire pour en savoir un peu plus sur toi. La seule raison pour laquelle je me suis pointé au barbecue du 4 juillet, c'était pour te voir.

— Donc, tu me suivais, c'est ça ?

Pour quelqu'un qui croyait avoir toutes les réponses, je me rendais compte que je ne savais rien du tout, au contraire.

Mais il a éclaté de rire.

Tout de suite, j'ai enchaîné :

— Et Maria ?

Là, il a éludé ma question en glissant sur le mur pour se rapprocher de moi. Il était si près que je sentais la chaleur de son corps contre le mien, son souffle sur ma joue. Et il m'a dit :

— Si j'étais sur le port ce jour-là, c'est parce que j'achetais des fleurs et de quoi grignoter pour notre rendez-vous ; Maria ne m'intéresse pas.

Ses yeux cherchaient les miens quand il a ajouté :

— Malheureusement, c'est toujours toi qui m'intéresses.

— Malheureusement ? ai-je murmuré, incapable de respirer tandis qu'il me posait une main sur le visage.

Ses doigts se sont mis à voyager sur ma joue, attrapant une mèche de cheveux pour me la glisser derrière l'oreille, avant de repartir vers mon menton.

Alors, en approchant sa bouche de la mienne, il a soufflé :

— Tu t'en vas. C'est malheureux...

Tout en le laissant m'embrasser dans le cou, j'ai murmuré :

— Alors, qu'est-ce qui va se passer, maintenant ?

— On va en profiter au maximum...

Et ses lèvres se sont posées sur les miennes.

Voilà, on s'est embrassés... comme ça, en pleine rue, sans se cacher de personne. Pendus l'un à l'autre, perdus dans notre petit monde, oubliant tout autour de nous, jusqu'à ce que passe une vieille femme, qui ne s'est pas privée de nous faire une remarque.

En fait, elle a marmonné quelque chose d'incompréhensible. J'ai demandé à Yannis de traduire, mais il m'a répondu qu'il valait mieux pour moi ne pas savoir ce qu'elle avait dit. Ensuite, il m'a pris la main et m'a entraînée là où une autre petite vieille vendait des fleurs dans un panier accroché sur le dos d'un âne.

Alors, je lui ai dit :

— Oh, non, tu ne vas pas m'offrir des fleurs, quand même !

Pourtant, tout au fond de moi, j'étais trop contente qu'il ait cette attention pour moi. Il s'est mis à rire et m'a répliqué :

— Ce n'est pas pour toi, mais pour Petros. Viens, c'est la tradition.

Quand on est arrivés au cimetière, la cérémonie était finie, et tout le monde était parti ; alors, on s'est tous les deux approchés de la tombe de Petros, sur laquelle il a déposé une rose blanche avant de prononcer quelques mots en grec. À mon tour, j'ai placé une rose près de la sienne, et j'ai murmuré :

— Merci, Petros, d'avoir été mon ami. Merci de m'avoir conseillée d'éteindre mon ordinateur, de sortir et d'aller vivre ma vie. Merci aussi de ne pas avoir hésité à me le dire, quand tu me prenais pour une bonne à rien.

J'ai alors regardé Yannis, tout en me demandant si Petros lui avait parlé du jour pourri où j'étais rentrée de Mykonos, toute débraillée, puant l'alcool et la sueur. Mais, comme il gardait les yeux fixés sur la tombe, j'ai poursuivi :

— Et merci pour le frappé gratuit. Tu vas me manquer...

J'avais beau être certaine de fondre en larmes dès que je prononcerais ces derniers mots, rien n'est venu. Mais ce n'était ni à cause de la gêne que j'aurais ressentie devant Yannis, ni du désir de me montrer maîtresse de moi ; non, j'imagine que ce qui m'a empêchée de pleurer, c'était le seul fait de savoir que je pouvais au contraire donner libre cours à mes émotions, que je n'avais plus besoin de les cacher.

Après avoir dit adieu à Petros, on est repartis tous les deux main dans la main, impatients de rattraper le temps perdu.

UN CERCLE DANS LE SABLE

25 août

Me revoilà ! Grâce à Tally et Tassos, qui sont maintenant totalement connectés au nouveau millénaire et ont fini par adopter le sans-fil ! Youpi ! Ce qui veut dire que je peux aujourd'hui bloguer directement de ma chambre, de la cuisine, du canapé, de la terrasse, d'où je veux ! Et tout ça parce qu'ils voulaient rester en contact avec moi ! Je sais très bien qu'ils disent la vérité, mais j'ai aussi appris qu'ils pensaient vendre, *via* leur propre site Internet, tous les objets d'art qu'ils fabriquent chacun… et, pour ça, il fallait bien un ordinateur !

Bon, vous n'avez peut-être pas compris tout de suite en voyant le titre de mon blog, non ? Je sais, je sais, je n'arrive pas à garder le même. Je dois être vaguement inconstante et aussi un peu impulsive (mais ça, ce n'est qu'une seule de mes nombreuses excentricités, je vous rassure). En tout cas, je peux aussi vous rassurer sur le fait que « Un cercle dans le sable » est officiellement de retour, et qu'il tiendra le choc jusqu'à mon départ, le 31 août… ce qui, malheureusement, arrivera dans quelques jours.

Oui, vous avez bien lu, j'ai dit MALHEUREUSEMENT. Parce que, si j'ai passé le plus clair de mon été à me lamenter de devoir moisir ici, maintenant qu'il est presque temps de partir, Tinos est pratiquement devenu le seul endroit où j'aimerais rester !

Pourtant, mes vacances ici se terminent, et puisque je suis bien décidée à ne plus en gaspiller la moindre minute, je vais faire court et vous montrer à quoi j'ai passé mon temps :

1) Voilà une photo de moi et Yannis sur le bateau de son cousin. Moi qui pensais leur apprendre à faire du wakeboard, j'ai vite compris qu'ils s'y connaissaient bien MIEUX que moi.

2) Ici, c'est Yannis et moi allongés sur la plage, le jour de ma prétendue leçon de wakeboard. Regardez comme j'ai l'air épuisée ; ça, c'est le fait d'amortir en permanence avec les jambes. Ça détruit !

3) Là, c'est moi avec Nikos, le cousin de Yannis, en train de manger un oursin que je viens d'attraper ! Sans mentir ! En fait, je me suis salement piqué les doigts pour le prendre, mais il était délicieux. C'est vrai, j'ai appris à aimer ça, et je ne sais pas comment j'arriverai à m'en passer, à mon retour. Mais, bon, il y aura toujours le yaourt glacé – quelque chose qu'ils n'ont pas ici !

4) C'est nous, au club, en train de danser. Oui, je sais, vous avez déjà vu des milliers de photos comme celle-là, alors, on continue…

5) Oups ! encore une photo de nous au club, en train de boire, cette fois (boissons sans alcool, je précise !), bien installés dans notre habituel petit coin tranquille. Je l'appelle le box VIP, même si c'est loin d'en être un.

6) Là, c'est une photo de notre plage préférée, à Yannis et moi. On ne la voit pas très bien, en fait, car elle a été prise de nuit, après une soirée au club, alors tout paraît gris foncé : le sable, l'eau et même le ciel.

7) Une autre photo de mon chat, M. Holly Golightly, porté disparu depuis plusieurs semaines, maintenant. Si vous le trouvez, je vous en supplie, attrapez-le avec délicatesse (il n'aime PAS être caressé ou rester trop longtemps dans les bras, et croyez-moi, autant éviter de vous faire griffer !), et ramenez-le à la boutique de souvenirs de Tally, sur le port. Une grosse récompense vous attend.

Voilà, c'est tout pour le moment !
Ciao !
Dorothy

Date : 26 août
À : AmandaStar
De : DorothyCat
Rée : Toi & le mec o sandales ?
Salut, Amanda,

G bien eu ton mail & je voulais te dire que le MEC O SANDALES a un nom : il s'appelle YANNIS.

Et, pour ton info, C aussi mon PETIT AMI.

Si je ne te l'ai pas dit plus tôt, C parce que je savais que tu te moquerais de lui et de moi. Mais, maintenant, ce genre de choses, ça ne m'atteint plus, voilà.

Transfère ce mail à tout le lycée... si ça peut te faire plaisir car, à vrai dire, tout ça me passe au-dessus de la tête, aujourd'hui.

Bien à toi,
Dorothy

UN CERCLE
DANS LE SABLE

Commentaires :

Anonyme :
C'est génial de te retrouver !

DorothyCat :
C'est INCROYABLEMENT bien d'être de retour !

26 août

Chers papa et maman,

Pour votre info, je vous envoie à chacun la même lettre, comme ça vous ne flippez pas, et ça vous permet d'organiser une nouvelle conversation à trois. Si vous voulez m'appeler, d'accord, mais je vous précise que je vous envoie à tous les deux exactement les mêmes infos, à peu près en même temps, et que je vais poster ces deux lettres en express dès que j'aurai fini de les écrire.

Enfin, le but de ce courrier, c'est que j'ai une proposition à vous faire. Et si vous croyez que je plaisante (du moins, quand vous commencerez à lire), vous ne mettrez pas longtemps à comprendre que je suis tout à fait sérieuse.

Alors que je me dis que ce sera peut-être difficile à croire, vu mon comportement passé, mes perpétuelles jérémiades et mes diverses tentatives ~~de manipulation~~ de vous manipuler, je suis bien obligée d'admettre, en toute humilité, que vous avez eu complètement raison de m'envoyer ici.

Oui, vous avez bien lu ! Je crois sincèrement que, du fait de vivre ici et d'avoir connu ce que j'ai connu, j'ai non seulement appris des tas de choses, mais j'ai grandi aussi, et je crois sincèrement ne pas exagérer en disant (en écrivant) que je suis une bien meilleure personne que lorsque je vous ai quittés.

Alors, j'apprécierais vraiment que vous m'écoutiez, avant d'aller penser que ce n'est qu'une autre tentative de ma part d'influencer votre vote en ma faveur.

Donc, voilà :

Juste avant de partir, je vous ai entendus vous disputer, et l'un de vous (je ne me rappelle plus lequel) a dit quelque chose à propos d'une cyber school. Comme je ne connais pas tous les détails de cette école, je dois dire que, depuis quelques jours, j'ai fait pas mal de recherches sur Internet, et j'ai trouvé qu'il y avait un choix énorme d'« écoles virtuelles ».

Même si je dois expliquer ça à Tally et Tassos (surtout parce que je voulais vous en parler d'abord, ce qui veut dire que j'espère que vous ne leur en parlerez pas avant qu'on en ait discuté ensemble), je pense qu'ils seront complètement d'accord.

Donc, vous voyez, aussi bizarre que ça puisse paraître, cet endroit me plaît.

Ça me plaît même BEAUCOUP.

Alors, je me demandais si vous accepteriez que je reste ici et que je termine mes études en m'inscrivant dans une cyber school, puisque mon grec n'est pas assez bon (encore !) pour m'inscrire dans une école d'ici.

Avant de faire les gros yeux et de refuser, essayez, s'il vous plaît, de réfléchir à mon projet de rester ici et de m'inscrire dans une école en ligne, et puis :

1) Maman, comme ça, tu pourras emménager où tu voudras, même dans un studio, et de cette façon, ÉCONOMISER UNE TONNE DE SOUS, puisque tu n'auras pas à te faire du souci pour moi, ni à être forcée de rester dans le quartier (hyper cher) de mon école.

2) Papa, TOUTES ces écoles en ligne sont totalement ACCRÉDITÉES et RECONNUES, donc ça ne gênera en rien mes rêves d'entrer à la fac.

3) Par ailleurs, en restant ici, je deviendrai bilingue ! Ce qui sera un plus dans toutes les universités et/ou les recherches de job.

4) Je pourrai toujours rentrer vous voir tous les deux pour les fêtes de Noël, et vous, vous viendrez me voir ici à Pâques ? une fête très importante ici, et ce serait trop sympa de vivre ça avec vous ! Ou même seulement l'un de vous deux... ce qui vous arrangera.

5) Même si l'école en ligne n'est pas ce qu'il y a de moins cher, je pense que si vous prenez le temps de faire le calcul, vous vous apercevrez que c'est finalement ASSEZ RENTABLE.

6) Aussi, je crois qu'il faut le préciser, Tally et Tassos ne sont PAS FOUS. Ce sont des gens généreux, gentils, intelligents, merveilleux, qui sont devenus de VRAIS MODÈLES pour moi (non pas que vous ne le soyez pas, vous aussi).

7) Ce ne serait que pour cette année. Ce qui, quand on y pense, ne fait que douze mois. Comme vous le savez, ces mois fileront sans qu'on s'en aperçoive !

8) En fait, si je NE PEUX PAS retourner à mon lycée de Harbor, autant que je reste ici.

9) Si je PEUX retourner à Harbor High, eh bien ! je préférerais rester ici aussi.

10) Ce plan vous garantit aussi à tous les deux mon BONHEUR actuel et futur. On sait tous que c'est important d'être heureux dans la vie.

Alors, maintenant que vous avez pris le temps de lire ma lettre, j'espère que vous prendrez aussi le temps de réfléchir à ma proposition.

Ce serait bien que vous me répondiez le plus vite possible, car on n'a plus beaucoup de temps.

Je vous embrasse,

Dorothy

PS : Papa, j'ai aussi décidé de t'envoyer ça par e-mail et par fax à ton bureau, pour que tu préviennes maman DÈS QUE tu le reçois. Parce que, même si je l'envoie en express, le temps "n'attend pas".

Date : 26 août

À : NatalieZee

De : DorothyCat

Re : Merci pour les boucles d'oreilles

Salut, Nat,

Tu ne vas pas le croire, mais je suis en train de tout faire pour que mes parents me laissent habiter à Tinos ! Je ne sais pas s'ils vont craquer ou pas, mais je viens de leur envoyer une lettre archidétaillée pour leur expliquer mes projets et plaider ma cause. Alors, maintenant, je croise les doigts en espérant qu'ils accepteront.

C'est vrai que ça peut paraître un peu bizarre de ma part, surtout qu'au début je détestais carrément cet endroit, mais sans savoir exactement comment c'est arrivé, j'ai entièrement changé d'avis. Et ce n'est PAS simplement du fait que Yannis et moi, on s'est remis ensemble (d'ailleurs, je ne suis même pas sûre que tu savais qu'on avait rompu !) parce que, dans quelques semaines, il retourne à Athènes terminer sa dernière année de lycée. Ce qui veut dire qu'on ne se verra que pendant certains week-ends. Mais, tu vois, j'aime la vie simple et harmonieuse de cette petite île. Et même si j'ai fait tout un cirque, au début, en débarquant ici (je promets de tout te raconter aussi), j'ai l'impression que mon existence est nettement moins compliquée ICI que LÀ-BAS. Pas de cris, pas de disputes, pas de cataclysme domestique, non, tout est calme, paisible et tranquille – trois choses que je n'aimais pas du tout en arrivant ici. Sans parler du fait que je n'ai pas grand-chose à retrouver là-bas ; donc, je ne vois pas l'intérêt d'y retourner.

Je veux dire, évidemment, il y a TOI – si tu veux bien qu'on redevienne amies, bien sûr.

Autrement, il n'y a rien qui me retienne aux États-Unis, puisque j'en ai pratiquement fini avec Amanda et Levi. Alors, laisse-moi te dire ça : tu avais raison ! Tu avais raison ! Tu avais trop raison !

En fait, rien de ce que j'avais, aucune de mes « affaires » ne me manque, ce que je n'aurais jamais cru, au départ.

Alors, voilà, s'ils me laissent rester ici, je vais m'inscrire dans une sorte de *cyber school* – je ne sais pas encore laquelle car il y en a des tonnes. Et, s'ils refusent, Dieu seul sait où j'atterrirai.

Bon, eh bien ! je dois retrouver Yannis bientôt. Alors, réponds-moi dès que tu peux !

Dorothy

PS : Oh oui ! je suis trop contente que tu aimes les boucles d'oreilles ! Je les ai confectionnées moi-même ! Mais je te l'ai peut-être déjà dit…

---

27 août

Chers Tally et Tassos,

Vous allez être contents : l'ordinateur ne S'EST PAS PLANTÉ ! Il était juste à court de batterie. Vous devez donc le brancher et le laisser se recharger quelque temps, c'est tout.

Si l'un de mes parents (ou les deux !) appelle, dites-leur, s'il vous plaît, que je les rappelle dès que je rentre.

Mais, par pitié, NE LEUR DEMANDEZ PAS pourquoi ils téléphonent car je sais déjà pourquoi, et c'est… disons, privé, et en fait pas vraiment important.

Merci !

Bises,

Dorothy

Journal de Dorothy en pleine galère,
quand elle est dingue amoureuse
et qu'elle se fiche bien de savoir qui est au courant

29 août

Hier, quand je suis allée à la plage avec Yannis, j'ai finalement osé ôter mon haut de maillot ! Mais seulement parce que ni Tally, ni Tassos, ni aucun de ses trois cents cousins n'étaient présents, ce qui veut dire qu'on était complètement seuls (enfin, à part les touristes et les habitués). Mais, même là, je ne l'ai enlevé que quelques secondes, avant de le remettre aussitôt.

Et, l'instant d'après, Yannis a roulé sur le dos, a cligné des yeux et m'a dit :

— Tu m'as flashé ?

Je me suis mise à rire et, après avoir consciencieusement rattaché le tout, je me suis penchée vers lui, je l'ai embrassé et je lui ai dit :

— On fait ça tout doucement, d'accord ? Petit pas par petit pas, comme les bébés. C'est comme ça que s'accomplissent les grands changements.

Comme il m'attirait vers lui pour me serrer dans ses bras et m'embrasser, j'ai soudain pensé au sachet de préservatifs que j'avais glissé dans mon sac de plage. En me demandant si on finirait par s'en servir…

Depuis qu'on s'est remis ensemble, je suis obsédée par l'idée de coucher avec Yannis. En fait, j'y ai déjà songé des milliards et des milliards de fois, mais maintenant que c'est vraiment sérieux entre nous, maintenant qu'on peut me forcer à retourner chez nous, cette idée a fini par prendre forme dans mon esprit, comme s'il y avait urgence (enfin, pour moi, car Yannis n'est même pas au courant).

En plus, je l'aime vraiment, vraiment beaucoup. Car, même si je croyais aimer Levi, avant, je réalise que je me trompais. C'était Levi l'Image que j'aimais, et non pas Levi la Personne. C'est vrai, je le connaissais à peine, et le peu que je connaissais de lui, je n'en étais pas folle. Mais, avec Yannis, tout est différent. On a beaucoup de choses en commun, on rit aux mêmes blagues, et on parle des heures, aussi facilement qu'on peut passer des heures à s'embrasser.

Ce que je voudrais dire, c'est que je considère aussi Yannis comme mon meilleur ami, et qu'il me semblait donc que l'important, pour nous, c'était d'acheter des préservatifs.

Aussi, le lendemain de l'enterrement de Petros, je me suis levée plus tôt pour sortir m'en procurer trois paquets à la pharmacie. Mais je dois avouer que ça m'a pratiquement autant gênée que le jour où j'ai acheté des tampons pour la première fois. En même temps, je me suis rassurée en me disant que la pharmacienne un peu moustachue qui me les a vendus m'a juste prise pour une de ces touristes qui ne pensent qu'à s'envoyer en l'air, et qu'elle m'oublierait aussitôt que je serais sortie. Elle a eu beau me jeter un regard presque suspect, j'ai pris un air indifférent, j'ai payé, et je suis sortie avec un au revoir poli.

En revanche, à peine dehors, j'avais beau me sentir soulagée, je me suis subitement demandé COMMENT et QUAND j'allais les utiliser !

C'est vrai, chaque fois que je me réveille, maintenant, je ne peux m'empêcher de penser : *Est-ce que c'est aujourd'hui que je vais coucher avec Yannis ?*

Et, puisque nos jours ensemble sont comptés, je commençais à me dire ce matin qu'aujourd'hui serait peut-être la date fatidique.

Mais, évidemment, je sais que ce n'est pas sur la plage qu'on fera ça.

Pourtant, alors que j'allais lui rendre un de ses baisers, j'ai heurté mon sac du pied, et tout son contenu s'est déversé à la fois sur ma serviette et dans le sable. Mais, occupée que j'étais à l'embrasser, je ne l'ai pas remarqué tout de suite… sauf quand on a fait une pause et que

Yannis s'est mis en tête de ramasser ce qui s'était échappé de mon sac.

Quand il a vu le petit sachet couleur argent, il m'a regardée :

— Ah bon ! tu as vraiment acheté des préservatifs ? Je croyais qu'ils plaisantaient...

En entendant ça, j'ai failli m'étrangler.

— Quoi ?!

Je me suis assise si vite qu'un nuage d'étoiles m'a tournoyé devant les yeux, et j'ai vu, morte de honte, qu'il tenait au bout des doigts le petit paquet que je cherchais tant à planquer. Alors, Yannis m'a expliqué :

— C'est Christos qui me l'a dit. Moi, je croyais que c'était Georgos qui lui avait raconté. En fait, c'est venu de Katerina, la tante de Maria. C'est elle qui tient la pharmacie.

— C'est ton PETIT FRÈRE qui t'a dit que j'avais acheté des préservatifs ?!

Son petit frère qui faisait désormais partie de la LISTE DES GENS QUI SAVAIENT QUE J'AVAIS ACHETÉ DES PRÉSERVATIFS ! J'ai cru halluciner. Franchement, il n'y avait pas une loi contre ça ? Et POURQUOI PAS ?

— Mais c'est qui, ce Georgos ? Tu veux dire, TON COUSIN Georgos ? Et, c'est bien la Maria à laquelle je pense ?

Je croyais rêver ! Quant à Yannis, il souriait, l'air super amusé. Tandis que moi, je continuais à hurler comme une hystérique :

— Tu veux dire que TOUTE LA VILLE – non, barre ça – TOUTE L'ÎLE est au courant ?!!

Sur un ton parfaitement tranquille, il m'a répondu :

— Oui... et maintenant, toute la plage aussi.

— Oooh ! nom de… Non, ce n'est PAS POSSIBLE ! C'est trop horrible !

Je me suis pris la tête entre les mains, incapable de regarder Yannis, incapable de ne plus jamais regarder personne.

Mais il s'est mis à rire :

— C'est Tinos, tu sais. Tu es sûre de vouloir habiter ici ?

— Ça veut dire quoi ?

Lentement, j'ai relevé la tête, en me demandant où il voulait en venir. Il ne voulait pas que je reste ? Il avait changé d'avis… à propos de moi, de nous ? Parce que j'étais le genre de fille à acheter des préservatifs ?

Alors, il a lâché ce stupide sachet en argent, a pris mon visage dans ses mains et a dit :

— Dorothy, les choses ne se passent pas comme chez toi, ici. L'île est petite, tout le monde se connaît, et les gens aiment parler…

— Ça, c'est le moins qu'on puisse dire.

Comment est-ce que j'allais faire face maintenant aux cancans, sans parler de ses cousins, son frère, et toute la clique ?

— Dis-toi que c'est comme le lycée. Ou, du moins, ce que tu m'as dit du lycée américain. Sauf qu'ici, le lycée… ne se réduit pas à un seul endroit. C'est là où tu habites toute l'année, et tu ne peux pas y échapper. Demande à ta tante Tally, elle te le dira.

— Tally… elle aussi sait que j'ai acheté des préservatifs ?

Ça devenait de pire en pire. Où la liste allait-elle s'arrêter ?

Mais Yannis a ri en me répondant :

— Oui, probablement. Mais ce que je voulais dire, c'est qu'elle connaît Tinos, elle sait à quel point c'est petit. Demande-lui des choses. Vous ne vous parlez pas beaucoup, on dirait.

Ce qu'il venait de me dire, ça m'a vraiment mise en colère. Franchement, il se prenait pour qui, avec ses airs d'en savoir plus que moi sur Tally ? C'était moi qui venais de passer près de trois mois chez elle, non ? Comme j'allais me défendre en lui affirmant qu'en fait, on communiquait, toutes les deux, beaucoup plus souvent qu'il ne le pensait, je me suis dit qu'il avait raison. On ne se parlait finalement pas tant que ça, Tally et moi. En y réfléchissant, j'ai réalisé que j'en savais assez peu sur ELLE. Bien sûr, je connaissais ses goûts, ses croyances loufoques, mais son histoire personnelle m'était à peu près étrangère. Alors, je me suis contentée de regarder Yannis en haussant les épaules.

Ce que j'ignorais, c'est que les choses n'allaient pas s'arrêter là. Parce que, subitement, il m'a dit :

— Dorothy, je voudrais que tu saches que tu n'avais pas à faire ça.

— À faire quoi ?

Il a baissé les yeux sur le sachet de préservatifs, il m'a regardée et, alors... pas besoin d'être devin pour savoir où il voulait en venir.

— Ça veut dire que... tu ne veux pas ?

J'étais carrément sous le choc. Moi qui faisais une fixette là-dessus depuis des jours, je m'étais mis dans la tête que la décision viendrait de moi, et de moi seule. Je n'avais pas pensé une seconde que lui aussi avait son mot à dire.

Il m'a répondu d'un simple haussement d'épaules, et moi, honteuse, humiliée, j'ai pris ce stupide paquet de préservatifs, et je l'ai jeté dans le fond de mon sac, avant d'y fourrer tout ce qui était encore dehors : ma crème à bronzer, mes bouquins, mes magazines et tout le reste.

Et, comme j'attrapais mon T-shirt en songeant qu'il était temps de partir, il m'a posé une main sur le bras et m'a dit :

— *Koukla Mou*, ne t'en va pas !

Là, vaincue, j'ai complètement craqué. En fait, depuis qu'on s'est retrouvés, tous les deux, je ne peux pas résister quand il m'appelle comme ça. Mais ça ne veut pas dire non plus que je n'étais pas super énervée !

Puis il a ajouté :

— Je voulais dire que… tu n'as pas à faire ça pour moi ; ni parce que tu crois que je veux le faire ; ni parce que tu sais que tu risques de partir bientôt, et que tu dois le faire sous prétexte qu'on ne se reverra plus ; ni parce que tu crois que, si tu ne le fais pas, je vais t'oublier. Car dis-toi, Dorothy, que, si moi aussi, j'en meurs d'envie, aucune de ces raisons ne devrait suffire à te faire craquer. Je ne veux pas que tu fasses quelque chose que tu pourrais regretter un jour.

— Pourquoi je le regretterais ?

Je continuais à être très contrariée par la réaction de Yannis. Ce n'était pas naturel, pas normal. Franchement, quel garçon est assez dingue pour refuser de faire l'amour ?!

Mais il m'a répondu avec son habituel petit sourire :

— Hum… c'est-à-dire qu'il t'arrive d'être un peu impulsive, au cas où tu ne l'aurais pas remarqué.

Ça alors ! Qu'est-ce que ça pouvait lui faire, si je regrettais ? On était destinés à ne plus jamais se revoir, de toute façon. C'est vrai, je regrettais carrément la première fois où je l'avais fait, mais j'avais fini par vivre avec, si on peut dire. Alors, quelle importance si la deuxième fois s'avérait une plus grosse erreur encore ? Mais j'avais à peine pensé ça que j'ai réalisé que c'était ce qu'il cherchait à me faire comprendre depuis le début. Qu'il était tout à fait possible d'éviter des regrets futurs, si on prenait le temps d'y réfléchir avant.

Alors, je lui ai dit :

— Oui, tu as peut-être raison. Mais, encore une fois, puisque l'île entière pense qu'on l'a déjà fait, tu ne crois pas qu'on devrait y aller carrément ?

Là, j'ai éclaté de rire, mais d'un rire nerveux et stupide, celui que Yannis devait commencer à connaître, depuis le temps.

Pourtant, il a souri et s'est penché pour m'embrasser avant de murmurer, ses lèvres contre les miennes :

— Il nous reste trois nuits ensemble. Réfléchis-y, et dis-moi ce que tu en auras conclu. Mais, franchement, il n'y a aucun souci.

Je l'ai regardé un long moment sans rien dire, puis je me suis recouchée sur ma serviette en lui disant :

— Tu es vraiment un garçon bizarre, Yannis.

Il a souri et m'a répondu :

— C'est toi qui le dis.

Date : 29 août

À : CarlCavendish

De : DorothyCat

Re : C'est ton dernier mot ?

Papa, je viens de rentrer, et j'ai lu le message de Tally me disant que tu m'attendrais à l'aéroport le 31 août. J'en conclus donc que ça signifie deux choses :

1) Que vous n'avez pas reçu mon premier e-mail, mon fax et/ou ma lettre, donc que vous n'êtes pas au courant des propositions (assez) raisonnables que je vous ai transmises.

Ou :

2) Que vous êtes au courant de ces propositions mais que, pour une raison qui n'est pas claire pour moi et que je n'arrive même pas à imaginer, vous avez choisi de les rejeter.

S'il vous plaît, dites-moi ce que vous pensez de tout ça, et très vite, si possible.

Au cas où vous auriez choisi de refuser mes propositions, il faut que je sache si vous avez décidé ça ensemble (toi et maman), ou si tu as décidé ça tout seul, sans la consulter.

Bises,

Ta fille qui a désespérément besoin d'une clarification,

Dorothy

PS : Tu trouveras ci-joint une liste de sites Web sérieux susceptibles de t'aider. S'il te plaît, prends le temps de les consulter.

Date : 29 août

À : CarlCavendish

De : DorothyCat

Re : C'est ton dernier mot ?

Papa,

Je t'assure que je ne rigole pas du tout, et j'espérais que tu me prendrais au sérieux. *Cyber school*, enseignement en ligne, études virtuelles, appelle ça comme tu veux, mais ce n'est absolument PAS une blague ! C'est un choix d'enseignement parfaitement valable, car toutes les écoles sont RECONNUES. Et si tu avais pris le temps de consulter les sites Web dont je t'ai envoyé les liens, tu saurais déjà tout ça.

En plus, je ne vois pas comment tu peux décider de ma vie future en restant d'office fermé à toutes les options sauf une. Franchement, je trouve ça terriblement injuste, et ça m'attriste de voir comment tu peux contrôler ma vie, comme ça, à l'aveugle !

Alors, je te le demande encore une fois, est-ce que tu peux, S'IL TE PLAÎT, daigner prendre DIX MINUTES de ton temps pour cliquer sur les liens que je t'ai envoyés dans mon dernier e-mail, et que je remets en pièces jointes à celui-ci ? Et, aussi, si tu pouvais prendre le téléphone et APPELER MAMAN, pour essayer de réfléchir à vous deux, ENSEMBLE, et de façon logique et rationnelle, à la seule chose dont j'ai besoin pour m'assurer un avenir heureux.

C'est TOUT ce que je te demande.

Bises,

Dorothy

Date : 29 août
À : CarlCavendish
De : DorothyCat
Re : C'est ton dernier mot ?
Papa,
Très bien.
Au 31, alors.
Dorothy

Date : 30 août
À : AmandaStar
De : DorothyCat
Re : Salut, petite garce !
Salut, Amanda,

C'est vrai, tu as trop raison. PERSONNE n'oserait te parler/écrire comme je l'ai fait.

Quoique... tu devrais les laisser faire, car ça t'apprendrait peut-être quelque chose.

Mais, pas d'inquiétude, ce n'est pas demain qu'on se reparlera, toi et moi. D'abord, parce que Nat et moi, on est redevenues meilleures amies et, surtout, parce qu'on n'aura plus rien à se dire, donc plus aucune raison de se parler.

Alors, tous mes vœux pour la nouvelle année scolaire, et à bientôt à Harbor High. (Oui, tu as bien lu, je rentre !)

Dorothy

Date : 30 août
À : NatalieZee
De : DorothyCat
Re : Dorothy, le retour

Salut, Nat,

Je ne vais pas m'éterniser, car il ne me reste qu'un jour à passer à Tinos, et je ne veux pas le gaspiller en restant collée à mon ordi. J'ai déjà gâché trop de journées comme ça. Alors, voici la petite liste de choses que tu dois savoir :

1) La *cyber school*, c'est mort. Apparemment, mes parents ont l'esprit encore plus étroit que je l'aurais cru. Enfin, j'aurai quand même essayé...

2) C'est reparti pour Harbor ! Exactement, tu peux pleurer ! Ma mère a trouvé un appartement pour nous deux, et on emménage le mois prochain !

3) Je vais peut-être coucher avec Yannis. Ce qui veut dire que ce soir pourrait être un TRÈS GRAND SOIR... ou pas. Ça reste à voir. Quoi qu'il en soit, je te donnerai tous les détails quand on se reverra ! J'aurai trop de choses à te raconter !

4) Je voudrais juste te dire que je suis vraiment contente qu'on soit redevenues amies, et que l'année qui vient, on va s'éclater ! Même si Amanda me déteste absolument et fera sans doute tout pour me pourrir la vie. (Comme pour le 3), je t'expliquerai tout quand on se verra.)

À très bientôt !
Dorothy

Journal de Dorothy en pleine galère,
car elle devra bientôt commencer un nouveau journal

31 août

C'est drôle de penser qu'au début de l'été, quand j'étais encore en Californie et que ma mère m'a donné ce journal, j'étais sûre de ne jamais l'ouvrir pour y écrire quoi que ce soit. Mais, à présent que les vacances sont presque finies et que je vais bientôt rentrer chez moi, j'en ai pratiquement rempli toutes les pages.

Je devais être tellement furieuse d'avoir été envoyée ici que j'étais persuadée de ne rien avoir à raconter.

Maintenant, je suis trop contente de m'être trompée.

Alors, aujourd'hui (en fait, c'était techniquement hier, mais bon, pas grave), du fait que c'était mon dernier jour, Tally et Tassos ont organisé un grand barbecue pour moi. Mais je devrais peut-être revenir en arrière et préciser que, d'abord, avant la soirée, on est allés à la plage. Juste Tally et moi, car Tassos travaillait sur une énorme sculpture que lui avait commandée un Français, et Yannis avait du boulot à l'hôtel. Même si je regrettais vraiment d'avoir été trop préoccupée par moi-même pour le faire avant, je me suis dit que c'était mieux que de ne pas le faire du tout, et je me suis lancée en demandant à Tally de me raconter sa vie.

C'est fou ce que j'ai appris sur elle. Des trucs que je n'aurais jamais soupçonnés ni imaginés.

Comme :

1) Elle a rencontré Tassos le jour même où elle est arrivée à Tinos. Comme Yannis et moi quand on s'est vus sur le bateau. Mais, eux, ils se sont parlé avant de débar-

quer. Parce que, quand Tally a malencontreusement renversé son café, Tassos était assis à côté d'elle et lui a proposé de l'aider à nettoyer. Pourtant, même si elle le trouvait mignon, ils ont attendu deux ans pour se mettre ensemble. D'abord parce qu'elle ne voulait pas s'engager avec quelqu'un si tôt après son divorce, et aussi parce que Tassos pleurait encore sa fille qui s'était suicidée.

2) Oui, Tassos était aussi marié avant de rencontrer Tally, et il avait une fille de 17 ans qui est morte d'une overdose. Sauf que ce n'était pas un accident ; ils l'ont appris grâce au message qu'elle avait laissé... et dont je me suis bien gardée de demander le contenu. Enfin, je reconnais que cette histoire m'a bien fait flipper. C'est vrai, cette fille avait mon âge quand elle est morte et, moi qui me plaignais de ma vie en arrivant ici, je me dis qu'elle n'était pas aussi mauvaise, après tout.

3) Apparemment, peu de temps après cette overdose, Tassos et sa femme se sont séparés. Tally dit qu'ils étaient tous les deux très tristes et tellement en colère qu'ils se sont mutuellement accusés d'être la cause du suicide de leur fille. Juste après leur divorce, sa femme est retournée en Suède (son pays, en fait), et Tassos a quitté son job à Athènes (il était directeur d'une compagnie d'aviation, ou quelque chose du genre, ce que je n'aurais JAMAIS imaginé, tellement je ne le vois pas diriger une équipe, porter des costumes, etc.). Il est revenu à Tinos, son île natale, et s'est inscrit dans une école de sculpture sur marbre, pour vivre sa passion, retrouver un peu de bonheur et vivre une existence tranquille.

4) Mais, quand il est rentré à Tinos, il a été surpris de voir que tout le monde racontait des commérages pas très sympas sur lui, sa femme et sa fille. Ça l'a rendu si

dépressif qu'il a commencé à vivre en reclus, sans pratiquement quitter sa maison.

5) Un jour, Tally et Tassos sont tombés l'un sur l'autre dans une coopérative agricole, et ils n'ont pas mis longtemps à s'installer ensemble. Ce qui a fait que les commérages à leur sujet ont redoublé, parce que se mettre à la colle avec quelqu'un, ce n'est pas bien vu, ici. Mais ils ont quand même décidé de vivre leur vie comme ils l'entendaient, sans s'occuper de ce que pensaient les autres.

C'est là que Tally m'a dit qu'elle était au courant pour les préservatifs que j'avais achetés.

Je me suis sentie rougir jusqu'aux oreilles, même si je suis trop bronzée en ce moment, ce qui veut dire qu'elle n'a peut-être pas remarqué que j'étais cramoisie de honte ! Pourtant, je me sentais si gênée que j'arrivais à peine à la regarder (et croyez-moi, cette fois, ça n'avait rien à voir avec le fait qu'elle était topless).

C'est alors qu'elle m'a proposé, comme elle l'a dit, d'avoir « une petite conversation, toutes les deux ».

Moi, j'ai répondu :

— Oui, puisque c'est *moi* qui ai eu la bonne idée d'acheter ces fameux préservatifs.

Et on a éclaté de rire ensemble.

Quand elle m'a demandé si j'avais prévu de les utiliser, je l'ai regardée droit dans les yeux, et je lui ai dit la vérité :

— Je n'en sais rien. On verra comment ça tourne.

Sans même le voir venir, je me suis mise à tout lui déballer sur ma nuit avec Levi, en lui avouant comment je m'étais sentie nulle, après, et comment j'en étais venue à penser que le fait de coucher avec Yannis effacerait peut-être cette erreur, ou, du moins, la corrigerait.

J'ai enchaîné sur la façon dont j'avais laissé tomber Natalie afin de pouvoir être avec Amanda, sur tout ce qui s'était passé (et pas passé) à Mykonos, et je lui ai dit combien je me sentais paumée, avec un pied à Tinos et l'autre en Californie, sans savoir exactement où me situer, maintenant. Je lui ai avoué aussi comment, à Mykonos, je m'étais permis de juger Levi et sa famille en les qualifiant intérieurement d'Américains moyens ; et comment, la nuit d'avant, j'avais aussi jugé Yannis en le qualifiant de Grec par excellence. J'ai admis devant elle que tout au fond de moi, je savais que le problème venait de moi.

Mais elle n'a fait que sourire en me répondant :

— Dorothy, il n'y a pas de bonnes ou de mauvaises façons de vivre ; tu as la tienne, c'est tout. Et tu seras bien plus heureuse quand tu auras trouvé celle qui te convient le mieux.

Moi, je lui ai rétorqué :

— Mais c'est justement ça, le problème.

Alors, elle m'a dit :

— On ne fait jamais fausse route quand on agit par amour.

Peu après, je me suis levée pour aller nager, si loin que j'ai été obligée de me tenir sur la pointe de mes orteils pour respirer un peu. Puis j'ai penché la tête en arrière, j'ai fermé les yeux et je me suis laissée porter par l'eau, en me disant que rien ne pouvait être aussi bon que ça : se sentir si libre, si légère qu'on a à peine conscience de soi.

Je suis restée comme ça longtemps, d'un côté parce que c'était trop cool, et d'un autre parce que je ne voulais pas rentrer, retrouver la gravité de mon corps, de ma vie, de mes choix.

Et je me suis laissée flotter encore un peu, en songeant : *Peut-être que je gamberge trop, en fait. Peut-être que j'essaie encore de contrôler des choses incontrôlables. Peut-être que je devrais agir sur terre comme sur l'eau, apprendre à lâcher prise, à viser ce qui me plaît, mais sans non plus forcer le destin. Peut-être que je devrais juste regarder où le courant me mène, parce que je ne suis pas une mauvaise nageuse et que je finirai toujours par retrouver mon chemin vers le rivage.*

Quand je suis ressortie de l'eau pour venir m'allonger sur ma serviette, j'ai dit à Tally que je me sentais prête à rentrer à la maison, et qu'il fallait donc que j'aille préparer mon sac.

À notre retour, Tassos était là, en train de faire mariner la viande pour le barbecue, de couper les légumes en morceaux, de tout faire, quoi. Alors, après une douche rapide, j'ai passé une robe achetée tout récemment (le jour qui serait dorénavant connu comme le JOUR DES PRÉSERVATIFS), et je suis sortie donner un coup de main.

Pendant que j'installais les tables et les chaises dans le jardin, je suis allée voir Tassos, et je lui ai dit que j'étais sincèrement désolée pour ce qui était arrivé à sa fille.

Il a d'abord eu l'air très étonné, puis il m'a demandé :

— C'est Tally qui t'en a parlé ?

— Oui, mais ne sois pas en colère parce que…

Il m'a tout de suite coupée pour répliquer :

— Je ne suis pas en colère, Dorothy.

Comme je commençais à allumer les bougies, il a mis de la musique. Alors, je me suis tournée vers lui, et j'ai lâché :

— Tu t'en veux ?

Il n'a pas répondu, mais je voyais bien qu'il s'en voulait, oui. Alors, mon allumette à la main, j'ai ajouté :

— Eh bien ! tu ne dois pas t'en vouloir.

Il m'a regardée et a dit :

— Oui, je sais...

Moi, je savais autre chose : que j'aurais dû arrêter la conversation là ; mais j'avais encore quelque chose à lui dire. Alors, j'ai déclaré :

— Tassos, je voulais que tu saches que Tally et toi, vous m'avez incroyablement aidée, cet été.

Aussitôt, ses yeux se sont remplis de larmes, et les miens ont fait pareil. Pour alléger l'ambiance, je me suis occupée à découper les pommes de terre tandis que lui se lançait dans la préparation de la salade.

Une vingtaine de minutes après, les amis ont commencé à arriver, et même si ça me surprend encore de l'écrire, je suis fière de dire que j'ai fait en sorte que Maria et Christina soient invitées. Je ne voyais plus pourquoi j'aurais dû les tenir à l'écart. C'est sûr qu'on n'a pas passé la soirée ensemble et qu'elles devaient même être contentes que ce soit ma soirée d'ADIEU, mais tout ça n'avait plus d'importance, en fait.

Après trop de nourriture, une bonne dose de danse, pas trop d'alcool et des tonnes de rires, j'ai embrassé tout le monde pour leur dire adieu (oui, Maria et Christina aussi), et une fois tout le monde parti ou presque, Tally et Tassos m'ont serrée dans leurs bras, puis elle m'a dit :

— Reste debout autant que tu veux, mais n'oublie pas que tu as un ferry à prendre, demain matin.

Ils sont alors allés se coucher, et je suis restée avec Yannis sur la terrasse. On était si gênés l'un vis-à-vis de l'autre, que n'importe qui en train de nous observer aurait pu jurer qu'on venait de se rencontrer.

Il m'a dit en souriant, d'une voix polie :

— Alors, c'était cool, cette soirée, non ?

— Oui, c'était cool.

Je me sentais bizarrement mal à l'aise en répondant ça.

Au bout d'un moment, il m'a demandé d'une voix hésitante :

— Tu veux aller faire un tour ?

J'ai hoché la tête, l'estomac en vrac, comme d'habitude dans ces cas-là, et j'ai lâché :

— À notre plage ?

Mais il s'est contenté de sourire, m'a pris la main et m'a aidée à grimper sur sa Vespa.

Cette fois, quand on a atterri à l'hôtel, je ne peux pas dire que j'ai été spécialement surprise. Mais, quand il m'a entraînée vers la piscine, j'ai été très étonnée de la voir pleine.

Yannis a allumé une à une les lampes à huile qui en faisaient le tour et m'a proposé :

— Tu veux nager ?

— Euh… je n'ai pas de maillot, j'ai répondu, agenouillée près du bord pour goûter la température de l'eau.

Elle était fraîche mais, je devais l'avouer, très tentante.

— Ce n'est pas ça qui t'a gênée, l'autre soir, à la plage, m'a-t-il répliqué en souriant avant de souffler sur son allumette.

Si je n'avais pas encore décidé comment la nuit finirait, je savais que je devais cesser d'y penser, et voir comment les choses allaient se dérouler.

Alors, sans plus me poser de questions, j'ai ôté ma robe et j'ai plongé. Cinq secondes plus tard, Yannis m'y rejoignait.

On a nagé, on a joué, on s'est embrassés, on a nagé encore et, en ressortant, on s'est chacun enroulé dans les grandes serviettes proposées par l'hôtel. Là, Yannis m'a regardée d'un air amusé avant de dire :

— Tu étais comme ça quand je t'ai vue, la première fois, sur le bateau… mais en moins heureuse que ce soir.

C'est quand je me suis passé la serviette sur le visage que j'ai découvert les traînées de mascara sur le tissu-éponge, et j'ai pouffé de rire.

Yannis s'est alors approché, m'a pris la main et m'a entraînée vers le hall, qu'on a traversé avant de monter un escalier jusqu'au premier étage. Au bout de quelques mètres, il a ouvert la porte d'une suite immense et m'a doucement poussée à l'intérieur. Stupéfaite, j'ai découvert d'autres bougies, un lecteur de CD et un lit parfaitement fait, qui trônait au milieu de la pièce.

Alors, je lui ai dit en m'extasiant :

— Je ne savais pas que vous aviez fini les chambres.

J'ai entrouvert les longs rideaux bleu marine pour tenter de deviner ce qu'aurait pu être la vue… s'il n'avait pas fait aussi noir.

Yannis est arrivé doucement derrière moi, m'a passé les bras autour de la taille et, tout en me chatouillant la nuque du bout de son nez, il m'a soufflé :

— Non, elles ne le sont pas toutes. Il n'y a que celle-là, en fait.

— Mais, tes parents ? S'ils nous surprenaient ?

Je commençais à connaître les traditions grecques.

— Non, c'est différent pour les garçons. Je serais une fille, oui, ça poserait un problème.

— C'est pour ça que je n'ai pas encore pu rencontrer tes parents ?

C'était un drôle de moment pour parler de ça, mais je restais très anxieuse, et c'était une chose que je voulais lui demander depuis longtemps.

— Parce qu'ils ne m'accepteraient pas ?

Il s'est mis à rire.

— Si, tu as rencontré mes parents. Enfin, mon père, mais tu ne le savais pas.

Je me suis retournée et l'ai regardé d'un air stupéfait, sans me rappeler où j'avais pu voir cet homme.

— Le jour où tu es venue à l'hôtel pour m'engueuler…, a-t-il ajouté en souriant.

— Et… c'était lequel ?

C'est vrai, je me souvenais d'avoir approché un groupe d'ouvriers qui semblaient se moquer de moi quand j'avais demandé à le voir. Ils étaient tous trop jeunes pour être son père… sauf un.

— C'est lui qui t'a amenée jusqu'à moi.

— Oh ! d'accord…

J'ai fermé les yeux et me suis retournée vers la fenêtre.

— C'est super, franchement. Je comprends, maintenant, pourquoi tu n'as jamais osé me présenter à ta mère.

Je me demandais à présent s'il n'avait pas écouté derrière la porte toutes les conneries que j'avais pu dire à son fils.

— Alors, vas-y, déballe tout. Qu'est-ce qu'il a dit ? C'est quoi, le verdict ? Il me prend pour une naze, non ?

J'ai retenu mon souffle en attendant sa réponse.

— C'est tellement important ? m'a-t-il soufflé dans le creux de la nuque.

J'ai haussé les épaules, tout en pensant que oui, finalement, c'était peut-être important. Yannis a soupiré :

— Écoute, si tu veux vraiment le savoir, il m'a dit que je devrais faire attention avec toi. Qu'on pouvait s'offrir du bon temps ensemble, mais que je devais faire attention.

— Faire attention à quoi ? ai-je demandé en me retournant à nouveau.

— Il a dit que tu pouvais essayer de tomber enceinte, donc briser ma vie.

— Mais, enfin, Yannis, tu ne lui as pas dit que c'était MOI qui avais acheté les préservatifs ? Oh !... en fait, non, je suis bête... il doit le savoir, à l'heure qu'il est. Tout Tinos le sait !

— Dorothy, je t'ai dit que les choses étaient différentes, ici. Les relations entre garçons et filles ne sont pas aussi... temporaires que là où tu vis. Ici, quand deux personnes sortent ensemble, tout le monde se met à parler de mariage. Et ce n'est pas conseillé d'amener quelqu'un à la maison tant que les choses ne sont pas sérieuses.

Je me suis écartée de lui, déchirée entre l'idée de n'être pour lui qu'un flirt d'été qu'il aurait vite fait d'oublier, et celle de savoir si je désirais vraiment m'engager plus loin avec lui.

Puis, je me suis rapprochée, et je lui ai demandé :

— Est-ce qu'entre nous, c'est temporaire ?

Il a juste souri et m'a attirée vers le lit, ses lèvres contre mon oreille, en murmurant :

— Viens avec moi, *Koukla Mou.*

31 août

Chers papa et maman,

Vous avez peut-être remarqué que cette lettre est écrite sur une serviette de *Ellas Ferry Lines*, tachée de café (pas vraiment différente de celle que je vous avais envoyée quelques mois plus tôt). C'est que je suis sur le ferry vers Mykonos. Pour pouvoir m'envoler vers Athènes, et ensuite vers Francfort, et ensuite vers New York, et ensuite atterrir à L.A., où vous viendrez me prendre à l'aéroport pour me conduire à la maison.

Mais, à la différence de ma première lettre sur serviette, celle-ci n'est pas chargée de reproches et de lamentations.

En fait, j'en suis même loin.

Parce que, vous ne le croirez pas, j'ai hâte de vous voir (ce qui arrivera bien avant que vous receviez cette lettre, mais je l'envoie quand même), pour vous remercier de m'avoir envoyée passer l'été à Tinos, chez ma DINGUE DE TANTE TALLY !

Une expérience qui m'a complètement éclatée !

Bises,

Dorothy

PS : Maman, pour ton info, si je poste cette lettre à l'adresse de papa et non à la tienne, c'est que je sais qu'on va bientôt déménager, et j'ignore si tu as déjà fait suivre le courrier. Enfin, voilà, je voulais juste que tu ne croies pas que je favorise papa plutôt que toi. J'espère que ce PS ne te contrariera pas trop ; je voulais juste être claire.

Journal de Dorothy en pleine galère,
quand elle est coincée dans les airs à 11 000 mètres,
là où il n'y a pas Internet
et quand elle n'a presque plus de papier

31 août

J'ai essayé, j'ai vraiment essayé. Mais ça s'est quand même terminé dans cet avion, aux sièges 24G et H (oui, deux pour moi toute seule ! Youpii !), assez loin des toilettes pour ne pas avoir à en supporter l'odeur, mais près du hublot dont je peux lever le rideau pour découvrir...

TOUT !

Car, même si chaque seconde qui passe m'éloigne de là où je préférerais être, c'est tellement cool de pouvoir regarder le soleil, les étoiles, le ciel bleu qui n'en finit pas, et de penser que...

Yannis voit exactement le même ciel !
Et, chaque soir, on lève les yeux, et on regarde
exactement la même lune (oui, évidemment...
avec dix heures d'écart).

Ce qui veut dire qu'on n'est pas si éloignés que ça. Et que, quel que soit l'endroit où j'atterris, d'où je m'envole et où je vis, on restera toujours connectés.

Bien sûr, je donnerais n'importe quoi pour être avec lui en ce moment, mais je suis aussi bien décidée à suivre mes choix – et ceux qui me sont offerts.

Comme la nuit dernière, quand Yannis et moi, on a dormi ensemble. Au bout du compte, on n'a, en fait, PAS DORMI ensemble.

Ce n'est pas que je ne voulais pas, ou que je n'étais pas prête ; car, oui, je l'étais. J'en avais même vraiment, VRAIMENT très envie, et je me sentais réellement prête.

Et, sans vous faire un dessin, je peux dire que lui aussi était prêt !

Bien que j'aie été décidée à passer le cap, bien que j'aie réussi à me persuader que le moment était idéal, quand on s'est retrouvés allongés sur ce lit, l'un face à l'autre, il m'a posé une main sur la joue, m'a repoussé une mèche de cheveux derrière l'oreille, m'a regardée dans les yeux et m'a dit :

— *S'agapo*, Dorothy.

Contrairement à la dernière fois où je n'étais pas préparée à entendre ces mots et encore moins à les prononcer, je lui ai simplement répliqué :

— Moi aussi, je t'aime, Yannis.

Alors, le fait d'entendre ces mots, mais aussi de les accepter et de les dire à mon tour m'a paru si intensément bon que j'ai eu envie de m'y accrocher, de les savourer en les prenant simplement pour ce qu'ils étaient.

Je ne voulais pas qu'ils entrent en concurrence avec quoi que ce soit d'autre.

J'avais peut-être l'air bizarre et un peu stupide quand j'ai essayé d'expliquer à Yannis ce que je ressentais, ça ne l'a pas empêché de me prendre dans ses bras, de poser ses lèvres sur mon front et de m'assurer que mes paroles le comblaient tout autant.

On a dormi enlacés, et je me sentais si bien, si tranquille et si complète, que je ne me suis réveillée que très, très tard.

— Oh, mon Dieu, non ! ce n'est pas vrai !

J'ai glapi, j'ai dégringolé du lit et j'ai sauté dans ma robe… sans me rendre compte que je l'avais mise devant-derrière. C'est en enfilant mes chaussures que je m'en suis heureusement aperçue.

— Yannis ! Vite, lève-toi ! lui ai-je crié en le secouant avant de me lancer à la recherche de mon sac. Il faut que tu m'emmènes au port ! Non… attends… tu dois m'emmener à la maison pour que Tally et Tassos me conduisent au port ! Mais, tu viens aussi, non ?

Je me suis arrêtée de parler pour le regarder, en espérant que mon visage plein de mascara, ma robe de travers et mes cheveux en bataille ne constitueraient pas la dernière vision qu'il aurait de moi.

Mais Yannis, déjà habillé, ses clés dans une main, ses drôles de sandales dans l'autre, me sourit en ouvrant la porte, avant de me dire :

— Tranquille, il n'y a pas d'incendie.

Tout d'un coup, je me suis retrouvée pliée en deux de rire. Je n'arrivais pas à croire comment j'avais failli passer à côté de l'AMOUR, tout ça à cause d'un drôle de langage et d'une paire de sandales un peu excentriques. Et je n'arrivais plus à m'arrêter. Alors, il m'a prise par le bras, m'a entraînée dehors et m'a fait monter sur son scooter en marmonnant :

— Ah ! ces Californiennes !

Cependant, en arrivant chez Tally et Tassos, j'ai complètement paniqué en voyant qu'ils n'étaient pas là ! En fait, ils étaient partis à ma recherche. En commençant par notre plage secrète (qui, apparemment, ne l'était pas tant que ça, mais… bon, on était dans une petite ville île), pour atterrir au port, où ils ont bien vu mon bateau qui attendait au quai… même si je n'étais pas dedans ! Quand ils sont rentrés à la maison, ils m'ont trouvée assise devant la porte, entourée de mes sacs, bien décidée à lever le camp dans les cinq minutes s'ils ne se pointaient pas.

Alors, j'ai grimpé dans la jeep, Yannis derrière nous sur sa Vespa, et on est tous repartis au port. Malgré mon désir secret d'apprendre en arrivant que le bateau avait une avarie, qu'une tempête se préparait, bref, qu'un incident quelconque nous forçait à rester à Tinos, le temps était au beau fixe et le *meltemi* inexistant.

J'étais donc bien destinée à partir.

Une fois garés, on s'est dirigés vers le quai, où on a vu le ferry en train d'accueillir ses passagers. Ça ne me laissait pas beaucoup de temps pour faire mes adieux. Mais c'était probablement une bonne chose car, les instants de départ, ce n'était pas ma tasse de thé.

Alors, après avoir embrassé Tassos et l'avoir, en gros, remercié pour TOUT, je me suis tournée vers Tally et j'ai éclaté en sanglots, si subitement que je n'arrivais pas à y croire. Elle m'a laissée gentiment me blottir contre son épaule, en me passant une main dans les cheveux et en me soupirant :

— Ne t'inquiète pas, tout ira bien.

Quand je me suis enfin écartée, je me suis essuyé les yeux, j'ai souri et j'ai soufflé :

— Oui, je sais…

Puis on s'est promis de rester en contact et de s'envoyer des e-mails aussi souvent que possible. J'ai bêtement blagué en leur disant que s'ils avaient besoin d'un coup de main pour envoyer un e-mail, ils n'avaient qu'à me le demander dans un message. Même si c'était totalement naze comme plaisanterie, ça a enlevé un peu de tension, et on a tous éclaté de rire.

Je les ai encore embrassés une dernière fois, puis Yannis m'a accompagnée jusqu'à la passerelle d'embarquement. Mais, soudain, il s'est arrêté net et m'a dit :

— Dorothy, ce n'est pas… ?

J'ai regardé dans la direction qu'il me montrait, et puis, quand j'ai vu le collier orné de perles, j'ai compris. Il avait grandi, depuis la dernière fois… BEAUCOUP, même. Mais, entre le collier, la fourrure noire et brillante, et la fine raie blanche qui lui descendait le long du nez, je savais que c'était Holly.

J'ai alors vu Yannis s'élancer vers la petite fille en robe jaune qui le tenait dans ses bras en le caressant et en lui chantant à l'oreille, et je me suis exclamée :

— Où vas-tu ?

— Quoi, où je vais ? C'est TON chat, Dorothy ! Je vais le récupérer.

Mais je lui ai pris le bras pour le forcer à se tourner vers moi.

— Non, Yannis, s'il te plaît, laisse-le.

Pourtant, il a insisté en disant :

— Ne t'en fais pas, c'est la fille de mon cousin ; je lui en trouverai un autre.

Mais, là encore, je lui ai pris le bras, et j'ai rétorqué avec fermeté :

— Non, Yannis, je parle sérieusement !

Il m'a regardée d'un air surpris, comme si j'étais devenue folle.

— Mais… pourquoi ? Je ne comprends pas. Je croyais que tu voulais le retrouver. Tu y tenais tellement…

— C'est vrai, j'y tenais, et je voulais le retrouver. Jusqu'à maintenant…

Là, il était carrément interloqué. Alors, je lui ai dit :

— Regarde, Yannis. Regarde *bien.*

Il s'est retourné vers la petite fille, l'a regardée comme je le lui demandais, et il a lâché :

— Je ne comprends toujours pas. C'est bien Holly, non ?

— Oui, et regarde comme cette gamine le tient dans ses bras, comme elle le serre fort contre elle. Regarde comment il la laisse faire. Il n'a jamais fait ça avec moi. Pas une seule fois. Dans mes bras, il a toujours cherché à griffer ou à se débattre pour se libérer.

— C'est qu'il est plus âgé, maintenant.

— Non, Yannis, c'est qu'il se sent bien avec elle.

Arrivés devant la passerelle, on s'est arrêtés, et Yannis m'a embrassée si longuement que le bateau a failli partir sans nous. Mais, pour finir, je suis contente qu'on ait réussi à garder une relation franche et vraie, qu'on ait réussi à se dire « Au revoir », à se dire « Je t'aime », sans se faire non plus de fausses promesses… qu'on aurait peut-être été incapables de tenir.

Car la seule chose certaine entre nous, c'était qu'on s'aimait, qu'on avait chacun l'adresse mail de l'autre, et qu'on attendrait de voir où tout ça nous mènerait.

Parce que, si j'avais une certitude, c'était précisément qu'on ne pouvait être sûr de rien.

UN CERCLE DANS LE SABLE

7 septembre

Eh bien ! je constate que ce titre de blog est nettement plus approprié que ce que je pensais quand je l'ai choisi, car je viens de fermer le cercle, et me voilà de nouveau à mon point de départ. Même si presque tout a changé depuis que je suis partie. Mais comme les cercles n'ont pas de fin, ça peut constituer aussi le début d'un autre cercle, et qui sait où ça me mènera ?

Pour vous mettre un peu au courant de ce qui s'est passé, je dois d'abord avouer qu'en arrivant à LAX, j'étais morte de fatigue. Si j'avais du mal à garder encore les yeux ouverts, c'était cool de trouver mes parents, debout l'un à côté de l'autre, sans avocats en vue, sans conflit visible entre eux (du moins, à voir comme ça), l'air relax, et contents de me voir – aussi contents que moi.

Comme je ne voulais pas les blesser en embrassant l'un avant l'autre, j'ai couru vers eux, les bras ouverts, en les forçant un peu, je le reconnais, à une grosse étreinte de groupe ! S'ils ont d'abord résisté un peu, au bout d'un moment, ils se sont laissé faire. Et, en m'écartant, j'ai aussitôt pensé à Tally, car c'est elle qui m'a appris à traiter avec la résistance.

Après m'avoir écoutée leur expliquer comment j'ai géré ces dernières vingt-quatre heures en me nourrissant de barres de céréales, de chips, du grand n'importe quoi qu'on peut trouver dans les boutiques d'aéroport, ils ont insisté pour m'emmener dans un vrai restaurant. Et là, j'ai compris qu'il était temps pour moi de céder à leur désir.

Bien que j'aie encore des milliers de choses à écrire, je suis hyper occupée à défaire mes cartons et à décorer ma nouvelle chambre – sans préciser aussi que l'école reprend dans moins d'une semaine. Donc, je vous fais passer ces photos, accompagnées d'un petit commentaire, et je vous laisse tirer vos propres conclusions.

1) Voici mon ancienne chambre. Bien sûr, elle n'était pas aussi vide quand j'y vivais ! Je n'ai pensé à la prendre en photo qu'après avoir tout emballé pour le déménagement du siècle ! Mais le fait de la voir aussi vide et abandonnée, cela me fait dire que ce n'étaient juste que quatre murs, une porte, un placard et une fenêtre, et je me sens un peu nulle de m'y être autant attachée. Si vous avez besoin de plus amples explications sur ce que je veux dire, regardez la photo n° 2.

2) Alors, ici, mesdames et messieurs, on a quatre murs, une porte, un placard et une fenêtre. C'est ce qui constitue ma nouvelle chambre, et qui montre qu'elle n'est pas vraiment différente de la première. Si la moquette est un peu neutre à mon goût, ma tante Tally a promis de m'envoyer un petit tapis grec aussi cool que celui que j'avais là-bas, histoire de l'égayer un peu (et de me rappeler mon autre « maison » !). Ce qui prouve une fois de plus que la MAISON, tout comme le PARADIS, ça se passe dans la tête.

3) Elle, c'est ma meilleure amie, Nat, qui a eu la gentillesse de me consacrer son seul et unique jour de congé (enfin, de la semaine) au magasin d'art où elle bosse, pour m'aider à déballer quelques cartons (ce qui m'a rappelé ce que me disait Tally sur notre habitude d'accumuler des tas de choses inutiles). Nat m'a aussi aidée à organiser mon placard et mes tiroirs – super sympa de sa part, et aussi bien pratique, car elle a un sens inné des « relations spatiales » (son expression, pas la mienne). Vous voyez les boucles d'oreilles absolument sublimes qu'elle porte ? C'est moi qui les ai faites !

4) Voici une photo de mon papa, sa petite amie, Mélanie, et moi, en train de dîner dans l'appartement qu'il vient d'acheter. Et, si ce n'était pas vraiment nécessaire, puisqu'il se trouve à deux pas du nôtre, j'ai fini par y rester dormir, car ils ont eu la gentille attention de décorer ma chambre et qu'ils avaient hâte de me voir l'inaugurer.

5) Voici la photo de ma chambre, chez mon père. Vous voyez le poster du *boys band*, sur le mur ? Eh bien ! il n'y est plus. Parce que Mélanie et moi, on l'a enlevé pour aller discrètement le suspendre dans le bureau de papa, derrière sa table, quand il était à une réunion ; car on sait bien, toutes les deux, que c'est surtout lui qui aime ce groupe !

6) Ici, c'est une photo de M. Holly Golightly, que Yannis m'a envoyée de Tinos. Alors, il faut que vous sachiez que ce chat vit maintenant avec Tatiana, la petite fille de son cousin, et qu'il est très heureux et bien nourri… à ce que je vois. Yannis le rencontre de temps en temps, et il lui parle de moi à l'oreille, juste pour qu'il ne m'oublie pas.

7) Là, c'est une photo de Harbor High, mon lycée, prise un jour où Nat et moi, on y est passées parce qu'elle ne pouvait pas attendre le jour de la rentrée pour découvrir le nouveau labo artistique qui venait d'y être installé. Je ne sais pas si je l'ai déjà dit, mais Nat est très ARTISTE. Elle adore peindre, elle VIT pour ça, et elle est très douée. Elle est aussi très copine avec le prof d'art (oui, c'est le genre de fille à devenir copine avec les profs, qu'est-ce que vous voulez que je vous dise ?), et en repartant, j'avais décidé d'échanger une de mes options contre un cours d'art. Il y a des

cours de poterie dont j'ignorais l'existence, mais maintenant que je le sais, j'espère vraiment qu'on va me laisser changer.

8) Voilà une photo d'Amanda, Jenna, Levi et Casey, qui ont déboulé au lycée le même jour, car les garçons étaient là pour un entraînement de foot, et les filles venaient les regarder jouer. Je n'en suis pas certaine, mais je soupçonne qu'Amanda et Levi sortent ensemble, parce qu'elle a eu l'air un peu inquiète quand il est venu me parler. En revanche, je suis sûre que Jenna et Casey sont ensemble, car ils ne se quittaient pas. Mais vous savez comment ça tourne, ces histoires, et quand vous lirez ça, peut-être qu'ils auront échangé les rôles ou qu'ils seront carrément allés voir ailleurs. Même si je dois admettre que ça m'a fait bizarre de tomber sur eux. En fait, on s'est juste dit bonjour, on s'est raconté deux ou trois choses et on est repartis chacun de notre côté.

Et voilà ! c'est tout !

Alors, si jamais quelqu'un lit ce blog, surtout ne pas oublier de laisser des commentaires !

Bises,

Dorothy

UN CERCLE DANS LE SABLE

Commentaires :

Les Beaux-Arts de Tinos :

Nous avons expédié le tapis aujourd'hui ; vous devriez le recevoir dans quelques semaines !

Tu nous manques beaucoup ! La maison est si calme, sans toi.

Baisers,

Tally & Tassos

NatalieZee :

Oui, c'est vrai, je suis une givrée de l'art, qui devient copine avec les profs, et maintenant la planète entière est au courant ! On se voit toujours, ce soir ? Mon expo ouvre à 8 heures… et je stresse à mort !

DorothyCat :

Je m'apprête à télécharger une de tes peintures pour que « la planète entière » puisse admirer la beauté de tes œuvres ! Oui, on se retrouve à 8 heures. Et, pas de panique, tu vas déchirer !

Anonyme :

Moi, je suis toujours là, à lire ton blog, et, toi, tu continues de me manquer…

DorothyCat :

Et, toujours ANONYME ?

Anonyme :
Pas pour toi, j'espère.

DorothyCat :
Non, CARRÉMENT pas pour moi.

Anonyme :
Au fait, c'est la pleine lune, ce soir.

DorothyCat :
Alors, je sortirai la regarder.

Anonyme :
Kalinichta !

DorothyCat :
Kalinichta !

Remerciements

Énormes mercis pétillants de strass et de paillettes à Matthew Shear et Rose Hilliard, à qui je serai éternellement reconnaissante ; à Kate Schafer, pour tant de raisons qu'il m'est impossible de les énumérer ici ; à Sandy Sherman, le yang idéal de mon yin ; et à chacun d'entre vous, mes lecteurs et lectrices – vous êtes tous sublimes !

2

Une fille qui fait des vagues

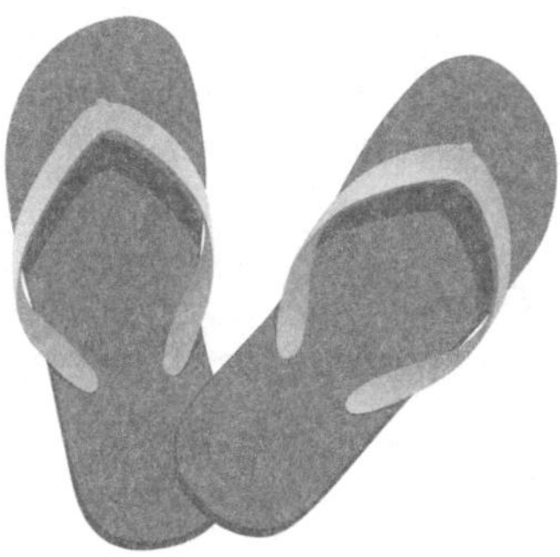

Pour Ryan et Kelsey Sherman,
en mémoire de leur père, Richard Sherman, 1957-2005.

un

— Pardon, mais vous êtes à ma place.

D'un revers de main, Anne rejeta en arrière la longue mèche blonde qui masquait son regard bleu, et fixa l'homme debout devant elle. Avec ses cheveux bruns plaqués sur le crâne dans l'espoir de dissimuler un début de calvitie, son costume anthracite légèrement avachi, sa chemise bleu pâle et sa cravate rouge, il avait quelque chose de vaguement familier.

— Je retiens toujours la même place, la 2A, lâcha-t-il avec condescendance.

— Oh, excusez-moi... vous avez raison. J'ai la 2B, effectivement. Je vous laisse la place.

Ce disant, elle saisit la lettre qu'elle était en train d'écrire et attrapa son sac.

— Non, restez assise, reprit-il avant de laisser tomber sa serviette sur le siège voisin, côté couloir. La B m'ira très bien.

— Il faudrait savoir... fit-elle sans vraiment comprendre.

Quelque peu étonnée, la jeune fille se replongea dans l'écriture de sa lettre, penchée au maximum sur son papier pour l'empêcher de voir ce qu'elle écrivait. Elle n'avait pas l'intention de se laisser enquiquiner par une espèce de vieux beau à demi chauve. Parce que c'était à cause de vieilles personnes comme lui (pour ne pas nommer ses parents) qu'elle se trouvait en ce moment dans ce stupide avion. Croyaient-ils réellement que le fait de lui offrir un billet de première classe atténuerait la douleur de se voir arrachée à tout ce qu'elle aimait ? Comme, par exemple, le groupe d'amis d'enfance qu'elle chérissait tant, son statut de capitaine de l'équipe de plongeon… et Justin, l'amour de sa vie, qu'elle fréquentait depuis un an et demi. Croyaient-ils réellement pouvoir l'acheter avec une place d'avion grandiose, des serviettes chaudes et le choix entre six films ?

Quelques instants plus tard, l'avion recula lentement pour aller rejoindre la piste tandis que stewards et hôtesses attiraient l'attention des passagers sur les habituelles consignes de sécurité défilant sur les écrans. Mais Anne refusa de regarder – ce n'était pas une vidéo débile qui la sauverait d'un crash, de toute façon. La liaison de sa mère avec un collègue de bureau, le départ de son père et le pénible divorce qui s'en était suivi lui avaient littéralement pourri la vie, et elle savait que rien ne pourrait plus la sauver, maintenant.

— Monsieur, il faut éteindre votre portable, à présent.

Anne leva les yeux pour voir une hôtesse, les mains sur les hanches, en train de réprimander son voisin, le passager du siège 2B.

— Monsieur, ne me forcez pas à le répéter.

— Dites donc, riposta-t-il en plaçant sa main sur le micro de son smartphone, vous savez à qui vous parlez ?

— Oui, monsieur O'Rourke, je connais votre émission. Mais si vous n'éteignez pas votre téléphone dans l'instant, nous devrons faire demi-tour afin de vous débarquer, et vous pourrez continuer votre conversation pendant que nous volerons sans vous vers Los Angeles.

Tournant les talons, elle s'éloigna sans ajouter un mot. Anne regarda son voisin refermer bruyamment son appareil tout en ruminant sa contrariété. *Ça y est, voilà pourquoi sa tête me disait quelque chose !* songea-t-elle. Il s'agissait de Bob O'Rourke, le célèbre animateur de talk-show, sur la FOX. Et elle était assise à sa place favorite, après l'avoir quasiment envoyé promener ! Mais il s'était montré tellement lourd qu'elle ne s'en voulait pas le moins du monde.

Arrivé en début de piste, l'avion s'immobilisa quelques secondes, puis ses moteurs rugirent, il se lança en avant et commença à prendre de la vitesse. D'habitude, Anne saisissait à cet instant la main de son père jusqu'à ce que les roues quittent le tarmac et se fassent avaler dans le ventre de l'appareil. Elle se tourna vers Bob O'Rourke qui, ses lunettes perchées au bout du nez, avait les yeux rivés sur les documents qu'il tenait à la main. Plutôt mourir que de lui prendre la main pour se rassurer ! Elle était seule. Désespérément seule.

Elle abaissa le rideau du hublot, de peur de fondre en larmes en voyant disparaître sous elle le paysage coloré de la côte est, puis se mit en devoir de relire sa lettre. Au milieu de sa lecture, sa gorge se serra et ses yeux commencèrent à la picoter ; alors, elle se remit à écrire d'une main tremblante, disant à Justin combien elle l'aimait et combien il allait lui manquer. Puis elle plia la feuille de papier en un rectangle parfait et la glissa dans une enveloppe qu'elle rangea tout au fond de son sac.

Elle se réveillait à peine d'un petit somme lorsque la même hôtesse se pencha vers son voisin et elle pour leur proposer une boisson. Après avoir écouté le très présomptueux Bob

O'Rourke la cuisiner sur les vins disponibles et leur origine, Anne eut tellement pitié d'elle qu'elle se contenta de lâcher :

— Je prendrai juste une bouteille d'eau. Sans verre ni glaçons…

Décidée à ignorer son voisin, résolument un pauvre type, elle mit ses écouteurs, descendit son repose-pied et alluma l'écran fixé sur le dossier du siège devant elle.

Sur le canal 3 était diffusé le film *Blue Crush*, mais Anne préféra zapper aussitôt. Pas question de regarder une bande de filles *made in California*, accros au surf et ultra-bronzées s'extasier sur la mer et les vagues « tueuses ». Elle allait bien assez tôt être forcée de vivre au milieu de cette faune, et ce n'était pas ce qui l'enchantait le plus.

Avec cinq heures de vol devant elle pour se souvenir de son ancienne vie et redouter celle qui l'attendait, autant profiter le mieux possible du confort que lui apportait ce fauteuil de première. Le seul surf qu'elle comptait s'offrir était celui de passer d'un canal à l'autre.

La jeune fille repensa à sa dernière conversation téléphonique avec son père, et à l'enthousiasme de celui-ci lorsqu'il lui avait parlé de la maison qu'il venait d'acheter.

— C'est dans une résidence privée et protégée du nom de Laguna Cove, lui avait-il expliqué. La maison est perchée sur un promontoire qui domine une plage privée rien que pour nous.

— On a notre propre plage ? s'était-elle étonnée.

— Oui, enfin… à partager avec les voisins, bien sûr, avait-il précisé en riant.

— Il y a une piscine ?

— Non, ma puce, non… mais je suis sûr que tu vas adorer cet endroit, si tu y mets un peu du tien.

Facile à dire, pour lui qui n'était jamais à la maison… occupé à bosser ici ou là, ou à faire des ronds de jambe sur les plateaux de cinéma. Comment pourrait-elle aimer un endroit sans piscine ? Plonger était sa passion ! N'avait-elle pas passé ces trois dernières années dans son école privée à se forger la réputation d'une compétitrice aussi douée que courageuse ? À peine était-elle devenue capitaine de l'équipe qu'on l'en arrachait subitement pour l'envoyer dans cette stupide ville de bord de mer californienne, vraisemblablement bourrée de surfeurs hippies et fumeurs d'herbe aux noms de fleurs.

Non, elle n'était pas négative, elle était réaliste.

L'hôtesse reparut avec une petite bouteille d'eau pour Anne, et un verre de vin rouge pour son prétentieux voisin du 2B, qui, en l'occurrence, avait disparu de son siège.

— Je le pose sur sa tablette pour qu'il le trouve à son retour, annonça-t-elle.

Cependant, lorsque l'on servit les repas, il n'était toujours pas revenu à sa place.

— Savez-vous où est allée la personne assise ici ? demanda alors Anne au steward blond et bronzé qui déposait un plateau sur sa tablette. Je crois qu'il s'appelle Bob O'Rourke…

— Il est parti s'installer au 5C. Vous êtes tranquille, à présent. Désirez-vous un peu plus de vin ?

— Euh… non, merci. Peut-être un peu plus tard.

À peine eut-il tourné les talons que la jeune fille tendit le cou pour risquer un œil le long du couloir, en direction du siège 5C. Oui, il était bien là, une serviette consciencieusement fixée au col de sa chemise, le nez plongé dans son verre de vin. Saisissant le verre qui lui était destiné, elle le posa discrètement sur sa propre tablette. Elle jeta un regard nerveux autour d'elle pour s'assurer qu'on ne l'avait pas vue, mais personne ne semblait s'intéresser à elle. Quant au steward, il pensait qu'il s'agissait du sien…

Anne porta le verre à ses narines et huma son contenu, en imitant le geste de O'Rourke… mais sans savoir ce qu'elle était censée sentir ni pourquoi. Était-ce pour voir s'il avait tourné ? Et puis, comment sentait un vin devenu rance ? L'odeur lui parut puissante et agréable.

Y posant alors prudemment les lèvres, elle en but une légère gorgée. Parfois, elle buvait de la bière avec ses amis, et une fois même, au Nouvel An dernier, elle avait bu du champagne. Mais avec modération.

Elle avala une deuxième gorgée.

Personne autour d'elle ne savait qu'elle avait encore quatre ans à attendre avant son vingt et unième anniversaire.

Voyager en première classe, ce n'était pas si mal, après tout.

— Mademoiselle, mademoiselle, réveillez-vous !

— Quoi ?

Anne ouvrit les yeux pour trouver l'hôtesse blonde penchée sur elle.

— Vous allez bien ? demanda celle-ci d'une voix inquiète.

— Euh… oui. Quand est-ce qu'on arrive ?

— Nous avons atterri.

— Comment… ? Oh, déjà ! Euh… attendez, je récupère mes affaires.

La jeune fille passa une main dans sa chevelure ébouriffée et chercha sa bouteille d'eau dans la poche du siège devant elle. Sa bouche était aussi sèche que le désert de Mojave.

— Vous êtes sûre que ça va ? insista l'hôtesse.

— Oui, tout à fait, lui mentit Anne malgré une douleur lancinante à la tête.

Mais où est cette fichue bouteille ?

— Dans ce cas, il ne faut pas traîner.

— D'accord, d'accord, je suis prête. Vous savez où se trouve le tapis à bagages ?

— Vous n'aurez qu'à nous suivre.

D'une démarche mal assurée, Anne emboîta le pas à l'équipage, dont les rires fusaient aux dépens de Bob O'Rourke. Même si elle n'imaginait pas ce que pouvait être leur vie, elle était prête à cet instant à échanger sa place contre la leur, sans poser la moindre question. Parce que, au stade où elle en était, Anne estimait que n'importe quelle existence valait mieux que la sienne.

D'accord, en apparence, déménager à Laguna Beach, dans une grande maison avec sa plage privée, ne paraissait peut-être pas si terrible que cela. Mais, en comparaison de tout ce qu'elle laissait derrière elle…

Changeant son sac d'épaule, elle se reprocha d'avoir trop bu et d'avoir ainsi gaspillé cinq heures à dormir… sans pouvoir prendre le temps maintenant de se rafraîchir puisqu'elle savait que son père l'attendrait à la livraison des bagages. Inutile de vérifier son allure dans le miroir pour se rendre compte qu'elle n'était pas physiquement au top.

L'hôtesse blonde s'arrêta et, tandis que les autres continuaient devant elle, déclara :

— Vous pouvez prendre l'escalator, là-bas, qui vous mènera directement au tapis à bagages. Amusez-vous bien en Californie ! ajouta-t-elle avant de courir rejoindre le reste de l'équipage.

Anne suivit ses indications et profita de ce voyage de trente secondes pour effectuer un rapide ravalement de façade : un chewing-gum pour l'haleine, un peu de gloss sur les lèvres, un coup de peigne et, pour parfaire le tout, ses Ray Ban Jackie Ohh pour cacher ses paupières gonflées. Puis elle vérifia qu'aucune tache de vin ne venait maculer son jean vintage à 200 dollars ou le T-shirt blanc pré-froissé qu'elle avait payé les yeux de la tête.

Tout était à peu près correct. Il ne lui manquait plus qu'une brosse à dents, une douche et un repas décent pour absorber tout l'alcool qu'elle avait ingurgité. Mais, n'ayant pas vu son père depuis un mois, occupé à préparer la maison, elle comptait sur le fait qu'il serait tellement ravi de la retrouver qu'il ne remarquerait même pas à quel point elle avait bu, vautrée dans son siège de première.

D'ailleurs, où diable était-il ? Avec son mètre quatre-vingt-dix et son épaisse crinière poivre et sel, il ne passait pas vraiment inaperçu. Néanmoins, après avoir consciencieusement scruté la foule, Anne ne le vit nulle part.

Mon Dieu, faites qu'il ne soit pas en retard, songea-t-elle, une main dans son sac à la recherche de son téléphone, tout en se dirigeant vers le tapis roulant où défilaient les bagages. Mais, lorsqu'elle essaya de l'allumer, rien ne se passa. *De mieux en mieux…* Elle se souvenait d'avoir utilisé toute sa réserve de batterie dans la limousine qui l'avait emmenée de sa maison, dans le Connecticut, jusqu'à l'aéroport JFK. Trente secondes pour dire au revoir à sa maman, et… combien de temps passé à faire ses adieux à ses amis, et surtout à Justin ?

Voilà maintenant qu'elle était assise entre ses deux énormes sacs, à se demander « Que diable suis-je censée faire ? »

Anne ne connaissait même pas sa propre adresse en Californie.

deux

— Vous êtes bien Anne ?

La jeune fille leva les yeux pour découvrir un garçon aux longs cheveux bruns, bouclés et en broussaille, vêtu d'un T-shirt floqué d'un surfeur virevoltant sur une vague, d'un large bermuda bleu marine et de tongs qui avaient connu des jours meilleurs. Il était plutôt mignon. *Si on aime ce genre de choses…* se dit-elle.

Étant elle-même une New-Yorkaise pleine de bon sens – et non une stupide petite Californienne obsédée par son bronzage –, elle répondit sans sourire :

— Peut-être…

— Écoutez, je ne rigole pas… la circulation sur la 405 était intenable et, si votre père apprend que je suis arrivé en retard, il va me tuer.

Il sourit alors, découvrant deux charmantes dents du bonheur. Mais, aussi craquant soit-il, Anne ne se laissa pas émouvoir. Après tout, pourquoi craquerait-elle ? Elle avait déjà un petit ami.

— Alors, comme ça, vous connaissez mon père ? s'étonna-t-elle en croisant les bras avec une assurance qu'elle ne s'était pas sentie depuis des heures.

— C'est mon patron. Je lui rends toutes sortes de services. Je m'appelle Jake.

— Vous êtes ma nouvelle nounou, c'est ça ?

Secouant la tête, les yeux rivés sur l'écran de son téléphone, il répliqua :

— Bon, assez perdu de temps. Je n'ai pas que ça à faire.

— D'accord, fit-elle en se levant. Mais c'est moi qui conduis.

— Même pas en rêve, miss, rétorqua-t-il avant d'attraper ses deux bagages et de partir en direction du parking.

— Je conduis très bien, vous savez. J'ai mon permis depuis presque six mois.

— Peut-être, mais… désolé… à l'haleine que vous dégagez, on dirait que vous n'avez pas perdu votre temps dans l'avion.

— Vous… plaisantez ?! s'étrangla Anne.

— Non, miss, croyez-moi, et puis… regardez-vous dans la glace.

Arrivé devant la Mercedes décapotable, il en ouvrit la portière et lui présenta le rétroviseur.

— Vous avez une mine de déterrée, qui indique que…

— Mon Dieu ! coupa-t-elle, horrifiée devant son image. Mon père va me massacrer ! Est-ce qu'on peut s'arrêter quelque part pour que je puisse faire un brin de toilette ?

— Un brin de toilette ? C'est un bon café, de l'aspirine et une bouteille d'eau qu'il vous faudrait, miss. Et, pour les dents, j'ai ici tous les chewing-gums que vous voudrez.

Vraiment, il a pensé à tout.

— Je veux bien, oui. Mais, je peux vous demander quelque chose ?

— Oui ? sourit Jake.

— Arrêtez de m'appeler miss. Mon prénom, c'est Anne.

— Si vous y tenez…

Malgré le double *caffe latte* qu'elle venait d'avaler pratiquement d'une traite, Anne s'écroula, vaincue par le sommeil.

Mais Jake n'attendit pas longtemps pour la réveiller d'un léger coup de coude.

— Regardez, ça va vous plaire.

— Où est-ce qu'on est ? demanda-t-elle en se frottant les yeux et en tirant sur son T-shirt remonté jusqu'au nombril.

— À Laguna Beach. On est sur Laguna Canyon Road et, dans quelques secondes, vous allez vous croire rendormie tellement vous serez en plein rêve.

Ils roulaient sur une route étroite qui tournoyait entre les parois d'un canyon lorsque Jake s'arrêta subitement pour se garer sur le bas-côté. Devant Anne s'étalait maintenant une longue et belle plage où s'égayaient joueurs de volley ou de basket, baigneurs et surfeurs.

— Oui, bon, c'est une plage… laquelle ? demanda-t-elle en feignant la curiosité pour ne pas paraître impressionnée.

— Main Beach.

— Elle est belle, reconnut la jeune fille tandis que, déjà, Jake redémarrait pour s'engager à gauche sur la Pacific Coast Highway.

— Attendez, vous n'avez pas vu la vôtre. C'est un des avantages de travailler pour votre père. Votre plage a des vagues somptueuses, et je vais y surfer presque tous les jours.

— Ce n'est pas le surf qui m'intéresse, c'est le plongeon, reprit Anne non sans dévorer malgré elle le paysage des yeux.

— Oui, c'est bien, reconnut-il. Mais vous devriez aussi essayer le surf.

— Non, merci, rétorqua-t-elle en croisant les bras d'un air buté.

Continuant sur la large avenue qui longeait de splendides demeures de bord de mer, Jake annonça :

— On y est presque.

Ils passèrent alors un grand portail, gardé par un vigile en uniforme, à qui le jeune homme fit un petit signe de la main.

— C'est là que j'habite ? demanda Anne, incapable de maîtriser l'excitation de sa voix. C'est ici, Laguna Cove ?

— Oui. Vous voyez la maison au bout de l'allée, là-bas ? C'est la vôtre.

— Oh, non, je n'y crois pas !

Elle se redressa sur son siège pour contempler l'immense villa construite juste au-dessus de la plage, et devant laquelle Jake venait garer la voiture.

— Allez-y, lui dit-il. Je m'occupe de vos bagages.

Anne attrapa son sac, sauta de la Mercedes et courut vers l'entrée, tout excitée à l'idée de retrouver son père et de découvrir sa nouvelle chambre. Cependant, lorsqu'elle tenta d'ouvrir, la double porte en chêne lui résista obstinément. Elle frappa. Mais personne ne répondit.

— Papa ? appela-t-elle en tapant de plus en plus fort contre le battant, avant de s'en prendre à la sonnette.

— Il n'est peut-être pas encore rentré, lui lança Jake. Tenez, voici une clé.

— Mais il sera là bientôt, non ? s'inquiéta-t-elle en ouvrant enfin la porte sur un vaste vestibule, empli de plantes vertes et de fleurs fraîchement coupées.

— J'en doute. Il y avait des problèmes, sur le plateau, et il a dit qu'il n'était pas certain de pouvoir être là ce soir. Mais je suis sûr qu'il vous appellera dans la soirée.

— Ça veut dire que je vais rester ici toute seule ? interrogea Anne avec une trace d'inquiétude dans la voix.

— Oui. Vous pouvez faire la fête comme vous voulez. Mais, si j'étais vous, je ferais plutôt une petite sieste.

Il déposa les bagages de la jeune fille sur le sol carrelé de travertin puis se dirigea vers l'entrée.

— Où allez-vous ?

S'il y avait une chose qu'elle craignait, c'était bien de se retrouver seule dans cette immense maison qu'elle ne connaissait pas.

— Sur la plage, répondit-il avec un sourire ravageur. Il y a des vagues de près de deux mètres, en ce moment.

— Mais… et votre travail ? À l'aéroport, vous disiez que vous n'aviez pas que ça à faire…

Elle s'en voulait à mort de paraître aussi vulnérable à ses yeux.

— En fait, je ne voulais pas rater ma séance de surf. Vous étiez ma dernière corvée de la journée.

— Votre dernière corvée… charmant, fit-elle en levant les yeux au ciel.

— Bon… vous voyez ce que je veux dire.

Ouvrant la porte, il lâcha par-dessus son épaule :

— À plus tard.

— Oui, c'est ça… marmonna Anne, plantée au milieu du grand vestibule.

Lorsque le battant se referma derrière lui, elle se retrouva seule avec le silence qui l'entourait.

Autant m'y habituer, songea-t-elle.

Puis elle saisit ses sacs de voyage et s'engagea dans un long couloir à la recherche de sa nouvelle chambre.

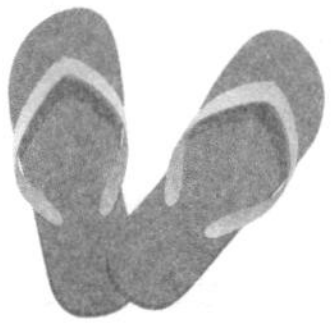

trois

Ellie noua ses cheveux blonds en une longue tresse qui tombait en cascade jusqu'aux reins puis se glissa dans sa combinaison avant de regarder une fois encore sa montre. Déjà six heures moins le quart et elle n'avait aucun signe d'eux.

Saisissant sa planche de surf, elle sortit puis referma soigneusement derrière elle la porte vitrée coulissante. Surtout ne pas réveiller son frère, rentré tard la nuit dernière, ou, pire encore, son père qui, depuis quelques jours, ne la lâchait plus.

Elle descendit l'escalier qui menait de sa maison à la plage et chercha ses amies des yeux, espérant les apercevoir sur le sable… mais sans grande illusion.

Après quelques tractions et petits pas de course pour échauffer ses muscles fatigués, la jeune fille alla poser sa planche sur l'eau, s'y allongea et pagaya avec ses bras vers le large. Lorsqu'elle eut passé le « break », le point où les vagues se brisaient sur les rochers, elle se reposa un instant, le menton calé sur ses bras croisés, se laissant mollement bercer par la houle et goûtant au silence du bord de mer encore vide. Elle aimait sortir tôt le matin et regarder l'océan passer d'un satin marine scintillant sous les étoiles à un velours bleuté attiédi par le soleil. Même si elle aimait avoir les vagues pour elle seule sans être obligée de patienter dans une file interminable, elle regrettait néanmoins la compagnie de Lola et Jade, ses meilleures amies.

Tout avait commencé au printemps dernier. Le rituel matinal du surf, qui les avait réunies depuis l'école primaire jusqu'au lycée, se faisait de plus en plus rare. D'abord passé à trois fois par semaine seulement, il s'était vu réduit à deux séances et, aujourd'hui, en ce début de septembre, Ellie s'estimait heureuse si les trois filles pouvaient encore surfer ensemble certains samedis. Mais, le plus souvent, le temps qu'elles apparaissent sur la plage, pratiquement tout Laguna Cove faisait déjà la queue, et il leur fallait la journée entière pour prendre leur tour.

Jade et Lola avaient vraiment l'air de s'en moquer. Elles préféraient rester vautrées sur leur serviette de bain, à lire des magazines de mode et mater les garçons qui passaient, exactement comme les Barbies de plage dont elles se moquaient elles-mêmes. Une attitude qu'Ellie ne comprenait pas. Primo, les garçons qu'elles regardaient étaient totalement immatures, des gamins à la cervelle vide, qu'elles connaissaient depuis toutes petites. Et, secundo, la jeune fille savait qu'aucun d'eux ne valait la peine qu'on parle de lui, et encore moins qu'on loupe une sortie en mer pour lui.

À part Chris, bien sûr. Chris, qui non seulement était mignon à croquer, avec son regard couleur des eaux de Fidji, sa peau bronzée et sa masse de cheveux blond délavé qui lui retombaient constamment sur les yeux, mais se montrait aussi incroyablement intelligent (il se trouvait, comme elle, dans la même classe d'élèves en avance sur les autres) et excellent surfeur – peut-être le meilleur de tout

Laguna Cove (enfin… juste après Dean, le frère aîné d'Ellie).

Mais personne ne savait ce qu'elle éprouvait pour Chris – ni Jade, ni Lola, et surtout pas Chris lui-même ! Pour lui, ils n'étaient tous que de vieux copains, et rien de tout ça ne devrait changer. Ellie n'avait pas de temps à perdre à faire une fixette sur un garçon. Elle devait garder en vue l'essentiel : maintenir son excellent GPA de 4.0, son statut de présidente du Surf Club, et arriver première à la prochaine compétition de surf de San Onofre, afin de se faire remarquer par les sponsors dont elle rêvait depuis des années.

Avec son mètre soixante-dix-huit, sa fine et tonique silhouette, sa longue chevelure tirée en queue-de-cheval ou en natte, son visage aux traits parfaitement réguliers, elle était si gracieuse et délicate que les gens la prenaient souvent pour un mannequin ou une danseuse – jusqu'au moment où ils la voyaient évoluer sur sa planche de surf. Sur l'océan, elle se révélait une compétitrice puissante, qui pouvait chevaucher la vague avec autant d'élégance que d'agressivité.

Les garçons, eux aussi, tombaient facilement sous le charme d'Ellie… d'abord fascinés par son allure, ensuite par son intelligence et son talent. Elle avait une bonne poignée de copains sur qui elle pouvait compter pour l'accompagner au bal de fin d'année ou lui changer un pneu crevé. Mais elle ne laissait jamais ces amitiés aller au-delà d'un rapide baiser sur la joue ou d'une brève étreinte. Pouvoir s'offrir à peu près tous les garçons qu'elle voulait n'avait à ses yeux aucune importance. Elle n'en désirait qu'un seul.

Même Chris, aussi beau soit-il, ne pouvait interférer avec ses rêves. Elle avait tellement de choses à vivre ! Son père ne cessait de lui répéter : « Avance vers ton but comme si tu étais dans un tunnel ! N'autorise personne à se mettre sur ton chemin ! »

Quelle que soit l'importance de la chose, elle ne pouvait pas se permettre de se laisser distraire.

Ellie balaya la plage du regard, cherchant ses amies tout en sachant pertinemment qu'elles ne se montreraient pas. Puis, sentant la mer s'élever et gonfler derrière elle, elle se remit à pagayer avec ses mains, avant de grimper debout sur sa planche avec la force et l'assurance d'une créature plus à l'aise sur l'eau que sur la terre ferme. Mais, comme toujours avec la première vague de la journée (et plus particulièrement quand personne ne regardait), elle n'effectua aucune manœuvre spéciale destinée à impressionner les juges. Il n'y avait qu'Ellie, sa planche, et l'océan en parfaite harmonie avec elle pour un moment parfait. Elle ne s'autorisait qu'une séance de *soul surf* par jour – le surf que l'on pratiquait juste pour le pur plaisir – tout en admettant secrètement que cela restait son moment préféré.

Après quelques vagues qui lui parurent correctes, Ellie consulta la montre de marées que son père lui avait achetée l'année précédente pour Noël, et elle réalisa qu'il ne lui restait que le temps d'une seule vague avant de devoir rentrer, se changer et retrouver son entraîneur pour ses deux heures de gym quotidiennes.

Sautant debout sur sa planche, elle sentit que la vague qui arrivait serait la meilleure de la journée. Elle la contourna d'abord, en mordit la lèvre puis se laissa glisser dans le rouleau vert et frais. *Si on était à la Surf Fest, ces sponsors en seraient déjà à lorgner mon nom sur la liste*, songea-t-elle non sans une pointe de regret.

Cependant, alors qu'elle s'apprêtait à finir en beauté, elle aperçut un autre surfeur allongé sur son *bodyboard* et se dirigeant vers le large. À ses cheveux méchés de blond, sa peau tannée, sa silhouette d'athlète, elle sut que les yeux de ce garçon seraient aussi bleu topaze… Mais, alors qu'elle imaginait ce regard qui manquait chaque fois de la faire chavirer, elle perdit l'équilibre, glissa de sa planche et avala une énorme goulée d'eau salée… devant lui !

— Ça va ? lui lança Chris avant de plonger sous une vague.

Le temps qu'il refasse surface, Ellie avait déjà détaché les algues qui lui emprisonnaient les jambes et avait récupéré sa planche pour regagner la rive, comme si de rien n'était. Le gratifiant d'un léger signe de la main, elle se dirigea vers l'escalier au fond de la plage, trop contente de lui tourner le dos… si bien qu'il ne vit pas son visage rouge de honte et de fureur contre elle-même.

Elle ouvrit le portillon qui menait à la terrasse dallée de blanc et appuya sa planche contre la balustrade. Les bras dans le dos pour abaisser la fermeture de sa combinaison, elle aperçut soudain son père installé sur une chaise longue près du Jacuzzi, en train de siroter un jus d'orange.

Génial… Il est là depuis combien de temps ?

— Salut, papa… dit-elle en essorant sa natte d'un air dégagé.

Et en espérant aussi qu'il ne l'avait pas vue se vautrer dans l'eau…

— Tu t'es pris une belle gamelle, j'ai vu ça, répliqua-t-il pour toute réponse.

— Oui, mais pas si catastrophique…

Elle attrapa sa serviette et se dirigea vers la baie vitrée qui ouvrait sur le salon, avec le secret espoir qu'il ne l'y suivrait pas.

— Dis ça aux juges, lui lança-t-il de loin.

— Mais… tu as vu au moins ce que j'avais fait avant ? demanda-t-elle en s'efforçant de ne pas lui montrer combien sa réflexion la blessait.

Elle se débarrassa de sa combinaison et la suspendit à un crochet près de l'entrée.

— Parce que certaines vagues étaient excellentes.

Elle se retourna vers son père, un athlète d'un mètre quatre-vingt-dix, aux cheveux peut-être moins fournis qu'avant mais aussi blonds que les siens, au visage bronzé et aux yeux soulignés par de profondes pattes-d'oie ; des yeux vert pâle dont elle avait aussi hérité.

— Toutes les vagues doivent être bonnes, Ellie, pas seulement « certaines ». Tu imagines que ton frère a gagné le NSSA en ne se contentant que d'une ou deux bonnes vagues ?

La main sur la poignée de la porte vitrée, Ellie leva les yeux au ciel… en se félicitant d'avoir le dos tourné car il ne verrait rien de son expression exaspérée.

— Et ne prends pas cet air excédé, lui lança-t-il. Je vois ton reflet dans la vitre…

Évidemment, c'est lui qui a trouvé la perle qui fait si bien les carreaux !

— D'accord, c'est vrai, j'ai un peu glissé. Mais, franchement, quelle importance ? Je corrigerai tout ça avant la compèt', ne t'inquiète pas.

Sur ces paroles, Ellie se rua dans l'escalier qui menait à sa chambre, là où elle échapperait enfin à l'éternel regard scrutateur de son père.

— Ellie ? appela-t-il alors du rez-de-chaussée.

Bon sang, qu'est-ce qu'il veut, maintenant ?!

Il avait quitté sa chaise longue pour la poursuivre jusque dans la maison alors qu'elle était à la porte de sa chambre, si près de la liberté !

— Tiens, lui lança-t-il en lui tendant sa carte platine. Passe au centre commercial, tout à l'heure, et achète-toi ce dont tu as besoin pour l'école demain.

Redescendant l'escalier, elle accepta la carte de crédit qu'il lui tendait et se sentit aussitôt coupable pour tout ce qu'elle venait de penser.

C'était toujours ainsi. Il insistait, la poussait dans ses retranchements, jusqu'à ce qu'elle soit sur le point de crier, puis se montrait brusquement gentil et généreux.

Ellie ne le connaissait que trop, savait qu'il ne voulait que son bien et son bonheur mais, parfois, il arrivait vraiment à lui taper sur les nerfs.

quatre

Anne se réveilla, affreusement nauséeuse, au bruit d'une sonnerie à la fois stridente et insistante. Mettant cela sur le compte de son terrible mal de tête, elle resta couchée, les yeux hermétiquement clos, non sans se jurer que jamais, plus jamais elle ne boirait de vin rouge ou quoi que ce soit d'équivalent !

Jamais !

Enfin, du moins jusqu'au jour de ses 21 ans.

Elle était sincère.

Lorsque la sonnerie cessa enfin, elle ouvrit les yeux. Mais quand un instant plus tard, l'horreur recommença, elle comprit que c'était le téléphone et non sa tête qui résonnait aussi cruellement.

Repoussant les draps, elle dégringola du lit en se demandant où se trouvait ce fichu téléphone. Dans son ancienne chambre du Connecticut, elle avait un appareil sans fil avec son propre numéro, un mobile avec un autre numéro perso, un ordinateur portable, deux adresses courriel et un BlackBerry où elle pouvait recevoir ses mails. Et tout était à portée de son immense lit à baldaquin. Elle pouvait communiquer avec tout et n'importe qui.

Mais ici, dans l'étrange et nouveau repaire de son cher papa, Anne ne savait même pas dans quel sens orienter ses recherches. Puisqu'elle s'était endormie la veille deux minutes à peine après avoir trouvé sa chambre, le reste de la maison restait encore un mystère. Émergeant dans le corridor, elle se dirigea vers la cuisine, d'abord parce que cela lui semblait être l'endroit le plus logique pour y mettre un téléphone, et surtout parce que c'était la seule pièce où elle avait déjà mis les pieds.

— Allô ? articula-t-elle en saisissant le récepteur gris métallisé au faux air rétro.

— Je te réveille ? lui demanda son père de Dieu seul savait où.

— Euh... oui. Où es-tu ?

Elle se percha sur un tabouret en teck, devant une longue et haute table – poétiquement appelée « bar américain » par toutes les revues design.

— Encore sur le tournage. Désolé de ne pas avoir été là pour t'accueillir, hier. On a eu quelques complications, ici, mais je devrais pouvoir rentrer ce soir.

Une promesse qui ne lui paraissait pas très convaincante.

Je « devrais » pouvoir rentrer...

— Oui, c'est ça... lâcha-t-elle entre ses dents.

Très énervée contre lui, elle se reprocha néanmoins le ton aigre de sa voix.

— Alors, à tout à l'heure, lui dit son père, manifestement pressé de raccrocher.

— Papa, attends... Qu'est-ce que je fais, moi, ici ? Je... je me sens complètement en rade, toute seule dans cette maison.

— Appelle Jake, si tu as besoin de quoi que ce soit. Son numéro est dans le répertoire, près du téléphone. Ou demande à Christina ; elle devrait être là vers midi.

Christina ? À peine divorcé, à peine arrivé dans le quartier et, déjà, il avait une petite amie ? Mais qu'est-ce qui se passait avec ses parents ? À la façon dont ils jouaient à la chaise musicale avec leurs partenaires, ils étaient pires que les gamins de l'école !

Anne secoua la tête avec exaspération, mais cela ne fit qu'empirer les battements dans ses tempes.

— Papa, tu ne crois pas que tu… ?

Elle s'interrompit en constatant un silence absolu à l'autre bout du fil, puis une sonnerie.

Je n'y crois pas, il a déjà raccroché !

— Allô ? Allô ? hasarda-t-elle, les yeux rivés sur le récepteur.

Non, son père était parti. Sans un au revoir.

Tu parles d'un accueil chaleureux… marmonna-t-elle en reposant brutalement l'appareil sur son socle.

Elle sauta du tabouret, alla ouvrir le frigo et y chercha quelque chose destiné à soigner ce qu'elle pouvait désormais appeler sa première cuite. Saisissant une brique de lait de soja, elle but à même le carton. Mais, la première gorgée avalée, elle se rua vers l'évier pour la recracher en toussant et s'étranglant à moitié. *L'horreur !* Son père était-il en train de virer au hippie californien obsédé par sa santé ? Ou alors, était-ce cette Christina qui avait rempli le frigo de produits bio plus bizarres les uns que les autres ?

Anne regarda la pendule au-dessus de la cuisinière. Encore une heure avant que la Christina en question ne déboule, telle une star, pour jouer le rôle qui, assurément, serait le plus difficile de sa carrière : celui de l'enthousiaste et nouvelle compagne d'un homme ayant fraîchement retrouvé sa liberté, et de sa fille boudeuse dont la tête ressemblait à une citrouille.

Anne avait une nette tendance à considérer sa vie en termes de cinéma, comme si chacun de ses instants se déroulait en direct devant une assemblée de spectateurs. Sans doute était-ce le fait d'avoir pour père l'un des grands patrons d'Hollywood. Cependant, ces derniers temps, elle trouvait que cette façon de regarder son existence était totalement bizarre.

Elle attrapa une bouteille d'eau dans le frigo et se demanda à quoi pouvait bien ressembler la nouvelle amie de son père. En y réfléchissant, il avait été si contrarié par l'attitude de sa mère qu'elle pouvait l'imaginer, cette fois, attiré par une femme à l'opposé d'elle. Peut-être un mélange de Kate Hudson et de Meg Ryan – le genre d'hybride sexy qui pouvait bâtir une carrière entière seulement sur des comédies romantiques américaines.

Toutefois, se représenter son père avec une telle créature lui faisait froid dans le dos. Une créature si différente de sa mère, l'élégante avocate de New York, qui avait fini par tromper son mari et détruire sa famille. Oui, sa mère était décidément une femme fatale, le type même des héroïnes de films noirs.

Mais, tout comme son père, Anne ne voulait pas penser à elle. C'était à cause d'elle s'ils vivaient tous les deux dans cet endroit aussi atroce qu'ensoleillé. Même si la jeune fille trouvait pénible d'être constamment ignorée par un père obsédé par son travail, elle parvenait à gérer la chose. Alors, pourquoi n'y arrivait-elle pas avec sa mère ? Après tout, c'étaient eux, les adultes ! C'étaient eux qui s'étaient juré amour, fidélité, etc. !

C'étaient eux aussi qui lui avaient appris à « honorer ses engagements », et toutes sortes d'autres valeurs qu'ils n'observaient même plus. C'était comme si, depuis leur divorce, ils avaient fort à propos oublié toutes les leçons qu'ils lui avaient enseignées ; comme si la différence entre parents et enfant était devenue extrêmement floue.

Saisissant une banane dans un panier en argent, Anne alla ouvrir la baie vitrée pour sortir sur la terrasse au sol dallé qui dominait la plage. Elle s'approcha de la balustrade, s'y appuya et continua de peler sa banane tout en clignant des yeux sous le soleil. Il y avait cinq ou six surfeurs en ligne sur l'eau, couchés sur leur planche, qui riaient et s'amusaient en attendant leur tour pour s'élancer sur les vagues.

Anne finit son fruit, descendit l'escalier et alla s'asseoir sur la dernière marche pour observer les alentours. La plage formait une jolie petite anse de sable blanc, avec ses baigneurs, ses parasols, ses deux mini-miradors pour maîtres nageurs et, plus loin, un filet sans doute destiné au volleyball. Même si elle était décidée à ne pas aimer la région, elle devait reconnaître que cette plage était la sienne. Enfin, pas exactement – beaucoup d'autres familles habitaient la résidence – mais elle était là, sous ses pieds, juste au bas de l'escalier.

Elle regarda les surfeurs prendre les vagues les unes après les autres, certains glissant avec grâce vers le rivage, d'autres piquant une tête et atterrissant mollement sur le sable. Cependant, même si Anne aimait l'eau et nager, elle se sentait bien plus à l'aise dans une piscine que dans la mer. L'odeur de chlore lui plaisait. Elle espérait vraiment trouver une équipe de plongeon dans son école.

Étendant ses longues jambes devant elle, la jeune fille se demanda s'il était bizarre d'être assise comme ça, en pyjama, sous le soleil. Vêtue d'un débardeur blanc et d'un short bleu pétrole orné de fleurs blanches, elle jugea qu'elle ne détonnait pas trop dans cette tenue. Fermant les paupières, elle jeta la tête en arrière et laissa le soleil lui caresser le visage.

— Hé, ça y est, tu te sens mieux ?

Anne ouvrit les yeux pour découvrir, debout devant elle, un Jake aux cheveux en bataille, aux lèvres desséchées par le sel, avec, sous le bras, une planche qui avait manifestement passé des siècles dans l'eau. L'espèce de nonchalance qu'il montrait l'agaça immédiatement. Comme s'il sortait tout droit d'un casting de cinéma ou quelque chose du genre.

— Je ne sais pas de quoi vous… de quoi tu parles, mais, oui, j'ai bien dormi, merci, répondit-elle sur un ton sec qu'elle se reprocha aussitôt.

— Super, reprit Jake, pas le moins du monde impressionné. Voilà, en fait ton père m'a demandé d'aller voir comment tu allais. Tu as besoin de quelque chose ?

Il secoua ses cheveux, non sans l'arroser au passage de quelques gouttelettes rafraîchissantes.

— Oui. Il vient de m'appeler. Il voudrait que vous… que tu me laisses les clés, répondit-elle en le fixant.

— Ah, oui ? sourit-il. Quelles clés ?

— Celles de la Mercedes. Je dois sortir.

Elle croisa les jambes et regarda fixement ses orteils qui remuaient dans le sable.

— Bien tenté, lâcha-t-il en riant.

Anne haussa les épaules et regarda de nouveau ses pieds. D'accord, elle attendrait un meilleur moment pour récupérer ces clés.

— Hé, jolie, ta démonstration, tout à l'heure. Tu t'es fait plaisir, on dirait !

Mais, qu'est-ce qu'il raconte ? se demanda-t-elle en levant les yeux vers lui… pour découvrir à ses côtés un garçon à la beauté fracassante.

— Oui, mais ça manquait un peu de consistance, là-bas, répondit-il à Jake avant de sourire à la jeune fille.

Des yeux turquoise à se damner, des dents étincelantes, des abdos d'enfer… Euh… rappelle-toi, tu as un petit ami, songea-t-elle en se secouant.

Ce n'était pas parce qu'elle se trouvait à des milliers de kilomètres de Justin que c'était terminé avec lui. Deux jours avant, ils s'étaient promis de s'attendre, et voilà que, déjà, elle craquait devant le premier beau gosse venu.

— Tiens, je te présente Anne, déclara Jake.

— Salut, je m'appelle Chris.

Souriant, il lui tendit la main.

Anne l'accepta puis la retira aussitôt.

— Tu surfes ? lui demanda-t-il.

— Non, fit-elle en s'empressant de regarder ailleurs.

Quoi, il le fait exprès ? Il n'est pas obligé de sourire en permanence sous prétexte que je lui trouve de belles dents…

— Dommage.

— Non, aucune importance, fit-elle, incapable de s'empêcher de jouer les pestes.

— Tu vas à l'école dans le coin ? interrogea-t-il sans se démonter.

— Oui, Laguna Beach.

— Moi aussi. Tu es en quelle année ?

— En première, répliqua-t-elle, les yeux fixés sur l'horizon.

— Moi aussi. Alors, on se verra lundi, j'imagine, reprit-il… sans cesser de sourire.

— Oui, j'imagine…

Elle se leva alors et fit demi-tour pour remonter l'escalier.

Franchement, ils sont tous comme ça, ici ? Bronzés, l'air heureux, souriants, sympas et beaux comme des dieux ?

Elle espérait sincèrement que non.

C'est alors qu'elle entendit Jake lui lancer :

— Je passerai tout à l'heure pour voir si tu as besoin de quelque chose.

Elle se retourna, jeta un bref regard aux deux garçons et rétorqua :

— Je n'ai pas besoin de nounou, tu sais. Je n'ai besoin de rien.

Puis, tournant les talons, elle remonta l'escalier de bois sans leur laisser le temps de répondre.

cinq

— Lola ? C'est tout ce que tu manges ?

— *Si, Abuela*. Ça me suffit, répondit la jeune fille avec un sourire patient.

C'était devenu la routine, au petit déjeuner, depuis que sa grand-mère avait laissé derrière elle son Mexique natal pour venir vivre avec eux. Cette réflexion matinale était à présent si prévisible que Lola se retenait, chaque fois qu'elle entrait dans la cuisine, de placer un magnéto près de son bol de céréales, et d'appuyer sur le bouton « marche » avant de se mettre à manger.

— Attends, je vais te préparer des œufs au bacon, lui proposa sa grand-mère en se levant.

Elle lissa sa petite robe à fleurs puis se dirigea vers la cuisinière.

— *Abuela*, s'il te plaît, je ne veux pas d'œufs ! Ellie sera là dans une seconde, dit-elle en regardant la pendule avant de finir en vitesse ses céréales.

— Mais, tu n'as rien mangé ! Tu n'as que la peau sur les os. Jamais tu ne trouveras de mari, avec une telle silhouette.

— Oui, enfin… comme je suis encore au lycée, c'est peut-être une bonne chose, reprit-elle avant de se lever pour mettre son bol dans l'évier.

Abuela était la maman de son père. Après la mort d'*Abuelo*, un an plus tôt, elle avait accepté à contrecœur de quitter sa chère ville de Mexico pour venir habiter avec eux, n'emportant avec elle rien de moins que deux cantines pleines de robes de coton ainsi que tous ses souvenirs – car elle désavouait à peu près tout de sa nouvelle vie à Laguna Beach. Si cela ne tenait qu'à elle, la mère de Lola resterait à la maison la journée entière afin de préparer les repas pour la famille, et sa fille pèserait dix kilos de plus, vêtirait sa robe de première communion et se fiancerait à un gentil Mexicain de bonne famille dès sa sortie du lycée. La seule « chose » qu'*Abuela* paraissait approuver était son fils. Le père de Lola avait toujours raison.

— Lola, n'oublie pas que tu as répétition pour le bal, ce soir, lui rappela sa mère qui venait d'entrer dans la pièce.

Ce disant, elle embrassa distraitement *Abuela* sur la joue.

Quelle différence il y a entre elles ! se dit Lola en comparant le petit corps rondouillard de sa grand-mère avec celui, long et mince, de sa maman, très élégante dans l'un de ses ensembles couture. *Je tiens d'*Abuela *ma petite taille et mon entêtement, mais de maman, ma minceur et mes cheveux souples et noirs.* C'était en revanche de son père qu'elle tenait ses yeux, brillants, noirs et profonds.

— Maman, je vais faire de mon mieux, mais je ne peux rien te promettre. C'est quand même la rentrée et tout...

— Pas de « et tout », Lola, coupa-t-elle. Dis : « C'est la rentrée », ça suffit.

— Oui, d'accord, reprit la jeune fille en embrassant à son tour sa grand-mère, à l'instant précis où Ellie venait se garer dans l'allée et klaxonnait.

— C'est Ellie ? demanda sa grand-mère.

— Oui, *Abuela*. J'y vais… À tout à l'heure.

Elle prit son sac et se dirigea vers la porte d'entrée.

— Lola, lui lança alors *Abuela*, tu peux lui répéter que c'est très impoli de klaxonner ainsi ?

Une main sur la hanche, la jeune fille laissa échapper un soupir exaspéré et répondit :

— Non, je ne peux pas. Parce qu'elle me rend un énorme service en venant me chercher pour m'emmener au lycée. Et, si ton fils et ta belle-fille voulaient bien m'acheter une voiture, je pourrais y aller toute seule ; ça t'éviterait une fois pour toutes d'être importunée par ce klaxon.

— Qu'est-ce qu'elle a dit ? demanda-t-elle en espérant qu'on lui traduirait les paroles de sa petite-fille.

Mais Lola avait depuis longtemps compris que l'anglais parfait de sa grand-mère semblait toujours lui faire défaut au moment le plus propice.

Secouant la tête, la mère de Lola laissa tomber :

— Rapporte-nous de meilleures notes et on en reparlera.

— Oui, oui…

Lola prit son sac en bandoulière et sortit rejoindre Ellie. Elle n'avait eu qu'une seule note sous la moyenne au dernier trimestre, mais cela suffisait pour que ses parents lui refusent une voiture. Ils n'attendaient d'elle que le meilleur, et elle avait fait de son mieux ; mais quatre mauvaises réponses à son interro de chimie – la chimie… comme si elle voulait se lancer dans les sciences ! – et cela lui valait de devoir se faire conduire à l'école par ses amies pour encore au moins un semestre. Et ça commençait réellement à devenir lourd.

D'habitude, cela ne la gênait pas de se faire trimballer à droite et à gauche mais, ces dernières semaines, elle avait trouvé une excellente raison de se voir offrir sa propre voiture et, dans la foulée, d'acquérir un peu plus d'indépendance. Elle était donc super motivée pour bien se comporter et n'obtenir que les meilleures notes à l'école.

— Salut, Ellie.

Se laissant tomber sur le siège passager de la nouvelle Mini décapotable de son amie, elle ajouta :

— On prend Jade, au passage ?

— Non, elle nous retrouve là-bas.

Ellie démarra pendant que Lola défaisait sa queue-de-cheval pour lâcher ses superbes cheveux d'ébène, avant d'ôter son sweater au col montant et dévoiler ainsi le petit T-shirt moulant qu'elle portait en dessous. Sa famille l'appelait peut-être Lola mais ses amies – qui la voyaient sous un autre œil lorsqu'elle était loin de ses parents – l'appelaient souvent Lolita.

— Tu as raté quelques bonnes vagues, ce matin, lui dit Ellie en observant du coin de l'œil sa transformation.

— Je n'arrive plus à me réveiller si tôt, avoua-t-elle. Je ne sais pas comment tu fais.

Lola appliqua sur ses lèvres du gloss couleur pêche, non sans regarder le garçon en Jeep Wrangler qui attendait au feu rouge sur la file voisine.

— Il suffit d'avoir un peu de discipline, c'est tout.

— Oui, avoir de la discipline et voir du monde, repartit Lola en souriant à son voisin.

— Tu m'excuseras, mais moi aussi je vois du monde. Pour ton info, j'ai bien l'intention de rester déléguée de classe, cette année ; de diriger l'édition de l'annuaire, de rester présidente du club de surf…

— J'entends par « voir du monde »... faire la fête après les cours, l'interrompit Lola en éclatant de rire.

— Tout le monde ne sort pas chaque soir jusqu'à pas d'heure, Lolita ! argua-t-elle en se tournant vers son amie. Mais, dis donc, je ne me trompe pas... tu es vraiment en train de draguer ce type ?!

— Oui, peut-être...

— Mais, enfin... il est... un peu *vieux*, non ?

— Pas du tout. Il a 25, 26 ans, pas plus. Et il est tellement mignon.

Elle alla même jusqu'à descendre sa vitre pour avoir un meilleur aperçu de celui qui avait démarré en même temps qu'Ellie au feu vert.

— Il est peut-être marié, avec trois enfants, et une femme à la maison, qui se jettera sur toi dès qu'elle aura eu vent de ça, plaisanta Ellie, non sans craindre intérieurement que cela ne se réalise.

— Je ne flirte jamais quand je vois qu'ils ont une alliance ou une petite amie pas loin. En fait, je suis très vieux jeu, tu sais.

Elle ne quittait pas des yeux le conducteur de la Jeep qui continuait de rouler à leurs côtés.

— Oh, arrête, s'il te plaît ! Je n'ai vraiment pas envie d'être suivie jusqu'à l'école par un pervers.

Cette fois, Ellie semblait ne plus rire du tout.

— Calme-toi, c'est terminé. Il a tourné à droite. C'était amusant de jouer à ce petit jeu, voilà tout. Hé, au fait, tu peux me laisser au coin de la rue ?

— Quoi... ? Pourquoi ?

— Je dois retrouver quelqu'un, répondit Lola en se passant la main dans les cheveux avant de vérifier dans le rétroviseur la tenue de son gloss à lèvres.

— Je t'attends ? demanda-t-elle en ralentissant pour s'arrêter au bord du trottoir.

— Non, on se voit à l'école.

Son amie lui jeta un regard suspect.

— Oui, on se retrouve tout à l'heure, insista Lola.

— Si je ne te connaissais pas mieux, je jurerais que tu fais du trafic de drogue ou que tu es un agent de la CIA.

— Qui ? Moi ? s'indigna Lola en attrapant son sac et ses bouquins avant de sauter hors de la Mini.

six

Apercevant Ellie qui se garait sur le parking, Jade se serait précipitée pour l'accueillir si Ben n'avait pas surgi à cet instant pour la soulever dans ses bras, la balancer sur son épaule et courir avec elle vers le terrain de jeux.

— Ellie ! appela-t-elle en riant et se débattant, bien décidée à ignorer son expression stupéfaite.

Jade ne connaissait que trop ce regard, car son amie semblait le lui décocher de plus en plus souvent, ces derniers temps. Un regard qui disait : *Là, tu me déçois, mais je t'aime toujours, même si je me fais du souci pour toi...*

Jade lui pardonnait. Parce qu'elle pardonnait à peu près à tout le monde. Car tout le monde ne souscrivait pas forcément à son credo « vivre et laisser vivre », *surtout* Ellie.

Elles étaient amies depuis toujours. Bien avant qu'un cancer du pancréas n'emporte la mère d'Ellie. Bien avant que son père, dévasté par le chagrin, ne commence à lui mettre la pression sur à peu près tout ce qu'elle faisait. Bien avant qu'Ellie, souffrant de l'énorme vide émotionnel laissé par la disparition de sa maman, ne se mette elle-même la pression, et plus encore que son père ne le faisait.

Jade ne comprenait que trop pourquoi la jeune fille avait changé au cours de ces dernières années. Elle s'en inquiétait, autant qu'Ellie s'inquiétait pour elle. Mais elle aimait assez cette dernière pour tolérer sa constante désapprobation. Enfin… la plupart du temps.

— Ellie ! cria Jade une nouvelle fois.

Elle frappa Ben aux côtes jusqu'à ce qu'il la repose par terre.

— Très chouette, ton pull, lança-t-elle alors à son amie avant de rejeter en arrière ses longues boucles brunes et indisciplinées.

— Merci, répondit Ellie tout en passant une main absente sur le cachemire vert qu'elle avait acheté la veille avec la carte de crédit de son père. C'est qui, ce garçon ?

— Ben Parker, murmura-t-elle alors qu'il partait rejoindre un groupe de copains un peu plus loin. Il arrive de Sage Hill. Tu as le droit de sourire, tu sais…

Ignorant sa remarque, Ellie enchaîna :

— Pourquoi venir s'installer ici alors qu'il habitait là-bas ? Il a fait quelque chose de mal ?

— Pas du tout. Mais ses parents se sont séparés, et sa mère ne pouvait plus payer sa scolarité là-bas. Lâche-le, tu veux ? Il est vraiment sympa.

— Et… tu le connais comment ?

— On s'est rencontrés la semaine dernière, au barbecue de Salt Creek Beach. Celui où tu n'es pas venue.

— Il fait partie de ceux qui se sont fait jeter parce qu'ils avaient trop bu ?

— Écoute, fit Jade en secouant la tête, je ne ferai aucun commentaire sur lui parce que ça ne me regarde pas, et *toi encore moins.*

Jade était sans doute la seule fille de l'école à observer le serment prêté en début d'année de ne pas cancaner sur les autres.

— Allez, viens, maintenant. Notre cher petit Chris est là-bas, et je suis sûre qu'il est encore plus craquant que l'année dernière.

— Ça y est, je l'ai déjà vu.

— Ah, oui ? Quand ça ?

— Je l'ai vu surfer hier matin. Pendant que je vous attendais, si tu veux savoir.

— Justement, à propos... je sais que je vais te décevoir, mais c'était le dernier jour des vacances, et, voilà, je ne me suis pas réveillée. Je sais que je n'ai pas d'excuse pour ça mais, se lever si tôt, ça contredit totalement les lois de la nature.

Elle sourit puis demanda :

— Et Lola, où est-elle ?

— Je l'ai lâchée au coin de la rue. Apparemment, elle avait quelqu'un à voir, ajouta Ellie en levant les yeux au ciel.

Mais Jade pensait tout autrement :

— Elle prend le temps de s'amuser, voilà. C'est bien du Lolita de se trouver un rendez-vous juste le jour de la rentrée. Franchement, j'admire cette fille. Allez, viens, El, qu'on aille un peu baver devant Chris.

Comme elle la tirait par le bras, Ellie ne voulut rien savoir.

— Je ne peux pas. Il faut que je passe au bureau.

— Pour quoi faire ? C'est le premier jour ! Tu as déjà une réunion qui t'attend ?

Jade croisa les bras et planta son regard dans celui de son amie. Elle savait qu'elle mentait.

— J'ai des papiers à déposer. On se retrouve pendant la pause, d'accord ?

— Très bien… tant pis pour toi, répliqua Jade en la regardant s'éloigner, toute à sa triste mission.

Elle ferait n'importe quoi pour éviter Chris, se dit-elle, sachant qu'elle était la seule à savoir ce qu'Ellie pensait de lui. Et peut-être l'avait-elle même compris avant son amie, celle-ci étant passée maître dans l'art de se cacher ses propres sentiments.

Jade, Ellie, Lola et Chris se connaissaient depuis une éternité. Jade avait été la première à arriver à Laguna Cove et, comme elle aimait à le préciser, elle restait la seule vraie *native* de la résidence… pour être née dans la maison familiale, sous l'œil attentif de la sage-femme, de son père, de ses deux sœurs, Ruby et Saphir, de ses grands-parents (si inquiets qu'ils avaient – en vain – supplié leur fille d'avoir la sagesse d'accoucher dans une vraie clinique, auprès de vrais médecins et infirmières) et, bien sûr, de sa mère elle-même.

Si Jade avait pu naître ici, à Laguna Cove, c'était bien grâce à ces mêmes grands-parents inquiets et désapprobateurs. Issus d'une famille très fortunée, ils n'appréciaient guère le père de Jade. Belle et intelligente, leur fille aurait pu choisir de convoler avec un médecin ou un brillant avocat. Mais non, elle avait préféré épouser un artiste. Quel avenir pouvait lui proposer cet homme sans argent ni carrière ?

Cependant, à peine mariés, ils s'étaient envolés pour Hawaï dès la fin de leurs études. À leur retour en Californie, les parents de la jeune femme, résignés, avaient offert au couple leur villa de vacances en cadeau de mariage. C'était, à leur avis, le moins qu'ils puissent faire pour assurer à leurs futurs petits-enfants une éducation correcte, dans une maison décente et non dans un petit appartement de Costa Mesa, comme ils le redoutaient.

Actuellement, après quelques années d'un succès tranquille, la demande pour les peintures de son père avait nettement baissé. Les grands-parents de Jade étaient décédés, les dettes de la famille s'accumulaient à mesure que les fonds de sa mère s'amenuisaient, et les rénovations « écologiques » de la maison étaient suspendues pour une période indéterminée, ce qui donnait à certaines parties de la villa un petit air de construction à l'abandon.

Mais Jade s'en moquait. Elle traversait sans broncher les pièces encore en travaux, et s'ils devaient partager la même salle de bains, quelle importance ? Elle savait que son père connaîtrait à nouveau le succès, c'était juste une question de temps. D'autre part, elle avait l'habitude de vivre dans le chaos. Puisqu'elle avait grandi avec deux sœurs aînées et des parents un peu hippies dont la porte était ouverte à tous, elle voyait toujours passer toutes sortes de gens à la maison. Impossible de savoir qui elle trouverait, un dimanche matin, endormi sur le divan du salon ou attablé à la cuisine devant le petit déjeuner. Sans doute était-ce la raison pour laquelle Jade se montrait si tolérante. Elle avait appris très tôt que, si l'on savait regarder de plus près, on pouvait trouver du bon même chez la personne la plus invivable.

À peine avait-elle fait ses premiers pas qu'elle s'était retrouvée à construire des châteaux de sable sur la plage avec Ellie. Elles avaient appris à Lola à plonger sous les vagues lorsqu'elle était arrivée du Mexique, à l'âge de 8 ans. En classe de troisième, Chris était apparu dans leur vie, pour les entraîner, dès la sortie des cours, dans de grandes virées sur la plage tout en leur inculquant l'amour du surf. Très vite, il s'était fait adopter comme le quatrième membre de leur petit groupe déjà très soudé.

Au collège, ils étaient restés les meilleurs amis du monde, et peu importait aux filles si Chris les voyait en pyjama ou couvertes de crème anti-acné.

Au bout de la deuxième année, la situation se transforma. Ils étaient tous encore les meilleurs amis du monde mais, brusquement, au retour des vacances, Chris avait changé d'apparence. Un véritable apollon. Elles le connaissaient trop pour le considérer de cette manière, évidemment, mais cela ne voulait pas dire que les autres pensaient comme elles. Et, sans leur laisser le temps de dire « ouf », une nuée de filles tenta de se lier d'amitié avec elles dans l'unique but d'approcher le fameux Chris.

Jade, Ellie et Lola l'observèrent se détacher lentement d'elles, passant d'une nouvelle petite amie à l'autre (le plus souvent une blonde, parfois classe, mais pas toujours gentille), jusqu'à ce qu'ils en viennent à ne plus se lancer qu'un rapide « salut » quand ils se croisaient dans les couloirs.

Cependant, tous semblaient s'en accommoder, à part Ellie qui, un soir, après quelques gorgées de sa toute première bière, se tourna vers Jade et lui avoua ses sentiments pour Chris, avec une intensité émotionnelle que son amie ne lui avait jamais vue… et n'aurait jamais pu déceler chez elle. Puis, tandis qu'Ellie s'essuyait le nez avec la manche du sweat-shirt que Jade venait de lui prêter, elle se plaqua soudain une main sur la bouche, se leva d'un bond et alla vomir dans les buissons une demi-bouteille de Corona.

Le sujet ne fut plus jamais mentionné.

Jade constatait avec tristesse le refus d'Ellie d'admettre ses sentiments pour Chris. Parce que, selon elle, ils iraient très bien ensemble. Comme s'ils étaient faits l'un pour l'autre. Tous les deux étaient beaux, intelligents, motivés, excellents surfeurs – sans parler du fait que, l'année dernière, Chris n'était sorti avec personne. Il semblait même qu'il commençait à se rapprocher du petit groupe qu'ils avaient formé ensemble jusque-là.

Jade adorait avoir un projet stimulant en tête, surtout lorsque cela impliquait de venir en aide à quelqu'un. Si rien d'autre n'arrivait au cours du semestre, elle était décidée à faire en sorte que Chris et Ellie se retrouvent dans les bras l'un de l'autre.

sept

Debout devant son miroir en pied, Anne contemplait son image. Un jour de rentrée, dans le Connecticut, elle aurait passé son uniforme habituel : chemisier blanc, jupe écossaise et blazer bleu marine. Elle serait déjà à la porte, à cette heure, impatiente de retrouver ses amies pour partager avec elles tout ce qui s'était passé durant l'été.

Mais, comparé à Greenwich, Laguna Beach était carrément une autre planète. Non seulement elle n'avait aucune amie à retrouver, mais elle ignorait quel était l'uniforme « officiel » de l'école. Car, si le lycée de Laguna Beach était une école publique au code vestimentaire libre, il y en avait certainement un, plus « social », auquel tout le monde adhérait. Toutes les écoles étaient les mêmes, dans ce sens : on ne confondait pas ce qui était mettable et cool avec ce qui vous cataloguait aussitôt comme un total abruti ou un martien.

Le but d'Anne était simple : se mêler aux autres sans se faire remarquer par sa tenue. Mais, pour cela, il fallait quand même connaître le code ; et Anne n'en avait pas la moindre idée. Les seules personnes qu'elle voyait ici étaient son père, qui l'appelait chaque jour mais restait encore invisible (non contents de s'être séparés, ses parents n'avaient-ils pas non plus divorcé d'elle ?), Jake, qui ne portait que des bermudas et semblait avoir un cordon de planche attaché en permanence à la cheville, et enfin, Christina, qui s'avérait n'être que la femme de ménage, ne parlait pratiquement que l'espagnol et, pour couronner le tout, ne s'intéressait pas le moins du monde à la mode.

De toute façon, qui se met sur son trente et un pour frotter un évier ou nettoyer les sols ? songea-t-elle devant son miroir.

Sortant dans le couloir, Anne appela :

— Christina ?

— *Si ?* répondit-elle avant de trottiner vers sa chambre.

— Bonjour... je veux dire, *buenos dìas*...

Mince, deux ans d'espagnol, et voilà seulement où j'en suis ?

— Ça va, ma tenue ? demanda-t-elle en indiquant ses vêtements dans l'espoir que Christina comprendrait.

— *Si. Muy bonita*, répondit-elle avec un sourire.

— *Bonita* ? Ça veut dire « bien », c'est ça ?

— *Si*, très jolie, lança-t-elle avant de retourner à sa vaisselle et ses *novelas* sur le petit poste télé de la cuisine.

Anne rentra dans sa chambre et considéra d'un air sceptique son reflet dans la glace. Christina semblait sincère, mais, encore une fois, elle était payée par son père. Était-il possible qu'elle n'ait répondu ainsi que pour lui être agréable ? Qu'elle la prenne pour une fille en manque d'attention, gâtée, peu sûre d'elle et ridicule, tout simplement ?

Oui, c'était bien possible...

— Alors, pas encore prête ? lui lança Jake en venant frapper à sa porte.

— Si, si, une minute !

Encore lui… Elle commençait à en avoir assez. Pourquoi devait-il l'emmener à l'école ? *Il ferait mieux de me laisser les clés, continuer à envoyer ses fax ou faire les petits boulots que papa lui demande*, songea-t-elle.

— Tu vas vraiment être en retard, Anne, insista-t-il. Pour ton info, les cerbères de Laguna Beach n'apprécient pas, en général. J'en sais quelque chose : j'ai été renvoyé deux fois.

Et il a l'air fier de lui, on dirait.

— D'accord, je suis prête, répliqua-t-elle en ouvrant brusquement devant lui.

— Tu… comptes porter ça ? interrogea-t-il alors, les yeux écarquillés.

— Oui… pourquoi ? Qu'est-ce qu'il y a de mal ?

— Oh, rien. Tu es… tu es très bien, articula-t-il avant de tourner les talons pour repartir vers la porte d'entrée.

— Cette fois, tu me laisses conduire, lui dit Anne quand ils furent dehors.

Joignant le geste à la parole, elle tenta de saisir les clés qui se balançaient au bout de ses doigts.

— Ah, non, tu ne vas pas recommencer, fit-il avec impatience.

— Jake, allez… Comment veux-tu que j'apprenne à reconnaître mon chemin si je ne conduis pas moi-même ?

— En observant la route, répondit-il avant de la pousser vers la Mercedes. Allez, grimpe. Il nous reste un quart d'heure avant la sonnerie.

Jake se gara le long du trottoir, devant le bâtiment administratif.

— Bon, maintenant, tu entres dans ce bureau, tu te présentes et on te dira ce que tu dois faire ensuite.

— Oui, merci, maman, lâcha Anne en claquant la portière.

— Appelle-moi si tu as besoin de quelque chose, lui lança-t-il. Sinon, je passe te reprendre à trois heures et demie.

Ce disant, il remit le toit de la Mercedes.

— Et l'argent pour mon déjeuner ?

— Il t'en faut ? demanda-t-il en fouillant dans sa poche.

— Non, sourit-elle, je plaisantais. À tout à l'heure.

Elle se dirigea alors vers le bureau d'un pas qui se voulait assuré, dans l'espoir de dissimuler au monde entier les tremblements qui la secouaient.

*

La secrétaire l'accueillit gentiment et lui indiqua le chemin vers sa classe. Anne traversait le campus lorsqu'elle crut entendre quelqu'un l'appeler.

Je deviens folle, se dit-elle. *Je ne connais personne, ici.*

— Hello, Anne !

Non, elle ne se trompait pas ; quelqu'un l'appelait bien. Elle se retourna pour découvrir un garçon au charme d'enfer lui sourire et lui faire signe. Plantée là pendant ce qu'elle estima être une éternité, elle finit par reconnaître Chris, le surfeur qui parlait avec Jake, la veille, sur la plage.

— Viens nous rejoindre, répéta-t-il.

Anne s'approcha timidement de lui, non sans remarquer la nuée d'élèves qui l'entouraient, tous habillés de façon super cool, en chemise de surf, shorts et tongs pour les garçons, et T-shirts, minijupes ou jean taille basse, et ballerines pour les filles. Lorsqu'elle se retrouva près d'eux, avec son jean couture noir, ses bottines à talon aiguille et son petit cachemire noir moulant, elle se sentit absolument décalée et ridicule. Elle avait tout faux ! L'air d'un prof plutôt que d'une étudiante !

— J'ai failli ne pas te reconnaître sans ta planche, dit-elle à Chris avec un sourire plein d'une fausse assurance.

Chris lui rendit son sourire et lui passa nonchalamment le bras autour des épaules, comme s'ils se connaissaient depuis des siècles. En temps normal, Anne aurait eu un mouvement de recul devant ce geste plus que familier ; elle ne supportait pas les garçons trop sûrs d'eux, qui se savaient sexy et estimaient que toutes les filles devaient tomber comme des mouches devant eux. Mais, avec Chris, c'était différent. Elle le devinait gentil et sincère, et ce bras passé autour d'elle lui parut étrangement réconfortant.

— Les gars, je vous présente Anne. Elle arrive tout juste de New York.

— Du Connecticut, corrigea-t-elle.

— Oui, enfin, de la côte est, dit-il en riant. Alors, Anne, je te présente Jade, Ben, Hunter, et puis Ellie, là-bas.

Il lui indiqua une très jolie blonde qui marchait vers eux pour les rejoindre.

— Qui est-ce ? demanda celle-ci en se plantant devant Anne pour l'inspecter de haut en bas.

— C'est Anne. Elle est nouvelle ici.

Ellie lui sourit, mais la jeune fille ne fut pas dupe : c'était un sourire aussi poli que glacé. Et, entre la politesse et la sincérité, il y avait un monde.

— Comment vous vous connaissez ? demanda Ellie non sans la toiser de nouveau.

— On s'est rencontrés sur la plage, répondit Chris. Elle est amie avec Jake.

Anne aurait préféré qu'il ne précise pas qu'elle était « amie » avec Jake. Pour elle, il représentait davantage une nuisance qu'autre chose.

— Oh, Jake, il est trop sympa ! intervint celle qui se faisait appeler Jade. Comment tu le connais ?

— Il travaille pour mon père.

— Alors... tu habites dans la même rue qu'Ellie, Chris et notre amie Lola... qui n'est pas encore là ! Et ma maison, elle, est juste en bas de la colline !

Anne considéra Jade et son immense sourire. Elle semblait sincèrement ravie de cette nouvelle. Puis elle se tourna vers Ellie, qui gardait un visage fermé.

— Tu surfes ? interrogea celle-ci avec une expression indéfinissable dans le regard.

— Non. Je fais plutôt du plongeon. J'étais capitaine de mon équipe, dans mon ancienne école, mais...

Elle s'interrompit. Qui avait envie d'entendre sa triste petite histoire ?

— Enfin... j'ai fait un peu de *boogie board* mais jamais de surf.

— De *bodyboard*, corrigea Ellie. Personne ne dit « *boogie* ». Et puis, laisse tomber, ça n'a rien à voir.

Anne baissa les yeux et sentit le silence vibrer autour d'elle. *Super, je débarque dans ma nouvelle école et, à peine cinq minutes après, c'est déjà la catastrophe !* Que faisait-elle ici, si loin de son cher Connecticut ?

— Tu commences avec quel cours ? lui demanda alors Jade.

— Euh... anglais, fit-elle avant de consulter son programme pour s'en assurer.

— Ah, Ellie aussi. Peut-être qu'elle peut te montrer où se trouve votre classe.

Jade posa sur son amie un regard appuyé.

— Désolée, je t'accompagnerais bien, répliqua Ellie, mais je dois d'abord m'arrêter quelque part, et je ne voudrais pas te mettre en retard.

— Moi, je vais te montrer, lui proposa alors Chris.

— Non, ça ira. Je peux me débrouiller toute seule, reprit Anne qui n'avait qu'une hâte : s'éloigner d'Ellie.

— Ne t'inquiète pas, insista-t-il, c'est sur mon chemin.

S'il n'avait pas, cette fois, passé le bras autour des épaules d'Anne, pour Ellie, ce fut tout comme.

huit

Plantée devant le miroir de la salle de bains, les mains crispées sur le bord du lavabo, Ellie contemplait son reflet. Qu'est-ce qui lui avait pris ? Elle avait agi comme une véritable peste avec cette fille qui venait d'arriver. Pourtant, même après s'être rendu compte de son attitude détestable, elle avait été incapable de s'arrêter. Une petite voix, dans son inconscient, avait eu beau lui crier : *Tu as un problème avec cette Anne ?*, elle l'avait totalement ignorée, pour gratifier la nouvelle venue de regards méprisants et de commentaires acides.

Se passant le creux des poignets sous l'eau froide, elle ferma les yeux jusqu'à sentir son calme revenir. Elle n'avait jamais oublié cette technique que lui avait enseignée sa mère, des années plus tôt, juste après avoir appris qu'elle était atteinte d'un cancer. Plus jeune, Ellie se retrouvait parfois dans un tel état de stress qu'elle sentait la panique l'envahir. Et aujourd'hui, après tout ce temps, il lui arrivait encore de chercher à se calmer en usant de cette astuce.

Les mains en corolle pour y recueillir l'eau fraîche, elle s'en aspergea la figure, le cou et la nuque, au mépris de l'humidité qui gagnait le haut de son sweater. Puis elle regarda de nouveau son image dans la glace, le visage trempé et luisant, attrapa une serviette en papier et se sécha lentement avant de lisser ses longs cheveux blonds et réarranger son habituelle queue-de-cheval.

En sortant des toilettes pour se diriger vers la salle de classe, elle se jura de se montrer plus gentille avec Anne. Après tout, c'était ridicule et impoli de ne pas l'être. Ellie se savait jolie, populaire et intelligente ; elle n'avait aucune raison de se sentir menacée par cette nouvelle fille qui débarquait au milieu d'eux.

Si, une raison peut-être : la façon dont Chris la regardait.

Installée comme d'habitude au premier rang, Ellie ouvrit son sac à dos et en sortit ses affaires. Elle adorait secrètement ce jour de rentrée, avec ce matériel de travail neuf, ces livres et ces cahiers aux pages encore toutes lisses. *Il y a toujours tellement d'espoir dans une première fois*, songeait-elle.

Alors que la sonnerie retentissait, elle vit Lola se ruer dans la salle de classe. Instinctivement, elle jeta un regard nerveux à M. Campbell, déjà assis à son bureau, sur l'estrade, prêt à commencer son cours.

— Bienvenue, Lola, lui lança-t-il avec un sourire. Je suis heureux que tu aies pu te joindre à nous.

M. Campbell enseignait l'anglais aux meilleurs élèves du lycée. Lui, Ellie et Lola se connaissaient donc depuis bien longtemps.

— J'avais un pied dans la classe avant la fin de la sonnerie, répliqua cette dernière, donc, techniquement, on ne peut pas considérer ça comme un retard.

Le souffle court, elle lui rendit son sourire et alla rejoindre la place qu'elle occupait depuis deux ans, maintenant – au deuxième rang, juste derrière Ellie.

— Qu'est-ce que j'ai manqué ? lui souffla-t-elle dans le dos.

Ellie se retourna vers elle et constata, amusée, qu'elle avait refait sa queue-de-cheval et repassé son sweater pardessus son petit haut moulant. Lolita s'était momentanément évanouie.

— Juste la nouvelle, répondit Ellie en lui indiquant Anne, assise au fond de la classe.

— La blonde ? interrogea Lola en tendant le cou. Celle qui a le pull et le jean noirs ?

— Oui, lâcha son amie d'un air méprisant… malgré la promesse qu'elle s'était faite.

— Elle est drôlement mignonne. Tu lui as parlé ?

— Je lui ai dit trois mots… fit-elle avant de regretter aussitôt ce qu'elle venait de dire à une Lola aussi curieuse.

— Elle est sympa ?

Ellie la vit alors sourire à la nouvelle venue et lui faire un signe de la main.

Pourquoi est-elle comme ça ? se demanda-t-elle, agacée. *Pourquoi a-t-elle besoin de se montrer toujours aussi… accueillante ?*

La dernière chose qu'elle souhaitait, c'était qu'une fille de la côte est, habillée bien trop classe et qui ne surfait pas, vienne troubler le groupe soudé qu'ils formaient à quatre. Déjà, plus elle surfait seule, plus elle s'inquiétait de perdre ses amis petit à petit. Bien sûr, elle ne s'attendait pas à ce qu'ils apprécient exactement tout ce qu'elle aimait ; elle respectait leurs différences de goût. Mais le surf restait ce qui les liait… en principe. Car, aujourd'hui, il lui semblait être la seule à glisser sur sa planche tandis qu'ils s'éloignaient peu à peu d'elle, tournés vers d'autres centres d'intérêt.

Jamais Ellie n'avait craint le changement, jusqu'à l'été où sa mère était morte. Bien que celle-ci ait réussi – par quel miracle ? – à vivre six mois de plus que ce que lui prédisaient les médecins, et même si Ellie savait qu'elle allait mourir tôt ou tard, la jeune fille avait refusé de le croire jusqu'au jour fatal. Elle n'avait alors que 12 ans, et c'était comme si sa propre vie s'était arrêtée. La seule chose qui l'avait aidée à surmonter ce traumatisme, qui l'avait empêchée de devenir complètement dingue, c'était son amitié avec Lola et Jade, la routine qu'elle s'était lentement construite et à laquelle elle s'efforçait de coller, quoi qu'il arrive.

Chaque jour, Ellie se faisait un devoir de surfer, de travailler et de réussir quelque chose. Que ce soit gagner une élection, courir plus vite un 200 m sur un tapis de jogging, obtenir les meilleures notes à un examen ou contrôler parfaitement sa vie. Ayant appris très tôt que les choses les plus importantes restaient hors de sa portée, elle était décidée à conquérir au moins les petites, celles qu'elle pouvait atteindre.

Et, aujourd'hui, elle avait trouvé une issue créatrice à toutes ses ambitions dévorantes. Une activité à laquelle elle s'adonnait en toute simplicité, sans se dénigrer ni chercher à se comparer aux autres. Mais cela n'appartenait qu'à elle seule, et personne n'en savait rien.

— Euh… allô, Ellie ? Ici la Terre !

La voix de Lola lui rappela brusquement que son amie attendait une réponse.

— Oh, oui… la nouvelle… Oui, elle est sympa, je crois.

— Elle a déjà un sacré goût pour les chaussures, enchaîna Lola. Tu as vu ses bottines ? Il faut absolument que je sache où elle les a trouvées.

Elle afficha son habituel sourire lumineux, qui faisait disparaître les nuages et mettait les garçons à ses genoux. Lola était un peu la Julia Roberts du lycée de Laguna Beach. Personne ne pouvait se fâcher ou déprimer lorsqu'elle souriait.

Ellie lui rendit son sourire puis se retourna vers le professeur. Si elle aimait Lola pour son inaltérable optimisme, elle n'allait pas non plus tomber en pâmoison devant Anne et ses stupides bottines.

neuf

En ce premier jour de lycée, Anne ne s'amusait pas du tout. Après avoir fréquenté toute sa vie la même école privée, avec pratiquement le même groupe d'amis, elle n'appréciait pas vraiment le fait de se retrouver comme « la nouvelle ». Lorsque sonna l'heure du déjeuner, la seule idée de manger le contenu du sac que lui avait préparé Christina la dégoûtait. Alors, et bien qu'elle se soit promis d'attendre d'être rentrée chez elle pour appeler Justin, elle sortit son téléphone aussitôt dehors et chercha un endroit où lui parler en toute tranquillité.

Se laissant tomber sur un coin d'herbe, elle attendit un, deux, trois sonneries.

— Allô ? dit-il enfin, d'une voix si claire qu'elle ferma les yeux pour l'imaginer assis près d'elle.

— Salut, souffla-t-elle, la gorge serrée par l'émotion.

— Comment ça se passe ? C'est ton premier jour à l'école, non ?

— Euh… oui. Ça va, mentit-elle.

Surtout ne pas lui dire à quel point elle se sentait mal, ici. Elle ne voulait pas qu'il s'inquiète pour elle.

— C'est l'heure du déjeuner, alors j'ai pensé t'appeler pour te dire bonjour…

Bon sang, tout cela lui semblait tellement faux. Pourquoi se sentait-elle gênée à ce point de lui parler ? Cela faisait un an et demi qu'ils se fréquentaient. Ils avaient tout partagé. Enfin... *presque* tout. Parfois, elle regrettait de ne pas être allée jusqu'au bout, durant leur première nuit seuls ensemble. Mais, aujourd'hui, Anne se sentait soulagée de n'avoir rien fait, finalement. Tout lui semblait si lointain, si étrange.

— Écoute, les cours viennent de finir et je rentre en voiture avec Vanessa.

— Vanessa est là ? demanda-t-elle en s'efforçant de lui cacher la jalousie qui l'envahissait soudain.

Vanessa était la voisine de Justin ainsi que son ancienne et épisodique petite amie. Aux yeux de tous, Anne et elle agissaient comme si elles étaient amies depuis toujours. Mais, en réalité, il n'en était rien. Vanessa n'en avait pas fini avec Justin, et Anne le savait parfaitement.

— Et ta voiture ? interrogea-t-elle d'une voix faussement détendue.

— Elle est au garage.

— Pour longtemps ?

— Au moins plusieurs jours. Écoute, je peux te rappeler ? Vanessa est en bas, en train de klaxonner ; il faut que j'y aille, sinon elle va me planter là.

— Oh, ça, j'en doute, ne put-elle s'empêcher de répliquer.

— Allô... ? Allô... ? Anne ? Je n'entends plus rien...

Sa voix disparut soudain, puis ce fut le silence.

Plus de réseau, songea-t-elle en refermant son téléphone, *et peut-être plus de Justin non plus...*

Lorsque Jake vint la chercher à la sortie de l'école, Anne se sentait si déprimée qu'elle se dirigea droit vers la Mercedes, se laissa tomber sur le siège avant et claqua la portière avec une telle impatience qu'elle manqua de s'écraser le pied.

— Alors, comment ça s'est passé ? lui demanda-t-il en sortant lentement du parking, où des gens lui faisaient signe.

— Je n'ai pas envie d'en parler, articula-t-elle avant de fermer les yeux devant le soleil éblouissant de Californie.

Chaque jour qui passe ici doit être aussi clair et brillant ? Ça ne peut pas être un peu humide, sombre et maussade pour les gens qui, comme moi, sont en manque de bonheur ?

Se tournant vers Jake, elle le supplia du regard pour qu'il dise quelque chose de positif, mais il se contenta de hausser les épaules et alluma la radio.

Après avoir tourné dans l'allée pour se garer devant la maison d'Anne, Jake coupa le moteur de la Mercedes et lui annonça :

— Ton père rentre bientôt.

— Vraiment ? s'étonna-t-elle, ravie malgré elle.

— Oui, il a appelé ce matin ; il sera là jeudi. Ou vendredi, au pire. Mais, pour le week-end, c'est sûr.

Anne attrapa ses livres et sortit de la voiture. Ainsi, c'était officiel : elle avait été abandonnée par ses deux parents, et sans doute aussi par son petit ami. Elle avait sincèrement envie d'appeler le service de protection des mineurs.

— Ne prends pas un air si minable, reprit Jake en la suivant à l'intérieur. Je connais des jeunes de ton âge qui seraient trop contents d'avoir une maison pareille pour eux tout seuls.

— Le hic, tu vois, c'est que je n'ai justement personne à recevoir dans cette maison ! lâcha-t-elle en jetant son sac à dos sur le comptoir de la cuisine.

Des paroles qu'elle regretta aussitôt, tant cela lui donnait l'air pathétique.

— Ne t'inquiète pas, tu vas t'en faire, des amis, dit-il en attrapant deux bouteilles d'eau dans le frigo avant de lui en tendre une. Je peux te présenter à plein de gens, si tu veux.

Anne avala une gorgée d'eau glacée et le regarda. Elle savait qu'il essayait de l'aider et de la réconforter, mais ce n'était pas vraiment avec lui qu'elle voulait se lier d'amitié.

— Merci, articula-t-elle, je me débrouillerai toute seule.

— Comme tu voudras, fit-il en s'apprêtant à repartir.

— Alors, qu'est-ce que tu pars faire, maintenant ? lui lança-t-elle du seuil de la cuisine.

— Prendre ma planche pour une petite sortie en mer. Pourquoi ? Tu as besoin de quelque chose ?

— En fait, répondit-elle, les yeux fixés sur sa stupide tenue qui avait tout fait sauf l'aider à se mêler aux autres, j'aurais besoin d'aller faire un tour au centre commercial.

— Tu veux que je t'emmène faire des courses ? demanda-t-il, stupéfait.

— Non, je voudrais seulement que tu me laisses les clés.

Elle sourit, non sans réaliser qu'elle ne l'avait pas fait depuis un bon bout de temps.

— Je peux y aller toute seule.

— Tu ne sais même pas où c'est.

— Jake, je suis une grande fille. Je suis sûre que je pourrai trouver ce centre commercial.

Elle espérait que son amour du surf serait plus fort que la conscience qu'il mettait dans son travail.

Jake resta un moment sans rien répondre, hésita, regarda la jeune fille. Puis ses yeux se posèrent sur les immenses baies vitrées qui ouvraient sur l'océan, et il déclara :

— Je vais te trouver une carte sur Google Maps.

Sur ces paroles, il partit tout droit vers le bureau de la maison..

dix

Ce vendredi, Anne avait pu s'entretenir six fois au téléphone avec ses parents. Sa mère l'avait appelée le mardi et le jeudi matin avant son départ pour l'école, chacune de leurs conversations s'achevant néanmoins sur une note amère. Quant à son père, il lui avait téléphoné fidèlement chaque soir, en se répandant en excuses, mais aussi en s'en remettant totalement à Jake, son petit protégé, pour s'occuper de sa fille. Anne se disputait rarement avec son père, même lorsqu'il la contrariait profondément, comme c'était le cas en ce moment.

Cependant, la date butoir restait ce soir. À 8 heures pétantes. D'accord, peut-être 8 h 30. Mais pas plus tard. Anne en avait assez de l'attendre.

Elle ne supportait plus de se prendre pour une victime. Car, même si elle ne s'était pas encore fait de vrais amis, elle était bien décidée à cesser de s'apitoyer sur elle-même, et à s'efforcer de se concentrer sur de petites victoires. Comme mardi, par exemple, quand elle avait déboulé à l'école, sanglée dans ses nouveaux habits achetés la veille dans la galerie de South Coast Plaza, pour se fondre sans problème avec les autres élèves à qui elle n'osait pas encore parler. Et, le mercredi également, quand elle avait chipé les clés de la voiture pendant que Jake buvait un verre avec ses copains sur la terrasse, et s'était baladée en ville dans la Mercedes décapotée, les cheveux au vent, afin de repérer un club de sport où s'entraîner et se remettre à plonger. Et puis le jeudi, lorsque Chris l'avait rattrapée à la sortie du cours d'histoire, un bras nonchalamment passé autour de ses épaules, pour la pousser à venir déjeuner avec lui et ses amis.

Mais, même si elle mourait d'envie d'accepter, histoire de rencontrer des gens avec qui elle pourrait parler un peu, Anne avait à ce moment-là un rendez-vous téléphonique avec Justin, qu'elle ne voulait manquer pour rien au monde. Elle savait qu'il se passait quelque chose avec lui, et elle voulait connaître le fin mot de l'histoire.

— Désolée, je ne peux pas, déclara-t-elle en repoussant doucement le bras de Chris.

— Comment ça, tu ne peux pas ? fit-il avec son plus séduisant sourire. Allez, viens, tu vas voir, ils sont tous super sympas.

— Je sais, mais j'ai promis à mon petit ami de l'appeler, répliqua-t-elle en se demandant si elle avait encore raison de l'appeler ainsi.

— Oh, d'accord... reprit-il, vaguement gêné. Je ne savais pas... Bon, dans ce cas, on se voit plus tard.

Tournant les talons, il partit au petit trot rejoindre ses amis à leur table de déjeuner, laissant Anne toute seule réfléchir au fait qu'elle venait peut-être de commettre l'erreur de sa vie.

Et elle ne tarda pas à s'apercevoir que, oui, c'était une énorme erreur. Car, après avoir rejoint le petit carré d'herbe qui était devenu son endroit de pique-nique favori, Anne s'assit jambes croisées au soleil et tenta d'appeler Justin. Elle ouvrit son téléphone, tapota quelques boutons et laissa sonner durant de longues secondes.

Rien.

Elle essaya une nouvelle fois.

Toujours pas de réponse.

Alors, quand elle décida enfin d'appeler chez lui pour parler à sa mère, ce fut pour s'entendre dire qu'il se trouvait dans la maison voisine.

— Tu veux que j'aille le chercher ? proposa celle-ci.

— Euh… non, ce n'est pas la peine, merci.

Et Anne referma son téléphone, s'allongea sur l'herbe, ferma les yeux mais refusa de pleurer.

Justin vivait au coin de la rue.

Ce qui voulait dire qu'il n'avait qu'*une* voisine.

Ce qui voulait dire qu'il était chez Vanessa… et ne se souciait apparemment plus de leur rendez-vous téléphonique !

Rendez-vous téléphonique… ça fait tellement ridicule !

La jeune fille roula sur le ventre et se cacha le visage dans l'herbe. Mais, qu'est-ce qu'ils avaient cru, tous les deux ? Qu'ils pourraient continuer comme ça, avec des milliers de kilomètres entre eux ? Et, quand ils s'étaient promis de s'attendre, ça voulait dire quoi, exactement ? Parce que, d'après ce qu'elle savait de Vanessa, Anne doutait que Justin soit capable d'attendre quoi que ce soit !

Elle s'assit, se frotta les yeux et avisa des garçons en train de jouer au Frisbee sur le terrain de jeux, des pom-pom girls assises sur un banc comparant leurs ongles, et Chris qui racontait quelque chose avec de grands gestes des mains, tandis que tout le monde riait autour de lui.

Elle habitait ici, maintenant. Plus dans le Connecticut. Et sa première grande histoire d'amour se terminait. Mais, étrangement, elle n'en était pas si bouleversée.

onze

Dans la salle de bains de sa mère, Lola se prélassait dans la grande baignoire Jacuzzi, éclairée par une série de bougies odorantes, comme le faisaient les filles amoureuses du luxe. Elle leva une jambe et regarda les gouttes d'eau couler lentement vers son genou. Puis elle inspecta ses pieds, notant qu'il était largement temps de s'offrir une séance de pédicure. Mais cela attendrait, car elle avait bien l'intention de porter ses sandales à plate-forme pour son rendez-vous de ce soir.

Son rendez-vous… À 17 ans, Lola avait déjà eu de nombreux petits amis – nettement plus que les filles de son âge. Pour la première fois, dès la sixième, au cinéma d'Ocean Ranch, lorsqu'elle avait annoncé à sa mère qu'elle sortait avec Ellie et Jade, alors qu'elle allait voir *Presque célèbre*, en compagnie de Parker Knowles, le garçon le plus génial de la classe, Lola était ressortie de la salle avec le désir d'être exactement comme Penny Lane. Sauf pour le coup de la drogue et de l'overdose qui suivait. Mais tout le reste lui paraissait tellement glamour, surtout le manteau au col de fourrure, les lunettes noires et la façon dont tous les hommes du film tombaient amoureux d'elle.

Jusque-là, Parker avait incarné sa plus longue et plus sérieuse histoire d'amour… qui s'éternisa au moins trois semaines !

Mais les choses étaient plus simples, avant. Sortir ensemble, c'étaient des coups de téléphone un peu gênés, des mains moites qui se serraient, quelques maladroites tentatives de baisers. Et, quand Parker et elle furent enfin arrivés au bout de ce parcours du combattant, leur relation s'arrêta là. Alors Lola passa d'un coup de foudre à l'autre, aucun d'eux ne se différenciant réellement du précédent ou du suivant.

Lola aimait les garçons. Elle les aimait amusants, directs, sportifs et intelligents. Elle n'appréciait pas ceux qui se la jouaient trop cool, ceux qui s'habillaient trop branché, ou qui en faisaient trop pour se faire remarquer. Elle n'aimait pas non plus ceux qui tombaient à ses pieds. Mais, aussi jolie soit-elle, c'était le plus souvent son sourire qui les faisait craquer. Dès l'instant où elle souriait, les garçons se muaient en petits toutous, prêts à exécuter ses quatre volontés.

Cependant, autant elle les aimait tous en général, autant elle n'était jamais tombée amoureuse d'un seul en particulier. Jusqu'à l'été dernier, où tout avait changé.

Ils s'étaient déjà rencontrés mais, cette fois, c'était différent. Et la fille à qui toutes ses amies venaient demander conseil (comme si le fait d'avoir eu tant de petits amis lui donnait de l'expérience, alors qu'à la vérité elle était aussi vierge qu'elles) se retrouva soudain sans aucune réponse aux milliers de questions qu'elle se posait. Elle avait donc passé son temps à s'efforcer d'agir le plus normalement du monde devant ses amies, allant même jusqu'à flirter avec quelques garçons, juste par habitude. Mais ses yeux *le* suivaient constamment. Et, si elle ne se trompait pas, elle était prête à parier qu'il la regardait aussi.

Plus tard, ils s'étaient revus devant le glacier d'Ocean Ranch. Attendant l'un derrière l'autre dans la même file, ils avaient éclaté de rire en s'apercevant qu'ils avaient commandé exactement la même chose. Mais, si quelqu'un copiait l'autre, c'était *lui*, car Lola se trouvait devant lui dans la queue. Puis ils avaient emporté leur glace dehors, s'étaient assis à l'une des tables rondes installées en terrasse et avaient bavardé jusqu'à s'apercevoir que leur gobelet était vide.

La deuxième fois n'avait pas été un hasard. Même si cela restait un secret. Comme l'étaient tous les rendez-vous qui avaient suivi. Alors seulement, la jeune fille avait commencé à comprendre que l'étrange et parfois douloureuse sensation qui l'étreignait – ajoutée à sa nouvelle obsession de compter les heures, les minutes et les secondes qui passaient – n'était autre que le sentiment exaltant et angoissant d'être amoureuse.

Mais elle ne pouvait se confier à aucune de ses amies. Ni à ses parents. Ni à personne d'autre, en l'occurrence. Elle ne voulait surtout pas risquer de se voir jugée par les autres. Et savait que le seul moyen de protéger son secret était de se taire.

Elle craignait que ses amies, connaissant son comportement léger, ne la prennent pas au sérieux. Sans parler du fait qu'elles lui reprocheraient vivement son choix. Et, bien sûr, Ellie serait la première (et la pire) à la juger.

Ainsi donc, Lola, avec son besoin constant de plaire à tout le monde, avait fait semblant de charmer ce garçon en Jeep, histoire de sauver les apparences. Mais, pendant tout ce temps, elle n'avait cessé de penser à l'*autre*.

Elle ne pouvait pas non plus en parler à ses parents ni à sa grand-mère car ils en auraient été effondrés. Parce que, d'abord, il n'était pas mexicain. Ni espagnol, ni portoricain, ni panaméen, ni issu de l'un de ces pays hispaniques que sa famille aurait fini par accepter, même à contrecœur. Il ne courait pas après la « situation intéressante ». C'était un sportif, un artiste, un novateur, des qualités qui, elle le savait, n'impressionneraient pas ses parents.

Ce jour-là, la jeune fille se sentait si follement heureuse qu'elle ne voulait pas risquer de voir quelqu'un anéantir son bonheur.

— Lola ? appela sa mère en entrant dans la salle de bains.

— Maman, j'essaie de prendre un bain tranquille ! lâcha-t-elle en se glissant au maximum sous l'eau mousseuse.

— On s'en va dans une heure, lui rappela-t-elle, tournée vers le miroir pour vérifier son maquillage.

— Oui, je sais.

Elle saisit un flacon de crème exfoliante et en mit une noisette dans le creux de sa main. Plus tôt ses parents seraient partis, mieux ce serait. Elle avait beaucoup à faire pour se préparer en prévision de cette soirée, et tout serait plus facile s'ils n'étaient pas autour d'elle à la surveiller.

— Tu seras prête ?

— Prête pour quoi ? demanda-t-elle, inquiète de ce qu'elle allait entendre. De quoi tu parles ?

Elle ignorait ce qu'ils avaient en tête, mais il n'était pas question qu'ils lui fassent rater son rendez-vous.

— C'est la première du film, ce soir, et ton père insiste pour que tu y sois.

— Quoi ?! s'étrangla-t-elle en se rasseyant dans son bain. Non ! Maman, je ne peux pas, d'accord ? Je dois sortir et…

Bon sang, ils cherchent à me pourrir la vie, ou quoi ?!

Elle avait un vrai petit ami depuis maintenant trois mois, et, ce soir, elle pensait marquer le coup dignement. C'était peut-être trop tôt, mais elle l'aimait tant que cela vaudrait sans doute la peine. Et puis, Lola savait que son père se moquait bien de la voir participer à cette stupide première. C'était sa mère qui tenait à ce qu'elle y aille, pas lui. Elle essayait toujours d'exhiber sa jolie progéniture afin qu'elle se fasse remarquer par le Tout-Hollywood. Même si Lola elle-même n'y voyait absolument aucun intérêt.

— C'est très important pour ton père et moi. Tu vas venir avec nous, un point c'est tout.

Tournant les talons, elle sortait de la salle de bains quand sa fille lui lança :

— Non, maman ! Je suis sérieuse. C'est vendredi, et j'ai d'autres projets pour ce soir !

— Eh bien, désolée, mais tes projets, ce sera pour une autre fois. On te parle de cette soirée de première depuis une semaine, déjà.

Quoi ? Elle était censée être au courant ? Non, elle ne se souvenait absolument pas avoir entendu parler de cette projection à laquelle elle devait assister. Le fait d'être amoureuse la rendait-elle amnésique ?

— Maman, par pitié, je ne plaisante *tellement* pas ! Je ferai n'importe quoi pour me rattraper mais, s'il te plaît, ne me demande pas ça ! Pas ce soir…

— Mais, qu'est-ce que tu as de si important, ce soir ? lui demanda sa mère en croisant les bras, les yeux rivés sur sa fille aussi trempée que paniquée.

— J'ai promis à Ellie, commença-t-elle.

Réfléchis, ne dis pas n'importe quoi…

— Euh… tu sais que sa maman est morte… ça fera cinq ans, ce mois-ci. Eh bien, on se retrouve toujours toutes les trois pour se remémorer ce… cet événement.

D'accord, ce n'était pas totalement faux car, ce soir, elles allaient effectivement célébrer ce triste anniversaire. Et, pour ça, elle passait chez Ellie d'abord. Mais, utiliser cela comme une excuse, c'était s'offrir un aller simple pour l'enfer, elle le savait. Car, oui, ce qu'elle prévoyait de faire risquait de la mener tout droit en enfer… ses parents le lui avaient toujours dit.

— Très bien, finit par soupirer sa mère. On prendra deux voitures. Tu peux conduire la mienne. Mais tu nous rejoins dès que vous aurez fini. La projection est à 8 heures. Ne sois pas en retard.

— D'accord, fit Lola en hochant la tête.

Elle ne les rejoindrait pas, bien sûr. Mais quelle excuse allait-elle pouvoir inventer pour leur expliquer son absence ? Ellie était trop bouleversée et elle n'avait pas osé la laisser seule ? Elle était tombée en panne d'essence ? Sa robe de soirée lui avait joué des tours et elle n'avait pas osé venir dans cette tenue ?

— Et, Lola… ajouta sa mère, une main sur la poignée de la porte.

— Oui ?

— Ne t'avise pas de ne pas venir.

Dès que la porte se fut refermée, Lola poussa un profond soupir et plongea sous la mousse pour rester allongée au fond de la baignoire le plus longtemps possible.

douze

Allongée sur le divan, la télécommande dans une main, un bol de nachos accompagnés de guacamole posé sur le ventre, Anne sirotait un thé à la framboise en compagnie de Christina, devant les infos en espagnol. Malgré la barrière du langage et leurs vingt ans de différence, elles avaient passé la fin de l'après-midi ensemble. Car, la jeune fille devait l'admettre, c'était mieux que de rester seule. Ou, pire encore, avec Jake, qui essayait tout le temps de l'entraîner vers l'océan pour lui apprendre à grimper sur une planche.

Mais Anne refusait de surfer. Et elle refusait de fréquenter des gens qui surfaient. Pour tout dire, elle en avait pardessus la tête de fêter ses « petites victoires ». Cet état d'esprit avait duré une heure, tout au plus. Et voilà qu'elle recommençait à s'apitoyer sur son sort.

L'inventaire des « petites victoires » en question était d'ailleurs carrément pathétique :

Amis : 0
Petit ami : 0
Piscine : 0
Plongeoir : 0
Papa (toujours manquant à l'appel) : 0
Tout ce qui pouvait lui rappeler son ancienne vie : 0

Avec un lourd soupir, elle attrapa un autre nacho et le trempa dans le guacamole – deux fois. Puis elle regarda Christina et sourit avant de le fourrer en entier dans sa bouche.

Mais Christina, les yeux rivés sur l'écran, ne remarqua rien.

Alors, Anne continua d'avaler chips après chips, répétant la même routine… non sans se demander si elle ne devrait pas ralentir le mouvement car, depuis une heure, elle commençait à se sentir légèrement serrée dans son jean.

Pour être franche, passer la soirée avec Christina n'était pas follement palpitant. Anne avait d'abord espéré qu'en lui demandant de rester plus tard, elles pourraient se distraire ensemble et, peut-être, apprendre à mieux se connaître. Elle pensait même qu'en peu de temps elles finiraient par rire toutes les deux et se raconter des blagues – en espagnol, bien sûr.

Mais, à présent, tandis qu'elle défaisait le bouton de son jean et attrapait un autre nacho, il était clair qu'elle avait fait erreur. Sans parler du fait que, si Christina avait accepté de rester, c'était peut-être parce qu'elle s'y était sentie obligée et non parce qu'elle le voulait bien.

treize

La troisième semaine de septembre était toujours difficile pour Ellie. Non seulement ses responsabilités à l'école et à la maison menaçaient de la submerger, mais cela marquait aussi l'anniversaire de la mort de sa maman ; le 18, pour être exact. Même si cinq ans avaient passé et que son chagrin commençait peu à peu à s'atténuer, chaque fois que la date approchait, la jeune fille avait l'impression qu'une ombre s'abattait sur sa vie. Tout paraissait si triste et si sombre, tout à coup.

Son frère jamais là, son père refusant de parler d'elle, Ellie avait parfois l'impression d'être la seule à se souvenir de cette femme, la seule à qui elle manquait, la seule à ne pas s'être encore remise de sa disparition.

Après avoir enfilé un short kaki, un petit haut blanc à rayures et des tongs, elle décida de laisser ses cheveux lâchés sur les épaules, comme sa mère l'avait toujours aimé.

Puis elle sortit et descendit l'escalier vers la plage, à la recherche de ses amies, en se demandant si elles se souviendraient de ce petit rendez-vous annuel et non organisé.

Les trois filles avaient en effet pris l'habitude, ces dernières années, de se retrouver sur la plage, en fin d'après-midi, après les cours. Alors, elles parlaient, riaient ensemble et se rappelaient tous les bons moments de leur enfance. Elles n'apportaient ni bougies ni musique, et peu de pleurs accompagnaient leurs petites réunions. Elles venaient là surtout pour évoquer la vie de la maman d'Ellie plutôt que pour se remémorer le souvenir de sa mort.

Ellie s'assit sur le vieux banc de bois, goûtant avec plaisir sous ses jambes la chaleur du bois encore tiède de soleil. Des jeunes étaient en train de surfer sur les vagues, ce qui lui arracha un sentiment de culpabilité à l'idée qu'elle aussi devrait être sur l'eau en ce moment. Surtout si elle ne voulait pas connaître la pire des humiliations lors de la Surf Fest. Mais, ce soir, elle n'avait pas le cœur à ça. C'était l'une des rares journées de l'année où elle s'accordait une pause.

— Salut, Ellie ! lui lança Jade en déboulant sur la plage.

Le sourire aux lèvres, ses boucles brunes dansant autour de son visage, elle courut rejoindre son amie sur le banc.

Ellie lui répondit par un petit signe, soulagée de ne pas se retrouver seule, cette année encore. Parce qu'elle savait qu'un jour cela arriverait ; mais elle était heureuse que ce ne soit pas encore aujourd'hui. Car elle ne se sentait pas prête.

quatorze

Debout devant son miroir, ses longs cheveux dégoulinant d'eau sur le sol carrelé, Lola se demandait comment sa vie avait pu devenir aussi compliquée. Certes, elle avait ses secrets, qu'elle cachait même à ceux qu'elle aimait, mais était-ce si mal de vouloir rendre tout le monde heureux autour d'elle ?

Ses parents étaient déjà partis, et elle se retrouvait seule avec *Abuela*, qui – malgré le succès que connaissait son fils en tant qu'agent artistique – détestait cordialement tout ce qui touchait à Hollywood. Vissée devant la télé, vêtue de l'une de ses improbables robes d'intérieur, elle se sentait bien plus à l'aise devant son émission favorite.

Lola savait qu'il lui serait facile de se glisser dehors en évitant son habituel stratagème consistant à recouvrir ses tenues sexy par des vêtements plus « classiques », mais elle sentait aussi qu'Ellie et Jade trouveraient étrange de la voir arriver sur la plage en talons aiguilles. *Bon sang, je n'y arriverai jamais !* Et, ce soir, il ne lui faudrait pas moins de trois accoutrements différents – un pour Ellie, un pour son rendez-vous, et un pour ses parents et cette stupide soirée de première.

Elle tira ses cheveux en une longue queue-de-cheval, et se mit aux oreilles les clous de diamant qu'elle avait reçus pour ses 16 ans, glissant – pour plus tard ! – ses créoles en argent dans la pochette intérieure de son sac. Puis elle passa une robe bain de soleil en Stretch blanc et se précipita dehors. Elle avait presque atteint l'escalier qui descendait sur la plage lorsque son téléphone retentit.

— Allô ? répondit-elle sur un ton impatient.

Elle n'avait pas le temps de parler, pas de temps à perdre.

— Salut, articula une voix masculine.

C'était lui !

— Oh... fit-elle en riant, je n'avais pas regardé l'écran... Je ne savais pas que c'était toi.

— Tu as l'air pressée.

— Oui, un peu... En fait, je dois retrouver Ellie, tout de suite, et puis mes parents insistent pour que je les rejoigne à une projection de première et...

— Je croyais qu'on devait dîner ensemble...

— Oui, on dîne ensemble ! Mais j'ai deux rendez-vous à caser avant ; il faut seulement que j'arrive à tout combiner, voilà.

— Lola...

— Ne t'inquiète pas, je vais y arriver. C'est juste qu'on ne se retrouvera qu'un petit peu après l'heure prévue, c'est tout.

— J'ai réservé une table pour 8 heures, précisa-t-il d'une voix tendue.

— Oh... et... tu ne peux pas changer ? Parce que c'est pile à cette heure-là que je dois être à L.A.

— Changer pour quand ? Pour maintenant ?

Il avait l'air très contrarié, à présent.

— Écoute, tu n'as peut-être pas besoin de m'offrir à dîner. Je peux grignoter un peu de pop-corn au cinéma, et on pourra se retrouver un peu plus tard.

Encore obligée de supplier… comme elle l'avait fait un peu plus tôt avec sa mère.

— J'ai vraiment hâte de te voir, tu sais.

— Lola, soupira-t-il, j'étais en train de penser…

Non, non, ne dis pas ça ! Ne pense pas !

D'une main nerveuse, elle agrippa la rampe derrière elle.

— Ce n'est peut-être pas une bonne idée, en fait.

Elle se laissa tomber sur la première marche et s'appuya la tête sur les genoux.

— C'est… tout ça, c'est peut-être un peu trop tôt pour nous, continua-t-il. Tu es encore au lycée, tu vis avec tes parents…

— Toi aussi, tu vis chez tes parents ! protesta-t-elle sur un ton presque indigné.

— Oui, mais pour moi, c'est différent.

— Qu'est-ce que tu veux dire ? demanda-t-elle en redoutant déjà d'entendre sa réponse…

— Je pense qu'il vaudrait mieux qu'on prenne un peu nos distances, toi et moi, pour le moment. Qu'on laisse les choses s'apaiser un peu…

La jeune fille resta muette, immobile, sans oser répliquer quoi que ce soit. *Respire*, se dit-elle. *Tu n'as qu'une chose à faire : respirer à fond.*

— Lola ? résonna sa voix, de plus en plus lointaine.

— Je dois y aller, murmura-t-elle avant de couper la communication.

Elle retendit sa queue-de-cheval et, la mort dans l'âme, descendit le reste de l'escalier pour rejoindre Ellie et Jade sur le sable.

quinze

Décidée à ouvrir un nouveau paquet de nachos, Anne songeait à troquer son jean contre un pantalon à taille élastique, quand elle entendit un bruit de clé dans la serrure de la porte d'entrée.

— Il y a quelqu'un ? appela son père en laissant tomber son sac dans un bruit sourd.

Il traversa le vestibule et se dirigea vers le salon.

Avec un regard coupable à l'adresse de Christina, Anne s'essuya la bouche, rentra le ventre et reboutonna son jean.

— Oui... on est là ! lança-t-elle en essuyant avec une serviette en papier le guacamole qui avait coulé sur son T-shirt.

Lorsqu'elle leva les yeux et le vit debout sur le seuil, elle comprit combien il lui avait manqué.

— Salut, papa ! articula-t-elle, le sourire aux lèvres, avant de courir se jeter à son cou.

Peut-être était-ce un effet de son imagination, mais il parut quelque peu surpris de la trouver devant *Telemundo* en compagnie de Christina.

— Vous allez bien, toutes les deux ? demanda-t-il en passant son regard de l'une à l'autre.

— *Si*, très bien, répondit Christina, la bouche pleine de chips.

— Euh… on traînait devant la télé, tenta vaguement d'expliquer Anne. Christina m'aide un peu pour l'espagnol… enfin, tu vois…

— C'est très gentil, Christina. C'est très… *bueno.*

— Toi aussi, tu aurais besoin de cours d'espagnol, on dirait, plaisanta sa fille.

— Hum… peut-être. Alors, tu as des projets pour ce soir ?

— Euh… non, rien de spécial. Ma première semaine d'école, ça n'a pas vraiment été top, côté amitié.

— Alors, tu acceptes de sortir avec ton vieux père ?

— Oh, oui ! fit-elle, oubliant combien elle lui en voulait d'avoir été absent toute la semaine.

Elle se sentait même tout à fait prête à passer une bonne soirée avec lui, histoire de se retrouver.

— Mais, si tu pensais aller dîner quelque part, je n'ai absolument pas faim.

— Non, c'est bon, je peux grignoter quelque chose ici avant de sortir. Si tu allais te doucher et te changer pendant que je raccompagne Christina chez elle pour qu'elle passe un peu de temps avec sa famille ?

Christina a une famille ? songea-t-elle. *Mon Dieu, elle doit me haïr de l'avoir gardée ici.*

— Et, à mon retour, poursuivit son père, je t'emmène à la première d'un film, à Hollywood. Ce sera bourré de paparazzi, alors fais-toi belle !

Comme il regardait d'un œil distrait le bol de chips et le guacamole, Anne sentit son enthousiasme s'évanouir d'un seul coup. Ce n'était pas le fait de passer une bonne soirée avec sa fille qui l'intéressait. Non. S'il la sortait, c'était pour le boulot. Le boulot, encore et toujours. Et, apparemment, sa mère partie, c'était elle qu'il allait traîner maintenant à toutes ces soirées officielles. Oh, et puis, quelle importance ? C'était toujours mieux que de se remplir le ventre de cochonneries en regardant des soap-opéras dont elle ne saisissait pas un traître mot !

— Tu me donnes combien de temps ?

— Trois quarts d'heure, ça te suffit ?

— C'est limite, mais je serai prête, dit-elle avant de dire au revoir à Christina d'un petit signe de main.

seize

— **Tu as parlé à Lola ?** demanda Ellie en continuant de scruter la plage, sans succès.

— Non, mais elle va venir, ne t'en fais pas.

Jade sourit et s'assit près de son amie.

— Je n'arrive pas à croire que ça fait déjà cinq ans.

— Moi non plus. Le temps passe si vite. Et, en même temps, il passe super lentement, tu ne trouves pas ?

— Si, répondit Jade. Et ton papa, comment il va ?

Elle avait toujours trouvé le père d'Ellie plus qu'intimidant. Non qu'il soit méchant ou désagréable, mais, depuis qu'il avait perdu sa femme, il s'était endurci, pour devenir presque agressif par moments, comme s'il était l'opprimé qui cherchait à parvenir au sommet... alors qu'il était déjà au sommet. Oncologiste et chef de service de l'hôpital Hoag, comment pouvait-il espérer poursuivre une carrière plus prestigieuse ? Mais, encore une fois, sans doute était-ce ainsi que les tragédies agissaient sur les hommes, en les rendant plus brutaux, plus méfiants, plus directs.

Le père d'Ellie était un spécialiste du cancer qui n'avait pas pu sauver sa propre femme ; qui n'avait pas su déceler les symptômes de son mal avant qu'il ne soit trop tard pour intervenir. Incapable de se pardonner, il était, depuis, rongé par un sentiment d'échec et de doute. D'autre part, ayant pour habitude de tout maîtriser, il concentrait à présent son attention sur la seule chose qu'il estimait pouvoir encore contrôler : sa fille.

Jade soupira. Elle portait toujours beaucoup d'intérêt à ce qui pouvait faire tiquer les gens. Mais elle reconnaissait que, dans ce cas, elle n'avait qu'à deviner la vérité et non à la vivre comme cette pauvre Ellie.

— Il va bien, répondit celle-ci avec un haussement d'épaules. Il ne me lâche pas une seconde, mais je sais que c'est pour mon bien. Ça m'aide beaucoup à rester concentrée, sur les rails.

Jade regarda son amie d'un air songeur. Elle était toujours tellement prête à défendre son père… Mais c'était compréhensible : elle n'avait plus que lui dans la vie.

— Sur les rails… de quoi, exactement ?

Jade ne saisissait pas toujours la détermination inébranlable qui animait Ellie. Non seulement cela ne semblait pas la rendre plus heureuse, mais cela paraissait toujours être aux dépens d'autre chose.

— Pour les études supérieures. Il *faut* que je sois dans une bonne université. Je ne veux pas traîner ici le reste de ma vie. Et tu sais combien je voudrais me trouver un sponsor pour le surf.

Ellie paraissait évoluer sur le fil du rasoir, mais Jade était néanmoins décidée à avoir avec elle la conversation à laquelle elle réfléchissait depuis un bon moment. Alors, elle commença prudemment, en prenant des gants :

— El, tu te rappelles quand on a commencé le surf ? Comment ta mère nous a appris à tenir sur une planche parce que ton frère et ses copains se moquaient de nous ?

Toutes deux sourirent à ce souvenir. Dean, le frère d'Ellie, avait deux ans de plus qu'elle, était aussi beau que cool, il surfait comme un dieu, si bien que les trois filles l'idolâtraient. Mais ses amis et lui les ignoraient royalement. Le surf était un sport « de garçon », et ils rigolaient bien ensemble en regardant les filles faire tous les efforts de la terre pour tenir debout sur leur planche.

Un jour, la maman d'Ellie, comprenant ce qui se passait, avait emmené celles-ci sur une autre plage et, patiemment, chaque jour pendant plusieurs semaines, leur avait appris à surfer et maîtriser leur planche, jusqu'à ce qu'elles se montrent assez douées et confiantes en elles. Et, le jour où elles retournèrent surfer à Laguna Cove, les garçons n'eurent plus du tout envie de rire de leurs « exploits ».

— Eh bien, continua Jade, on dirait que tu étais différente, alors. Que tu adorais être dans l'eau, et qu'à l'école tu aimais toujours apprendre de nouvelles choses.

— Et alors, qu'est-ce que tu veux dire, Jade ?

— Ce que je veux dire, c'est que, parfois, j'ai l'impression que tu n'aimes plus vraiment tout ça. Si rien de spécial ne t'intéresse, qu'est-ce que tu cherches, au final ?

Jade regarda son amie en attendant une réponse, mais, la voyant fixer l'horizon d'un air absent, elle se demanda si elle l'écoutait encore.

Elles restèrent silencieuses un moment, puis Ellie se tourna vers Jade et déclara :

— Je sais que tu t'inquiètes pour moi. Et, tu sais, moi aussi je me fais du souci pour toi. Mais pour la raison exactement opposée.

Elle sourit.

Jade haussa les épaules puis regarda de l'autre côté de la plage et lâcha :

— Tiens, voilà Lola.

Ses tongs dans une main, souriante, celle-ci leur fit un petit signe et continua de trottiner en enfonçant ses pieds dans le sable.

— Hé, salut, les filles, lança-t-elle avant d'embrasser Ellie puis Jade.

— Tout va bien ? lui demanda cette dernière.

— Oui, pourquoi ?

— Je ne sais pas. Ton mascara s'est un peu étalé, et comme je ne te vois toujours qu'avec un maquillage absolument parfait…

— Ooooh, c'est bon, lâche-moi ! rétorqua Lola en s'asseyant sur le banc à côté de ses amies. Alors, j'ai manqué quoi ?

— On parlait de l'époque où la mère d'Ellie nous a appris à surfer, répondit Jade en la considérant d'un œil circonspect.

Elle n'était pas certaine que son amie aille si bien. Le sourire qu'elle arborait en permanence semblait s'être éteint sur son visage.

— C'est un des meilleurs souvenirs que j'ai d'elle, reconnut Lola. Enfin, ça et puis les cookies au chocolat et à l'orange qu'elle nous cuisinait.

— Et aussi les Bikini qu'elle nous confectionnait, ajouta Jade.

— Oh, oui, on se sentait tellement sexy là-dedans ! reprit Ellie en riant.

— Oui, jusqu'à ce qu'on les perde dans l'eau, tellement ils se déformaient ! précisa Lola.

— Et pile devant les garçons, évidemment, remarqua Jade. Dommage pour eux, on n'avait que 10 ans ; ils n'avaient donc pas grand-chose à voir !

— Parle pour toi, protesta Lola. Moi, j'étais canon, à 10 ans !

— Désolée de te contredire, Lola, mais on avait encore nos rondeurs de bébé, à l'époque. C'est Ellie qui les fascinait tous.

Jade sourit en regardant celle-ci, qui se mit soudain à rougir. Recevoir des compliments la gênait toujours.

— Alors, qu'est-ce que vous faites, chacune, ce soir ? demanda-t-elle à brûle-pourpoint.

— Je suis censée rejoindre mes parents à une stupide première, déclara Lola.

— Oh, dur ! lâchèrent les deux autres d'une même voix.

— Oui… en fait, j'avais d'autres projets, mais j'ai l'impression que c'est pourri.

Lola se détourna vivement de ses amies, pour fixer les vagues devant elle.

— Alors, reporte, lui dit Ellie. Tu as toujours réussi à te défiler au dernier moment. Qu'est-ce qui t'en empêche, ce soir ?

— Eh bien… justement, il n'était pas très chaud pour reporter ce dîner à plus tard.

Les lèvres serrées, Lola se leva d'un bond.

— Tu t'en vas ? s'étonna Jade.

Elle se contenta de hocher la tête.

— Bon, écoute, au cas où tu arriverais à t'échapper, il y a une soirée à Aliso Beach. Essaie d'y passer. Ellie et moi, on y sera.

— Ah, bon… j'y serai ? demanda Ellie, interloquée. Je ne savais pas…

— Si, tu viens avec moi. En fait, tu conduis. Parce que je t'ai désignée comme conducteur. Enfin, essaie de passer, Lolita. On va s'amuser, je crois.

Lola les considéra toutes les deux durant quelques secondes, haussa les épaules puis se retourna et repartit vers l'escalier.

dix-sept

Assise près de son père dans la salle de cinéma bondée, Anne regardait davantage le public que l'action sur l'écran. *Ou plutôt le manque d'action*, pensait-elle. Le film était d'un ennui mortel. Heureusement, malgré l'obscurité ambiante, elle reconnaissait quelques personnalités autour d'eux, aperçues à la télé ou dans les magazines *People*. Comme, par exemple, deux rangs derrière elle… oui, c'était bien Renée Richards ! Et qui pouvait bien être le type débraillé avec qui elle sortait ? Ça devait être quelqu'un d'important car, comme le lui avait une fois expliqué son père, plus on était puissant à Hollywood, plus on s'autorisait à se mettre n'importe quoi sur le dos.

Son cher papa, qui avalait ses pop-corn d'un air absent, en regardant l'écran avec un sourire railleur. *Au moins, on est d'accord sur la nullité de ce film !*

Se penchant vers lui, elle souffla :

— Je vais aux toilettes ; je reviens tout de suite.

Il lui répondit d'un signe de tête et se replongea dans le film.

Émergeant de l'obscurité, elle cligna des yeux devant les affiches lumineuses et se faufila à la hâte vers les toilettes. Devant le miroir, elle vérifia son maquillage, se lava les mains puis, se laissant tomber dans un canapé de velours rouge qui faisait face aux lavabos, elle ferma les yeux.

Elle était assise là depuis une dizaine de minutes tout au plus lorsqu'une femme entra en catastrophe, si vite que la jeune fille n'eut pas le temps de voir son visage. Elle entendit juste le loquet d'une des cabines se fermer et, au bout de quelques secondes, de lourds sanglots s'échappèrent de sous la porte.

Anne ne bougea pas, se demanda si elle devait lui proposer son aide. D'un côté, cela ne la regardait évidemment pas ; dans cette salle, à part son père, elle ne connaissait personne. Mais, d'un autre côté, cette fille semblait si désespérée qu'il lui était impossible de rester ainsi sans rien faire. *Et si elle veut qu'on la laisse tranquille ?*

Bon, finit-elle par se dire, *je vais quand même lui proposer mon aide.* Si la femme ne voulait rien entendre, Anne s'en irait et retournerait dans la salle.

Mais, alors qu'elle s'extirpait de son canapé, la porte s'ouvrit et sortit des toilettes une mince jeune fille aux cheveux sombres, vêtue d'un adorable jean moulant, d'une chemise blanche, d'un blazer noir, et chaussée de splendides talons aiguilles argentés.

— Mais… je te connais, murmura-t-elle.

— Tu me connais ? demanda Anne, interloquée.

— Oui, tu vas bien à Laguna Beach… C'est bien toi, la nouvelle ?

Comme elle se passait une main sur les yeux, elle s'étala du Rimmel sur les pommettes.

— Oui… je m'appelle Anne.

Effectivement, maintenant qu'elle l'avait en face d'elle, son visage lui disait quelque chose.

— Et moi, Lola.

Elle se laissa tomber dans un fauteuil et eut un sourire contrit.

— Ça va ? lui demanda prudemment Anne.

— En fait, non. Je suis dévastée, agonisante… je viens de me faire larguer, articula-t-elle en fouillant dans son sac. Et, en plus, je ne peux même pas mettre la main sur un mouchoir.

De nouveau, ses yeux s'emplirent de larmes.

— Attends… tiens, en voilà un, dit Anne après en avoir trouvé un chiffonné au fond de son sac. Il est propre, ne t'inquiète pas.

Elle regarda Lola se moucher, une fois, deux fois, trois fois, non sans s'étonner de la capacité d'absorption d'un Kleenex.

— Merci, murmura-t-elle avant de le jeter dans la corbeille.

Puis, ramenant ses jambes sous elle, Lola laissa tomber :

— Désolée… vraiment. Mes parents m'ont forcée à venir à cette fichue projection et voilà, je me suis fait larguer. Et je peux te dire que ce n'est pas la première fois qu'ils me font le coup.

Elle secoua la tête puis enchaîna :

— C'est violent, ce qu'ils me demandent, tu sais… Jamais ils n'auraient accepté ce rendez-vous, voilà pourquoi j'ai dû garder tout ça secret… Je crois qu'il a fini par se lasser de tout ce cirque.

Elle s'interrompit et leva les yeux vers Anne avant de demander :

— Tu veux savoir le pire ?

Anne hocha la tête sans trop s'en rendre compte. Elle n'avait pas l'habitude de voir quelqu'un déballer ses tripes devant elle. Alors, elle se rappela son père en train de lui dire qu'en langage cinématographique cela s'appelait la « conversation californienne ». Apparemment, ce genre de déballage était un peu une habitude pour ceux qui vivaient ici.

— Je commençais à me dire que je pouvais me lancer dans une histoire sérieuse avec lui, tu comprends. Bon sang, je suis vraiment trop gourde.

Se couvrant le visage des mains, elle se remit à pleurer.

— Non, ne dis pas ça. Tu devrais te féliciter, au contraire, de n'avoir rien fait avec lui. Tu n'auras rien à regretter.

Lola leva les yeux vers elle et renifla.

— Sois contente de t'en être rendu compte avant.

— Quand je pense que je viens de te raconter tout ça… alors que mes meilleures amies ne le savent même pas encore.

Soudain paniquée, elle ajouta :

— Oh, s'il te plaît, n'en parle surtout pas à Ellie et Jade. Elles vont trop flipper.

— Ne t'inquiète pas, la rassura Anne. Jade est dans mon cours d'art plastique, mais on n'est pas assises côte à côte. Et puis Ellie, je ne crois pas qu'elle m'aime assez pour daigner avoir une conversation avec moi.

— Ellie… elle est cool, tu sais. C'est juste qu'elle se méfie un peu des nouveaux venus.

Anne ne répondit pas. Elle n'était pas certaine de la croire.

— Tu avais un petit ami à… là d'où tu viens ?

— Dans le Connecticut, oui, j'en avais un. Il s'appelait Justin, et il vient de me laisser tomber pour son ancienne petite amie. Ça ne lui a pas pris beaucoup de temps, je dois dire.

Elle se sentit soulagée de pouvoir prononcer ces paroles sans s'étrangler en même temps. Même s'il lui en coûtait de devoir parler de lui au passé.

— Hé… fit Lola en lui prenant le bras, avec un sourire qui éclaira son visage plein de mascara. Ce film, c'est nul. Et si on mettait les voiles ? J'ai entendu dire qu'il y avait une soirée à Aliso Beach. Il y aura plein de monde de l'école, mais ça sera certainement mieux qu'ici.

— Mais, qu'est-ce que je vais dire à mon père ?

Elle était déchirée entre l'envie de suivre Lola et le fait de quitter son père, qu'elle n'avait pratiquement pas vu depuis son arrivée en Californie. Mais, la faute à qui ?

— Dis-lui que tu ne te sens pas très bien et que je te ramène chez toi. Et je dirai la même chose à mes parents. Allez, viens, on va s'amuser.

Ouvrant son poudrier, elle considéra le désastre sur son visage.

— D'accord, c'est vrai… je ne pense pas que je vais beaucoup lui manquer, reconnut Anne. Il est tellement occupé à regarder son film et à mâchouiller ses pop-corn ; il ne remarquera sans doute même pas que je suis partie.

Malgré elle, Anne espérait que ce ne soit pas entièrement vrai.

— Ma mère, elle, ne regarde même pas le film. Elle est assise à côté de Renée Richards et n'espère qu'une chose : se faire photographier avec elle. Franchement, tu imagines ?!

— Tu as vu le type avec qui elle sort ?

— Bah, tu ne sais pas le pire ; elle est cliente de mon père. Allez, viens.

Elle se leva, prit son sac et ajouta :

— Je te raconterai tous les potins en chemin.

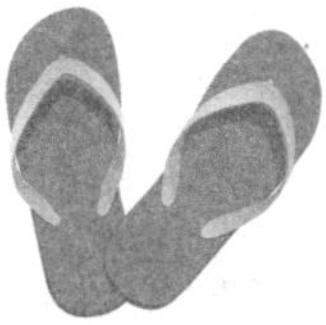

dix-huit

Enfin prêtes à partir pour la soirée à Aliso Beach, Ellie et Jade débordaient d'excitation. Peu leur importait si elles n'allaient retrouver là-bas que des visages connus. Le fait d'avoir passé l'après-midi avec Jade et s'être remémoré tous ces bons souvenirs avec sa mère avait fait un bien fou à Ellie. Elle se sentait plus légère, plus positive et, surtout, moins tendue.

Elles étaient dans la Mini Cooper d'Ellie, sur le point de démarrer, quand le père de celle-ci arriva en voiture.

— Bonsoir, monsieur Stone, lui lança Jade avec un petit signe de la main.

Lui répondant d'un bref salut de la tête, il lâcha à l'adresse de sa fille :

— Tu as terminé tes devoirs ?

— Oui, fit-elle en continuant de reculer lentement.

Elle était bien décidée à partir avant qu'il ne lui gâche sa soirée.

— Très bien, mais ne rentre pas trop tard. Tu dois te lever tôt, demain. Je t'ai réservé un coach. Elle sera là à 11 heures.

— Un coach ? répéta Ellie, le pied sur la pédale de frein. Papa, je n'ai pas besoin de coach.

— Bien sûr que si ! Et tu devrais même essayer de t'échauffer avant qu'elle arrive.

— Mais, papa… protesta-t-elle.

— Il n'y a pas de « mais », Ellie. Ton coach sera là demain, c'est comme ça.

Sur ces mots, il descendit de sa BMW et remonta le bout de l'allée vers sa maison.

Ellie s'efforça d'inspirer lentement, profondément, tout en le regardant ouvrir la porte. *Adieu la bonne humeur*, pensa-t-elle avant de reprendre sa marche arrière vers la rue.

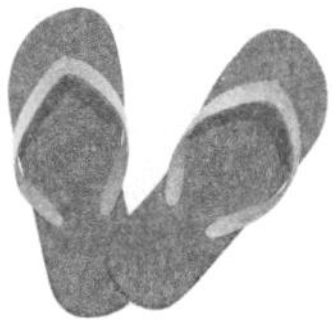

dix-neuf

— **Tu ne serais pas un peu trop habillée** pour une soirée sur la plage ? demanda Anne, les yeux fixés sur la minijupe et les talons aiguilles de Lola.

— Pas grave, on leur dira qu'on sort d'une première hyper glamour à Hollywood. Ils vont crever de jalousie !

— Oui… tant qu'on ne précise pas à quel point c'était nul !

Si Anne commençait enfin à s'amuser, c'était bien grâce à Lola. Elle n'en revenait pas de voir comment elle était passée des sanglots à l'allure la plus sexy qui soit. Si elle-même pouvait être comme ça… Car, après avoir écouté le flot ininterrompu de ses paroles tout au long du trajet vers la plage d'Aliso, elle se disait qu'elle pourrait sans doute en apprendre beaucoup de Lola.

— Alors, il y aura qui, là-bas ? Non pas que je prétende les connaître, mais je me souviens de certains noms… ceux que tu répètes le plus souvent.

— Tous les suspects habituels seront là. Tu sais, pratiquement tous ceux qui se retrouvent à l'heure du déjeuner à l'école.

— Euh… si tu savais où je prends mon déjeuner, moi, lui confia Anne en regardant par la fenêtre d'un air embarrassé.

— Eh bien, ma petite, dis-toi que tout ça, c'est du passé, maintenant. Ce soir, tu vas faire officiellement connaissance avec tout le monde, et, fais-moi confiance, ils vont t'adorer.

Lola gara la voiture sur le parking et vérifia une nouvelle fois son maquillage dans le rétroviseur.

— Dès qu'ils auront compris comment tu peux être sympa, je te garantis qu'ils cesseront de t'appeler la Reine Glacée de la côte est.

— Quoi ?! s'étrangla Anne en descendant de voiture.

— Oh, je n'aurais peut-être pas dû te le dire… souffla-t-elle, une main plaquée sur la bouche. Mais, allez, ne sois pas vexée. S'ils ont dit ça, c'est parce qu'ils te trouvent jolie mais un peu trop réservée. Tu ne parles pas beaucoup.

— C'est vrai que, parfois, j'ai peur d'aller vers les gens, reconnut-elle.

Anne commençait à se demander si elle désirait vraiment se rendre à cette soirée… maintenant qu'elle savait ce qu'on disait d'elle.

— Oh, allez, fit Lola en la prenant par le bras. Je pense que tu vas t'amuser à leur prouver à tous qu'ils ont tort.

Elles descendirent sur la plage et se dirigèrent vers le feu de camp. Et, bien sûr, la première personne qu'aperçut Anne fut celle qui la détestait le plus : Ellie. Elle était assise à côté de Jade, Chris et un garçon nommé Duncan, tandis que Lola s'avançait droit vers eux. Instinctivement, Anne songea à partir dans la direction opposée. Elle n'était pas certaine de supporter le regard mauvais d'Ellie et ses commentaires acides. C'était sans doute elle qui, la première, lui avait donné le sobriquet de Reine Glacée de la côte est. Mais Lola était gentille, et tout le monde semblait l'être aussi. Donc, si Ellie avait envie de jouer les pestes, c'était son problème.

— Salut, tout le monde ! lança Lola. Vous vous souvenez d'Anne ?

Chris et Jade la saluèrent d'un petit signe de main mais Ellie, elle, se contenta d'un regard assassin.

— On parlait de surf, lâcha-t-elle en ignorant parfaitement Anne.

— Parler d'un autre sujet, ça m'aurait étonnée, plaisanta Lola.

Prenant place sur la couverture à côté de ses amis, elle proposa à Anne de l'y rejoindre.

— Mon père m'a pris un coach parce que la Surf Fest, c'est le mois prochain, et il pense que je vais tout foirer comme l'année dernière. C'est tellement ridicule. Qu'est-ce que je vais apprendre d'un coach ? Soit je surfe bien, soit je ne surfe pas du tout. Je ne vois pas comment un entraîneur changerait ça.

— J'avais un coach pour le plongeon, intervint Anne sans réfléchir.

— Ça n'a rien à voir, rétorqua Ellie sur un ton méprisant.

Puis, se tournant vers les autres, elle enchaîna :

— Bref, ça me semble tellement… artificiel. Mais, apparemment, Chris est du même avis que mon père.

Elle sourit et lui donna un coup de coude dans les côtes… un peu plus fort qu'elle ne l'aurait souhaité. Ellie se sentait complètement démunie quand il s'agissait de flirter, surtout avec un garçon qu'elle aimait vraiment.

— Rien n'est plus pareil, maintenant, expliqua-t-il. Il y a tellement d'argent en jeu entre le sponsoring, les frais d'adhésion, la compétition. Un coach t'aidera juste à t'affûter un peu, et te donnera peut-être quelques conseils techniques pour lutter contre le stress.

— Moi, stressée ?! s'écria-t-elle en riant. Écoute, tout ce que je veux, c'est un autocollant sur ma planche. C'est tout.

— Et un trophée, un prix, des vêtements gratis quatre fois par an, et… oh, oui ! ta tête en couverture de *SG Magazine*, enchaîna Lola en riant.

— Tu n'en étais pas loin, l'année dernière, lui rappela Jade.

— Oui, jusqu'à ce que je foire complètement.

— D'où les services d'un coach ! insista Chris, les bras en l'air.

Puis, se tournant vers Anne, il ajouta :

— Alors, qu'est-ce qu'il faut faire pour réussir à te mettre à l'eau ?

— Moi ?

— Oui, toi. C'est très bien, le plongeon, mais il n'y a pas d'équipe pour ça, à l'école. Alors, tu pourrais peut-être te lancer. Et puis, tu ne peux pas plonger d'une falaise sans savoir aussi surfer ; ce n'est pas possible, hein, Ellie ?

Mais celle-ci ne daigna pas répondre. Sa façon flagrante de tout faire pour ignorer Anne, comme si elle n'était pas digne qu'on lui adresse la parole, mit cette dernière dans une telle colère qu'elle décida de jouer les aguicheuses avec Chris, histoire de la mettre hors d'elle.

— Mais la glace fond quand elle rencontre l'eau, non ? demanda-t-elle avec un petit sourire, en lui posant une main sur le genou.

— Quoi ? fit-il en sursautant tandis que tous baissaient les yeux, y compris Ellie.

— Je lui ai dit, intervint Lola avec un clin d'œil à l'adresse de sa nouvelle amie. Elle sait *tout*.

— Ce n'était pas méchant, reprit aussitôt Chris. On disait ça pour s'amuser…

— Peut-être, sourit-elle en rejetant ses longs cheveux blonds en arrière, mais tu vas devoir te faire pardonner, maintenant.

— Euh… je peux te donner des leçons de surf, proposa-t-il.

— Toi, tu vas m'apprendre à surfer ? interrogea-t-elle sur un ton sceptique.

— Pourquoi pas ? Je me débrouille très bien, vous n'êtes pas d'accord, les autres ?

Oui, Lola et Duncan étaient d'accord. Ellie, quant à elle, afficha un regard noir, tandis que Jade avait visiblement l'air mal à l'aise.

— Je vais y réfléchir, répondit Anne qui ne manqua pas de remarquer la mine contrariée de Jade.

Peut-être aimait-elle Chris, elle aussi ? Si Anne décidait de flirter avec lui, ce n'était que pour ennuyer Ellie ; mais, si toutes les filles étaient secrètement accros à lui, elle se retirerait, bien sûr. Il avait beau être mignon à croquer, ce n'était pas non plus la peine de se mettre tout le lycée à dos.

— D'accord, on se retrouve demain sur la plage, lui déclara Chris. Aucun refus ne sera accepté. Et, rappelle-toi, je sais où tu habites.

Malgré le sourire qu'il lui adressait, Anne restait assise sans bouger, ne sachant trop que faire. C'était sa faute si toutes les filles s'étaient soudain tendues, pour devenir muettes comme des carpes. Même si elle n'osait pas affronter directement le regard d'Ellie, elle sentait ses yeux la transpercer.

— Alors, qui voudrait une bière ? proposa Duncan en se levant et en tapotant le sable de son jean.

Chris, Lola, Jade et Anne refusèrent. Mais Ellie surprit tout le monde en sautant debout pour répondre :

— Moi, j'en veux bien une.

— Toi, tu bois une bière ? s'étonnèrent Jade et Lola dans un même élan.

— Hé, les filles, ça ne sera quand même pas la première fois ! riposta-t-elle avant de rejoindre Duncan.

vingt

Lorsque Duncan et Ellie entamèrent leur troisième bière, la soirée sur la plage tirait à sa fin.

— Alors, qu'est-ce que tu veux faire, maintenant ? lui demanda-t-il, son visage à peine à quelques centimètres du sien.

Ellie le considéra d'un air presque méprisant. Il avait beau être mignon à croquer, ce n'était pas son visage qu'elle avait envie d'avoir en face du sien. *C'est celui de Chris,* songea-t-elle en voyant celui-ci continuer de flirter avec Anne comme il l'avait fait toute la soirée durant, ne lui laissant d'autre choix que de se tourner vers un autre.

Mais maintenant, après avoir bien minaudé avec Duncan – *pourquoi est-ce si facile de faire du charme à un garçon quand ce n'est pas celui-là qui vous intéresse ?* –, elle se sentait coupable vis-à-vis de lui, sachant qu'elle le menait en bateau alors que lui semblait réellement accro.

Pourtant, alors qu'il tentait de lui voler un baiser, Ellie se dit : *Oh, tant pis ; pourquoi ne pas le laisser faire ?* Il était mignon, populaire, classe, bon surfeur, et elle savait qu'il la convoitait depuis un an déjà. Elle pouvait lui faire confiance. Et, de son côté, elle était sûre de ne pas trop l'aimer au point d'en être amoureuse.

Son premier réflexe, alors que les lèvres de Duncan se posaient sur les siennes, fut de penser : *J'espère que Chris nous regarde.*

Le second fut de se dire : *Hmmm... ce n'est pas si mal, en fait...*

— Hé, tous les deux ! leur lança soudain Jade, manifestement choquée par leur attitude. Désolée, je vois que vous êtes très occupés, mais je voulais vous dire que je rentre avec Lola. Pour que vous ne soyez pas surpris de voir que je suis partie quand vous reprendrez votre souffle. Si vous arrivez à le reprendre...

S'écartant lentement de Duncan, Ellie s'essuya la bouche d'un revers de main. Sa peau était chaude et piquante, après tous ces baisers, et la tête lui tournait un peu... à cause de toutes ces bières.

— Quoi... ? fit-elle en se tournant vers Jade.

— Je m'en vais, Ellie. Alors... voilà... bonne nuit, répondit-elle avec un petit signe gêné de la main.

— Tu as besoin qu'on te raccompagne ?

— Euh... tu sais quoi ? Donne-moi plutôt tes clés ; c'est moi qui vous raccompagnerai, tous les deux. Qu'est-ce que tu en dis ?

— Ne sois pas ridicule ! Je suis tout à fait capable de conduire.

Ellie tenta de se lever mais ses jambes se dérobèrent sous elle, et elle perdit l'équilibre... pour retomber lourdement sur Duncan, encore assis sur le sable.

Jade ne broncha pas et se contenta de les regarder, bras et jambes mêlés, tous les deux en proie à un rire quasiment hystérique.

— O.K., je prends tes clés, laissa-t-elle tomber d'une voix sèche en se baissant pour fouiller dans le sac d'Ellie.

vingt et un

Anne se réveilla à l'odeur du café qui se mêlait aux cliquetis de la vaisselle du petit déjeuner. Un vrai petit déjeuner. Comme celui que son père lui préparait, les week-ends, une fois qu'un film était en boîte et qu'il disposait d'un peu de temps entre deux projets.

Elle enfila son peignoir en éponge, glissa les pieds dans les pantoufles assorties et traversa à pas feutrés le long couloir dallé qui menait à la cuisine.

— Salut, p'pa, souffla-t-elle en se frottant les yeux avant de sortir un bol du placard.

— Salut, toi, sourit-il. Tu te sens mieux ?

Anne se servit une grande rasade de café noir et répondit :

— D'accord, je l'avoue… je n'étais pas vraiment malade. En fait, j'ai rencontré une fille de l'école, et elle m'a invitée à une petite soirée sur la plage. Tu m'en veux ?

Elle ajouta un peu de lait dans son bol de café fumant et attendit prudemment la réponse de son père.

— Non, mais tu aurais quand même dû me prévenir.

Il s'approcha de la table où Anne venait de s'asseoir et lui tendit une assiette où trônaient œufs, toasts, bacon et fruits… le grand jeu, comme elle aimait.

— Oui, je sais… Ce n'était pas mon intention de mentir mais, d'un autre côté, je ne voulais pas te faire de peine, car on ne s'est pas encore beaucoup vus, toi et moi.

Ce qui n'est pas totalement ma faute, en fait…

— Eh bien, je te donne l'occasion de te racheter aujourd'hui, ma puce. J'ai pensé qu'on pourrait aller en ville, faire un peu de shopping, s'offrir un déjeuner sympa, se balader tranquilles, quoi.

Anne ferma une seconde les yeux en se demandant comment elle allait lui expliquer que ce n'était pas aujourd'hui qu'elle pourrait se « racheter ».

— Euh… en fait, j'ai déjà des projets, articula-t-elle avant d'avaler une gorgée de son café au lait. Un ami m'a proposé de m'apprendre le surf. Je dois le retrouver à la plage à midi.

— Pas de problème, va t'amuser avec tes amis. Mais, tu vois, c'est drôle que tu parles de ça parce que je songeais moi-même à remonter sur une planche.

— *Toi* ?!

Anne regretta aussitôt son exclamation de surprise ; mais l'idée de savoir son père sur une planche lui paraissait totalement saugrenue. Il était trop *vieux*. Il pouvait se blesser. Il ne parlait pas sérieusement !

— Qu'est-ce que tu veux dire par « remonter sur une planche » ?

— Oh, ne prends pas l'air catastrophé. J'ai beaucoup surfé, avant, tu sais.

— Ah, bon ? Et quand ? Je n'en ai jamais vu les traces, à la maison.

Secouant la tête, elle se découpa une tranche de melon.

— D'accord, ça fait un bout de temps, admit son père tout en sirotant son café noir. J'avais une longue planche. Je n'étais pas mauvais, si tu veux savoir.

— Oui, bon… d'accord, papa, reprit-elle en achevant ses œufs. Mais laisse-moi prendre toute seule ma première leçon de surf, si tu veux bien. Inutile d'être deux à avoir la honte devant tout le monde.

À exactement midi six (elle ne voulait pas paraître trop nerveuse en arrivant pile à l'heure), Anne descendit l'escalier de bois qui menait à la plage, et chercha Chris des yeux. Mais, ne l'apercevant nulle part, elle étendit tranquillement sa serviette sur le sable et agit comme si elle ne se sentait pas du tout prête à se relever dans la minute qui suivait. *Il a bien dit midi… ?*

— Hé, salut !

Encore accroupie, elle se retourna pour voir Chris sortir de l'eau. Les cheveux trempés et balayés en arrière, sa planche sous le bras, il s'avançait vers elle d'une démarche souple et sportive. Athlétique, superbement bronzé, il aurait été à tomber par terre… si Anne n'y avait pas déjà été. Priant le ciel pour qu'il ne devine pas le trouble qui la secouait, elle lâcha :

— Salut…

— Content de voir que tu n'as pas changé d'avis, au moins, dit-il en souriant. C'est vraiment un bon jour pour apprendre, tu vas voir : les vagues sont tranquilles et pas trop hautes.

— En fait, je ne savais pas trop quoi apporter, répliqua-t-elle d'une voix nerveuse en s'efforçant de ne pas garder les yeux rivés sur ses abdos en béton. Alors, j'ai pris avec moi de la crème à bronzer et une serviette…

— Ne t'inquiète pas ; j'ai tout ce qu'il faut.

À son sourire, Anne voulut bien croire que, oui, il avait certainement tout prévu.

vingt-deux

Si la séance d'entraînement d'Ellie ne se déroulait pas bien, c'était sans doute lié aux profonds remords qui la tourmentaient depuis le matin. Sans parler de la gueule de bois qui lui donnait, en plus de la nausée, une sérieuse envie de se recoucher, tirer le drap sur sa figure et oublier le surf, la compétition qui s'annonçait, et tout le reste, aussi.

C'était Duncan qui l'avait réveillée, ce matin. Et le seul fait d'entendre sa voix lui avait brusquement tout ramené à la mémoire. Son père était déjà à l'hôpital, et son frère ne répondait apparemment plus au téléphone ; alors, à la cinquième sonnerie, elle s'était décidée à décrocher pour marmonner :

— Allô ?

— Ellie… ? Je te réveille ?

— Mmmh… oui, un peu. Euh… quelle heure est-il ?

— Dix heures et demie.

— Oh, mince ! avait-elle lâché en repoussant les draps pour sauter du lit… un peu trop vite étant donné son état. Euh, écoute… je dois y aller. On peut se rappeler plus tard ?

Elle s'était laissée retomber sur l'oreiller et, agrippant le matelas, avait refermé les yeux dans le vain espoir de soulager son atroce mal de tête.

— Oui, d'accord. Je te rappelle dans l'après-midi, avait-il articulé en cachant mal sa déception.

Mon Dieu, si ça le met dans un tel état, il n'a pas fini… quand il saura la vérité… que je me suis complètement fichue dedans… que je n'aurais jamais dû l'embrasser…

Ellie s'était sentie mal à l'idée de tout devoir lui avouer, mais contente aussi de pouvoir remettre cet instant à… plus tard, oui.

Tout ce qu'elle désirait, alors qu'elle avait repris son entraînement, c'était de flotter sur sa planche, avec le soleil aussi doux sur sa peau qu'une couverture tiède, et les vagues qui la berçaient. Elle ne pouvait rien souhaiter de meilleur.

— Peut-être qu'on pourrait s'arrêter là pour aujourd'hui, lui dit Lina, son coach.

— Oui, désolée, répondit Ellie sur un ton piteux. J'ai eu une nuit assez dure. Et, pour être franche, cet entraînement, c'était une idée de mon père.

— Pas de problème, répondit Lina. Je me ferai de toute façon payer. Mais, si tu décides de prendre ça au sérieux, rappelle-moi.

Sur ces mots, elle se coucha sur sa planche et regagna le rivage en pagayant.

— Hé, je m'excuse, lui lança alors Ellie, mais, si vous voulez savoir, oui, je prends ça très au sérieux !

Assise sur sa planche, elle regarda la jeune femme s'éloigner… non sans se demander si elle avait vraiment raison de l'assurer de son sérieux.

vingt-trois

Lola était presque à la porte quand elle entendit sa mère l'appeler :

— Lola ? Tu peux venir une minute ?

Nooon, j'étais si près… !

Docilement, elle repartit vers la cuisine. Que voulait-elle, encore ?

— Ah, te voilà, lui dit sa mère, appuyée au comptoir et sirotant ce que Lola estimait être son habituelle décoction aux herbes.

— Ton amie est bien rentrée, hier soir ?

— Quoi ? Oh, oui… répondit-elle en se rappelant soudain son mensonge de la veille quant au petit malaise d'Anne. Merci de t'en préoccuper.

— Oui… Dommage que tu aies dû partir si tôt. Il y avait quelqu'un là-bas que j'aurais aimé te présenter. Alors, je lui ai donné ton numéro.

— Tu as donné mon numéro à *qui* ?

Lola laissa tomber son sac de plage sur le sol et regarda sa mère d'un air dur. *Elle n'est pas sérieuse ! S'il vous plaît, mon Dieu, faites qu'elle plaisante !*

— Il s'appelle Diego, poursuivit-elle. C'est le fils d'un des associés de ton père. Il a juste un an de plus que toi, et je pense sérieusement que vous vous entendrez très bien, tous les deux.

— Mais... commença Lola en refusant de croire que tout ça était vrai.

Cependant, elle hésita juste une seconde de trop, et sa mère enchaîna :

— Sa famille vit à Palos Verdes Estates, et il envisage de s'inscrire à l'université Columbia, l'année prochaine.

— D'accord, mais en quoi ça me concerne ? Pourquoi est-ce que je devrais le rencontrer ?

Pour tout dire, elle ne se sentait pas vraiment seule en ce moment, même si elle venait de se faire plaquer.

— Parce que je le voudrais, c'est tout.

Lola inspira profondément et regarda sa mère droit dans les yeux. Elle savait où celle-ci voulait en venir : elle avait, de toute évidence, trouvé un gentil Mexicain issu d'une bonne (donc riche et respectable) famille, et elle ignorait absolument le fait que Lola, avec son *cœur en pièces*, n'était pas prête à faire de nouvelles connaissances en ce moment. D'accord, peut-être sa maman ignorait-elle tout de cette rupture car Lola avait un peu négligé de lui en parler, mais tout de même... Comment pouvait-elle lui faire ça ?

— C'est dommage que tu aies dû partir si tôt pour ramener ton amie chez elle, répèta sa mère en lui faisant comprendre d'un regard qu'elle ne gobait absolument pas ce que sa fille lui avait raconté.

— Il devrait t'appeler ce soir ou demain, ajouta-t-elle avec nonchalance. Lola, quand il te proposera de sortir, j'aimerais que tu acceptes.

Lola demeura immobile, les yeux clos, sachant que la partie était perdue d'avance.

vingt-quatre

Assise sur sa serviette de bain, Jade observait ses amis. Anne était sur l'eau avec Chris, et, à sa grande surprise, elle paraissait se débrouiller à merveille. Elle n'avait pas souvent perdu l'équilibre, ce qui s'avérait assez étonnant pour une première séance de surf. Mais il fallait reconnaître aussi que Chris semblait trouver mille raisons de l'empêcher de tomber… peut-être plus souvent que nécessaire.

Quant à Ellie, elle ne faisait rien d'autre que barboter, agissant comme si elle ne voyait pas Chris et Anne, même si, de toute évidence, elle était obsédée par eux. De là où elle se trouvait, Jade apercevait la tête de son amie se tourner sans cesse de leur côté, observant jusqu'au moindre de leurs mouvements.

Elle doit se sentir un peu nulle, en ce moment, songea-t-elle en se rappelant son attitude, la veille, quand elle avait vu Anne arriver. N'importe qui d'autre aurait réagi différemment. Mais Ellie n'était pas n'importe qui ; elle se mettait la barre très haut et, jusqu'à hier soir, elle était parvenue à se maintenir à ce niveau.

En fait, c'était pour Duncan que Jade avait vraiment de la peine. Surtout lorsqu'il comprendrait qu'Ellie ne s'intéressait pas du tout à lui, qu'elle l'avait utilisé pour récupérer Chris. Jade savait que Duncan avait commencé à lorgner Ellie au moment où celle-ci avait, de son côté, flashé sur Chris. Cette attirance pour lui paraissait si évidente qu'elle ne comprenait pas que personne ne s'en soit rendu compte.

Elle appliqua une nouvelle couche de crème sur sa peau, un peu de baume sur ses lèvres, puis s'allongea en fermant les yeux sous le soleil.

Pourquoi les gens se mentent-ils tellement à eux-mêmes ? se demanda-t-elle.

— Salut, Jade.

Lola étala sa serviette près de la sienne.

— Qu'est-ce qui se passe ? interrogea Jade, qui soupçonnait très fort que quelque chose n'allait pas.

Lola se contenta de hausser les épaules et fouilla dans son sac de plage pour en extirper une pile de magazines : *Elle Girl*, *InStyle*, *Latina*, *SG*, *Teen Vogue*, *Vanity Fair*, *People*, etc.

— Ton sac doit peser des tonnes, sourit Jade avant d'en saisir un. Tiens, tu lis *Maison & Jardin* ?

— Oui, j'adore. Et puis, du moment que la couverture brille…

Réajustant sur sa tête son chapeau western en paille, elle enchaîna :

— Oh, et je ne t'ai pas dit que ma mère a encore étendu ce qu'elle considère comme son « devoir de mère » ?

— Oh, non…

— Si. Elle se prend maintenant pour mon coach de vie amoureuse, mon directeur de cœur, si tu préfères.

— Ce n'est pas possible… articula Jade, atterrée.

— Si, si… Apparemment, elle a trouvé pour moi un merveilleux parti, un jeune homme bien sous tous rapports. Alors, j'ai maintenant le bonheur de rester rivée à mon portable, dans l'attente d'un appel de *Diego*, la meilleure chose venue du Mexique depuis papa !

Elle s'allongea sur sa serviette, fit descendre son chapeau sur ses yeux et continua :

— Le truc, c'est qu'elle ignore que j'ai mis mon téléphone sur vibreur pour ne pas l'entendre sonner. Il n'aura qu'à me laisser un message, s'il tient tant à me faire signe.

— Évidemment, ce n'est pas très cool, commenta Jade. Mais, tu ne sais pas comment il est ; ça ne sera peut-être pas si mal.

Lola releva brusquement son chapeau et lâcha :

— Jade, tu connais ma mère. On sait toutes les deux que c'est pourri d'avance !

— C'est vrai que je n'aime pas penser négatif, reconnut-elle, mais, cette fois, tu as peut-être raison.

— Ma vie est une catastrophe ! fit-elle en replaçant son chapeau sur son visage. Écoute, je reste allongée, les yeux fermés, et tu me dis si tu vois ou si tu lis quelque chose d'intéressant. Moi, pendant ce temps, je me vide l'esprit, mais, juré, je t'écoute.

— Quelque chose d'intéressant… Alors, voilà : ma voisine d'en face ne cesse de faire des allers et retours sur la plage. Elle en est à son quatrième ou cinquième tour.

— Elle fait ses exercices, suggéra Lola.

— Non, je crois surtout que c'est pour montrer à tout le monde ses beaux seins tout neufs – ce n'est quand même pas donné de s'en faire poser des nouveaux. Bon, d'accord… Chris et Anne sont sur l'eau depuis un bout de temps, maintenant ; il lui apprend le surf et, crois-moi ou pas, elle est très douée. Si douée qu'il n'a donc pas besoin de la tenir d'aussi près… ce qui veut dire tout autre chose.

— Quoi, d'après toi ?

— Que Chris n'a d'yeux que pour elle, répondit-elle sur un ton agacé.

— Chris et Anne ? demanda Lola en relevant à nouveau son chapeau.

— Oui. Moi qui avais de si beaux projets, soupira Jade.

— Quels projets ?

— Oh, rien, reprit-elle, peu encline à raconter à Lola comment elle avait misérablement échoué dans sa tentative de jouer les entremetteuses.

— Si, continue. Ça devient intéressant.

— Bon… et voilà que la pauvre Ellie est en train de barboter sur l'eau depuis des heures, maintenant.

— Barboter ? Elle ne surfe pas ?

— Non, elle ne surfe pas. Elle en a marre du surf… du moins pour l'instant. Et on dirait que son coach l'a abandonnée.

— Tu crois qu'on devrait la rejoindre dans l'eau et lui parler ?

— Non, fit Jade en secouant la tête. Je pense qu'elle préfère rester seule. Lola, je suis navrée de t'ennuyer avec ça, mais ton sac est en train de vibrer.

vingt-cinq

Les doigts et les orteils complètement fripés après tant d'heures passées dans l'eau, Ellie sauta sur sa planche pour chevaucher la dernière et sans doute la plus belle vague de la journée.

Puis elle regagna la plage et s'arrêta un instant pour regarder, amusée, trois blondinets en train d'enterrer leur père dans le sable.

— Salut, Ellie !

Elle tourna la tête pour apercevoir Jade, Lola, Anne et Chris allongés sur leurs serviettes, qui parlaient et riaient ensemble. En voyant Anne et Chris pratiquement collés l'un à l'autre, elle sentit son estomac près de se retourner. Mais, maintenant qu'eux aussi l'avaient vue, elle ne pouvait se permettre de les ignorer.

— Bonjour, tout le monde, fit-elle avec un petit signe de la main.

— Alors, ce coach ? demanda Chris.

Ellie posa sa planche sur le sable et haussa les épaules.

— Bof… disons que je n'étais pas du tout dedans, aujourd'hui.

— Peut-être qu'Anne pourrait te donner un coup de main, suggéra-t-il en riant. C'est à croire qu'elle est née sur une planche.

Ellie lui jeta un regard noir. Il était si gentil, tellement sans arrière-pensées, d'habitude, qu'il avait sans doute dit cela tout naturellement, mais, là… *il a vraiment loupé une occasion de se taire.* Ce que les garçons pouvaient être lourds, parfois !

— Non, franchement pas, répliqua Anne avec un sourire gêné. Je t'ai vue sur une planche ; c'est incroyable, ce que tu fais.

— Quand est-ce que tu m'as vue ?

Ellie se demandait si Anne l'espionnait… même si elle se sentait ridicule de penser cela.

— Eh bien, tôt le matin. Avant l'école, parfois.

— Tu te lèves à cinq heures et demie ?

— Oui, ça m'arrive. Quand je ne trouve pas le sommeil. Il faut croire que je me sens encore sur la côte est.

— En tout cas, intervint Lola à l'adresse d'Ellie, on dirait que tu t'es trouvée une nouvelle partenaire en surf.

Puis, regardant Anne, elle expliqua :

— On surfait souvent toutes les trois, le matin, avant de partir au lycée ; mais, Jade et moi, on a fini par… relâcher nos efforts, disons. On n'est pas comme Ellie ; il nous faut notre sommeil de beauté.

Elle partit d'un grand éclat de rire.

— Parle pour toi ! s'exclama Jade, faussement offensée.

— Eh bien, moi, reprit Ellie, je prends le surf réellement au sérieux et je n'ai pas besoin de compagnie.

Furieuse contre ses amies, elle ne comprenait pas que celles-ci lui lancent ainsi la nouvelle venue dans les bras. Pourquoi ne laissait-on pas les choses comme elles étaient ?

— On a tous décidé d'aller au *Taco Loco*, tout à l'heure, annonça Chris en attrapant la bouteille d'eau qu'Anne tenait dans les mains. Tu viens avec nous ?

Ellie resta à les regarder sans répondre. Leurs genoux se touchaient, et cette façon qu'il avait de lui prendre la bouteille des mains… c'était comme s'ils se connaissaient déjà depuis des mois, comme s'ils sortaient ensemble. Mais, non, c'était impossible. *Ils viennent de se rencontrer !*

— Euh… non, lâcha-t-elle en reprenant sa planche pour partir. J'ai quelque chose à faire dans une demi-heure.

— Où vas-tu ? appela Jade.

— Quelque part, répondit Ellie avec un petit geste de la main, sans même se retourner.

*

Alors qu'elle remontait l'escalier de la plage, Ellie ruminait sa colère. Elle en voulait à ses amies de ne pas comprendre que l'amitié d'Anne ne l'intéressait absolument pas. Sans parler du fait qu'il lui était insupportable, humiliant même, de voir celle-ci obtenir sans effort ce à quoi elle, Ellie, aspirait avec tant d'ardeur. Anne avait soudain déboulé de nulle part et, en à peine une semaine, elle avait accaparé ses amies ainsi que le garçon de ses rêves. Cerise sur le gâteau, voilà que, maintenant, elle montrait une réelle aptitude pour *son* sport de prédilection !

Ellie n'avait cessé de la regarder surfer avec Chris et, malheureusement, elle devait reconnaître qu'il avait raison ; Anne semblait très douée. Peut-être pas aussi bonne qu'elle-même, ou Chris ou même Lola et Jade, mais très prometteuse. Dans quelque temps, à raison de plusieurs séances par semaine, elle serait capable de leur faire réellement concurrence. Et, franchement, Ellie n'avait pas besoin de ça ! C'était déjà assez pénible de voir Chris lui tomber dans les bras ; elle n'allait pas non plus se voir reléguée derrière Anne lors de la Surf Fest.

Appuyant sa planche contre le mur, elle jeta sa serviette humide sur l'une des chaises de la terrasse et entra dans la maison pour rejoindre la cuisine.

— Salut, lui lança son frère, assis à table devant un jus de fruit et le *L.A. Times*.

— Tu viens de te lever ? demanda-t-elle.

Mon Dieu, se dit-elle, *je parle aussi sèchement que papa...* Mais, bon sang, il était déjà 3 heures de l'après-midi !

— J'suis sorti, hier soir... Rentré à pas d'heure... articula Dean, avec cette façon bien à lui de raccourcir les phrases au maximum.

— Où ça ?

Elle ouvrit le frigo pour y trouver quelque chose à grignoter. Tout ce temps passé dans l'eau lui avait donné une faim de loup. *Dommage, je serais bien allée au* Taco Loco, songea-t-elle en attrapant un yaourt.

— Une soirée. À Monarch Beach, précisa-t-il sans lever le nez de son journal.

— Oh, moi aussi, j'étais à Aliso, dit-elle en prenant une cuiller.

— J'ai cru comprendre, oui.

— Quoi ? Qu'est-ce que tu veux dire ? demanda-t-elle, paniquée à l'idée que ses trois bières et son flirt avec Duncan aient déjà fait le tour de la planète.

Qu'une fille lambda se conduise ainsi, cela n'avait pas grande importance. Mais Ellie idolâtrait tellement son frère qu'elle voulait qu'il ne pense d'elle que du bien.

— Duncan a appelé il y a une heure.

— Qu'est-ce qu'il a dit ?

— Il voudrait que tu le rappelles.

— Il a dit autre chose ?

— Non.

— Alors, il y avait qui, à cette soirée ? enchaîna-t-elle pour changer de conversation.

Duncan, elle ne voulait pas y penser, pour le moment.

— Des amis, des snobinards, toujours les mêmes, quoi.

Il haussa les épaules, replia son journal et regarda sa sœur.

Dean avait le plus grand mal à tolérer les petits snobs ; ceux qui n'avaient rien d'autre à offrir que leur argent et leur présence à toutes les fêtes. Lui, en revanche, avait accompli tant de choses en si peu de temps, avait gagné tant de championnats de surf, avec plusieurs grandes marques cherchant à le sponsoriser. Il venait même de se faire accepter dans une excellente école.

Malgré sa belle allure et son indéniable talent, il réussissait – Dieu savait comment – à rester discret, consacrant souvent son temps libre à donner un coup de main aux associations pour enfants autistes, à aider au nettoyage des plages, ou à monter son documentaire sur le surf.

Mais Ellie savait que sa plus belle réussite était d'avoir convaincu leur père de le laisser prendre un semestre sabbatique pour travailler sur son film. Elle-même ne pouvait se faire porter pâle une seule journée sans recevoir des remontrances de son cher papa. Et, elle avait beau aimer Dean, c'était parfois une vraie poisse d'avoir un frère comme lui. Trop difficile à suivre…

— Tu sais à quelle heure rentre papa ? demanda-t-elle en achevant son yaourt.

— Tard, lâcha-t-il avant de lui sourire.

Il savait combien leur père avait pu se montrer dur avec elle, ces dernières années.

— Parfait, commenta-t-elle avant de monter dans sa chambre.

Elle allait se doucher, se changer puis se rendre à son endroit favori. Et secret.

Là où elle était sûre de ne jamais être dérangée.

vingt-six

Immobile devant son taco à demi entamé, Lola attendait impatiemment que Jade la ramène chez elle, même si rien ne semblait indiquer que ce serait pour tout de suite. Elle regardait son amie plaisanter avec Ben et d'autres garçons plus âgés, qu'elle n'avait jamais vus auparavant. Chris et Anne s'étaient éclipsés une heure plus tôt, et Lola commençait à regretter de ne pas être partie avec eux.

Quel gâchis, songea-t-elle. Cinq garçons seuls à moins de deux mètres d'elle, et elle était si contrariée qu'elle n'avait même pas envie de flirter avec l'un ou l'autre. Pire encore, son téléphone n'avait pas sonné de la journée. Non pas qu'elle espérait un appel de *lui*, mais cela aurait été sympa.

Mais, au fait, Jade ne lui avait-elle pas dit, sur la plage, que son sac vibrait ? Pensant que c'était le pauvre type que sa mère tentait de lui coller dans les bras, elle n'avait pas décroché. Mais, si elle s'était trompée ? Si c'était *lui* qui avait essayé de la joindre ?

D'une main nerveuse, elle attrapa son sac, en arracha son téléphone et l'ouvrit… pour y découvrir une petite enveloppe sur l'écran.

Elle avait donc reçu un message !

Tout excitée, Lola tapota les chiffres de sa boîte vocale et, les yeux clos, retenant son souffle, attendit d'entendre le son de *sa* voix.

— Bonjour, je m'appelle Diego. Euh… nos parents ont l'air de penser que ce serait bien qu'on se rencontre. Alors, si tu veux, tu peux me rappeler au…

Elle effaça le message avant même qu'il soit terminé. *Forcément, ç'aurait été trop beau…* se dit-elle en secouant la tête. En tout cas, pas question de le rappeler. Si sa mère lui posait des questions, elle prétendrait qu'il n'avait jamais téléphoné ni laissé aucun message. Car une chose était sûre : jamais, jamais elle ne sortirait avec ce garçon. Plutôt crever ! *Parce que seul un pauvre type pouvait avoir besoin de sa mère pour lui organiser des rendez-vous !*

— Hé, Lola, tu dors ? lui demanda soudain Jade en lui tapant l'épaule.

— Non… quoi ?

Repoussant de son visage sa longue chevelure brune, elle espérait que son amie était enfin prête à partir.

— On va chez Tom. Tu viens avec nous ?

— Tom… ? C'est qui ? demanda-t-elle, incapable de se souvenir de leurs noms à tous.

Ce qui ne lui ressemblait pas, d'habitude.

— Le blond, avec le T-shirt bleu, assis à côté de Mike… dont tu ne te souviens sans doute plus, j'ai l'impression. Bref, son appartement est en haut de la rue. On va boire un verre et écouter un peu de musique…

Mais, avant même que Jade ait eu le temps de lui énoncer tout ce qu'on pouvait faire chez le Tom en question, Lola secoua négativement la tête. Elle savait que, parmi d'autres activités palpitantes, ils allaient tous fumer de l'herbe, et ce n'était pas son truc. Ce qu'elle voulait, c'était se retrouver seule et tenter de faire le tri parmi les différentes émotions qui vibraient dans son crâne. Elle avait besoin de se calmer, de se rafraîchir l'esprit, mais certainement pas chez Tom.

— Non, ça ne me dit rien, répliqua-t-elle. Je crois que je vais rentrer. Ça ne t'embête pas ?

Assumant que son amie la raccompagnerait, Lola se sentit un peu coupable de lui gâcher sa fin d'après-midi. Mais, franchement, quel intérêt aurait eu Jade à traîner avec une bande de garçons plus âgés ? *Super*, se dit-elle, *voilà que je commence à penser comme Ellie, maintenant.*

— Pas de problème, reprit Jade. Tiens, voilà les clés ; tu laisseras la voiture dans l'allée.

Et, avant que Lola ait eu le temps de protester, Jade la planta là et se retrouva dans la rue en compagnie de Ben et de ses quatre copains de fumette.

vingt-sept

— **Tu vois, expliqua Chris,** la principale différence entre le plongeon et le surf, c'est le contrôle. Le plongeon exige une position parfaite, une complète maîtrise de ton corps, et aussi d'effectuer les mouvements exacts au bon moment. Alors que le surf, oui, d'accord… ça exige de la technique pour contrôler sa planche et son corps, mais il n'y a pas qu'une seule façon de le faire ; chacun peut utiliser sa propre expérience. Personne ne peut te dire comment surfer une vague. C'est, disons… aussi personnel que tes empreintes.

— C'est la *seule* différence ? sourit Anne, appuyée sur son épaule. Parce que j'ai l'impression qu'il y en a des millions, moi.

— J'ai dit la *principale* différence ; pas la *seule*.

Assis sur la pelouse devant la maison de la jeune fille, Chris entourait de ses mains ses genoux repliés, et Anne étalait devant elle ses longues jambes bronzées. Ils semblaient si bien s'entendre que, manifestement, aucun d'eux ne voulait mettre fin à cette conversation.

Bien qu'ils aient passé la journée entière ensemble, il leur restait des milliers de choses à se dire. Et Anne réalisait tout d'un coup qu'elle ne s'était pas sentie aussi heureuse depuis son départ du Connecticut. Puis, en posant les yeux sur Chris et en le voyant sourire, elle se dit que, là encore, elle n'avait jamais été aussi heureuse… de sa vie.

— Et si on se commandait une pizza et qu'on louait un DVD ? suggéra-t-il en étendant les jambes pour s'allonger sur l'herbe.

— Après deux tacos, deux Coca, des nachos, du riz et des haricots rouges ? remarqua-t-elle en éclatant de rire. Tu veux que j'explose ?

— Oui, tu as raison, fit-il avant de se rasseoir brusquement. Il faudrait peut-être mieux que je file. Ça fait longtemps que je suis là ; tu dois en avoir marre…

— J'ai dit que j'allais exploser ; je n'ai jamais dit que je m'ennuyais.

Puis, rassemblant tout son courage – ce n'était pas dans ses habitudes de faire le premier pas –, Anne ferma les yeux, se pencha vers Chris et l'embrassa.

vingt-huit

Ellie peignait depuis si longtemps qu'elle en avait les mains raides et le dos douloureux. La lumière qui baissait n'éclairait plus sa toile comme elle le désirait. Elle plia et déplia ses doigts pour les assouplir puis ouvrit sa boîte de peinture et entreprit de ranger son matériel.

Elle aimait se rendre à Treasure Island Park et y retrouver tous les artistes qui l'entouraient. Elle n'en connaissait aucun personnellement et, la plupart du temps, en voyait certains pour la première fois, mais il y avait toujours quelques habitués qu'elle était contente de croiser. Comme cette femme avec sa longue natte grise, qui avait un coup de pinceau si abstrait qu'Ellie ne pouvait dire si c'était la vue devant elle qu'elle peignait ou un paysage qui n'existait que dans son imagination. Ou bien ce grand costaud qui avait tout d'un Hell's Angel mais produisait des œuvres d'une délicatesse et d'une précision infinies.

Il y avait les prétendus peintres, ceux qui déboulaient, armés de leur sac de luxe et vêtus d'une chemise de lin hors de prix, et qui grimaçaient de frustration lorsque l'œuvre qu'ils s'étaient mis en tête de créer s'avérait plus difficile que prévu. Ellie en avait vu plus d'un remballer ses affaires au bout de dix minutes, pour retourner ruminer leur déception dans leur suite du *Montage*. Pour certains, se disait-elle, c'était davantage l'idée romantique de peindre qui les attirait plutôt que l'exécution elle-même ; ce qui ne cessait jamais de l'intriguer.

La jeune fille venait ici depuis des années, mais personne ne le savait. Personne ne savait même qu'elle peignait – enfin, excepté sa mère, qui avait toujours encouragé ses dons artistiques, l'emmenant souvent dans les galeries de Laguna Beach pendant que Dean était à l'école.

L'un des plus beaux souvenirs d'Ellie restait le jour où elle avait visité avec sa maman le Getty Museum de Los Angeles, à peine quelques semaines avant sa disparition. Elles y avaient passé la journée entière, parcourant des kilomètres de salles et de couloirs pour admirer certaines des plus belles œuvres jamais peintes. Pâle, amaigrie, chauve et affaiblie par ses séances de chimiothérapie, sa mère portait en turban une écharpe de soie colorée. Son jean vintage flottant sur ses hanches devenues trop minces, elle tenait la fillette par la main et ignorait les regards curieux qui, immanquablement, se posaient sur elles deux.

Cependant, le père d'Ellie ignorait tout des dons de sa fille. Il était si peu artiste que, d'après elle, il serait de toute façon incapable de comprendre à quel point la peinture comptait pour elle. Et, tout en étant certaine que ses amies seraient prêtes à la soutenir dans son art, Ellie était heureuse d'avoir ce secret qui n'appartenait qu'à elle.

Elle était assez douée. Du moins le soupçonnait-elle. De temps à autre, l'un des habitués du parc passait devant son chevalet et lâchait : « Joli travail », ou « Tu as très bien capturé et reproduit le mouvement harmonieux de ces fleurs sauvages ».

Bien sûr, peut-être essayaient-ils simplement de se montrer gentils, mais, tout au fond d'elle-même, Ellie était convaincue d'avoir malgré tout un don certain pour la peinture.

Le plus amusant était que son « jardin secret » ne se trouvait qu'à cinq minutes en voiture de Laguna Cove, mais que personne ne songerait jamais à la chercher ici. Ce qui, en somme, lui convenait parfaitement.

C'était un peu comme si elle se cachait aux yeux de tous.

*

Alors qu'elle passait les grilles de la résidence de Laguna Cove en faisant un petit signe au gardien, le portable d'Ellie vibra sur le siège à côté d'elle. Ne reconnaissant pas le numéro sur l'écran, elle aurait pu laisser la messagerie faire son travail mais, comme toujours, elle se sentait incapable de ne pas répondre à un téléphone qui sonnait.

— Allô ?

— Ellie ? C'est Duncan.

— Oh… salut.

Jamais elle n'aurait dû décrocher !

Elle finirait bien par lui dire un jour ou l'autre, alors, autant le faire tout de suite.

— Désolé de t'appeler comme ça, mais je commençais à me faire du souci. Tu ne semblais pas en super forme, ce matin, dit-il avec un petit rire nerveux.

— C'est vrai, reconnut-elle en tournant un peu plus loin dans sa rue. Mais ça va mieux, maintenant.

— Tant mieux. Euh… Ellie, je me demandais…

Ça y est, se dit-elle avec une grimace, comme si un projectile allait traverser le pare-brise pour l'atteindre en plein visage.

— Tu voudrais sortir, ce soir ? Pour dîner ou faire un tour quelque part ?

Il avait l'air si stressé qu'elle en eut mal pour lui.

— Duncan, je...

Elle s'interrompit. Ce n'était pas la première fois qu'elle plantait là un garçon, alors, pourquoi hésitait-elle ainsi avec lui ? *Peut-être parce que tu as complètement joué le jeu avec lui, et que tu l'as laissé faire...*

— Je pensais que... je me disais...

Elle ralentit en passant devant la maison d'Anne, voisine de la sienne.

Mon Dieu ! C'est... Anne et Chris ?! qui s'embrassent... comme ça, sur la pelouse... devant tout le monde ! Elle ajusta son rétroviseur, histoire de s'assurer qu'elle ne se trompait pas.

— Tu pensais quoi ? demanda Duncan.

— Euh... quoi ?

Ellie s'arrêta devant son garage, non sans quitter l'autre maison des yeux, totalement perturbée. Jamais elle ne se serait attendue à ce que les choses aillent si vite !

— Je te demande si tu as envie de sortir ce soir, répéta Duncan, manifestement agacé, à présent.

— Oh, oui... désolée.

C'était plus fort qu'elle, il fallait qu'elle regarde encore ce qui se passait. Il faisait sombre, mais, oui, c'étaient bien eux ! La lumière automatique de l'entrée s'était même allumée à leurs mouvements. Ce qui signifiait qu'ils... ne se contentaient pas de s'embrasser. *Noon, ce n'est pas vrai !*

— Écoute, si ça ne te dit rien, ce n'est pas un problème, continua Duncan.

Le son de sa voix lui indiquait pourtant le contraire.

— Euh… Duncan ? En fait, oui, je veux bien sortir, ce soir, articula-t-elle, étonnée de s'entendre prononcer ces paroles.

Des paroles qui, malgré tout, lui faisaient du bien.

Se ressaisissant – comme toujours –, Ellie lui demanda :

— Alors, qu'est-ce que tu me proposes, ce soir ?

vingt-neuf

Et moi qui n'avais qu'une hâte, *ce soir : me coucher et ruminer seule mon chagrin*, songeait Lola, assise à table avec sa mère et sa grand-mère.

— Alors, il ne t'a pas encore appelée ? s'impatienta *Abuela*, les yeux brillants.

Oh, non, si toutes les générations s'y mettent, maintenant…

— Qui ? interrogea-t-elle sur un ton innocent, en triturant son morceau de bar grillé.

— Le garçon ! Comment il s'appelle déjà ?

Elle chercha une réponse dans le regard de sa belle-fille.

— Diego, Diego Martinez, répondit la maman de Lola en fixant sa fille.

— Alors ? insista sa grand-mère, prête à s'entendre raconter la plus belle histoire d'amour qui ait jamais existé.

— Non, rien, laissa tomber Lola, en saisissant nerveusement son verre de thé glacé.

Elle ne savait pas bien mentir, même si elle se surprenait à le faire de plus en plus, ces derniers temps.

— *Increíble !* s'exclama *Abuela*. Je n'ai jamais entendu une chose pareille !

Elle semblait personnellement offensée que le très désirable Diego ait pu ainsi négliger sa précieuse petite-fille.

— Il se prend pour qui ?

Lola leva les yeux vers elle et la vit jeter un regard noir à sa belle-fille, comme si c'était sa faute si Diego n'avait pas appelé. Elle comprit alors qu'elle devait dire quelque chose. Leurs relations étaient assez tendues pour qu'elle ne les aggrave pas par son silence.

— En fait, j'avais mis mon téléphone sur vibreur, et j'ai dû louper son appel.

Elle haussa les épaules, espérant que cela lui donnerait le temps de trouver une meilleure excuse.

— Vous, les jeunes, avec vos portables… marmonna *Abuela* en secouant la tête.

À ajouter aux autres appareils modernes auxquels on ne peut pas se fier, songea Lola. *Les micro-ondes, les ordinateurs, les iPod, etc. À part les écrans plats, peut-être.*

— Ce serait vraiment bien que vous fassiez connaissance tous les deux avant le bal du mois prochain, déclara sa mère. Je pense qu'il ferait un excellent cavalier pour tes débuts.

Mes débuts ? Comme si j'étais une actrice, ou une romancière… Elle ne s'intéressait ni aux bals, ni à la bonne société, ni à rien, en fait, de ce que chérissait sa mère. Où était son père quand elle avait besoin de lui ? *Oh, c'est vrai, il bosse, comme d'habitude.*

Lola se leva d'un bond. Elle en avait assez – assez de manger et de cette conversation.

— En tout cas, ce n'est pas ma faute s'il appelle ou pas, que je sache, lâcha-t-elle en regardant les deux femmes, tour à tour.

Puis, s'excusant de se lever de table, elle sortit de la cuisine.

Lorsqu'elle regagna sa chambre, Lola se débarrassa de ses vêtements, passa un pyjama de soie rouge et se glissa entre les draps. Il était à peine 8 heures du soir, ce samedi, et elle était déjà au lit. Voilà où en était sa pauvre et pathétique existence.

Elle roula sur le côté et fixa le mur crème, non sans se demander ce qu'*il* faisait, et si lui aussi se sentait triste.

Ou s'il pensait même à elle. Peut-être était-il déjà passé à autre chose.

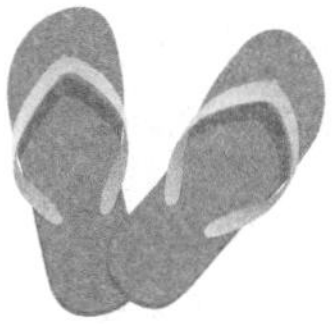

trente

Jade était allongée sur le canapé, ses pieds nus reposant sur une pile de coussins, et la tête appuyée sur les genoux de Ben qui lui passait tendrement les doigts dans les cheveux. Elle se sentait si bien avec lui, si libre et tranquille. Quelle chance elle avait d'avoir un petit ami comme lui ! Un garçon avec qui tout était simple, avec qui elle n'avait pas besoin de s'engager. Elle détestait quand une relation était compliquée.

— Mon père passe demain à la maison, déclara Ben, en lui massant les tempes avec ses pouces. Il voudrait qu'on déjeune ensemble, pour m'expliquer sa vision des choses. Mais je ne suis pas certain de vouloir l'écouter.

— Si, il faut que tu y ailles, répliqua Jade. Écoute au moins ce qu'il a à te dire.

— Je ne sais pas… Il va encore me raconter que sa vie est un enfer, même si c'est lui qui est parti de la maison.

Jade et lui avaient déjà parlé du divorce de ses parents et c'était toujours la même histoire. Papa avait une liaison, maman le découvrait, papa s'en allait en emportant presque tout l'argent de la famille, maman travaillait double pour joindre les deux bouts, et les enfants se sentaient abandonnés de tous. *Pourquoi les gens ne sont-ils pas plus gentils les uns avec les autres ? Pourquoi tant de méchanceté ?*

— C'est à toi de voir, lui dit Jade. Mais, si tu lui donnes une chance et qu'il ne la saisit pas, alors, oui, tu pourras lui dire « salut ».

— C'est que… les choses sont tellement plus compliquées que ça, répondit Ben. Ma mère est submergée par le boulot et complètement stressée ; parfois, je me dis que je devrais arrêter l'école et me trouver un boulot pour l'aider un peu. Ou peut-être que je devrais m'en aller. Tu vois, faire ma vie tout seul, comme ça elle n'aurait plus à s'occuper de moi.

Jade s'assit brusquement et s'exclama :

— Tu ne peux pas quitter le lycée ! C'est comme si tu prenais un billet pour… je ne sais pas, moi… Loser City ! Je veux dire, ça aidera qui ? Certainement pas ta maman, et toi encore moins.

— D'accord, alors tu me suggères quoi ?

— Je suis sérieuse, Ben, dit-elle en souriant malgré elle. Et, ne me regarde pas comme ça. J'ai aussi un côté très pragmatique.

Ben jeta un regard circulaire puis lâcha soudain en se levant :

— Hé, ça te dit de mettre les voiles ?

— Quoi ? Maintenant ?

Ils étaient si bien ici, tranquilles, en amoureux.

— Écoute, reste si tu veux mais, moi, j'ai vraiment besoin d'air frais, annonça-t-il en se dirigeant vers la porte.

— Hé, attends ! lui lança Jade. Je vais avec toi.

Elle attrapa son sac et se dépêcha de le rejoindre.

trente et un

— **Je ne sais pas combien de temps** je vais encore tenir, déclara Lola en descendant de la voiture d'Ellie. Il a déjà laissé deux messages, et maman va finir par s'apercevoir que j'ignore ses appels.

— Comment elle le saurait ?

Elle cliqua sur sa clé pour fermer la voiture et chercha nerveusement Duncan des yeux. Ne le voyant nulle part, elle se détendit et reporta son attention sur Lola, qui enchaîna :

— On parle de ma mère, Ellie. Elle a une façon de tout découvrir, tu sais bien. Je te jure que, parfois, je me demande si elle n'a pas une double vie d'espionne ou quelque chose du genre.

Elle se mit à rire, mais n'en pensait pas moins.

— Tu as parlé à Jade, au fait ? lui demanda son amie. J'ai essayé de l'appeler plusieurs fois, dimanche, mais impossible de la joindre.

— Non, je ne l'ai pas vue. J'ai surfé un peu dans l'après-midi avec Chris et Anne, et puis on est tous allés prendre un smoothie au *Shake Shack*.

Ellie stoppa net au milieu du parking des élèves et regarda Lola.

— Tu es sortie avec Chris et Anne ?! s'étrangla-t-elle.

— Oui, répondit Lola, sans vraiment comprendre la raison de son émotion.

— Est-ce qu'ils sont... comme un couple, maintenant ? Je veux dire, ils sortent ensemble ? demanda-t-elle, la gorge serrée.

— Je n'en mettrais pas ma main au feu, mais... Allez, viens, on va être en retard.

Elle lui prit le bras et l'entraîna vers la porte du bâtiment. La suivant à contrecœur, Ellie lâcha :

— Je ne vois vraiment pas ce que vous lui trouvez tous à cette fille. Qu'est-ce qu'elle a de si spécial, en fait ? Elle m'a l'air assez banale, et vous, vous agissez comme si vous aviez une star devant vous.

— Eh bien, elle est très sympa, figure-toi. Je crois franchement que tu devrais la lâcher un peu. Lui donner sa chance.

— Je ne lui fais pas confiance, si tu veux savoir, rétorqua Ellie. Et à mon avis, tu ne devrais pas toi non plus.

— Pourquoi ça ?

— Parce qu'on ne sait rien d'elle. *Rien !* Si tu y réfléchis un peu, elle déboule de nulle part ; la minute d'après, elle sort avec Chris ; elle se met au surf avec lui ; et vous, vous êtes tous à vous pâmer devant elle ! Vous êtes tous gagas d'elle, je n'y crois pas !

— Ça s'appelle se faire des amis et entrer dans le moule, Ellie, corrigea Lola. Il faut vraiment que tu te déstresses, tu sais, et que tu essaies de te mettre à sa place. Elle vient de traverser le pays pour s'installer ici et cherche à se sentir à l'aise dans un endroit totalement nouveau où elle ne connaît personne. Ce n'est pas facile, surtout *ici*, où les gens sont plutôt exclusifs, tu le sais aussi bien que moi.

— Ça veut dire quoi ? reprit Ellie, les bras croisés et totalement sur la défensive, à présent.

Mais Lola se contenta de hausser les épaules.

— Moi, ce que je dis, c'est qu'on ne devrait pas faire confiance à *n'importe qui*, voilà. Et figure-toi que ça me blesse de savoir que tu as trouvé le temps de surfer avec *elle* plutôt qu'avec *moi*.

Lola laissa échapper un soupir exaspéré, puis rétorqua :

— Écoute, d'abord, ça n'était pas aux aurores, comme lorsque toi tu vas surfer. C'était à une heure normale, pour des gens normaux. Et, deuxième chose, il faudrait vraiment que tu te calmes.

— Des *gens normaux* ? répéta Ellie en la fixant.

Comment Lola avait-elle pu dire une chose pareille ?

— Écoute, je suis désolée, mais moi aussi j'ai mes problèmes en ce moment, et tu ne vas pas m'entraîner dans ce petit jeu, d'accord ? Essaie de te calmer, ça ira mieux pour tout le monde.

Tournant les talons, elle se dirigea, sans un mot de plus, vers son casier.

Ellie la regarda s'éloigner. Elle savait que sa réaction était débile, qu'elle se montrait possessive et ridiculement jalouse, mais l'ennui était qu'elle se sentait incapable de s'arrêter.

— Salut, El, lui lança Duncan avec un énorme sourire.

À cette vue, Ellie crut défaillir. C'était sa faute s'il paraissait si heureux, aujourd'hui. Si elle ne lui avait pas proposé cette sortie ensemble, samedi soir, il ne l'approcherait pas de cette manière, aujourd'hui. D'une démarche pleine d'espoir…

— Salut, fit-elle avec un sourire crispé.

— Tu as anglais, maintenant, c'est ça ?

Comme s'il voulait l'accompagner jusqu'à sa classe...

— Oui, mais je dois d'abord aller faire un tour aux toilettes, alors, inutile de m'attendre. On se retrouve à la pause déjeuner, d'accord ?

Lisant parfaitement la déception sur le visage de Duncan, elle se dirigea néanmoins vers les toilettes, s'assura un instant plus tard qu'il avait tourné les talons, puis fit demi-tour et se rendit dans sa classe. Elle n'aimait pas tricher ainsi avec lui car, honnêtement, ils avaient passé du bon temps ensemble, samedi soir. Ils avaient dîné dans un petit restaurant thaï, puis s'étaient baladés dans les galeries d'art de Laguna, chacun surprenant l'autre par ses goûts artistiques. Lorsqu'il l'avait déposée chez elle, Ellie l'avait de nouveau laissé l'embrasser ; en étant totalement sobre, cette fois. Et, devait-elle admettre en y repensant, ce baiser s'était avéré fort agréable.

Mais Duncan n'était pas Chris. De retour dans sa chambre, alors qu'elle s'apprêtait à se coucher, Ellie avait retrouvé ses esprits et décidé de mettre, une fois pour toutes, un terme à cette histoire d'amour qui n'en était pas une.

trente-deux

Anne, qui avait d'abord songé à prendre sa revanche sur Ellie, fut très surprise de constater que toutes les deux aimaient autant Chris. *Mais, comment ne pas l'aimer ?* Il était mignon, classe, amusant, doux et gentil – non, elle ne lui trouvait aucun défaut. Le fait qu'il l'ait conduite au lycée (lui évitant ainsi de se faire piloter par Jake), et qu'il l'ait même accompagnée jusqu'à sa classe, non sans lui voler un rapide baiser devant la porte, la rendait si heureuse que rien ne pouvait l'abattre, maintenant.

Jusqu'à ce qu'elle voie Ellie la dévisager méchamment du fond de la classe.

Anne ne comprenait pas. Tous les amis d'Ellie étaient sympas mais, quoi qu'elle fasse, cette fille refusait de lui donner sa chance. Anne en avait un peu assez de faire des efforts pour rien. Cependant, elle ne supportait pas de laisser la situation pourrir comme ça.

Tout en gagnant sa place, elle fit un petit signe à Lola et Ellie. Lola lui répondit par un sourire, mais Ellie tourna vivement la tête pour fixer le tableau noir, même si rien n'était encore écrit dessus. Cette réaction était si pathétique qu'Anne eut presque pitié d'elle. Presque.

Après l'appel, M. Campbell s'appuya sur le coin de son bureau, ouvrit son livre et demanda :

— Anne, voulez-vous nous lire le début du chapitre deux ?

Ils lisaient *Gatsby le Magnifique*, l'une des lectures préférées de la jeune fille. Elle l'aimait tellement qu'elle avait même loué une fois le DVD du film. Mais, Robert Redford avait beau être follement sexy, cela n'avait rien à voir avec le livre. Aujourd'hui encore, elle se sentait comme dans la peau du personnage de Gatsby… car elle savait combien il était difficile de trouver sa place dans un milieu qui vous était totalement étranger.

Elle espérait seulement que les choses se passeraient un peu mieux pour *elle* que pour *lui*.

Après s'être éclairci la gorge, Anne se mit à lire. Lorsqu'elle arriva au troisième paragraphe, M. Campbell déclara :

— Bien, arrêtez-vous ici. L'un d'entre vous peut-il m'expliquer l'importance du Dr T. J. Eckleburg ?

— Eh bien…, commença Anne, ravie à l'idée de connaître la réponse.

Sans voir qu'Ellie avait déjà levé la main…

— Il symbolise Dieu, continua-t-elle sur sa lancée. Et la vallée des cendres, c'est comme le purgatoire, parce que, plus loin dans le livre…

— Excusez-moi, monsieur Campbell, intervint Ellie, mais on n'a pas encore fini le livre, non ? On n'en est qu'au chapitre deux. Peut-être que certains d'entre nous ne veulent pas savoir comment ça se termine.

Sentant sur elle le regard assassin d'Ellie, Anna rougit et se tourna vers leur professeur.

— Vous avez tout à fait raison, Ellie. Cependant, sans en dévoiler trop, vous verrez en poursuivant votre lecture que les yeux symbolisent Dieu, et que la vallée devient un endroit chargé de violence et de douleur. Maintenant, Harrison, voulez-vous reprendre là où Anne s'est arrêtée ?

Tandis que celle-ci écoutait Harrison continuer de lire, elle regarda Ellie, à l'autre bout de la classe. *C'est la dernière fois que tu essaies de m'humilier, ma jolie*, songea-t-elle, alors que leurs yeux se croisaient furtivement.

trente-trois

Le jeudi suivant, lorsque Ben ne fit aucune apparition au lycée, Jade ne cacha pas son inquiétude.

— Et s'il avait vraiment mis les voiles ? s'inquiéta-t-elle, les bras autour de ses genoux repliés. Il faut que je le retrouve.

— Hé, pas de précipitation, lui dit Ellie. Essaie d'abord de téléphoner chez lui ; il y est peut-être.

Elle essora ses cheveux trempés d'eau de mer et, d'une main habile, s'en fit un rapide chignon.

— Merci, Kojak, fit Jade en levant les yeux au ciel.

Elle aimait beaucoup Ellie mais, parfois, celle-ci était totalement à côté du problème.

— Crois-moi, j'ai déjà essayé. Personne ne répond.

— Mais tu as dit que sa mère avait deux boulots, intervint Lola. Elle n'est peut-être jamais à la maison. Tu as essayé d'aller chez lui ?

— Personne, non plus. Même Tom et ses copains ne savent pas où il est. Vous ne comprenez pas… je suis vraiment inquiète. Il faut que je fasse quelque chose. Je ne peux pas rester là à attendre sans rien faire, ajouta-t-elle, en s'arrachant de sa serviette.

— Tu as raison, je ne comprends pas. Mais, quoi… vous sortez ensemble, tous les deux ? demanda-t-elle, en s'appliquant de l'écran total même si le soleil baissait déjà à l'horizon.

— Non, on ne sort pas ensemble, mais c'est mon ami et je me fais du souci pour lui. Comme je m'en ferais pour vous, si vous disparaissiez tout d'un coup de la circulation.

D'accord, les filles l'avaient déjà vue accueillir des animaux errants mais, cette fois, ce n'était pas un chaton perdu ou un lapin esseulé qu'elle tentait de sauver. C'était un garçon qui avait disparu !

— Alors, peut-être qu'il est chez son père, suggéra Lola.

— J'en doute. Il lui en veut tellement, en ce moment, qu'il ne va pas subitement décider de passer une petite soirée tranquille avec lui. Je ne comprends pas pourquoi il ne m'appelle pas...

— Coup classique ; les appels qu'on espère, on ne les reçoit jamais, commenta Lola, en secouant tristement la tête.

Puis, remarquant que ses amies la fixaient sans saisir, elle ajouta :

— Quoi ? C'est vrai, non ?

— Il y a un garçon qui ne t'appelle jamais ? demanda Ellie en riant.

— Ça t'étonnerait, hein ?

— Euh... et si on revenait à moi et à ma petite crise ? reprit Jade.

Elles pensent que je blague ou quoi ?

— Désolée, Jade, s'excusa Ellie. Vas-y, on t'écoute.

— D'accord... Alors, l'autre soir, en sortant de la maison de Tom, on est allés dans le canyon, on a garé la voiture et on a parlé pendant des heures. Il ne digère pas la séparation de ses parents, et il n'est pas du tout rationnel, en ce moment. Il parlait même de laisser tomber le lycée et tout le reste. J'ai essayé de lui expliquer que c'était complètement dingue, mais il est tellement perturbé… Je n'arrivais même pas à communiquer avec lui comme je voulais. Il m'a laissé un message, samedi soir, et depuis, plus rien.

— Et qu'est-ce qu'il disait, dans son message ? interrogea Lola.

— Rien de spécial, en fait. Mais, à la fin, il a dit : « À lundi. »

— Je ne pense pas que tu devrais t'en mêler à ce point, Jade, lui dit Ellie. Désolée mais, franchement, tu ferais mieux de rester en dehors de tout ça. Tu as fait tout ce que tu pouvais, et je suis sûre que sa mère s'en occupe. Tu ne peux pas sauver la terre entière, tu sais.

— Peut-être pas, El. Mais, le moins que je puisse faire, c'est d'essayer.

Attrapant sa serviette, elle se dirigea vers l'escalier de bois, au fond de la plage.

— Jade ! lui lança Lola. Attends, où vas-tu ?

— Chez Tom. Il faut bien que je commence mes recherches quelque part.

trente-quatre

Anne adorait sa nouvelle vie. *Qu'est-ce que je pourrais ne pas aimer ?* pensait-elle. Elle habitait une maison géniale avec sa plage privée, elle s'était fait d'excellents amis, et elle avait le plus incroyable petit ami que la planète ait jamais porté !

Du moins le considérait-elle comme son petit ami. Car ni l'un ni l'autre n'avait prononcé les mots fatals ; mais ils passaient tant de temps ensemble, et elle était certaine qu'il commençait à l'aimer tout comme elle l'aimait déjà.

Elle avait découvert un sport qui la passionnait autant que le plongeon. Bien sûr, elle devait admettre qu'au début, elle avait accepté d'apprendre le surf uniquement pour se retrouver avec Chris. Mais, aujourd'hui, elle aimait tellement ça qu'elle se surprenait à se lever à l'aube pour aller s'entraîner toute seule. Souvent, elle tombait sur Ellie, mais Anne avait appris à l'ignorer. Que pouvait-elle faire d'autre ? Elle avait essayé de ne pas réagir, de se montrer gentille – rien n'avait marché.

Il lui semblait que, plus elle voyait Chris, mieux elle surfait, et plus Ellie lui jetait des regards noirs. Mais c'était son problème, après tout, et c'était à elle de supporter le fait qu'elles habitaient le même quartier, fréquentaient la même école et le même groupe d'amis. Parce que, maintenant, Anne avait trouvé sa place, et elle n'avait pas l'intention d'en bouger.

En fait, elle devenait si douée pour le surf que, l'autre jour, Chris lui avait touché un mot de la Surf Fest.

— Je ne peux pas faire cette compétition ! Je débute, là-dedans. Je vais me ridiculiser ! avait-elle répondu en secouant violemment la tête.

— C'est vrai, tu ne vas pas gagner puisqu'il y aura des gens qui sont nés sur une planche de surf. Mais cette compèt' est tellement cool, c'est ouvert à tout le monde. Considère ça comme un bon entraînement, et, surtout, une occasion de voir à quoi ça ressemble.

— Et si j'y allais seulement en observateur ? suggéra-t-elle. Tu sais, regarder ça de loin, bien installée sur ma chaise de plage…

— Ce n'est pas comme ça que ça marche, Anne. Personne n'apprend en se contentant de regarder. Tu dois pratiquer pour réellement savoir ce que c'est. Et puis, la compétition, ça ne te manque pas ? avait ajouté Chris en se penchant pour l'embrasser.

Ils étaient tous les deux dans l'eau, assis sur leur planche.

— D'accord, je vais y réfléchir, avait-elle promis avant de lui rendre son baiser.

Mais, depuis qu'il avait lancé cette idée, Anne ne cessait plus d'y penser. Chris avait raison. La compétition lui manquait. Et tout ce qui allait avec : la préparation, l'estomac noué quelques heures avant, l'excitation qui précédait et suivait l'événement, l'attente des résultats, les récompenses. D'accord, elle ne ferait pas des scores fantastiques à la Surf Fest ; elle n'approcherait sans doute même pas des plus moyens. Mais il fallait bien commencer *quelque part.*

Elle ouvrit la porte de son dressing géant, considéra les rangées de vêtements et se demanda ce qu'elle allait porter, ce soir. La soirée qui clôturait le montage du film de son père avait lieu dans quelques heures, et elle y avait convié tous ses amis. En sachant que même Ellie risquait d'y faire son apparition. Non pas qu'elle l'ait invitée personnellement, mais elle en avait parlé à Duncan, et elle croyait comprendre qu'ils sortaient ensemble. En fait, il était difficile de dire exactement ce qui se passait entre eux. Alors qu'il paraissait évident que Duncan était accro, Ellie semblait n'être avec lui que de façon accessoire.

Mais Anne se refusait à en discuter avec Jade et Lola. Ces trois filles se connaissaient depuis longtemps, et elle savait qu'elles se soutiendraient mutuellement, quoi qu'il arrive.

Il y aurait, de toute façon, tant de gens à cette soirée qu'elle saurait ignorer Ellie aussi facilement qu'au lycée.

Anne se glissa dans son jean favori, auquel elle assortit une chemise ornée de perles, et des sandales de cuir argenté. Son sac à la main, elle partait attendre Chris dans le salon, lorsque Jake entra.

— Oh, tu m'as fait peur ! Qu'est-ce que tu fais là ? Tu ne vas pas à la soirée ?

— Je viens prendre quelques affaires pour ton père. Alors, si tu as besoin que je t'emmène…

— Non, merci, on vient me chercher. Tu ne vas pas porter ça, dis-moi ?

Anne regretta aussitôt ses paroles mais, quand même… Hollywood ou pas, il n'allait pas arriver à la soirée avec ses tongs, son bermuda délavé et son T-shirt de surfeur.

— Hé, ne m'agresse pas ! s'exclama-t-il en riant. Évidemment, je ne vais pas porter ça. J'ai des habits, moi aussi, tu sais.

Sur ces mots, il se dirigea vers une pièce au fond du couloir, où il gardait quelques-unes de ses affaires.

Assise sur le canapé, Anne tentait de se concentrer sur l'écran de télévision et non pas sur sa montre. Cela ressemblait si peu à Chris d'être en retard : cela faisait vingt minutes qu'il aurait dû passer la prendre. Elle se leva, alla vers la fenêtre, entrouvrit le voilage et scruta l'allée devant la maison. Rien. *Nada. Je l'appelle ? Je ne veux pas non plus avoir l'air d'être derrière lui. Et, s'il se pointe maintenant, je fais comme si je n'avais pas remarqué son retard ? Ou alors, je joue les froissées et je lui demande une explication ?*

Songeuse, Anne retourna s'asseoir sur le canapé. Qu'est-ce qui lui prenait ? Jamais elle n'avait agi de façon aussi ridicule avec un garçon. Ou, peut-être que si… Comment se comportait-elle lorsqu'elle avait commencé à sortir avec Justin ? Mais il s'était passé tant de choses, depuis, que ses souvenirs devenaient brumeux. Mon Dieu, peut-être devenait-elle comme sa mère – confiante et sûre d'elle à l'extérieur, mais totalement émotive et vulnérable à l'intérieur ! Non, c'était trop affreux de penser ça. Et nul, aussi. Si elle voulait savoir ce que faisait Chris, elle n'avait qu'à prendre son téléphone.

À peine eut-elle saisi l'appareil qu'il sonna dans sa main, la faisant sursauter si fort qu'elle le laissa tomber par terre. Elle le ramassa et articula d'une voix nerveuse :

— Allô ?

— Anne ?

C'était Chris.

— Ah, salut… Où es-tu ?

— Euh… désolé, mais j'ai pris du retard. Est-ce qu'on ne pourrait pas plutôt se retrouver là-bas ?

— Tu es sérieux, là ? articula-t-elle en s'asseyant sur l'accoudoir du canapé. Je veux dire… tout va bien ?

— Oui, tout est cool. C'est juste que je suis chez Ellie et… on a pris du retard. Je ne voudrais pas que tu manques quoi que ce soit à cause de moi.

— Tu es chez *Ellie* ? répéta-t-elle en sentant son sang se glacer dans ses veines. Qu'est-ce que vous faites ?

— On est partenaires de labo, et on a commencé un nouveau projet aujourd'hui, dit-il comme si cela expliquait tout.

Évidemment, oui, cela expliquait tout. Mais, comme tous les garçons de la terre, il avait oublié les sous-titres ! Anne imaginait Ellie assise à côté de lui, écoutant toute leur conversation, un mauvais sourire lui étirant le coin des lèvres…

— Mais, tu viens toujours, non ? hasarda-t-elle sur un ton faussement léger.

— Oui, bien sûr. Alors, à plus tard.

— Oui, d'accord… à tout à l'heure.

Anne raccrocha, totalement anéantie.

— Tu es toujours là ? s'étonna Jake, en revenant au salon.

Ses cheveux étaient encore humides et soigneusement lissés en arrière. Il portait un pantalon noir sur une chemise blanche à rayures multicolores, dont les manches étaient relevées jusqu'aux coudes, et il avait glissé ses pieds nus dans de souples mocassins de cuir.

— Oui, maugréa la jeune fille en ravalant mal sa contrariété.

Qu'est-ce qui lui prenait ? Quelques minutes plus tôt, elle s'extasiait totalement à propos de Chris, et, l'instant d'après, elle bavait pratiquement sur la façon dont Jake était habillé. C'était nul. *Elle* était nulle ! Et puis, ça ne voulait rien dire ! Son arrivée dans le salon venait juste de la surprendre, voilà tout.

— Chris ne peut pas venir tout de suite, alors… tu penses pouvoir m'emmener là-bas ?

Elle se mordit nerveusement la lèvre et détourna les yeux.

— J'ai fait le plein et le siège passager est libre, alors, suis-moi, sourit-il avant de se diriger vers la porte.

trente-cinq

Dans sa chambre, debout devant le miroir, Lola ruminait sa détestation de la vie. Elle était dégoûtée : le soir où elle parvenait enfin à oublier qu'elle s'était fait lâchement abandonner, où elle se consolait en se disant qu'elle était libre et pouvait s'amuser un peu avec ses amis, sa mère ne trouvait rien d'autre à faire que de lui jouer un tour pendable !

De retour de l'école, Lola était entrée dans la cuisine pour grignoter quelque chose, lorsque sa mère lui déclara :

— J'ai organisé une rencontre entre Diego et toi, ce soir.

La tête dans le frigo, Lola compta jusqu'à dix pour se calmer, mais en pure perte.

— Maman, je n'ai pas envie de le rencontrer. Je voudrais juste m'amuser avec mes copains.

Une pomme à la main, elle se tourna enfin pour lui faire face.

— Mes « amis », Lola ; pas mes « copains ». Et, de toute façon, Diego sera là ce soir, donc, autant que vous fassiez connaissance.

— Mais, pourquoi ?

Elle avait envie de taper du pied, hurler de colère comme une enfant de 2 ans. Parce que c'était ça que ses parents lui laissaient croire : qu'elle était totalement à leur merci et n'avait aucun contrôle sur sa vie.

— Je crois que vous allez très bien vous entendre, tous les deux. Et j'ai cru comprendre que tu ignorais ses messages. Je ne t'ai pas élevée pour te montrer aussi impolie, Lola. Maintenant, tu viens avec nous ou tu préfères te rendre là-bas avec tes amis ?

— Quoi, vous y allez aussi ?

Oh, génial ! Pourquoi ne pas tous sortir en couple ? Ça serait amusant, non ?

— Bien sûr, Lola.

— Alors, j'y vais avec mes amis. Je suis sûre que toi, papa, Diego et moi, on aura tout le temps de se voir, ce soir.

Croquant dans sa pomme avec rage, elle regagna sa chambre d'un pas furieux et claqua violemment la porte derrière elle, indifférente aux conséquences de ce geste de colère. *De toute façon, ça ne pourra pas être pire*, songea-t-elle.

Il lui restait maintenant la rude tâche de trouver quelque chose d'assez cool pour une fastueuse soirée hollywoodienne, mais aussi susceptible de plaire à ses parents. *Mission impossible.*

— Tu pourrais peut-être avoir… je ne sais pas, moi, un accident, quelque chose… mais sans que personne ne soit blessé, suggéra Lola.

Assise à côté de Duncan dans la nouvelle Lexus de son père, elle savait qu'il avait emprunté cette voiture pour impressionner Ellie. Mais, dommage, celle-ci avait annulé, à la dernière minute, sa sortie avec lui.

— Ce ne serait pas cool, et je ne crois pas que mon père apprécierait beaucoup. Et puis, tu n'exagères pas un peu ?

— Hein ? Tu n'imagines pas ce dont ma mère est capable.

— Quoi ? C'est un débile qu'elle veut te présenter ?

— Peut-être, sourit-elle. Mais, le problème, ce n'est pas ça. C'est la façon dont mes parents s'infiltrent dans le moindre recoin de ma vie. Et, si je ne fais pas gaffe, la Lolita que tu connais et que tu aimes finira tout doucement par disparaître. Il ne restera que Lola... et tout le monde sait à quel point elle peut être ennuyeuse.

— Moi, je l'aime bien, cette Lola, repartit Duncan en souriant.

— Tu as intérêt, lâcha-t-elle avec un petit rire.

Puis, alors qu'ils pénétraient sur le parking, elle eut un regard incrédule avant de pousser un cri.

— Noon, ne tourne pas ici ! Continue, continue... Oh, non, trop tard ! Ils nous ont vus.

Elle soupira, puis ajouta :

— Bon, ravie d'avoir fait ta connaissance, Duncan.

Elle descendit de la Lexus, esquissa un petit signe à l'adresse de ses parents qui, devant le poste du voiturier, attendaient manifestement son arrivée.

— Ah, la voilà, dit sa mère avec un sourire artificiel.

Elle avisa la jupe ultra-courte de sa fille, son mini-cardigan passé sur un bustier encore plus mini, et ses petites ballerines noires.

— Lola, voici Diego, articula-t-elle comme si elle lui présentait un chef-d'œuvre.

— Bonsoir, lui dit la jeune fille.

Elle nota immédiatement la coupe stylée de ses cheveux noirs plaqués par le gel – qu'il avait sans doute passé des heures à coiffer – et ses sourcils parfaitement lissés… peut-être encore mieux soignés que les siens ! Et… était-ce possible ? Devinait-elle sur ses lèvres une trace de baume à la fraise ?

— Bonsoir, sourit-il en dévoilant des dents blanches à l'alignement parfait.

Il doit être mannequin ou acteur, se dit-elle.

— Eh bien, chantonna la mère de Lola, je suis sûre que vous avez, tous les deux, beaucoup de choses à vous dire ! Alors, on y va. Profitez bien de votre soirée !

Elle afficha un sourire nerveux, tout en tirant discrètement sur la jupe de sa fille pour la faire descendre le plus bas possible.

trente-six

D'accord, ce n'était pas du tout comme ça qu'elle s'était représenté cet événement. Toute la journée, au lycée, lorsque Anne s'était passé et repassé la soirée dans sa tête (au lieu d'écouter les professeurs débiter leurs litanies), elle se voyait avec le premier rôle, celui de la fille qui avait le plus beau texte à dire. Dans une tenue qu'elle ne possédait même pas mais qu'elle avait aperçue dans *Teen Vogue*, elle s'imaginait faisant des commentaires qui plaisaient tant à Chris, que celui-ci ne cessait de lui dire :

— Je t'adore, Anne !

Puis, il lui prenait la main, plongeait son regard dans le sien et disait :

— Oui, je crois vraiment que je suis en train de tomber amoureux de toi.

Alors, tandis que la caméra filmait en gros plan le jeune couple en train de s'embrasser, la musique de fond s'amplifiait pour devenir une vraie chanson d'amour – peut-être nommée *Le Thème d'Anne* – qui arrachait sourires et larmes d'émotion à l'assistance bouleversée.

Mais, pas une fois, le film qu'elle se passait dans la tête ne racontait comment elle se faisait lâcher par son presque petit ami, resté travailler sur un projet scientifique (elle espérait qu'il ne s'agissait pas d'une expérience biologique) avec la Méchante (tout film qui se respectait en avait une). Ou comment elle se faisait abandonner une deuxième fois, par le petit employé de son père (que, pendant quelques secondes d'égarement, elle avait cru trouver mignon).

Jamais, en effet, Anne n'aurait imaginé ce qui se passa dans la réalité. À peine furent-ils entrés dans le restaurant que Jake saisit une coupe de champagne sur le plateau d'un serveur, la refila gentiment à Anne puis disparut à l'autre bout de la salle, en la laissant seule dans un coin à siroter sa boisson comme une pauvre idiote.

Elle sortit son téléphone afin de s'assurer que Chris n'avait pas essayé de l'appeler. Mais, dès qu'elle posa les yeux sur l'écran vide, elle s'en voulut d'avoir regardé. Parce que ce geste avait beau être exécuté sans doute au même moment par des millions de filles à travers le monde, cela ne le rendait pas moins pathétique.

Se reprochant sa propre faiblesse, elle avala une nouvelle gorgée de champagne et balaya la salle du regard… pour tomber sur Jade et Ben. *Enfin quelqu'un à qui parler.*

— Jade ! s'exclama-t-elle en se ruant vers elle comme vers une bouée de sauvetage. Ça fait longtemps que vous êtes là ?

Elle regarda Ben et lui trouva, comme d'habitude, les mêmes yeux injectés de sang.

— Non, on vient d'arriver. On a raté quelque chose ?

— Non, rien. Quant à moi, ça fait un bon quart d'heure que je me morfonds toute seule, ici. Je pense que les grandes stars ne se pointeront que plus tard. Pour le moment, ce ne sont que les équipes de tournage, on dirait.

— Hé, où as-tu eu ces bulles ? demanda Ben en apercevant sa coupe pratiquement vide.

— Sur le plateau d'un serveur. Ils se baladent un peu partout dans la salle. C'est *open bar*.

— Ben, intervint Jade avec un regard suppliant, peut-être qu'on devrait attendre un peu…

— C'est ce que je fais, répliqua-t-il en souriant. Mais, avec un verre dans la main, ce serait mieux. Quelqu'un voudrait quelque chose, pendant que j'y suis ?

Anne refusa d'un signe de tête. Elle savait qu'elle devait s'en tenir à un unique verre car elle ne voulait pas finir comme dans l'avion, seule, ivre et affreusement embarrassée.

Jade regarda son ami s'éloigner et soupira :

— Je ne sais vraiment pas quoi faire d'autre.

— Qu'est-ce que tu veux dire ?

— Tu vois, j'essaie d'être son amie, j'essaie de l'aider mais il a l'air de se moquer complètement de ce qui lui arrive. Sans parler du fait qu'il refuse de me dire où il était toute la semaine, et que ça l'énerve quand je le lui demande. Je n'aurais pas dû l'amener ici. Ben devant un *open bar*, ce n'est pas une bonne idée.

Elle le suivit du regard d'un air inquiet.

Le voyant se frayer un chemin vers le buffet, Anne tenta de la rassurer.

— Ne t'inquiète pas, je suis sûre que tout ira bien.

Mais, tout au fond d'elle-même, elle se demandait si elle n'en doutait pas un peu.

trente-sept

— **C'est super de faire enfin ta connaissance,** dit Lola en tapant le bras de Diego de sa bouteille d'eau.

— Vraiment ? sourit-il, l'air un peu étonné.

— Oui… on m'a tellement parlé de toi.

Lola s'efforçait d'avoir l'air intéressée et enthousiaste mais elle ne se sentait absolument pas motivée. Maintenant qu'il se trouvait en face d'elle, elle jouait le jeu, en se montrant aimable et polie. Mais Diego ne lui facilitait pas la tâche non plus. Et quelque chose dans son regard lui disait qu'il ne marchait pas une seule seconde dans sa combine.

— C'est pour ça que tu ne m'as jamais rappelé ? demanda-t-il, l'air amusé. Parce qu'on t'avait *trop* parlé de moi ? Ou alors, tu avais peur de passer pour une fille facile ?

Tapotant la table de ses ongles vernis, Lola chercha quoi lui répondre. Pour la première fois de sa vie, elle ne savait comment réagir face à un garçon. D'habitude, cela lui venait de façon instinctive mais, cette fois, la situation était complètement différente. Était-ce le fait que ses parents avaient organisé leur rencontre ? Elle l'ignorait, mais il lui semblait qu'il jouait avec elle et que lui non plus n'était pas intéressé ; ce qui la surprenait au plus haut point. Ou alors, était-ce le fait d'avoir été plaquée par un autre qui déclenchait chez elle des ondes négatives ? Des ondes qui repoussaient les hommes ? Ou avait-elle enfin rencontré le seul garçon qui pouvait ne pas être attiré par elle ? Et, dans ce cas, cela signifiait-il qu'elle était destinée à tomber amoureuse de lui ?

Lola avait encore en tête son amour perdu, et ce garçon, aussi beau soit-il, ne semblait pas devoir lui inspirer les mêmes sentiments. Il y avait quelque chose d'insolite chez lui. Quelque chose qu'elle ne parvenait pas à identifier.

— Euh… oui… enfin… non. C'était très impoli de ma part d'ignorer tes messages, et je le regrette. Mais mes parents ne savaient pas que je voyais quelqu'un… qui m'a laissé tomber la veille du jour où tu m'as appelée. Alors, tu comprends que je n'avais pas vraiment envie de rencontrer quelqu'un de nouveau.

Fixant la nappe blanche qu'elle ne cessait de tapoter des mains, Lola poursuivit :

— C'est vrai que tu as l'air gentil, que tu es beau gosse, et tout, et ta tenue est tellement sexy mais… je vais être franche avec toi, je ne peux pas sortir avec toi, en ce moment. Je veux dire… pas seulement toi, mais n'importe qui d'autre, aussi. J'espère que tu comprends…

Elle avait peur de le regarder, à présent. Elle n'aimait pas blesser les gens par un langage aussi direct.

— Je ne voudrais pas te donner de faux espoirs, tu vois.

Lorsqu'elle osa enfin lever les yeux vers lui, Diego avait le regard embué d'émotion et ses doigts agrippaient nerveusement le coin de la table.

— Lola, arrête, s'il te plaît, articula-t-il, courbé en deux de rire.

Franchement, elle ne cherchait pas à plaisanter ! Elle essayait seulement de le repousser de la façon la plus gentille qui soit. Les bras croisés, elle le regarda droit dans les yeux, attendant qu'il s'explique.

Lorsqu'il parvint à se calmer, il déclara :

— S'il te plaît, ne t'en fais pas pour moi. Tu n'es pas mon genre, de toute façon.

Pas son genre ? Qu'est-ce que ça voulait dire ? *Et lui, il se prend pour qui, en se moquant de moi comme ça ?*

— Oh, eh bien, tant mieux, lâcha-t-elle comme si tout ça lui était égal.

Comme si elle n'était pas le moins du monde offensée.

— Cela dit, je ne comprends pas ce qu'il y a de si drôle, poursuivit-elle.

Elle se leva de table, ajusta sa minijupe qui était encore remontée jusqu'en haut de ses cuisses. Jamais elle ne s'était sentie humiliée à ce point. Elle avait deux mots à dire à sa mère ; elle allait le lui faire payer.

— Lola, rassieds-toi, s'il te plaît, lui dit alors Diego en lui saisissant le bras.

— Euh... non, merci. Bien que j'aie eu un *réel plaisir* à faire ta connaissance, ajouta-t-elle sur un ton plein de sarcasme.

— Lola, franchement, je suis désolé. Je ne voulais pas te faire de peine. Mais j'ai une bonne raison de t'avoir dit ça.

Les mains sur les hanches, elle lui jeta un regard sceptique.

Tu as intérêt à ce que cette raison soit bonne !

— Je suis gay, voilà.

— Tu es gay ?! répéta-t-elle, stupéfaite.

Mais, lorsqu'elle daigna enfin se rasseoir, elle remarqua de nouveau les sourcils parfaits, les ongles impeccables et, surtout, ce regard qui ne cherchait pas le moins du monde à la séduire.

Bien sûr… je comprends tout, maintenant.

Il se pencha vers elle et sourit, dévoilant une rangée de dents lumineuses et idéalement alignées. Puis, il lui souffla au creux de l'oreille :

— Maintenant, tu vas me dire où tu as trouvé cette tenue. Elle déchire !

trente-huit

Anne s'en voulait à mort, mais elle ne pouvait s'empêcher de garder les yeux scotchés sur l'entrée, et cela depuis près de deux heures. Voilà qu'elle se trouvait au cœur d'une soirée hollywoodienne avec les stars les plus sexy du cinéma (enfin, peut-être pas *les plus sexy*), et une seule pensée l'obsédait : Chris et Ellie. C'était franchement pathétique, mais elle commençait à bouillir d'anxiété.

Jade s'était enfin décidée à partir à la recherche de Ben, qui semblait ne plus revenir du bar. *C'est une fille mignonne, optimiste et gentille ; qu'est-ce qu'elle peut bien trouver à un loser comme lui ?* Oui, il avait son lot de problèmes, et Anne était bien placée pour savoir que la séparation de ses parents pouvait être un cauchemar. Mais, à le voir, il n'avait pas l'air de se démener pour que les choses aillent mieux. Il semblait utiliser cette situation comme une excuse pour se gâcher la vie... et celle des autres.

Et puis il y avait Lola et Diego. Assis à la même table, en face d'elle, ils paraissaient si occupés ensemble qu'ils en oubliaient ceux qui les entouraient. Diego paraissait être un gentil garçon, il était beau comme un dieu, aussi ; mais elle restait intriguée de voir Lola si impliquée avec une personne que ses parents l'avaient pratiquement forcée à rencontrer. Elle laissait constamment entendre que sa mère pouvait bien lui présenter Orlando Bloom... elle trouverait finalement toujours une raison pour le rejeter. Ce soir, cependant, et contre toute attente, ils semblaient tous les deux dans un monde à part, penchés l'un vers l'autre, sans cesser une seconde de se parler. Allez savoir...

Il y avait également la question de son père. Comme s'il n'était pas déjà assez bizarre de se retrouver à la même soirée que lui et de comprendre qu'il était bien plus populaire et s'amusait bien plus qu'elle, Anne avait remarqué que, les deux fois où elle était tombée sur lui, il y avait une mystérieuse et jolie jeune femme rousse pendue à son bras.

D'accord, elle n'était pas si mystérieuse que ça, puisque son père la lui avait présentée comme étant Brooke, en précisant dans la foulée qu'elle travaillait aux studios comme maquilleuse ou costumière. *Ou alors, était-ce dans les décors ?* Anne ne s'en souvenait pas exactement car elle avait été bien trop surprise d'apprendre qu'il y avait cette Brooke dans sa vie. Une Brooke qui semblait bien trop à l'aise, ainsi collée aux basques de son père, et en connaissait déjà bien trop sur Anne elle-même. Est-ce qu'ils sortaient ensemble ? Et, si oui, pourquoi son cher papa avait-il négligé de le lui dire ? Bien sûr, elle ne lui souhaitait pas de rester célibataire toute sa vie, mais elle ne se sentait pas prête à le voir fréquenter, dès maintenant, une autre femme. D'autant qu'elle recommençait à peine à vivre à ses côtés et qu'elle n'avait pas vraiment envie de le partager, pour le moment.

Le fait de penser à son père lui ramenait toujours à l'esprit le souvenir de sa mère. Anne se demandait si elle n'était pas en train de devenir exactement comme elle

– dans le mauvais sens du terme. Sa mère avait, un temps, nourri une véritable obsession pour un homme, au point de mettre en danger sa famille entière. Et voilà que sa propre fille était en train de faire à peu près la même chose.

Assise à une table outrageusement décorée (pourquoi ces énormes chandeliers dorés ?), pour une soirée que beaucoup trouveraient grandiose (ne serait-ce que pour l'*open bar* et les acteurs de série B souvent ivres qui s'y pressaient), elle ne s'y amusait même pas, trop occupée qu'elle était à penser à un garçon qui n'avait même pas la décence d'y apparaître. C'était franchement pathétique.

— Hé, tous les deux, lança-t-elle à l'adresse de Lola et Diego, dans l'espoir de s'amuser un peu, elle aussi. Si on allait faire un tour en laissant traîner nos oreilles pour écouter les conversations des stars ?

Ils levèrent dans sa direction un regard impatient puis, dans un même élan, secouèrent négativement la tête… avant de se replonger dans leur discussion. *D'accord*, se dit-elle, *je vais aller m'amuser toute seule*. Elle attrapa son sac, se leva d'un bond et s'éloigna de la table.

Avisant soudain Duncan de l'autre côté de la salle, Anne fonça droit sur lui.

— Qu'est-ce que tu bois ? lui demanda-t-elle, les yeux fixés sur son verre empli d'un liquide pétillant et orné d'une rondelle de citron vert.

— Un club soda, répondit-il avec un sourire penaud.

— Pourquoi est-ce que tu te gênerais ? reprit-elle en riant. C'est *open bar*, non ?

— Oui, mais mon père me tuera s'il arrive quelque chose à sa voiture ; alors, je préfère ne pas prendre de risques.

Jetant un regard alentour, il ajouta :

— Mais, où sont les autres ?

— Eh bien, j'ai laissé ensemble nos deux nouveaux tourtereaux, répliqua-t-elle, en indiquant Lola et Diego.

— Et alors ?

— Qui sait ? Ça peut peut-être donner quelque chose… J'essaie d'éviter mon père parce que je n'ai pas vraiment envie de savoir qu'il a une petite amie… même si ça semble évident. En fait, je pensais que Chris serait là, à l'heure qu'il est ; mais, apparemment, il est toujours chez Ellie.

Elle prononça ces mots avec plus d'aigreur qu'elle n'aurait voulu.

— Chris est chez Ellie ?

— Oui, lâcha-t-elle, cette fois réellement mal à l'aise. Tu ne savais pas ?

— Eh bien, non, répondit-il, l'air dépité. Je l'avais invitée, ce soir, mais elle m'a dit qu'elle ne se sentait pas bien et qu'elle préférait se reposer car la Surf Fest est dans deux semaines et que son père lui a de nouveau retenu un coach pour demain. Mais elle n'a pas précisé que Chris devait venir chez elle…

Cette nouvelle avait l'air de beaucoup le contrarier.

Génial, songea Anne, *déjà que ma vie amoureuse est un véritable désastre, voilà que je pourris celle de Duncan, aussi !*

— Oh, tu sais, Chris m'a dit qu'ils étaient partenaires de labo, qu'ils planchaient sur un nouveau projet et qu'ils avaient déjà pris du retard. Mais il doit me retrouver ici d'un moment à l'autre.

Jetant un nouveau coup d'œil vers l'entrée de la salle, Anna ajouta avec un sourire :

— De toute façon, ça fait déjà une heure que j'ai cessé d'être en apnée.

— J'aurais dû m'en douter. C'est bien du Chris.

— Qu'est-ce que tu veux dire ?

Elle craignait d'entendre la réponse de Duncan mais, en même temps, brûlait de la connaître.

— Ellie a toujours était fan de Chris. C'est tellement évident ; mais elle croit qu'elle est la seule à le savoir ! L'autre soir, quand on s'embrassait sur la plage, je croyais vraiment qu'elle en avait fini avec lui. J'aurais dû comprendre qu'elle essayait de se venger.

— De se venger de quoi ?

— Du fait qu'il t'aime bien, répliqua-t-il, en avalant une longue gorgée de son club soda.

trente-neuf

— **Tu crois qu'ils sont encore là ?** demanda Ellie à Chris tandis qu'ils attendaient de faire garer leur voiture.

— Qui sait ? On verra bien quand on sera à l'intérieur.

— Est-ce qu'on va nous laisser entrer, au moins ? s'inquiéta-t-elle en passant une main dans ses cheveux que, pour une fois, elle avait lâchés. Ils n'ont pas une liste d'invités ou quelque chose du genre ?

— Ne t'en fais pas, sourit-il avant de confier ses clés au voiturier. Anne a fait mettre mon nom sur la liste ; je suis sûr que je pourrai te faire entrer avec moi.

Oui, sauf que, peut-être, elle m'a fait inscrire sur la liste des indésirables, des personnes « à-ne-laisser-entrer-sous-aucun-prétexte », se dit Ellie en le suivant vers l'entrée.

Il avait été très osé de sa part de profiter de la bonne nature de Chris en prétendant être si stressée par le lycée, la Surf Fest qui s'annonçait, et son père qui insistait pour qu'elle démarre enfin son projet scientifique. Et, même alors, elle avait fait en sorte que cela dure plus longtemps que nécessaire, en faisant mine de ne pas en saisir le concept alors qu'elle le comprenait mieux que Chris lui-même. L'espace d'une seconde, Ellie ferma les yeux en repensant à son stratagème. Comment avait-elle pu tomber si bas – faire l'idiote juste pour un garçon ?

Tandis qu'elle pénétrait dans la salle et balayait les lieux du regard, elle se sentit plutôt honteuse. *Au moins Duncan ne sera pas là, puisque je lui ai menti aussi*, songea-t-elle.

Soulagée de n'avoir repéré aucun de ses amis, Ellie attrapa le bras de Chris et l'entraîna vers le bar.

— J'aimerais bien boire quelque chose, déclara-t-elle, soudain contente d'elle-même lorsqu'elle découvrit son expression.

Quel pied d'être capable de choquer quelqu'un qu'on connaît depuis si longtemps !

Prenant deux flûtes de champagne sur le buffet, elle lui en tendit une mais eut la déception de le voir la refuser.

— Non, merci… de l'eau pour moi, plutôt, dit-il. Il est tard, je suis assez fatigué et j'ai pas mal de conduite pour rentrer chez moi.

— Si tu veux, mais, moi, je ne vais pas me priver, répliqua-t-elle en souriant.

— Ah, tu as réussi à venir, finalement, lança soudain une voix enjouée derrière elle.

Se retournant d'un bond, elle articula :

— Duncan… salut. Euh… je croyais que tu ne viendrais pas.

Génial, c'est ça, mon karma, songea-t-elle en sirotant nerveusement son champagne. *De toute façon, c'est tout ce que je mérite.*

— C'est pour *ça* que tu es venue ? s'étonna-t-il, les yeux rivés sur les deux verres qu'elle tenait.

— Quoi ? Non ! Bien sûr que non, ne sois pas stupide !

Malgré le rire qu'elle laissa échapper, elle était totalement paniquée.

— Tu en veux un peu ?

Elle lui tendit la deuxième flûte, mais lui aussi refusa d'un signe de tête.

— Alors, tu es venu avec qui ? lui demanda-t-elle.

Elle avala une autre gorgée, dans l'espoir que cela la détendrait un peu.

— En voiture avec Lola, mais je suis avec Anne pour le moment, répondit-il en indiquant la table où elle était assise.

— Oh…, fit-elle avant de se détourner aussitôt, vaguement coupable de la voir ainsi seule.

— Alors, où est passé Chris ? interrogea-t-il en regardant autour de lui.

Ellie haussa les épaules, espérant qu'il ne devinerait pas son trouble.

— Duncan, je… je sais ce que tu peux penser mais, c'est vrai, on travaillait sur un projet. C'était tellement prenant qu'on a décidé de venir ici pour souffler un peu. C'est sûr que je comptais t'appeler mais, quand j'ai vu qu'il était si tard…

Elle soupira, parfaitement consciente de la maladresse de son excuse. Bien sûr que Duncan n'était pas dupe.

Planté devant elle, il ne répliqua rien.

— Hé, lança alors Chris qui revenait, je viens d'apercevoir Anne, assise toute seule là-bas. On va la rejoindre ?

Le voyant tourner les talons et s'éloigner sans même attendre de réponse, Ellie pensa : *Évidemment, encore et toujours Anne. J'ai été bien nulle de croire que ça pourrait être différent.*

quarante

Diego est vraiment incroyable, songea Lola tandis qu'il achevait de lui raconter une énième histoire drôle. Qui aurait pu penser que sa mère lui présenterait quelqu'un ayant autant de choses en commun avec elle ? Ils aimaient les mêmes films, les mêmes livres, les mêmes magazines, la même musique, les mêmes séries télé, les mêmes people, les mêmes stylistes – et aussi les mêmes produits pour les cheveux !

Mais, plus important, ils avaient tous les deux été élevés par des parents stricts et autoritaires, avec des idées encore plus strictes sur la façon dont leurs enfants devaient et pouvaient vivre leur vie.

C'est comme si on était des âmes sœurs, se prit-elle à songer en admirant ses splendides yeux sombres aux cils interminables. *Des âmes sœurs qui ne dormiront jamais ensemble !*

— J'ai vraiment hâte d'être à l'automne de l'année prochaine, déclara-t-il en avalant une gorgée de vin rouge.

— Pourquoi ? Qu'est-ce que tu vas faire ?

— Je commencerai l'université Columbia, avec mon appartement perso, à des milliers de kilomètres de l'œil vigilant de mes parents. Enfin libre, et à New York, en plus ! Je ne pouvais pas rêver mieux.

— C'est génial.

— Oui, sourit-il. Tout ce que j'ai à faire, c'est de rester sagement dans leur collimateur et d'effectuer ma dernière année de lycée en beauté.

Lola lui jeta de nouveau un regard chargé d'admiration. Diego était superbe, intelligent, ambitieux, drôle, totalement présentable, et il avait déjà gagné l'approbation de ses parents. En d'autres termes, *il était parfait.*

— J'ai une idée, lui souffla-t-elle alors, en se penchant vers lui.

quarante et un

Du coin de l'œil, Ellie considéra Duncan, debout à ses côtés. Il était doux, gentil, mignon, amusant, athlétique, etc., alors, pourquoi n'arrivait-elle pas à l'aimer ? *Il y a vraiment quelque chose qui cloche, chez moi*, se dit-elle.

— Je crois que je vais y aller, lui déclara-t-il sur un ton ennuyé. Tu pourras le dire à Lola et t'assurer qu'elle se fait bien raccompagner, s'il te plaît ?

— Oui, pas de problème.

Ellie s'en voulait à mort de lui avoir menti ; et, pire encore, de s'être fait prendre en flagrant délit de mensonge. *Il a de la chance que je ne sois pas amoureuse de lui*, songea-t-elle. *Parce qu'il mérite autrement mieux que moi…*

— Attends, Duncan… tu n'es pas obligé de partir.

Avait-elle vraiment envie qu'il reste ou essayait-elle seulement de déculpabiliser un peu ? *Sans doute la deuxième hypothèse…*, se dit-elle.

— Si, je dois y aller. J'ai une compétition de surf, demain, avec un tour éliminatoire de dingue.

— D'accord, d'accord… Alors, bonne chance, articula-t-elle, ses deux flûtes toujours à la main, l'une vide et l'autre encore pleine.

Comme elle le voyait fouiller dans ses poches à la recherche de ses clés, Ellie se demanda si elle ne devrait pas profiter de son départ pour se faire raccompagner. Elle aussi avait besoin de sommeil, si elle voulait se pointer dans une forme à peu près correcte pour sa séance de coaching avec Lina, demain. Mais, de toute évidence, Duncan n'avait qu'une envie : la fuir. Aussi le laissa-t-elle s'en aller sans rien lui dire, tout en se posant la question de savoir comment elle allait rentrer chez elle. *Je ne vais quand même pas demander à Chris*, se dit-elle avant de se retourner pour le voir s'entretenir passionnément avec Anne, un bras sur son épaule.

— Pour ton info, lança alors la voix de Jade derrière elle, ne te laisse pas avoir par ce sosie de Colin Farrell, assis à cette table, là-bas.

— Colin Farrell... ? Tu es sérieuse ?

Non pas qu'elle soit une grande fan de cet acteur, mais elle n'avait encore repéré aucune star, et cela faisait déjà vingt minutes qu'elle piétinait là.

— Non, justement, pas Colin. Il a ses cheveux, ses manières, son sourire sexy mais, de près, je peux t'assurer que c'est du bidon ! affirma Jade en croisant les bras. *Extrêmement* décevant. Au fait, tu aurais vu Ben, quelque part ? Tu ne saurais pas où il est ?

— Je le croyais avec toi, répondit Ellie, avant de reposer ses deux flûtes sur la table à côté d'elle.

— Il était avec moi, mais, en apercevant celui qui se prend pour Colin, j'ai foncé à travers la salle pour le voir de plus près... Tu connais mon gros faible pour les mauvais garçons.

— Oui... et, maintenant, tu n'arrives plus à mettre la main sur celui avec qui tu es venue, sourit Ellie.

— Bon sang, j'espère qu'il ne s'est pas alcoolisé en douce, marmonna-t-elle en balayant la salle d'un regard inquiet. Tout à l'heure, déjà, il n'avait pas l'air au mieux de sa forme.

— Il a un problème, tu penses ?

— Oui… et, en fait, pas qu'un seul. En ce moment, il traverse une très mauvaise passe, alors, c'est plutôt compréhensible. Mais, il est très gentil, tu vois, et je sais qu'il va s'en sortir. C'est juste une question de temps.

C'est peut-être un gentil garçon, songea Ellie en regardant son amie le chercher des yeux, *mais je doute qu'il s'en sorte de sitôt.* Elle voyait très bien lorsque quelqu'un se trouvait sur la mauvaise pente. Pour autant, pas question de le dire à Jade. Celle-ci se mettrait en colère et l'accuserait de porter des jugements catégoriques. *Quand je vois la façon dont je gère ma vie en ce moment, je n'ai pas vraiment le droit de juger qui que ce soit.*

— Oh, c'est peut-être lui, s'exclama Jade en saisissant son portable qui sonnait.

Elle écouta un instant puis demanda :

— Que… qu'est-ce qui s'est passé ? Non, je n'y crois pas… Reste là où tu es, j'arrive.

Elle rangea son téléphone et se tourna vers Ellie.

— Ben s'est fait jeter dehors, et ils ne veulent pas le laisser rentrer.

— Pourquoi ?

Ellie se demandait ce que Ben avait bien pu faire pour se voir flanquer à la porte d'une soirée de ce genre, où toutes les règles de bonne conduite semblaient être totalement négligées.

— Je n'en ai pas la moindre idée, mais c'est sûr que, pour moi, la fête est terminée aussi. Il faut que je le ramène chez lui.

D'une main nerveuse, elle chercha ses clés dans son sac.

Ellie jeta un coup d'œil du côté de Chris et Anne. Pour changer, ils semblaient être tous les deux sur leur petit nuage. Bien qu'elle n'ait aucune envie de rentrer avec Jade et Ben, elle se trouvait un peu à court d'options.

— Tu as de la place pour moi ? demanda-t-elle à son amie.

quarante-deux

Anne tourna les yeux vers l'entrée de la salle… juste à temps pour voir Ellie s'en aller. Franchement, elle avait été ridicule de s'inquiéter de les savoir ensemble, un peu plus tôt. Chris se montrait si doux et affectueux, avec cette façon qu'il avait de lui sourire et de garder sa main serrée dans la sienne. Même si cela ne virait pas au scénario qu'elle avait imaginé, c'était follement agréable… parce que c'était réel.

— Je suis trop contente que tu aies réussi à venir, lui souffla-t-elle, penchée vers lui.

— J'aurais pu être là plus tôt, mais Ellie paniquait tellement à cause de ce projet qui ne démarrait pas ! Ce qu'elle peut être stressée, parfois…

— Hum… oui…

S'il y avait une chose qu'elle ne voulait pas, ce soir, c'était parler d'Ellie.

— Elle n'arrivait pas à piger le truc, poursuivit-il. Ça m'étonne parce que, normalement, elle est plutôt douée en sciences. Mais on a dû revenir au moins vingt fois sur la même chose… jusqu'à ce que je finisse par lui demander de lâcher un peu l'affaire, parce que je devais partir te retrouver. Mais, comme elle recommençait à stresser, je lui ai proposé de venir avec moi. Je me suis dit qu'elle avait peut-être besoin de souffler un peu, tu vois.

Anne hocha la tête. Elle savait que Chris disait la vérité… sans même avoir remarqué qu'Ellie l'avait mené en bateau. *Les garçons ne captent vraiment rien des filles*, songea-t-elle. Mais cela n'avait pas grande importance. Il était avec elle, à présent, et elle ne pouvait que constater qu'Ellie avait lamentablement échoué dans son triste petit jeu.

— Maintenant que tu es là, j'ai quelque chose à te demander, dit-elle avec un petit sourire.

— Tout ce que tu voudras, répliqua-t-il, en lui prenant les deux mains.

— Tu n'as pas envie de t'en aller ? Cette soirée est loin d'être aussi amusante que je l'aurais cru.

— Attends… Des bougeoirs partout, un *open bar*, un buffet grandiose, de la bonne musique, des people de tous les côtés… et tu trouves que tu ne t'amuses pas ? s'étonna-t-il en riant. Cette soirée n'est pas assez haut de gamme pour toi, c'est ça ?

— Honnêtement, je n'adore pas ce genre de fêtes, avoua-t-elle. Je suis plutôt du style soirée tranquille.

— Tu aimerais qu'on se retire dans un endroit plus calme, c'est ça ? demanda-t-il avec un sourire craquant.

quarante-trois

Assis dehors sur le capot d'une Jaguar, Ben était dans un état pitoyable. Ses yeux bleus étaient cernés de noir et injectés de sang, il avait les cheveux en bataille, et une manche de sa chemise était déchirée.

— Alors, qu'est-ce qui t'est arrivé ? lui demanda Jade, en le forçant à grimper à l'arrière de la voiture pendant qu'elle s'installait au volant.

— Il y a un abruti qui m'a fichu dehors, dit-il en s'affalant de tout son long sur la banquette.

— Tu avais fait quoi, pour ça ? interrogea Ellie qui venait de s'asseoir à l'avant, à côté de Jade.

— Rien, je n'ai rien fait du tout, d'accord ?! Cette soirée est juste blindée de snobinards d'Hollywood qui se la pètent…

— Mais si, tu as forcément fait quelque chose, Ben, insista Ellie.

Elle ne croyait pas une seconde à son histoire et n'avait pas l'intention de le laisser s'en tirer comme ça.

— Oh, écoute, pense ce que tu voudras, mais, moi, je n'ai embêté personne.

— Vous voulez bien vous calmer, tous les deux, leur lança soudain Jade tandis que la voiture débouchait sur l'autoroute.

Allumant la radio, elle ajouta :

— On se calme et on met un peu de musique, d'accord ? Dans moins d'une heure, on est chez nous.

— Comme tu veux…, maugréa Ben.

— Oui, ça nous fera du bien, reprit Ellie, les bras croisés et les yeux tournés vers la fenêtre.

Elle n'avait qu'une hâte : se retrouver chez elle, dans un lit confortable et frais. La tête contre la vitre, elle ferma les yeux et se demanda si tout ça n'était rien d'autre que sa punition pour s'être ainsi jouée de Duncan. Parce que, se retrouver une heure dans la même voiture que Ben qui, non seulement ronflait plus fort que la musique mais aussi, empestait l'alcool et la cigarette, c'était carrément le cauchemar. *Mon Dieu, faites qu'on soit vite à la maison*, supplia-t-elle pour elle-même, juste avant de sombrer dans le sommeil.

— Hé, Ellie, réveille-toi ! fit Jade en la secouant par l'épaule.

— Quoi ? On est arrivés ?

Elle se frotta les yeux et se tourna lentement vers Jade.

— Presque ; on est sur Newport Coast, mais il y a une voiture de flics qui nous suit depuis un ou deux kilomètres, et je commence sérieusement à flipper.

Ellie se retourna pour apercevoir le véhicule qui les suivait de tout près.

— Tu roulais trop vite ou quoi ?

— Non, je n'ai pas dépassé une seule fois la limite de vitesse, je te jure. Je ne sais pas ce qu'il nous veut.

Elle jeta un regard nerveux dans le rétroviseur.

— Tu sais, j'ai lu quelque part que, quand un flic veut se faire un conducteur ivre, il cherche d'abord à repérer celui qui conduit *trop parfaitement*.

— Alors, tu me suggères quoi ? Que je me mette à conduire comme une dingue, pour qu'il passe à quelqu'un d'autre ? N'importe quoi. Et puis, je ne suis pas soûle ; je n'ai rien bu de la soirée.

— Dans ce cas, tu n'as pas à t'inquiéter. Je suis sûre qu'il ne nous veut rien.

Ellie ferma les yeux pour se rendormir lorsque la voiture de police les doubla pour se présenter à leur hauteur, sirène et gyrophare à l'appui.

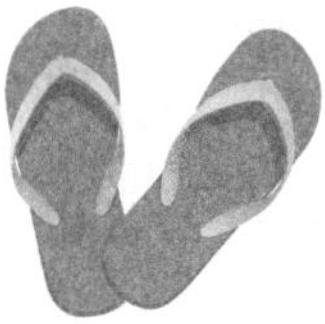

quarante-quatre

— **Où est-ce que tu m'emmènes ?** demanda Anne, entraînée par Chris à travers la foule d'invités. Tu as vraiment l'air de bien connaître cet endroit.

— Jamais venu ici de ma vie, répliqua-t-il en lui décochant un immense sourire. Mais je sais que, dans ce genre de salle, il y a toujours une sortie par-derrière. Tu vois, je te l'avais dit !

Tous deux émergèrent sur un magnifique patio éclairé par des bougies, empli d'arbres en fleurs ainsi que de plantes grimpantes, et au centre duquel trônait une très belle fontaine en mosaïque.

— Waouh, c'est superbe ! s'exclama Anne en découvrant les tables nappées de blanc et entourées de chaises en fer forgé. Il n'y a personne, ici ; pourquoi ?

— Peut-être parce qu'il n'y a pas de bar, répondit Chris en l'attirant contre lui.

Son visage était si près du sien qu'elle sentait son souffle tiède lui effleurer la joue. Et, au moment où il allait l'embrasser, elle murmura :

— Attends, tu as entendu ?

Les yeux ronds de surprise, elle scruta les alentours.

— Non, je n'ai rien entendu, souffla-t-il, les yeux clos. C'est toi qui imagines des choses…

— Non, je ne plaisante pas, Chris. Il y a quelqu'un, je t'assure. Écoute !

Chris s'écarta à contrecœur et jeta un bref regard autour d'eux avant de rétorquer :

— Mais, non, il n'y a que nous.

Cette fois, il était bien décidé à l'embrasser.

— Je suis sûre d'avoir entendu quelque chose, répéta Anna, totalement parano.

— Et alors ? souffla-t-il en lui embrassant le cou. C'est peut-être Brad et Jennifer qui cherchent à éviter les paparazzi et veulent prendre un peu l'air.

— Brad et Jennifer ! répéta Anne, interloquée. Mais, ça fait des siècles qu'ils ne sont *plus ensemble* ! Il faudrait peut-être que tu te tiennes au courant…

Comme elle lui offrait enfin ses lèvres pour qu'il y dépose les siennes, il laissa descendre ses bras autour de sa taille tandis qu'elle lui glissait tendrement les doigts dans les cheveux.

— Anne ? C'est toi… ? résonna alors une voix derrière eux.

Oh, non ! Non, non… pas ça !

Elle s'écarta vivement de Chris et s'essuya la bouche d'un revers de main. Puis, tournant lentement la tête, elle découvrit son père et Brooke, debout non loin d'eux. Son père dont les lèvres semblaient vaguement barbouillées de rouge.

Je n'y crois pas… Ils sont sortis dans le patio pour exactement la même raison que nous !

Ce qui voulait tout simplement dire qu'elle-même fricotait avec un garçon juste devant son cher papa ! Rien de plus… !

— Euh… Chris et moi, on… bavardait, balbutia-t-elle d'un air tout à fait convaincu. Enfin… on prenait l'air… parce que… tu sais… il fait tellement chaud, dedans.

Pathétique, mon explication…

Elle se tourna vers Chris, qui paraissait aussi gêné qu'elle.

— Eh bien, maintenant que tu as pris un peu l'air, si on rentrait ? lui suggéra son père d'une voix sèche.

Comme si tu n'en avais pas fait autant, songea Anne. *C'est toi, le parent ! C'est toi qui devrais montrer l'exemple !*

Mais elle se garda bien de dire quoi que ce soit. Se contentant de prendre l'air penaud, elle répondit :

— Euh… d'accord.

quarante-cinq

— **Génial… manquait plus que ça !** marmonna Jade, avant de s'arrêter sur le bas-côté de la route.

— Qu'est-ce qu'il nous veut ? demanda Ellie d'une voix crispée.

— Eh bien, on va le savoir tout de suite, répondit son amie en baissant la vitre avec un sourire poli. Euh… bonsoir… qu'est-ce que j'ai fait ?

— Vous savez que votre feu arrière gauche ne fonctionne pas ? demanda-t-il, sa lampe torche braquée à l'intérieur de la voiture.

Il en promena le faisceau sur Jade et Ellie, puis sur Ben, toujours étalé sur la banquette arrière, profondément endormi et… sans ceinture.

— Ah, non… je ne savais pas, répliqua la jeune fille sur un ton calme.

— Je peux voir votre permis et vos papiers d'assurance, mademoiselle ?

— Bien sûr, fit-elle en extirpant son portefeuille de son sac.

Sa main tremblait tant qu'elle parvint à peine à l'ouvrir.

— Tenez, ajouta-t-elle pendant qu'Ellie cherchait dans la boîte à gants les papiers du véhicule.

Demain, je nettoie cette voiture, songea Jade. *Demain, je fais réparer mon feu. Demain, j'organise ma vie. Mais, encore faut-il que j'arrive à demain…*

— Quel est celui de vous qui a bu ? demanda le policier en rendant ses papiers à Jade, non sans lui scruter le visage.

— Euh… eux deux. C'est pour ça que je suis au volant.

Se redressant, il attendit un instant, puis lâcha :

— Voulez-vous, tous les trois, sortir de la voiture, s'il vous plaît ?

— Quoi ? Mais, pourquoi ? s'étrangla Jade, totalement paniquée, à présent.

Ça ne présageait rien de bon.

— Descendez de voiture, s'il vous plaît. Tous les trois.

quarante six

— Vous devez vraiment appeler *tous* nos parents ? interrogea Jade avec un regard nerveux en direction d'Ellie.

Celle-ci, le visage blême, semblait au bord de l'évanouissement. Si les flics appelaient son père, c'était la catastrophe !

Elles étaient assises depuis une bonne demi-heure dans une petite pièce du poste de police de Newport Beach – depuis que l'alcootest de Ben s'était révélé positif et qu'ils avaient trouvé le sachet de marijuana qu'il avait laissé tomber sur la moquette de la voiture.

D'abord, ils avaient accusé Jade de trimballer de l'herbe avec elle car, d'après leur raisonnement, c'était sa voiture donc sa « marchandise ». Mais puisque, pour elle, l'éthylotest n'avait rien donné, ils avaient décidé de ne lui infliger qu'une amende pour infraction mineure au Code de la route. Ben, en revanche – visiblement ivre et défoncé –, se trouvait dans une autre pièce, accusé de possession de drogue et de consommation d'alcool par un mineur.

Quant à Ellie, songeait Jade, rongée par la culpabilité, son seul délit avait été de se trouver au mauvais endroit, au mauvais moment.

— Oui, c'est moi qui conduisais, insista-t-elle auprès du policier. Donc, si vous devez appeler mes parents, très bien. Mais je vous jure qu'elle… mon amie n'a rien fait de mal. Alors, peut-être que vous pourriez la laisser partir…

— Je regrette, mademoiselle. Vos parents ont déjà été informés. Ils seront ici d'un instant à l'autre.

Sur ces mots, l'homme les laissa seules dans la pièce, face à leur destin.

Ellie tourna vers Jade un regard plein de larmes et laissa tomber sur un ton amer :

— Eh bien, j'ai gagné le gros lot, le jour où j'ai fait ta connaissance.

— Sincèrement, El, je suis vraiment désolée. Je… je ne sais pas quoi te dire…

Jade la prit dans ses bras. Même si, techniquement, tout était la faute de Ben, elle se sentait entièrement responsable de ce qui arrivait à son amie. Mais, le pire, c'était ce qu'Ellie pensait de Ben depuis le début, et la façon dont elle avait tenté de la mettre en garde.

Jade ne pouvait s'empêcher de trouver bizarre que Ben soit en permanence en colère contre son père alors que celui-ci était toujours là pour le sortir d'affaire. Bien qu'elle ne l'ait entrevu qu'une seule fois, cet homme ne lui avait pas paru si terrible. Mais seulement très inquiet.

— Ça y est, je suis morte, lâcha Ellie en voyant entrer son père.

— Ellie, ma chérie, comment ça va ? lui demanda-t-il, en la prenant pour l'étreindre si fort qu'elle en eut presque le souffle coupé.

— Ça va, ça va, j'ai survécu…, fit-elle, non sans lancer un regard plus qu'étonné à Jade.

Son père continua de la serrer contre lui, comme s'il refusait de la laisser partir.

— On s'est juste pris une amende un peu énorme.

Elle lâcha un petit rire nerveux, manifestement délivrée de la crainte de le voir exploser de colère.

— Allez, je te ramène à la maison, dit-il en lui passant un bras protecteur sur les épaules avant de l'entraîner vers la porte.

Puis, se retournant vers Jade, il ajouta :

— J'ai parlé à tes parents ; ils arrivent.

Jade les regarda partir, soulagée, elle aussi, de constater qu'il ne réagissait pas comme elles l'avaient craint. Et, si lui se montrait si cool, peut-être que ses parents feraient la même chose.

— Ah, vous êtes là ! s'exclama-t-elle en les voyant arriver à leur tour.

Souriante, elle sauta de sa chaise et se jeta presque à leur cou.

— Prends tes affaires, on y va, articula son père sur un ton sec, pendant que sa mère attendait, immobile et silencieuse, les bras croisés.

— On parlera de tout ça à la maison.

quarante-sept

À trois jours de la Surf Fest, Ellie avait besoin de toute sa concentration pour ne se laisser distraire par rien ni personne. Mais, d'abord, il y avait Duncan qui l'ignorait avec superbe ; non pas qu'elle s'en souciait réellement, mais elle avait au moins espéré qu'ils continuent de se voir et reprennent leur relation platonique.

Il semblait avoir d'autres idées. Non seulement il avait cessé de l'appeler, mais il ne lui adressait pratiquement plus la parole à l'école, même s'ils partageaient deux cours ensemble et s'asseyaient à la même table de déjeuner. Et Ellie était surprise de s'en trouver à ce point contrariée – mais sans doute était-ce parce qu'elle ne supportait pas de heurter la sensibilité de qui que ce soit.

Et puis, il y avait Chris et Anne. Le petit couple parfait et heureux qui semblait, en permanence, croiser son chemin. Pas un seul endroit où elle ne les rencontrait pas ! Ils partageaient le même quartier, la même école, la même table à la cafétéria, les mêmes amis, la même salle de gym et, cerise sur le gâteau, les mêmes rouleaux sur l'océan ! Comme ils ne cherchaient pas le moins du monde à l'éviter, Ellie avait fini par abandonner, elle aussi. Elle apprenait à les ignorer, tout comme Duncan le faisait avec elle.

Depuis la soirée où ils s'étaient rencontrés, Lola et Diego ne se quittaient plus. Les seules fois où Ellie parvenait à la voir, c'était au lycée… quand Diego était bien sûr occupé ailleurs. Mais, là encore, dès qu'elles pouvaient parler ensemble, c'était Diego par-ci, Diego par-là. Et, franchement, ce genre de réaction de la part d'une fille l'agaçait au plus haut point – se laisser impressionner par quasiment tout ce que réalisait son petit ami. Cependant, c'était quand même bien agréable de voir Lola aussi heureuse et amoureuse… même si Diego lui apparaissait comme un choix plutôt étrange.

Enfin, il y avait Jade, cloîtrée chez elle, et qui n'avait le droit de sortir que pour se rendre à l'école et rentrer le soir, directement à la maison. Qui aurait pu imaginer que le père d'Ellie se serait montré aussi compréhensif, alors que les parents de Jade s'étaient révélés plus qu'intransigeants ?

Même Dean, le frère d'Ellie, agissait bizarrement, ces derniers temps. Il ne sortait plus avec ses amis, surfait à peine. Enfermé dans sa chambre, il restait vissé des heures devant son ordinateur, presque comme s'il s'était lui-même infligé l'interdiction de mettre les pieds dehors.

Leur père avait très vite retrouvé son état normal, son attitude sévère et dominatrice. L'indulgence qu'il avait montrée au poste de police n'avait duré que jusqu'au lendemain matin. Alors, il s'était relancé dans ses discours habituels, ses sermons et ses recommandations de toutes sortes.

Ellie remonta la fermeture à glissière de sa combinaison, saisit sa planche et rejoignit le petit escalier descendant sur la plage. Elle entra dans l'eau, pagaya vers la haute mer, bien décidée à se vider l'esprit de tout, sauf du surf et de la vague.

À présent, seule comptait la compétition. Tout le reste attendrait.

quarante-huit

Allongée sur son lit, son portable collé à l'oreille, Lola bavardait avec Diego et riait comme une folle, lorsque sa mère fit irruption, sans frapper, dans sa chambre.

— Bon, je dois y aller… Je te rappelle plus tard, soufflat-elle.

Posant le téléphone sur sa table de chevet, elle lâcha :

— Maman, ce serait trop te demander de frapper ?

Depuis que Diego était entré dans sa vie, elle se comportait comme une gamine gâtée. Comme si elle profitait du fait que sa mère, si heureuse du succès obtenu en jouant les entremetteuses, lui laissait passer tous ses caprices et ses insolences sans aucune remontrance.

— Au cas où tu l'aurais oublié, Lola, on a rendez-vous chez la couturière dans un quart d'heure.

Plantée devant le miroir, elle ajusta son blazer.

— Pour quoi faire ? demanda Lola, en cherchant parmi les livres de son étagère celui qu'elle avait promis de prêter à Diego.

— C'est ton dernier essayage, aujourd'hui. Le bal, c'est le week-end prochain ! Ou alors, ça te serait sorti de la tête, aussi ?

Mon Dieu, ce fichu bal des débutantes ! Avec ses leçons d'étiquette, ses cours de valse, ces geeks aux mains moites qui voulaient absolument mener la danse alors qu'elle en connaissait mieux les pas… et le point culminant de tout ça : une soirée absolument ringarde à laquelle elle n'avait aucune envie de se rendre, pour montrer à tous qu'elle avait bien appris à faire la révérence, qu'elle connaissait les bonnes manières, qu'elle savait danser avec grâce… et que son père avait un compte en banque bien garni ! Sans parler de cette hideuse robe blanche qui avait tout d'une meringue et qu'elle était obligée de porter.

— Maman, ça ne me branche vraiment pas, aujourd'hui, tu sais.

— Je ne veux rien savoir, Lola. Tu viens avec moi, un point c'est tout. *Abuela* est déjà dans la voiture. Elle a attendu ce moment toute sa vie, et il n'est pas question que tu la déçoives.

Pauvre Abuela, *je n'arrive pas à y croire*, songea-t-elle en espérant que sa mère exagérait, comme d'habitude.

— Maintenant, enfile des chaussures, on y va, laissa tomber sa mère avant de sortir.

D'accord, je joue le jeu aujourd'hui mais, samedi, ça ne se passera pas comme ça.

quarante-neuf

Si je dois passer une seconde de plus *dans cette maison, j'explose !* pensait Jade. Elle avait toujours aimé l'école... même si son moment préféré était l'heure de la sortie. Mais, à présent que ses parents la gardaient « assignée à résidence », les heures de cours prenaient une tout autre signification. C'étaient les seuls instants où elle pouvait discuter avec d'autres personnes que sa famille, sans parler de la sensation de *liberté* qu'elle ressentait plus que jamais.

Et le plus débile, dans l'histoire, c'était qu'elle en arrivait maintenant à redouter la sonnerie de fin des cours... qui annonçait son retour « en prison ».

La seule chose positive (et Dieu savait si elle avait tenté d'en trouver une) était qu'elle avait enfin appris à utiliser la télécommande quand il n'y avait encore personne à la maison.

S'extirpant du canapé, Jade s'approcha de la grande baie vitrée, s'appuya le front contre la vitre et contempla l'océan avec nostalgie. Le fait d'être ainsi cloîtrée chez elle signifiait-il la fin de la Surf Fest pour elle ? Elle participait à cette compétition chaque année, depuis qu'elle s'était mise au surf et, même si elle ne pratiquait pas ce sport avec autant de sérieux qu'Ellie, elle attendait néanmoins cet événement toute l'année durant.

Cependant, malgré l'extrême sévérité de sa punition, elle restait optimiste. Si elle montrait une bonne attitude et suivait les règles, elle savait qu'elle verrait sa sentence réduite et pourrait prendre part à la Surf Fest, samedi.

Elle pensait aussi à Ben et se demandait comment il allait. Sa mère avait appelé quelques jours plus tôt pour s'excuser du comportement de son fils et lui annoncer qu'il vivait chez son père, désormais. Jade était heureuse de savoir qu'il essayait de se racheter, mais elle lui en voulait de ne pas avoir daigné appeler lui-même. Après tout, elle s'était décarcassée pour l'aider et avait fait tout ce qu'elle pouvait pour le sortir de la galère dans laquelle il s'était mis tout seul. Cependant, elle en venait aussi à se dire que jamais il ne lui avait demandé son aide, et que, peut-être, il n'en avait même pas voulu.

cinquante

Anne ne savait comment parler de la Surf Fest à son père, en partie parce qu'elle avait le trac, et aussi parce qu'elle craignait qu'il refuse de s'y rendre. Et, pour compliquer les choses, elle redoutait tout autant qu'il s'y montre. Car il risquait d'y amener Brooke. Et Brooke était un sujet que ni lui ni elle n'avaient encore osé aborder ensemble.

Depuis qu'ils s'étaient mutuellement surpris, l'autre soir à Hollywood, en train d'embrasser chacun leur « âme sœur », ils semblaient observer l'accord tacite de ne jamais, jamais reparler de cette rencontre. Ce qui allait très bien à Anne. Rien que d'y penser, elle en était presque dégoûtée.

À part ses amis du lycée, le seul à savoir qu'elle avait appris le surf était Jake. Et Anne était certaine qu'il n'en dirait pas un mot, tant elle l'avait suborné, en le faisant pratiquement jurer de garder le secret.

Quelques jours plus tôt, elle se trouvait dans le bureau de son père, en train d'imprimer les infos pour la compétition, lorsqu'il était entré dans la pièce.

— Tu fais la compèt' ? demanda-t-il en écarquillant des yeux étonnés.

— Peut-être. Mais, comme je ne suis pas encore vraiment décidée, n'en parle à personne. Et surtout pas à mon père.

— Pourquoi ? Il serait super content, au contraire.

— Jake, je parle sérieusement. Si tu lui en touches le moindre mot, je…

Elle hésita, cherchant à le sensibiliser au maximum.

— … je lui dis que tu te tapes des bières avec tes copains sur la terrasse, acheva-t-elle en plongeant son regard dans le sien.

— Hé, tu me menaces ? On se calme, ma jolie. C'est évident que je ne vais rien dire.

Il l'observa un instant en secouant la tête, puis enchaîna :

— Pour ton info, ton père baigne dans Hollywood jusqu'au cou. Ce n'est pas quelques jeunes en train de boire de la bière qui vont le choquer.

Anne se contenta de le fixer sans rien dire. Il avait malheureusement raison. Son père menait une existence autrement plus cool que la sienne, et les soirées où il se rendait étaient bien plus palpitantes que leurs petites sorties entre lycéens.

Maintenant que le jour de la compétition approchait, elle devait réellement se concentrer. Consciente d'être encore loin de pouvoir impressionner les juges, son seul but était de s'amuser, d'apprendre toutes les ficelles de ce sport et, avec un peu de chance, de ne pas se ridiculiser.

Dans sa chambre, elle s'agenouilla devant son lit, sous lequel elle avait glissé sa planche Indo. Elle allait l'en sortir lorsque son téléphone sonna.

— Allô ? articula-t-elle, pas vraiment d'humeur à se lancer dans une conversation.

— Anne ? Comment vas-tu, ma puce ?

Non, c'était encore sa mère ! Elle lui avait laissé des montagnes de messages, ces derniers jours, mais Anne ne s'était pas donné la peine d'y répondre, trop occupée par ses cours, le surf et… Chris. Elle n'avait aucune envie d'une nouvelle dispute avec sa mère.

— Ah, salut…, répondit-elle, en s'accroupissant sur sa planche.

— J'essaie de te joindre depuis des jours, tu sais.

— Oui, maman, je sais… Désolée, je ne t'ai pas rappelée. Je suis tellement occupée avec l'école et tout ça.

— Eh bien, tu vois, je regrette qu'on n'ait pas pu se parler plus tôt, toutes les deux ; parce que, maintenant, tu n'auras pas beaucoup de temps pour te préparer.

— Me préparer à quoi ? demanda Anne en se redressant pour examiner son reflet dans le miroir en pied.

— Je t'ai pris un vol direct pour New York, ce week-end.

— Quoi ?! fit-elle, à demi déséquilibrée.

— Oui, ton avion part vendredi à midi trente, et tu arrives à JFK autour de 9 h 15, heure locale. J'ai commandé une limo pour venir te chercher et te conduire directement au *Four Seasons*. C'est là que je suis descendue.

— Mais… de quoi tu parles ? s'étrangla la jeune fille.

— Je me marie, Anne. Et je voudrais que tu sois ma demoiselle d'honneur.

— Maman… Mon Dieu, tu n'es pas sérieuse, là ?

Elle agrippait le téléphone si fort que ses phalanges blanchissaient à vue d'œil.

— Enfin… papa et toi, vous avez finalement divorcé ?

— Oui, depuis quelques semaines, maintenant, lâcha sa mère de la voix sèche et ferme dont elle savait si bien faire usage dans les tribunaux.

— Quelques semaines ? Tu es divorcée depuis à peine quelques semaines… et tu penses déjà remettre ça ?!

Anne attendit une réponse mais n'obtint que le son d'un léger soupir.

— C'est… Ça ne t'est pas venu à l'esprit de m'en parler *d'abord* ? Je suis encore ta fille, non ? Comment tu peux me faire ça ? Je ne le connais même pas, cet homme !

— Deux fois, Anne. Vous vous êtes rencontrés deux fois.

— Oui, si tu veux, deux fois… quelle importance ? Mais, moi, je n'ai pas eu mon mot à dire, là-dedans ?

Anne sentait comme une nausée s'emparer d'elle.

— Je suis désolée, ma fille, mais, non. C'est moi l'adulte. C'est ma décision. Et puis, ton billet est déjà réservé et payé. Tout ce que je te demande, c'est ta présence comme demoiselle d'honneur.

Demoiselle d'honneur… ? Demoiselle d'horreur, oui ! Pas question qu'elle me culpabilise là-dessus. Et, si elle croit agir en adulte, eh bien, elle se fourre le doigt dans l'œil !

— Désolée, maman, mais je ne pourrai pas, laissa tomber Anne, tout en se regardant dans la glace en train de blesser sa mère.

— Je peux savoir pourquoi ?

— Eh bien, d'abord, parce que, le vendredi, on a cours, au cas où tu l'aurais oublié. Et je ne vais pas manquer un jour entier d'école sous prétexte que tu te la joues Britney Spears. Et, ensuite, pour ton info, j'ai ma vie, moi aussi. J'ai des amis, des projets pour ce week-end, et je ne vais pas tout annuler en bloc, à cause de tes caprices.

— Ce n'est pas un caprice, Anne, rétorqua sa mère en se mouchant bruyamment dans un Kleenex.

— Oh, oui, c'est vrai, j'allais oublier… ça fait des années que vous vous connaissez, tous les deux.

— Anne, je n'ai pas le temps d'écouter tes jérémiades. Alors, dis-moi simplement, tu vas venir ou pas ?

— Je ne comprends pas toute cette précipitation. Tu n'es quand même pas enceinte ?

Anne se mit à rire. L'idée de sa mère enceinte lui semblait tellement grotesque. Elle était *vieille*. Elle avait, quoi… plus de 40 ans ?! Mais lorsque la jeune fille cessa de rire, elle se rendit compte du silence au bout du fil. *Mon Dieu, non ! S'il vous plaît, faites que ce ne soit pas vrai !*

— Maman ? souffla-t-elle d'une voix étranglée. Ce… c'est vrai… ?

— Qu'est-ce qui est vrai ? demanda-t-elle avec une tristesse infinie dans la voix.

— Ce que je viens de te demander. Tu es… ?

Elle fut incapable d'achever sa phrase. Maintenant que c'était presque une certitude, elle ne pouvait pas prononcer ce mot.

— Je ne comptais pas te le dire avant ton arrivée ici, lui avoua-t-elle tranquillement.

— Oh…, lâcha Anne dont les yeux commençaient à s'humidifier. Alors… je te souhaite… que tout se passe bien. Mais, maman, je ne peux pas… c'est juste trop pour moi… tu comprends ?

Elle s'arrêta, s'essuya les joues d'un revers de main et enchaîna :

— Je ne peux pas, répéta-t-elle. Et puis, j'ai des projets pour ce week-end. Je me lance un défi qui compte beaucoup pour moi. Quelque chose qui ne te dira rien. C'est vrai qu'on ne sait plus grand-chose l'une de l'autre, depuis quelque temps.

La gorge serrée, Anne attendit une réponse. Qui vint avec ces mots :

— Comme tu voudras… Mais, si tu changes d'avis, il y a un billet d'avion qui t'attend au comptoir Delta.

Sa mère avait soudain repris un ton direct, sec et tout ce qu'il y avait de professionnel.

— Désolée, mais je ne crois pas que je l'utiliserai, maman…, soupira Anne avant de refermer son téléphone.

Sur ces paroles, elle perdit de nouveau l'équilibre et chuta lourdement sur les fesses, à côté de sa planche Indo.

cinquante et un

— Et celui-là ? interrogea Lola.

— Gay, c'est certain, assura Diego.

— Non, ne dis pas ça ! Il est si mignon ! Et puis, tu as dit la même chose des quatre derniers que j'ai choisis.

— C'est parce que ces quatre-là étaient gays, sourit-il.

— Alors, trouve-m'en un qui ne le soit pas !

— D'accord. Qu'est-ce que tu penses de cette bombe, là-bas ?

— Celui au T-shirt Hooters, avec son petit bidon en avant, tu rigoles ?! Non, merci…

Éclatant de rire, Lola lui tapa l'épaule. Après avoir survécu aux dernières répétitions pour le bal, ils se détendaient, assis sur un des bancs de Main Beach, un yaourt glacé à la main, tout en observant les gens qui passaient.

— Je te mets au défi de m'en trouver un autre, dit-elle. Et, cette fois, assure-toi qu'il est mignon.

Diego ôta ses lunettes de soleil et balaya la plage du regard. Depuis une semaine qu'ils se connaissaient, ils étaient devenus extrêmement proches, se confiant tous leurs rêves et leurs secrets, la nuit jusqu'à pas d'heure au téléphone, ou *via* des SMS dès le lever du jour. Ils avaient également réussi à tromper tous ceux de leur entourage, en leur faisant croire qu'ils sortaient ensemble.

Tout allait si bien entre eux qu'ils se voyaient prolonger cette amitié des années durant. Non sans fréquenter discrètement les hommes de leur choix, et cela sans échapper au collimateur ultrasensible de leurs parents respectifs. *C'est un coup de génie*, pensait Lola, *ça tombe tellement sous le sens, et tout le monde est gagnant, dans l'histoire.*

La seule chose qui l'ennuyait était le fait de mentir à ses amies. Mais pour que leur plan marche, personne ne devait savoir la vérité. Car, plus de gens étaient au courant, plus il y avait un danger de fuite.

— Allez, Diego, il doit bien y avoir un super hétéro sur cette plage. Juste un. C'est tout ce que je demande. Raconte-moi même des bobards, si tu le dois.

— Attends, dit-il alors. Donne-moi une petite seconde… Oh, Dieu du ciel, waouh ! Lola, regarde, droit devant toi. À midi. Il a une planche de surf sous le bras, et il sort de l'eau. Admire-moi ces abdos d'enfer !

Mais ce n'étaient pas ses abdos que fixait Lola. C'était son visage. Figée par l'émotion, elle ne pouvait plus en détacher les yeux.

— En plus, il te regarde ! insista Diego. Petite rusée !

Lui flanquant un coup de coude, il ajouta :

— Attends… Est-ce que… ? Mais, oui, il vient vers nous. Lola, tu connais ce type ? murmura-t-il, stupéfait.

Oui, Lola le connaissait. Mieux que n'importe quel autre garçon au monde. Et elle lui avait dit des choses qu'elle n'avait jamais dites à personne. Plus encore : quelques semaines plus tôt, elle avait cru être amoureuse de lui. Mais elle ne pouvait pas l'expliquer à Diego. Car sa bouche était soudain devenue si sèche qu'elle se sentait incapable de parler.

Et voilà qu'il se tenait maintenant pile en face d'elle.

— Salut, dit-il en passant une main dans ses cheveux mouillés.

Il regarda tour à tour Lola, puis Diego, puis revint sur la jeune fille.

— Salut..., souffla-t-elle avec un petit sourire forcé.

— Alors, comment ça va ?

— Très bien ! fit-elle avec un enthousiasme feint. Et toi ?

Sans vouloir être méchante, elle espérait que lui n'aille pas si bien que ça. Elle espérait aussi n'avoir aucune trace de yaourt sur ses lèvres.

— Ça va, répondit-il avec un haussement d'épaules.

— Alors, ce projet, ça avance ?

— Ça piétine un peu, mais, bon...

— Euh... Lola, intervint alors Diego d'une voix légèrement impatiente.

— Oh, oui... désolée, j'ai complètement oublié de vous présenter, tous les deux. Diego, voici Dean, mon ex-petit ami et le frère d'Ellie.

Elle lui jeta un rapide regard avant d'ajouter :

— Et, Dean, voici mon nouveau petit ami, Diego.

Sur ces paroles, elle afficha un sourire radieux avant de se pencher vers Diego pour l'embrasser sur la joue.

cinquante-deux

Ce jour-là, au lycée, Ellie eut le plus grand mal à se concentrer, tant elle était préoccupée par la compétition qui approchait. Aussi, lorsque la sonnerie annonça la fin des cours, elle avait déjà ses clés de voiture en main et fut une des premières à se retrouver dehors.

Elle était presque arrivée au parking quand elle tomba nez à nez avec Chris et Anne.

— Waouh, tu as l'air bien pressée, s'étonna Chris en s'accroupissant pour ramasser les livres qu'elle venait de faire tomber.

— Oui... en fait, je me dépêchais de rentrer à la maison car j'ai encore pas mal de choses à faire avant l'inscription de ce soir.

— On y va tout à l'heure, nous aussi, reprit-il avant de passer un bras autour des épaules d'Anne. On peut t'y emmener, si tu veux ?

Ellie et Anne se regardèrent, toutes deux, manifestement rebutées par cette idée. *Chris ne comprend vraiment rien*, se dit-elle sans chercher à lui dissimuler son agacement.

— Non, ça ira... mais merci de la proposition.

Puis, se tournant vers Anne, elle enchaîna :

— Ça m'étonne que tu continues à vouloir te présenter à cette compétition. Je croyais que tu aurais fini par changer d'avis.

— Ça veut dire quoi ? demanda Anne, les yeux plissés par la méfiance.

— Eh bien, on a le même âge, alors tu vas concourir contre *moi*. Ça fait des années que je surfe, et toi, tu viens à peine de commencer. Ça me ferait de la peine de te voir te ramasser devant tout le monde.

— D'après ce qu'on m'a dit, ce sont de petites épreuves tranquilles, juste pour s'amuser, où on n'a pas besoin de son instinct de tueur pour gagner. Ça m'ira donc très bien. C'est toi qui devrais t'inquiéter, à mon avis.

Elles restèrent à se fixer d'un regard dur, pendant que Chris se sentait de plus en plus mal à l'aise.

— Bon, allez, on y va, intervint-il avant de prendre Anne par le bras pour l'entraîner vers le parking. À ce soir, El.

— Oui, c'est ça…, lâcha-t-elle en les regardant s'éloigner, main dans la main.

cinquante-trois

— **Cette fille, c'est une vraie teigne** ! commenta Anne tandis que Chris sortait la voiture du parking. J'essaie au maximum d'être aimable avec elle… Tu l'as entendue, cette fois ? Tu ne peux plus nier qu'elle est détestable.

— D'accord, elle y est allée un peu fort, reconnut Chris sans quitter la route des yeux. C'est qu'elle est extrêmement tendue, en ce moment. Mais, tu sais, elle n'est pas aussi méchante que tu le penses. Essaie de lui pardonner.

— Tu rigoles ?! Il faut que je lui pardonne, en plus ? Tu as pourtant entendu la même chose que moi !

Comment Chris ne voyait-il pas Ellie comme elle l'était en réalité, une petite intrigante qui voulait tout régenter ?

— Écoute, Anne, je la connais depuis plus longtemps que toi. Et, ces dernières années, elle est passée par des moments vraiment difficiles.

— Moi aussi, je traverse une période difficile, si tu veux savoir. Mais tu ne me verras jamais traiter personne comme elle le fait.

— Mais de quoi tu parles ? demanda-t-il tandis qu'il prenait à gauche sur Pacific Coast Highway.

— De rien… laisse tomber, dit-elle en croisant les bras, les yeux tournés vers l'océan.

Anne mourait d'envie de se confier à quelqu'un à propos de sa mère, mais ce n'était décidément pas le bon moment ; ni, peut-être, la bonne personne, songea-t-elle avec tristesse.

— D'accord, elle a été un peu dure avec toi, c'est vrai… Mais, oublie. C'est quoi le problème ?

Anne se tourna vers lui. Est-ce qu'il parlait sérieusement ? Et puis, pourquoi laisserait-elle tomber ? Ça faisait déjà assez longtemps qu'elle supportait l'attitude pourrie d'Ellie.

— Le problème, c'est que tu sembles toujours la soutenir, elle, plutôt que moi.

— Ce n'est pas vrai, Anne ! riposta-t-il en secouant vivement la tête. Ça fait longtemps que je la connais, et j'imagine que je ne la vois pas comme toi tu la vois, c'est tout.

— C'est facile pour toi de dire ça, puisqu'elle ne te traite jamais comme ça. Elle est complètement dingue de toi !

— Quoi ?! Qu'est-ce que tu racontes ?

— Franchement, tu ne savais pas ?

À la tête qu'il fit, elle regretta aussitôt de lui avoir fait cette révélation. Était-il surpris ? Était-il flatté ? Elle l'ignorait, mais tout ça n'augurait rien de bon. Elle voyait maintenant qu'il évitait son regard, fixant la route devant lui, les deux mains bien calées sur le volant au lieu d'en avoir une, amoureusement posée sur la sienne.

Lorsqu'ils passèrent la grille d'entrée de Laguna Cove, ils n'avaient pas échangé un seul mot depuis des kilomètres, et Anne se demandait comment rompre le silence.

Pourquoi les choses s'étaient-elles aussi soudainement dégradées entre eux ? N'avait-il vraiment pas remarqué qu'Ellie était dingue de lui ? Et, maintenant qu'il le savait, allait-il décider de l'aimer tout pareil ?

Chris s'arrêta le long du trottoir, devant la maison d'Anne. En temps normal, il se garait, descendait de voiture et entrait pour rester quelques instants avec elle. Mais, là, il attendit en laissant le moteur tourner.

— Alors, à quelle heure tu viens me prendre ? lui demanda-t-elle en scrutant son visage, dans l'espoir de deviner ce qui se passait dans sa tête.

— Euh… à quelle heure commencent les inscriptions ?

— Je ne sais pas vraiment. Mais je pensais qu'on pourrait être là-bas à 7 heures ; il y aura de quoi grignoter, de la musique, etc.

Anne s'interrompit, en constatant que Chris ne l'écoutait que d'une oreille.

— Oui, je sais, répondit-il. Je suis déjà venu plusieurs fois.

— D'accord… Bon, tu veux entrer cinq minutes ? proposa-t-elle avant de descendre de voiture.

— Non, je ne peux pas. Écoute, je ne sais pas à quelle heure je passerai te prendre, alors je t'appelle un peu plus tard. D'accord ?

Elle le considéra un instant sans rien dire. Avait-il vraiment l'intention de partir comme ça ? Parce qu'elle-même s'en sentait incapable.

— Euh… Chris, j'ai fait quelque chose de mal ?

— Non, pas du tout. Pourquoi ?

Il lui décocha son habituel sourire ravageur, qui, cette fois, n'eut aucun effet sur Anne.

— Oh, rien…, répondit-elle, en sortant pour claquer la portière derrière elle. À tout à l'heure, alors.

À peine rentrée chez elle, Anne trouva Jake attablé à la cuisine, en face de son père et Brooke. *Super*, pensa-t-elle, *exactement ce qu'il me fallait... une gentille petite réunion de famille !*

— Bonjour, ma puce, lui lança-t-il, en levant le nez de sa pile de papiers. Ta journée s'est bien passée ?

— Oui, lâcha-t-elle d'une voix morne.

Elle posa ses livres sur la table et alla prendre un yaourt dans le frigo.

— Qu'est-ce que tu fais ? lui demanda-t-elle, avant de s'asseoir à côté de Jake.

— Des comptes. Mais, fais attention à ne pas te couper l'appétit.

— Pourquoi ?

— On sort tous dîner, ce soir. Pour fêter l'événement.

— Fêter... quoi ?

Qu'y avait-il donc à fêter ? Sa mère et son mariage forcé ? Son petit ami qui venait tout juste de découvrir qu'il était amoureux d'une autre ? Mais, non, son père ne savait rien de tout ça. Et puis, il n'était pas aussi cynique et sarcastique qu'elle.

— On vient d'obtenir le feu vert pour notre nouveau film. Avec de grands noms. Voilà pourquoi je nous ai réservé une table au *Studio*.

— Qu'est-ce que c'est ? demanda Anne en grattant consciencieusement le fond de son yaourt.

— L'un des meilleurs restaurants en ville.

— Eh bien, tu vas devoir trouver quelqu'un pour me remplacer, parce que j'ai d'autres projets pour ce soir.

Elle jeta un bref coup d'œil à Brooke dont elle s'efforçait d'éviter le regard depuis qu'elle était arrivée.

— Alors, amène Chris, lui suggéra son père. Il est le bienvenu, tu le sais.

— En fait… on est censé passer la soirée à San Onofre.

— Et, tu peux sécher ?

— Pas vraiment. Je dois m'inscrire pour demain.

— Mais, on parle en langage codé ou quoi ? s'agaça-t-il en levant la tête de ses papiers. Tu m'expliques ? T'inscrire pour quoi, exactement ?

— Euh… en fait, voilà… j'ai décidé de faire la compétition de surf.

Elle scruta son visage, cherchant à savoir si Jake avait ou non trahi sa confiance.

— Ah, j'ignorais que tu étais devenue aussi douée.

Un sourire de fierté éclaira son regard.

— Non, papa, je ne suis pas « aussi douée ». Mais j'adore surfer, et la compétition me manque. Comme c'est censé être quelque chose d'amusant, plutôt que de très sérieux, j'ai pensé que c'était l'occasion de me mouiller un peu… si j'ose dire.

Elle lâcha un petit rire, puis continua :

— Je vais sans doute avoir la honte de ma vie, parce que je suis loin d'être bonne comme certains… mais il faut bien que je commence à un moment donné, non ?

— Et tu comptais me dire tout ça… quand ?

— Peut-être jamais, lâcha-t-elle avec un haussement d'épaules. Tu n'as absolument pas besoin d'y aller. Je ne veux pas que tu te sentes humilié de me voir galérer comme ça devant tout le monde.

— Ne dis pas de sottises. On y va tous !

Nous ? Elle regarda Brooke qui hochait la tête en souriant. *Oh, d'accord, elle vient aussi… Résultat des courses : en un week-end, je perds mon petit ami mais je gagne un nouveau papa, un nouveau petit frère et une possible nouvelle maman !*

Ce n'était pas vraiment ce qu'on pouvait appeler du commerce équitable.

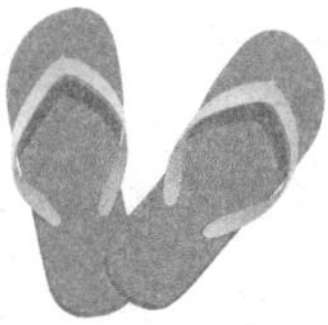

cinquante-quatre

Assise à côté d'Ellie, dans la Mini, Lola chantait en accompagnant la radio. Le toit était rabattu, le vent du soir lui caressait le visage, et ses cheveux lâchés battaient doucement autour d'elle. Elle adorait ces moments-là, lorsqu'elle se sentait envahie d'une liberté pleine de promesses.

— Alors, où est Diego, ce soir ? demanda Ellie avant de prendre la bretelle de sortie.

— Sorti avec des amis, je pense ; pour s'offrir une bonne soirée entre garçons.

Elle sourit intérieurement en songeant à ce que devait penser Ellie, évidemment à mille lieues de la réalité.

— Mais, ça a l'air hyper sérieux entre vous deux, non ?

— Je ne sais pas.

Lola s'en voulait un peu de mentir ainsi à ses amis ; mais elle n'avait pas le choix puisqu'elle et Diego avaient décidé ensemble que personne ne devait connaître la vérité.

— Quand même… vous passez votre temps ensemble, insista Ellie. Et vous avez l'air tellement heureux.

— Oui, c'est vrai que c'est super, admit Lola. Oui, on passe beaucoup de temps ensemble, mais c'est surtout à cause du bal. On se verra peut-être un peu moins, après.

Ce sera mieux si on ne précipite pas les choses, tu ne crois pas ?

Remarquant un garçon canon sur le parking où elles étaient en train de se garer, Lola réalisa tout à coup à quel point il serait maladroit de tenter de l'aguicher alors que tout le monde la savait en couple avec Diego. *Hum... peut-être qu'on aurait dû penser ça autrement,* se dit-elle. *Peut-être que si j'en parlais à Ellie, en lui faisant jurer de ne rien dire...*

— Dean m'a dit qu'il vous avait vus à la plage, déclara celle-ci en coupant le moteur.

— Ah, oui ?

Lola abaissa le miroir afin d'y vérifier son maquillage.

— Oui, et vous aviez l'air d'être assez intimes, à ce qu'il m'a dit.

— Ah... ça se voit tant que ça ? fit-elle en refermant le pare-soleil, avant d'ouvrir la portière.

Peut-être que je ne lui dirai rien, finalement, songea-t-elle. *Peut-être que je garderai ce secret pour moi encore un bout de temps.*

cinquante-cinq

Alors qu'Anne refermait la porte de la douche, elle entendit son téléphone biper. S'enroulant une serviette sur la tête et une autre sur le corps, elle sortit de la salle de bains et alla écouter son message.

— Salut, Anne, c'est moi, Chris. Euh… désolé (criic) mais je ne vais pas pouvoir… (criic) mais je vais quand même… (criic) mon possible… (criic) pour…

Puis, plus rien.

Après avoir réécouté trois fois le message entrecoupé de craquements d'électricité statique, Anne l'effaça d'un doigt agacé et jeta son téléphone sur le lit. Mauvaise réception ou pas, elle savait quand elle se faisait plaquer. Et ce bref message en présentait tous les signes.

Elle acheva de se sécher, se passa un peigne dans les cheveux puis se campa devant le miroir. *Je ne sais pas ce qui s'est passé au juste, mais pas question de le rappeler pour savoir !*

Puis, elle enfila son peignoir et sortit dans le couloir pour rejoindre son père dans la cuisine.

— Hé, papa ? souffla-t-elle en s'approchant de lui, les cheveux encore dégoulinants.

— Oui ?

Il leva la tête, en même temps que Brooke.

— Je dois m'arrêter vite fait quelque part avant de vous retrouver au restaurant, d'accord ?

Sans lui laisser le temps de répondre, elle fit demi-tour et regagna sa chambre.

cinquante-six

— **Ça fait vraiment bizarre** de ne pas voir Jade ici, déclara Ellie.

Elle s'était déjà inscrite pour la première éliminatoire du lendemain, et elles se retrouvaient maintenant assises sur le sable, chacune sur sa serviette, en train de grignoter des tacos et d'écouter de la musique.

— C'est vrai, reconnut Lola, une main sur la bouche pour étouffer son bâillement. Je lui ai parlé en cours de maths, et elle est affreusement frustrée. Elle voulait tellement faire cette compèt'. C'est celle qu'elle préfère.

— Oui, c'est la seule où elle peut concourir parce qu'elle n'est pas trop difficile. Punaise, je n'arrive pas à croire la réaction de ses parents ! Ni celle de mon père, d'ailleurs ; il a été tellement gentil. Dommage que ça n'ait pas duré.

— Oui, reprit Lola.

Puis, levant soudain les yeux, elle ajouta :

— Mais, ce n'est pas Chris, là-bas ?

— Oh, non ! Où ?! s'exclama Ellie, saisie de panique.

— Là, en face de nous, répondit Lola en agitant le bras dans sa direction. Hé, Chris !

— Pourquoi tu as fait ça ? se lamenta Ellie. Maintenant, il va venir.

— Mais, où est le problème ?

— Je l'ai vu après l'école, aujourd'hui, avec Anne, et… je reconnais que j'ai agi comme une vraie pétasse avec elle. Alors, j'imagine qu'il ne sera pas très heureux de me voir. J'espérais vraiment pouvoir l'éviter pendant un bout de temps.

— Eh bien, c'est trop tard, parce qu'il arrive droit sur nous.

— Salut, lança Chris en souriant. Vous auriez vu Anne, par hasard ?

Lola secoua négativement la tête, tandis qu'Ellie restait muette, les yeux rivés sur le sable.

— J'essaie de la joindre, poursuivit-il, mais impossible de mettre la main sur elle. Alors, je me suis dit que je pourrais peut-être la trouver ici.

— En tout cas, reprit Lola, je sais qu'elle doit venir s'inscrire. Peut-être que tu peux l'attendre ici avec nous.

Tapotant le sable, elle s'écarta d'Ellie afin de lui faire un peu de place.

Ellie le regarda sourire en venant s'asseoir entre les deux filles. Il ne semblait pas le moins du monde contrarié, mais elle savait quc tout ça changerait, dès l'arrivée d'Anne.

cinquante-sept

Anne descendit de la Mercedes, puis dit à Jake :

— Tu m'attends ici ? J'en ai pour deux minutes.

Elle avait l'intention de juste s'inscrire, pour repartir au plus vite afin de retrouver son père au restaurant.

— Non, je viens avec toi, répondit-il en bondissant hors de la voiture pour lui emboîter le pas. D'abord parce que tu ne sais pas du tout où tu vas, et ensuite parce que cet endroit fourmille de filles très chouettes.

— Oh, O.K., j'ai compris… Mais, ne te laisse pas trop distraire, on est pressés.

— Tu oublies qui a les clés, sourit-il en les lui secouant sous le nez.

Anne leva les yeux au ciel et se fraya un chemin parmi la foule de surfeurs venus s'inscrire. Jake était d'un pénible ! Si son père l'avait laissée conduire, elle ne se retrouverait pas collée à lui en permanence. *Maintenant, il va se ridiculiser en draguant des filles qui vont l'ignorer complètement.*

Avisant la table où l'on prenait les inscriptions, elle s'y précipita.

Aussitôt après s'être inscrite, Anne partit à la recherche de Jake. *Évidemment, il n'est pas là où il avait dit qu'il serait !* s'agaça-t-elle, en regardant sa montre et en bousculant ceux qui se trouvaient sur son passage. Enfin, elle l'aperçut en train de s'amuser au milieu d'un groupe de filles, tout en dévorant un taco au poisson.

Non, mais, j'hallucine ! On s'apprête à dîner dans le meilleur restaurant de Laguna Beach, et il s'envoie un taco ! Et puis franchement, qu'est-ce que ces filles pouvaient lui trouver ?

— Jake, désolée, mais on doit être là-bas dans un quart d'heure, lui lança-t-elle en faisant irruption au milieu d'eux.

Il lui répondit d'un signe de tête impatient, puis déclara aux filles qui l'entouraient :

— Alors, à demain, gentes dames !

— Au revoir, Jake, chantèrent-elles en chœur tandis qu'Anne le tirait par le bras vers le parking.

— Tu n'es vraiment pas arrivée au bon moment, lui reprocha-t-il, en la suivant à contrecœur.

— Et toi, tu te fais des idées, si tu crois pouvoir être là demain.

— Ah bon ? Et je peux savoir pourquoi ?

— C'est tout simple : je ne veux pas que tu me regardes surfer.

— Navré de te décevoir, mais si je viens demain, ce ne sera pas pour toi. Je viens de me faire inviter par ces demoiselles.

Elles l'ont invité ? Impossible !

— Ah, bon… d'accord.

Anne se sentait humiliée d'avance à l'idée qu'il la verrait se ramasser comme… la débutante qu'elle était.

— Hé, mais ce n'est pas ton petit ami, là-bas ? demanda-t-il, alors qu'ils arrivaient à hauteur de la voiture.

Anne suivit son regard pour, effectivement, apercevoir Chris, assis entre Lola et Ellie, avec l'air de s'amuser comme un petit fou. Un peu trop, à son goût.

— Oui, peut-être..., articula-t-elle en se forçant à détourner les yeux.

— Tu veux aller lui faire un petit coucou ? suggéra-t-il, prêt à les rejoindre.

Mais il n'était pas question pour Anne d'aller se mêler à *ce* petit groupe.

— Non, on n'a pas le temps, lâcha-t-elle, une main sur la poignée de la Mercedes. Il faut vraiment qu'on y aille, Jake !

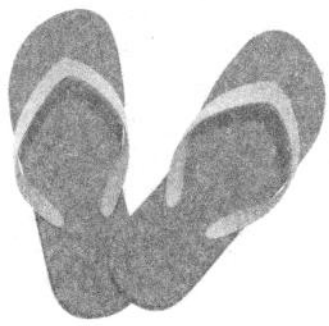

cinquante-huit

Le matin de la Surf Fest, Jade se réveilla très tôt et... totalement déprimée. Enfin, aussi déprimée que pouvait l'être une personne toujours heureuse et débordante d'optimisme. Se retrouver clouée chez elle durant deux semaines était déjà assez pénible comme ça ; mais, louper le meilleur week-end de l'année... rien ne pouvait être pire !

La veille au soir, alors qu'elle dînait avec ses parents, elle avait encore bon espoir qu'ils la libèrent le lendemain. Surtout, après qu'elle avait annoncé d'une voix claire :

— Ce soir, on fête les inscriptions à San Onofre, et, demain, c'est la compétition du lycée.

Elle avait prononcé ces mots sur un ton tranquille et léger, de façon à laisser croire que tout cela lui était un peu égal, et dans l'espoir que ses parents lui diraient : « Oh, c'est vrai, on avait oublié. On range vite la cuisine et on file t'inscrire. »

Mais son père s'était contenté de hocher la tête, sa mère avait continué de manger, et Jade était restée comme pétrifiée, se demandant si elle verrait un jour la fin de sa punition. Mais elle n'osait surtout pas poser la question, tant elle en redoutait la réponse.

Roulant sur le côté, elle regarda par la fenêtre, près de son lit. Le jour se levait à peine, ce qui signifiait que les organisateurs commençaient à monter les tentes sur la plage et à préparer du café et du chocolat chaud.

Je vais bien trouver le moyen de me faufiler là-bas sans que mes parents me voient, se dit-elle. Le samedi, ils étaient assez occupés en général, avec toutes les activités auxquelles ils participaient ; aussi ne les voyait-elle pas beaucoup durant la journée. Et, si elle savait s'y prendre, elle arriverait peut-être à s'échapper assez longtemps pour aller encourager Ellie et Anne, les regarder surfer, puis rentrer chez elle avant le retour de ses parents.

Elle sortit de son lit, se rendit sans bruit à la cuisine pour se préparer un café.

— Tu es bien matinale, lui déclara son père, non sans la faire violemment sursauter.

— Eh bien, oui… c'est la Surf Fest, aujourd'hui, articula-t-elle, en évitant son regard. Et j'ai l'habitude de me lever tôt, ce jour-là… même si, cette année, ce n'est pas la peine… puisque vous ne me laissez pas faire cette compétition.

— Viens là, lui dit-il doucement en tapotant la table devant lui. Il faut qu'on ait une petite conversation, toi et moi.

À contrecœur, elle tira une chaise en face de lui et s'y laissa mollement tomber.

— Je sais que tu te sens brimée par ta mère et moi, en ce moment. Tu dois nous considérer comme des parents ultrasévères et coincés, c'est ça ?

Jade se contenta de hausser les épaules sous son regard appuyé. *Il lit dans mes pensées ou quoi ?*

— Eh bien, tu as peut-être raison, poursuivit-il. Mais, tu n'imagines pas ce que c'est que de recevoir un coup de fil de la police en pleine nuit, nous disant de venir chercher notre fille qui se trouve au poste. Dis-toi que c'est le pire cauchemar de tous les parents.

— Je sais, je sais, mais, *moi*, j'allais bien, répondit-elle en se redressant. Je n'avais rien fait de mal. J'essayais juste d'aider Ben.

— Ça, c'est encore un autre problème, lâcha-t-il sur un ton inquiétant.

— Quoi ? demanda-t-elle d'une voix frémissante.

— Ben. C'est un garçon extrêmement perturbé. Ta mère et moi aimerions que tu cesses de le voir.

— Écoute, papa, dit-elle en passant les doigts sur le bois verni de la table, d'abord, tu n'as plus à t'en faire parce que, maintenant, il vit chez son père, à Venice Beach. Mais, ensuite, je ne comprends pas... Maman et toi, vous êtes, d'habitude, tellement relax, vous ne portez aucun jugement sur les gens, sans parler des nombreuses fois où je vous ai vus venir en aide à certains de vos amis qui... Bref, maintenant que j'essaie à mon tour d'aider une personne qui en a vraiment besoin, voilà que vous me punissez pour ça. J'aimerais bien que tu m'expliques...

— Ma puce, la différence, c'est que Ben ne demandait pas exactement ton aide.

Tendant le bras sur la table, il lui prit doucement la main, puis enchaîna :

— Il cherchait plutôt quelqu'un disposé à traîner avec lui. Et j'ai bien peur que toi, avec tes bonnes intentions et ta nature confiante, tu ne fasses une cible facile.

— Ah, merci...

Il ne sait même pas de quoi il parle. Il n'a vraiment rien capté.

— Je sais que tu penses que je ne comprends pas ton amitié pour lui, mais détrompe-toi. Et dis-toi que, vu avec les yeux de ton père, c'était très difficile à regarder. Ce garçon se moquait complètement de toi et de ta sécurité ; il t'a fourrée dans une sale situation.

— C'était juste un peu d'herbe, hasarda-t-elle.

— Jade, ce n'était pas la première fois que Ben se faisait arrêter. Il y a quelques semaines, il s'est fait pincer pour vandalisme. Il est vraiment dans la merde, maintenant.

Nooon, c'est pour ça qu'il a disparu pendant une semaine entière ! songea-t-elle, les yeux rivés sur la table, incapable de soutenir le regard de son père.

— Jade, sache que, chaque fois qu'on a accueilli quelqu'un ici, c'était parce qu'il demandait notre aide. Jamais il n'a été question de drogue, à la maison, et jamais toi ou tes sœurs n'avez couru le moindre danger, alors. Tu saisis la différence ?

— Oui, fit-elle en osant enfin lever les yeux vers lui. Je comprends...

— Je ne pense pas que nous accueillerons d'autres gens de passage, ici.

— Qu'est-ce que tu veux dire ?

— Ta mère et moi avons eu une longue conversation. Nous envisageons de vendre.

— Et quitter Laguna Cove ? demanda-t-elle, choquée. Mais, pourquoi ? On adore être ici.

— La valeur de cette maison a plus que triplé. Le fait de la vendre nous permettrait de régler nos dettes et de repartir sur de bonnes bases.

— Mais, repartir... où ? Où est-ce qu'on irait ? Je ne peux pas changer d'école comme ça ! Je ne veux pas quitter mes amis !

— Ma puce, je ne voulais pas te faire de peine. Nous n'avons pas encore pris de décision, mais je veux juste que tu saches que c'est une possibilité. C'est quelque chose que nous envisageons sérieusement. Mes derniers tableaux ne m'ont pas rapporté des sommes folles, tu le sais aussi bien que moi.

— Mais, toi, tu ne sais pas combien tu vendras le prochain…

Les yeux pleins de larmes, Jade se leva et s'approcha de la machine à café pour en remplir la carafe.

— Qu'est-ce que tu fais ? lui demanda son père.

De peur de fondre en larmes si elle se mettait à parler, elle se contenta de le regarder, son pot à la main.

— Range ça et va t'habiller, dit-il en souriant. On prendra un cappuccino en route vers San Onofre et cette compétition. Ça te dit ?

cinquante-neuf

— **Tu me laisses monter** ? demanda Dean à sa sœur, en tapotant sur la vitre de la Mini.

— Qu'est-ce que tu fais ? s'étonna-t-elle.

Jamais il ne montait avec elle, d'habitude.

— Je viens avec toi, répondit-il, avant de poser son matériel de vidéo sur la banquette arrière.

— Pourquoi ?

— Ma voiture est au garage, se contenta-t-il d'expliquer.

— Mais, tu vas être bloqué là-bas toute la journée, parce que je compte bien rester jusqu'à la dernière épreuve.

— Pas de problème, je serai occupé à filmer. Papa va pouvoir venir, finalement ?

— Non, il est déjà à l'hôpital, fit-elle en reculant le long de l'allée.

Elle était, en fait, soulagée que son père ne soit pas là pour la juger si elle foirait en beauté, mais également un peu contrariée de se dire qu'il n'assisterait pas à son succès… au cas où elle gagnerait.

— Tes copines font aussi la compétition ? interrogea Dean sur un ton qui se voulait détaché, alors que ses yeux restaient fixés sur la route devant eux.

— Jade est toujours coincée chez elle. Et Lola a son bal des debs… sans parler du fait qu'elle ne surfe plus.

Ellie jeta un regard intrigué à son frère. *Il s'occupe de ce que font mes amies, maintenant ? Ça vient de sortir, ça !*

— Oui, et son nouveau petit ami n'a pas grand-chose d'un athlète, commenta-t-il, le regard tourné vers la fenêtre.

— Ça, c'est vrai, reconnut-elle, alors qu'ils s'engageaient sur l'autoroute.

soixante

— **Lola, tu dors encore ?** demanda sa mère en passant la tête par la porte de sa chambre, *Abuela* sur ses talons.

— Non.

Elle ouvrit un œil puis se tourna de côté pour se retrouver le visage contre le mur.

— On a des milliers de choses à faire, aujourd'hui, je te rappelle. Donc, j'aimerais bien que tu te lèves et que tu prennes ton petit déjeuner pour qu'on puisse y aller sans trop tarder.

— Je t'ai fait des œufs au bacon, lui annonça *Abuela* en venant la secouer.

Les yeux fermés, Lola ne bougea pas et compta lentement jusqu'à dix. Elle s'était juré de ne les rouvrir que lorsqu'elle arriverait à ce nombre. Mais elle ne s'était rien promis quant au temps que cela prendrait.

— Allez, lève-toi ! insista sa mère d'une voix aiguë.

Lola roula sur le dos pour voir *Abuela* lui sourire, pendant que sa mère énumérait toutes les choses importantes qu'elles avaient encore à faire, avant le bal de ce soir.

— On doit être au spa dans une heure, pour la manucure, la pédicure, la masseuse et la coiffeuse.

— Mais je n'ai pas envie de me faire couper les cheveux, maman !

— Ce n'est pas pour une coupe, c'est juste pour te coiffer, reprit-elle avec un regard impatient sur sa montre. Allez, lève-toi, à présent. On a une longue journée devant nous ; il ne faut plus tarder, maintenant.

— J'arrive dans une minute, leur dit-elle, alors que les deux femmes se décidaient enfin à quitter sa chambre.

Jetant un coup d'œil à son radio-réveil, elle marmonna :

— Super… Ellie commence la première épreuve dans moins d'une heure, et moi, je suis coincée ici.

Puis elle glissa les pieds dans ses pantoufles, sortit et se laissa diriger par l'odeur de bacon grillé.

soixante et un

Ellie jeta un regard nerveux autour d'elle. Elle reconnut quelques personnes de l'année précédente, qui semblaient toutes ravies de se retrouver, comme si l'amitié comptait plus pour elles que le fait de remporter un trophée.

Mais elle était là pour gagner, ce qui l'angoissait bien trop pour rester ainsi à bavarder et s'amuser. L'épreuve de l'année dernière avait viré à la catastrophe totale : elle s'était laissé submerger par une vague, qu'en temps normal elle aurait su parfaitement maîtriser. Pour parachever le cauchemar, son père se tenait au bord de l'eau, ne manquant pas une seconde de ses ratages.

Ellie avait donc beaucoup à prouver, cette année, et elle se sentait plus que prête, tant physiquement que mentalement. Dommage seulement que son père ne soit pas là pour assister, cette fois, à son succès.

Elle s'agenouilla sur sa planche pour la frotter de cire.

Dommage aussi que Jade et Lola n'aient pas pu venir ; sans elles, le surf et la compétition n'avaient plus la même saveur. Elle savait, en revanche, qu'Anne était déjà arrivée car elle l'avait entrevue sur le parking. Très brièvement, bien sûr, car, d'un accord tacite, elles avaient choisi de s'ignorer mutuellement.

Il lui semblait pourtant bizarre qu'Anne se soit pointée seule à cette compétition. Ellie était tellement certaine que Chris l'accompagnerait. Mais, encore une fois, il n'avait pas passé la soirée d'hier avec Anne... puisqu'il était resté en permanence avec elle et Lola. *Peut-être que ça ne va pas si bien entre eux, finalement*, songea-t-elle.

— Hé, tu veux un chocolat chaud ?

Ellie leva les yeux pour découvrir un Chris tout sourire debout devant elle, deux gobelets fumants dans les mains.

— Oh, oui, je veux bien, fit-elle en se redressant.

— À quelle heure tu passes ?

— À 9 h 15... Dans dix minutes, en fait.

— Tu ne stresses pas trop ?

— Si, je suis pétrifiée.

— Il ne faut pas. Tu surfes super bien, Ellie. Et je suis sûr qu'un de ces jours, c'est là-bas que tu seras.

Il indiqua la tente où se trouvaient toutes les filles sponsorisées.

Non, pour Ellie, ce n'était qu'un rêve. Ces filles étaient d'excellentes surfeuses : belles, douées, athlétiques et intelligentes – ce qu'elle était loin d'être.

— Bon, je vais y aller, dit-elle à Chris en lui rendant son chocolat à peine entamé.

— Bonne chance, alors.

Posant les gobelets dans le sable, il lui sourit et la prit dans ses bras pour l'encourager.

— Merci, murmura-t-elle, les paupières closes, heureuse de s'appuyer contre lui, n'était-ce qu'un court instant.

Mais, alors qu'elle s'écartait, elle rouvrit les yeux et aperçut Anne, à quelques mètres d'eux, qui les observait.

soixante-deux

Penchée sur sa planche, Anne la cirait avec des gestes rageurs, tentant de donner un sens à ce qu'elle venait de voir. C'était la deuxième fois en moins de vingt-quatre heures qu'elle voyait Chris et Ellie ensemble, et elle avait la certitude que ce n'était pas un hasard si cela arrivait juste après avoir bêtement assuré à Chris qu'Ellie était amoureuse de lui.

Ça m'apprendra, se dit-elle, furieuse après elle-même. *J'aurais voulu me précipiter dans ses bras que je n'aurais pas agi autrement !* Pourquoi n'aimerait-il pas Ellie ? À part le fait qu'elle était une véritable peste (mais quel garçon s'en souciait ?), elle avait tout pour elle : elle était belle, classe, populaire, riche, elle surfait comme une déesse. Elle et Chris se connaissaient depuis des années. Comment Anne pouvait-elle rivaliser avec elle ? Le fait que Justin la plaque pour retourner avec Vanessa ne lui avait-il donc pas servi de leçon ?

Attrapant sa planche, elle partit vers l'eau, non sans s'arrêter pour regarder Ellie pagayer et manœuvrer afin d'adopter la meilleure position possible. *Si Ellie est un requin, eh bien, moi, je lui sers de pitance*, se dit-elle. *Et, là, je vais me faire dévorer toute crue.*

soixante-trois

Ellie ne disposait que de quinze minutes pour se faire noter sur dix vagues, les sept moins bons scores étant rejetés d'office. Mais elle avait bien l'intention de surfer les dix parfaitement. Avec elle, il n'y aurait pas de déchet.

Tandis que les autres filles autour d'elle riaient et bavardaient, Ellie s'efforça de se concentrer sur les vagues qui se présentaient, et d'élaborer une stratégie. Elle regarda Anne pagayer vers le large, l'air totalement perdue, comme si elle ne savait plus quoi faire ensuite. Tant pis, c'était son problème. Ellie n'allait tout de même pas baby-sitter la « nouvelle ». Elle avait une compétition à gagner.

Lorsqu'elle estima l'instant idéal, elle pagaya avec force, sauta sur sa planche et glissa sur la vague avec confiance, le plus prudemment possible, jusqu'au rivage. *Mais peut-être que j'ai été trop prudente,* se dit-elle en faisant demi-tour pour repartir. Elle n'avait rien fait de très impressionnant mais, là encore, au moins ne s'était-elle pas ridiculisée. Allongée sur sa planche, elle pagaya rapidement vers la vague. Il lui en restait neuf et… pas une seconde à perdre.

soixante-quatre

Anne se sentait complètement paumée. Les filles qui, quelques minutes plus tôt, semblaient si gentilles et prêtes à l'aider, étaient à présent totalement absorbées par l'épreuve qui les attendait, et elle se demandait si elle avait eu raison de se lancer un tel défi.

Depuis combien de temps surfait-elle, aujourd'hui ? Un mois… C'était franchement ridicule de sa part d'avoir cru un instant pouvoir rivaliser avec toutes ces athlètes. Surtout après avoir vu l'incroyable performance d'Ellie.

Celle-ci venait de surfer sa sixième vague, et elle l'avait somptueusement déchirée tout du long. Elle allait de toute évidence se voir proposer l'épreuve suivante, pendant qu'Anne ne se donnait pas dix minutes pour échouer lamentablement.

Elle tenta de se rappeler ses plongeons, lorsqu'elle était la concurrente à battre, comme Ellie, en ce moment. Cependant, les deux situations étaient difficilement comparables car Anne plongeait depuis l'âge de 8 ans. Tout était alors tellement plus facile, car les gens se laissaient vite impressionner par ce qu'un enfant pouvait réussir à cet âge. Mais aujourd'hui, à presque 17 ans, la pression était tout autre, d'autant plus qu'Ellie attendait patiemment, tel un vautour, qu'elle commette sa première erreur.

Oh, et puis tant pis, se dit-elle. *C'est toujours mieux que de se retrouver en demoiselle d'honneur ringarde au mariage forcé de sa mère.*

Elle sauta sur sa planche, bien décidée à au moins rejoindre le rivage sans tomber à l'eau.

soixante-cinq

Les ongles de Lola étaient fraîchement vernis de rouge vif, son visage, plâtré de maquillage, et ses cheveux, relevés sur le sommet du crâne en une choucroute assez redoutable.

— Plus hideuse que ça, tu meurs..., marmonna-t-elle, plantée devant le miroir. Et je suis censée me balader comme ça, la journée entière ?

Elle ressemblait davantage à une danseuse de Las Vegas qu'à une débutante virginale, prête à faire son entrée dans le monde.

— Rassure-toi, lui dit sa mère, on rentre directement à la maison, après. Ensuite, ce sera l'heure de mettre ta robe et d'y aller.

— Faux ! rétorqua Lola en secouant prudemment la tête, de façon à ne pas déloger les millions d'épingles et de barrettes scintillantes qui retenaient ce qui lui servait de chignon. Je dois retrouver Diego, ce soir.

C'était l'excuse qu'elle avait trouvée, quelque part entre la séance de massage et l'épilation.

— Tu ne vas pas du tout retrouver Diego maintenant, corrigea sa mère en détournant le visage des mains de la maquilleuse qui commençait à s'impatienter. Tu le verras ce soir, au bal, mais pas avant.

Lola remarqua son petit sourire en coin lorsqu'elle lui dit cela, comme si elle se félicitait d'avoir présenté à sa fille, son futur mari. *Si elle savait…*, se dit-elle.

— Maman, ça ne peut pas attendre. Parce qu'il voudrait me donner…

Elle hésita. Car elle n'avait pas encore réfléchi jusqu'à ce point.

— Il veut me faire un cadeau. Un cadeau qu'il voudrait que je porte… ce soir.

Elle se rappela soudain qu'elle devait passer au centre commercial pour acheter une babiole et prétendre ainsi que cela venait de Diego. Elle devrait bien sûr porter ses lunettes noires car il n'était pas question qu'on la reconnaisse en train de se balader dans les boutiques de South Coast Plaza, avec une coiffure pareille.

— D'accord, lui dit sa mère en fronçant les sourcils tandis que sa fille bondissait debout. Mais, sois de retour le plus vite possible. Tes cheveux et ton maquillage doivent rester impeccables jusqu'à ce soir, tu le sais.

— Ne t'en fais pas, lâcha-t-elle en enfilant ses tongs.

Mon Dieu, quelle allure elle devait avoir avec sa tenue de Californienne pur jus et sa stupide coiffure de *señorita* !

soixante-six

Anne n'en crut pas ses oreilles quand elle entendit son nom dans le haut-parleur.

— Troisième place ! s'exclama Jake en lui appliquant une gentille tape dans le dos. Ça veut dire que tu es sélectionnée pour la deuxième épreuve.

— Tu blagues ou c'est vrai ?

Elle ne connaissait pas encore toutes les règles du jeu et espérait que Jake ne plaisantait pas.

— C'est vrai, Anne. Mais ça ne commence pas tout de suite, alors tu as le temps de décompresser un peu.

— Vous avez entendu ? lança-t-elle à son père et Brooke qui approchaient. Je suis qualifiée pour la deuxième épreuve ! Bon, je vais peut-être me prendre une raclée mais, tant pis. C'est déjà tellement chouette d'être arrivée à ce stade !

Elle était si contente qu'elle se jeta dans les bras de Brooke.

— Je viens de voir Chris, lui déclara alors son père. Il te cherche. Je lui ai dit que tu étais ici.

— Ah, oui ?

Anne se mordit la lèvre, se demandant pourquoi Chris la cherchait. Allait-il lui annoncer qu'il rompait avec elle ? Pile en ce moment ? Eh bien, il attendrait, parce qu'elle n'avait pas l'intention de le laisser lui gâcher sa journée. Ce n'était pas une stupide relation en train de virer à l'aigre qui allait lui bousiller sa motivation.

— Écoute, s'il se pointe ici, dis-lui que je lui parlerai plus tard. Je meurs de faim ; je vais me trouver quelque chose à avaler.

Puis, prenant Jake par le bras, elle lui demanda :

— Tu m'accompagnes ?

soixante-sept

Ellie ne fut pas surprise de se voir qualifiée pour la deuxième épreuve ; et pas étonnée non plus de se retrouver première. Ce qui la frappa, en revanche, ce fut de voir Lola traverser la plage avec, sur la tête, un véritable échafaudage capillaire !

— Ellie, je ne tolère aucun commentaire ! lui lança-t-elle en s'approchant, les mains en avant. En fait, tu n'as même rien vu.

— Si, si, j'ai vu, justement. À moins que ce ne soit dans un rêve…

— Non, non, tu ne rêves pas, répliqua-t-elle, les yeux au ciel. Qu'est-ce que ne ferait pas Lola pour plaire à sa mère ?

— Et que ferait Lolita pour faire plaisir à ses amis ?

La prenant dans ses bras, Ellie évita en même temps de se faire crever l'œil par une barrette de strass rose en forme de cœur.

— C'est vraiment sympa d'être venue !

— Hé, jusque-là, je n'ai jamais manqué aucune de tes compétitions. Et, si tu veux savoir, Jade est là, aussi. Je viens de la voir avec son père ; ils parlaient avec Chris.

— Elle va surfer ?

— Non. Apparemment, elle n'a pas fini de payer pour sa « mauvaise attitude » de l'autre jour.

— Ah, oui… Et tu restes longtemps ?

— Assez pour me taper la honte avec cette choucroute sur le crâne, mais, surtout, pour te voir gagner un trophée et un sponsoring.

soixante-huit

— **Alors, tu te sers de moi** pour te cacher de ton petit ami, c'est ça ? demanda Jake, un gobelet de café à la main.

— N'importe quoi ! rétorqua-t-elle en rougissant. C'est nase de penser ça.

— Mais, si : ce gars te cherche partout, et toi tu te caches en te planquant derrière moi. C'est quoi le problème ? Vous vous êtes frités ou quoi ?

— Je…

Anne hésita, incapable de trouver quoi lui répondre.

— Écoute, je préférerais éviter le sujet, si tu n'y vois pas d'inconvénient.

— Oh, d'accord… Tu sais que tu seras canon, un jour… quand tu auras un peu grandi.

Il sourit.

— Ça veut dire quoi ?

Mais, jetant son gobelet vide, Jake se contenta de la regarder avant de la planter là.

Les mains sur les hanches, Anne lui lança d'une voix pointue :

— Je te rappelle quand même que tu n'as que deux ans de plus que moi !

Mais Jake, sans daigner se retourner, se contenta d'un petit signe de la main avant de s'éloigner d'un pas tranquille.

J'hallucine ! songea-t-elle en le regardant s'éloigner pour se frayer un chemin parmi le groupe de surfeurs. *Il se prend pour qui, à me parler comme ça ? Il ferait bien de se rappeler qu'il bosse pour mon père… et aussi d'apprendre à être plus respectueux.*

Il ignorait totalement ce qui se passait dans la vie d'Anne, et il n'avait aucun droit de la juger.

Secouant la tête de dépit, elle se tourna vers l'eau. Encore une demi-heure avant la prochaine épreuve, et elle n'allait pas se laisser contrarier par ce ballot de Jake. *Au fond, qu'est-ce qu'il est pour moi ? Juste un enquiquineur, c'est tout.*

soixante-neuf

Assise sur le sable avec Jade, Lola essayait d'oublier sa coiffure ringarde et le fait que tous ceux qui la croisaient se retournaient sur son passage. Ellie et Anne étaient sur l'eau, en train de surfer, et, même si elle les encourageait toutes les deux, elle voulait sincèrement voir Ellie gagner car c'était elle qui avait le plus d'expérience.

— J'aurais tellement aimé être avec elles, là-bas, déclara Jade. J'ai vraiment tout foiré, l'autre soir.

— Il y a toujours une année prochaine, tenta de la consoler Lola.

Mais Jade savait que ce n'était pas forcément vrai. Les yeux soudain pleins de larmes, elle les ferma jusqu'à ce que passe ce mauvais moment. Si au moins elle pouvait confier à Lola sa conversation avec son père – sur le fait qu'ils devraient peut-être quitter Laguna Cove pour partir loin… et où ? Elle-même n'avait-elle pas déjà le plus grand mal à l'admettre ? Alors, ses meilleures amies… Elle préféra donc ne rien dire.

— Qui sait ? Peut-être qu'on la fera ensemble, cette compétition, dit Lola en riant.

Mais son sourire se figea tout net quand elle aperçut Dean à quelques mètres d'elles. Dean qui la fixait de ses yeux bleu marine.

— Oh, ça y est ! s'exclama alors Jade. Je crois qu'Anne va se lancer. Maman, je n'ose pas regarder ! Ça me rend trop nerveuse. Je préfère aller aux toilettes, à la place.

D'un bond, elle se leva de sa serviette.

— Quoi ? Maintenant ? demanda Lola, paniquée.

Non, c'était le pire moment pour se retrouver seule ! Parce que Dean pouvait s'approcher. Et elle n'avait aucune idée de ce qu'elle pourrait lui dire, alors.

— Oui, je reviens tout de suite, répondit Jade, intriguée par sa question.

— Mais, ça ne peut pas attendre ? insista Lola, en comprenant en même temps le ridicule de sa situation.

— Pourquoi ? Qu'est-ce que tu as ? interrogea celle-ci en sautant d'un pied sur l'autre.

— Rien, fit Lola, soudain résignée. Vas-y.

Jade se rua vers les toilettes pendant que Lola gardait les yeux fixés sur l'océan. Anne venait de tomber de sa planche. *Ça doit faire mal*, pensa-t-elle, nerveuse pour son amie prise dans la vague.

— Salut.

Lola connaissait cette voix ; aussi hésita-t-elle à lever les yeux vers celui à qui elle appartenait.

— Salut, répondit-elle sans lâcher la mer du regard.

— Ça va ? demanda-t-il avant de s'agenouiller à côté d'elle.

— Oui… articula-t-elle en haussant les épaules.

Alors, se rappelant brusquement sa coiffure hideuse et son maquillage de *señorita*, elle n'eut qu'une envie : disparaître sous le sable.

— Tu ne me filmes pas, j'espère ? s'enquit-elle, en avisant sa caméra vidéo.

— Euh… non, dit-il avant de décoller le viseur de son œil. Écoute, Lola, je ne sais pas trop comment te dire ça, et… tu sais comme je ne suis pas doué pour ce genre de truc… mais… tu me manques, voilà.

Il posa sur elle un regard hésitant et presque timide.

— C'est vrai ? demanda-t-elle en tournant vers lui des yeux arrondis de stupeur.

Il est sérieux, quand il dit ça ?

— Oui, fit-il en rougissant. Mais je sais que tu as un nouveau petit copain et, tous les deux, vous avez l'air de super bien vous entendre, alors… je ne demande rien. Je voudrais simplement m'excuser d'avoir tout plaqué comme ça, aussi brusquement. Je sais maintenant que j'ai fait la pire boulette de ma vie.

Lola le considéra sans articuler un mot. Après tout ce temps, après tout le chagrin qu'elle avait éprouvé, il lui disait enfin les mots justes, ceux qu'elle avait toujours rêvé d'entendre. Et, à présent, elle avait le choix. Elle pouvait, soit lui dire la vérité à propos de Diego et mettre fin à cette stupide comédie ; soit garder son secret et laisser Dean souffrir un peu plus longtemps.

Plongeant son regard dans le sien, elle lui passa un doigt tendre sur la joue et lâcha :

— J'apprécie beaucoup que tu me dises tout ça, Dean. Et j'espère sincèrement qu'on puisse rester amis, toi et moi.

soixante-dix

Elle n'avait plus qu'une vague à surfer, et une éternité pour le faire. Elle était déchaînée, aujourd'hui, et accomplissait des merveilles. Anne, quant à elle, venait encore de faire le plongeon, et Ellie ne manqua pas de remarquer son visage cramoisi de honte lorsqu'elle regrimpa sur sa planche. Jamais elle n'atteindrait la dernière épreuve. Elle avait bien commencé, d'accord, mais elle se désintégrait totalement, à présent. Et, même si elle surfait la dernière vague comme une déesse, ça ne suffirait pas.

C'était mort, pour elle.

Ellie vit Anne lui jeter un regard méfiant puis se positionner aussi loin d'elle que possible. Ce qui s'avéra être le pire endroit où évoluer. Anne l'avait-elle choisi sans savoir à quel point cela la handicaperait, ou tout simplement dans le but de s'éloigner au maximum de sa rivale ?

Mon Dieu, mais qu'est-ce que je fais, songea soudain Ellie. *Je serais devenue jalouse, envieuse et méchante au point d'en arriver à saboter les chances de cette fille ?! L'exact opposé de la mentalité d'un surfeur...*

Elle jeta un coup d'œil à sa montre ; il lui restait deux minutes pour attaquer sa dernière vague et impressionner les juges à mort !

Ou alors, elle pouvait venir en aide à quelqu'un qui en avait réellement besoin.

soixante et onze

Assise sur sa planche, Anne refoulait au mieux des larmes de rage, en espérant que l'eau salée qui lui coulait des yeux se mêlerait à celle de l'océan, si bien que personne ne saurait quelle gamine pathétique elle était en réalité.

Ce qui avait commencé comme une relativement bonne journée était devenu un enfer. Elle pensait au mariage express de sa mère, à Chris qui l'évitait (ou qu'elle évitait ?), et elle ressassait les stupides commentaires de Jake, un peu plus tôt.

Son surf lui-même était devenu un gros n'importe quoi. Elle avait mal partout et sa lutte contre les vagues l'avait épuisée. Et voilà que maintenant, pour ajouter à son cauchemar, cette teigneuse d'Ellie, tranquillement assise sur sa planche, lui faisait des signes. Un vrai pit-bull. Elle ne lâcherait rien.

Oh, et puis merde ! Je laisse tomber la dernière vague ; il faut bien qu'à un moment ou un autre je retourne vers le rivage.

Couchée sur sa planche, Anne se mit à pagayer mais s'arrêta net, en voyant Ellie se diriger vers elle.

— Qu'est-ce que tu veux ? lui demanda-t-elle, le regard noir.

— Je viens te donner un coup de main… si tu veux bien.

— Oui, c'est ça… Tu es venue jusqu'ici pour me filer la honte. O.K., tu as gagné ! Tu remportes tout, de toute façon. Tu te prends la Surf Fest, tu te récupères Chris, et, maintenant, il ne te reste qu'à m'écraser, je me trompe ?

Anne se détourna. Pas question de laisser Ellie la voir pleurer.

— Écoute, répliqua celle-ci, on n'a pas beaucoup de temps. Et, tu as raison, je suis meilleure que toi. Mais, en fait, on s'en fout, maintenant. Tu as envie de surfer une vraie vague de dingue, avant de rentrer ?

Anne lui jeta un regard stupéfait.

— Je peux t'aider à le faire, si tu acceptes de me suivre, continua Ellie. Oh, et… juste pour info, c'est toi qui intéresses Chris ; pas moi. Et ça ne me gêne pas.

soixante-douze

— **Non, mais, tu as vu ça ?** Regarde-la ! s'exclama Chris en attrapant la main d'Anne. Elle va vraiment y arriver, cette année !

Ensemble, ils admiraient Ellie en train de déchirer la dernière vague de l'épreuve finale.

— Non, je ne peux pas regarder, fit Jade en se couvrant les yeux. Racontez-moi ce qui se passe mais ne me dites pas si elle tombe… je ne veux surtout pas le savoir !

— Ah, si, tu vas regarder, au contraire, parce qu'elle casse tout ! répliqua Lola.

Elle avait les yeux fixés à la fois sur Ellie qui surfait et sur Dean qui filmait sa sœur, de la plage.

— Hé, mais… tu n'as pas ton bal qui t'attend, au fait ?

— Si, mais je ne bouge pas d'ici tant qu'elle n'a pas fini. Oh, punaise ! Elle a réussi ! Ouiiii !

Lola sauta debout et trépigna sur le sable… pendant que barrettes et épingles lui tombaient des cheveux en s'éparpillant tout autour d'elle.

— Euh… Lola, je crois que ta choucroute a explosé en vol, commenta Jade en éclatant de rire.

— Ah, cool, tant mieux !

Elle arracha les dernières pinces qui retenaient encore quelques mèches de son chignon et les jeta sur sa serviette. Puis, se passant rapidement les doigts dans les cheveux, elle courut vers l'eau pour y rejoindre Dean.

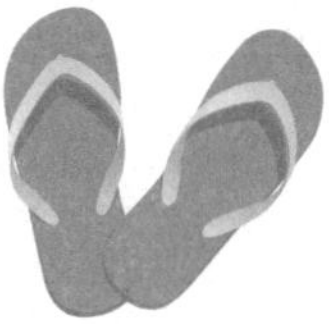

soixante-treize

— **Tu as réussi** ! Tu as réussi ! Tu as été incroyable, El ! lui cria Jade en la serrant dans ses bras pendant que Chris et Anne riaient à côté d'elle.

— Tu crois ? demanda la jeune fille, en essorant ses longs cheveux blonds. Tant que les scores ne sont pas affichés, on ne sait jamais…

— Mais si, tu mérites complètement de gagner ! insista Anne en riant.

Ellie lui répondit par un large sourire avant de remarquer Duncan, à quelques mètres de là, un bras sur les épaules d'une jolie brune contre laquelle elle s'était battue un peu plus tôt. Leurs regards se croisèrent l'espace d'une seconde, Duncan lui sourit et lui fit un petit signe. Mais Ellie se contenta de hocher la tête, surprise de ce qu'elle ressentait, en le découvrant avec une autre.

— Ma puce, il y a quelqu'un qui voudrait te voir, lui annonça soudain son père en la tirant de ses pensées.

— Papa ! Tu es venu, finalement ! Tu m'as vue ?

Tout excitée, elle s'exprimait comme une enfant. *Regarde-moi, papa ! Regarde-moi !*

— Je ne suis arrivé que pour ton dernier passage, mais je l'ai vu en entier. Tu as été exceptionnelle !

Il sourit, la prit dans ses bras et lui murmura au creux de l'oreille :

— Je suis trop fier de toi…

Ellie s'accrocha à lui jusqu'à ce que les sanglots qui la menaçaient disparaissent, puis elle s'écarta et demanda :

— Alors, il y a quelqu'un qui veut me voir, tu disais ?

— Oui, un gros bonnet du surf, répondit-il en souriant. Il disait quelque chose à propos d'un sponsoring.

Heureuse, Ellie saisit la main de son père et se dirigea vers la tente, au fond de la plage. Son rêve le plus cher allait se réaliser, mais le fait dont elle se sentait la plus fière était une chose que ni les juges ni les sponsors n'avaient vue. Seule elle le savait. Elle et Anne… Et, peut-être, là-haut, sa maman aussi.

Marquant une pause, elle leva son visage vers le ciel, ferma les yeux et sentit la douceur du soleil sur sa peau. Puis, elle tourna la tête vers son père, sourit et lui serra la main tandis qu'ils reprenaient leur chemin vers la tente.

remerciements

Merci à Matthew Shear, Elizabeth Bewley, Jennifer Weis et Stefanie Lindskog pour avoir donné vie à ce projet et fait en sorte qu'il aboutisse. Merci à Oleema Miller pour avoir répondu à mes incessantes questions. Merci à mes campeurs préférés de Cola Surf – Tyra Larkin, Imara Larkin, Ryan Sherman et Kelsey Sherman – qui m'ont tant facilité les choses. Et, comme toujours, merci à Sandy Sherman pour absolument tout.

IMPRIM'VERT®

Imprimé en France
par Corlet Imprimeur S.A.
Dépôt légal : juillet 2012
N° d'imprimeur : 147207
ISBN : 978-2-7499-1632-3
LAF 1605